Grace and Grit

Spirituality and Healing in
the Life and Death
of Treya Killam Wilber

恩宠与勇气

超越死亡

［美］肯·威尔伯(Ken Wilber)著
胡因梦 刘清彦 译 许金声 审校

生活·讀書·新知 三联书店

Simplified Chinese Copyright © 2013 by SDX Joint Publishing Company.
All Rights Reserved.
本作品中文简体版权由生活·读书·新知三联书店所有。
未经许可，不得翻印。

GRACE AND GRIT: Spirituality and Healing in the Life and
Death of Treya Killam Wilber
by Ken Wilber
Copyright © 1991, 2000 by Ken Wilber
Published by arrangement with Shambhala Publications, Inc.
Simplified Chinese translation copyright © 2006
by SDX Joint Publishing Company
ALL RIGHTS RESERVED

图书在版编目（CIP）数据

恩宠与勇气：超越死亡／（美）威尔伯（Wilber, K.）著；
胡因梦，刘清彦译．—3版．——北京：生活·读书·新知
三联书店，2013.6（2025.4重印）
ISBN 978-7-108-04515-7

Ⅰ.①恩…　Ⅱ.①威…②胡…③刘…　Ⅲ.①报告文学－美国－现代　Ⅳ.① I712.25

中国版本图书馆CIP数据核字(2013)第087150号

责任编辑　张艳华
封扉设计　罗　洪
责任印制　董　欢

出版发行　生活·讀書·新知三联书店
　　　　　（北京市东城区美术馆东街22号）
邮　　编　100010
网　　址　www.sdxjpc.com
经　　销　新华书店
图　　字　01-2017-7672
印　　刷　北京新华印刷有限公司
版　　次　2006年3月北京第1版　2011年4月北京第2版
　　　　　2013年6月北京第3版　2025年4月北京第25次印刷
开　　本　635毫米×965毫米　1/16　印张27.5
字　　数　360千字
印　　数　184,001-188,000册
定　　价　45.00元

（印装查询：01064002715；邮购查询：01084010542）

目次

被接受就是恩典，接受才是勇气（代序）／何光沪　　1
在疾病与死亡中修行（代序）／南方朔　　1
也是自疗（译序）／胡因梦　　1

第二版导言　　1
给读者的短笺　　1
1　几次拥抱，数个好梦　　1
2　超越物理　　15
3　被意义定罪　　34
4　平衡与否的问题　　48
5　内心的宇宙　　67
6　身心脱落　　82
7　我的人生突然发生转折　　96
8　我是谁　　115
9　自恋还是自我紧缩　　132
10　自疗的时候到了　　151

11　心理治疗与灵性　　　169

12　一种不同的声音　　　197

13　艾斯崔雅　　　220

14　什么才是真正的帮助　　　241

15　新时代　　　252

16　听鸟儿歌唱　　　271

17　春天是我现在最喜爱的季节　　　291

18　可是我还没死　　　311

19　热情的静定　　　333

20　支持者　　　353

21　恩宠与勇气　　　372

22　闪耀之星　　　391

审校后记　　　407

被接受就是恩典，接受才是勇气（代序）

何光沪

本书责编托我妻师宁带来这本书并请我写序之前，我早已知道作者威尔伯（Ken Wilber），但并未读过他的书。

没有读的原因，表面上看来是他的著作之厚重，使我觉得抽不出时间，往深处说则是他的思想之渊博，使我对他十分敬重。

1998年秋，在北京的一次学术交流会议后，我在餐桌上与一位美国人偶然相逢，聊了几句正待出版的我编译的《蒂里希选集》（尤其是其中的《系统神学》）。他似乎为这样艰深的书有了中译本而惊叹，又问我是否读过威尔伯，我说不知是何方神圣，他遂说要送我一本。我既对威氏一无所知，又同那位萍水相逢者毫无交情（至今连相貌也想不起来，只记得他对蒂里希非常钦佩），事后很快就忘了。所以，不久之后真的收到了他从美国寄来的书时，我很为他的"言必信"而惊奇，更为威氏的这本书而惊奇——八百几十页的精装书重得像一块砖，封面上的评语赫然跃入眼帘："所有出过的书中意义最重大者之一！"封底的评语分量更重，例如："《性、生态与灵性》涉及范围极其宏大，自始至终充满洞见，极度鼓舞人心。威尔伯从各门物理科学、生物科学和人文科学汇集材料，帮助我们把世界作为一个整体来看待，使我们摆脱了那些只看人类经历的狭隘观点。这本书会改变历史！"又如："威尔伯的这本书改变着一切。他是我们时代最伟大的系统思想家之一……"，"21世纪确实有三个选择：亚里士多德，或尼采,或威尔伯。这本新书以惊人的学术广度和深度写成,恰恰是新世纪和新千纪我们急需的良药:不仅因为它将治愈我们,而且因为它能震醒我们",等等,等等。

那本副题为《进化之灵》的书,其主题包括宇宙论、意识、进化哲学、部分与整体理论、上帝等等,加上封二和扉页、封三和环衬页连成了两幅巨大复杂的宇宙进化图表,令我深感才疏学浅、知识准备尚不足以啃下这块大砖,于是暂时将它置诸高阁了。

后来又听老友许金声提起这位奇才,其钦佩之情溢于言表,也给我留下了深刻的印象。金声长时间深研西方心理学与人格发展理论,介绍马斯洛等心理学大师的理论,而且已经开始翻译威尔伯的书,所以,我想他的推崇是有充分理由的。从金声的介绍,我也知道了威氏起码是所谓"后人本心理学"的代表人物。当然,我最深的印象,依然是威氏对宇宙发展作整体研究的宏大气魄,尽管这种印象会使人有点敬而远之。

然而,《恩宠与勇气》(原书名,下同)一下子使威尔伯与普通读者拉近了距离,因为这本书描写的是他自己的爱情生活和难忘的个人经历,"是他难得的感性作品"。胡因梦说她译此书而"自疗"人生,我虽不能像南方朔先生那样深入全面地评介此书,但只读到威尔伯与崔雅恋爱的起头,就有一个感觉:正如崔雅克服了对他的"光头"的不习惯,而坠入爱河,我和其他读者也应克服对"大砖"的敬畏,而去了解这位奇才的思想。

何况,这本书本身不只是一段惊心动魄的爱情的真实叙述——用死者的日记和生者的回忆构成的独特实录,而且是一种广泛而深入的探索的真诚思考——对生命与死亡、疾病与治疗、肉体与心灵、智慧与宗教等等的独特思考。换言之,阅读此书,不仅可以了解这位奇才其人,而且可以了解他的博大思想。

正因为如此,也因为上述种种,还因为我可以利用作者让读者跳过某些部分不读的慷慨,利用译者自述曾将此书束之高阁的经历来原谅自己,我愿向读者写下这些,推荐此书。同时,我要为编辑的信任,为斯蒂芬·A·培金斯(Stephen A. Perkins)的热心,为两位译者的辛劳,更为威尔伯倾注生命与读者交流的感人精神,而表示感谢!

在写下这句话时,我想到最近读过的一句话:"感谢是成熟的标志。"在写完这篇序时,我更想到《圣经》上的一句话:"万事都互相效力,叫爱神的人得益处。"的确,最近听到一位朋友说在儿子病中,重新体会了世上的美善,威尔伯在这本书中也说,他的崔雅面临死亡这件事,成了他们最好的心灵导师。我不禁惊讶地想到:"万事",甚至包括疾病和死亡!至于威尔伯所说"心灵导师"教给的是:"只有接受死亡,才能找到真正的生命。"这令我想起蒂里希在《存在的勇气》中的一句名言:要接受我们的"被接受"。

被接受,就是"恩典"。接受这一事实,才是"勇气"。

2005 年 3 月 2 日凌晨至
3 月 4 日夜间
于北京——伯明翰

在疾病与死亡中修行（代序）

南方朔

尽管卷帙浩繁，但仍热切地将这本书用心读完。最后在叹息中阖上书本，心里一直萦绕着崔雅所说的那句话："痛苦不是惩罚，死亡不是失败，活着也不是一项奖赏。"

这是一种对生命的豁达、勘透与安详，同时也是对人生意义的了悟与升华。而这一切都发生在崔雅身上，它成了一个动人的故事。

这是个爱情故事。长得好看而活跃的崔雅，在朋友的介绍下认识了肯·威尔伯，他是当代有关神秘信仰及意识研究的卓越人物。他们两人的初次邂逅，彼此都有"好像生生世世都在寻觅对方"的感觉。于是，1983年8月3日相识，两周后求婚，四个月后结婚。但就在婚礼前夕，崔雅却发现罹患乳癌，于是，一出浪漫的爱情喜剧，遂变成两人相互扶持的痛苦故事。这是一段艰难的岁月，煎熬过五年漫长的时间。五年里，崔雅由只是右胸肿瘤，逐步扩散至左胸，最后是脑部和肺部也都恶化，终而不治。在这段艰难的岁月里，他们依靠着对爱的许诺，携手走过这一段苦厄。但纵使如此，他们仍许下将在未来继续寻觅的诺言。他们完成了这个时代已少有的爱情诗篇。

但爱情只是书里众多主题之一，灌溉爱情的其他部分毋宁是更重要的焦点。在这五年里，除了不断地求诊与手术外，他们更专注于灵修，并在灵修中共同成长。这是一个升华的过程。

疾病已不再是病，反而成了让人得以学习及超越的媒介；而一切痛苦折磨也因此成了使人走向彼岸的津渡。这是人生的大修行，他们在修行中放下了自己。这不但让人们的爱情被灌溉得更加灿烂如花，而人之所以为人的意义也因而获得发扬。

　　崔雅和威尔伯在疾病中的修行，无论从意识发展或生命意义的角度来思考，都极具启发性。他们都是那种具有夙慧的人物，而且在信仰上有普世主义的关怀，认为各种神秘信仰有其会通之处。因此，自崔雅被发现罹患癌症起，尽管他们一如常人那样也有悲伤、愤恨与怨怼，但他们却能一步步地借着冥想与修行，将这些逐渐消融，并提炼出智慧与慈悲。例如，五年的艰难岁月，两个人各有各的痛苦和恐惧，也各有各的付出，很容易在彼此的相互服侍中相互受伤，也使爱被翻转成痛恨及抱怨，这些因爱而生的感情渣滓只能在相互的超越中消融。他们两人的这段过程，让人不得不为之动容。语曰："没有地狱，只有自我；没有天堂，只有无我。"话说得简单，达到这个境界却千难万难，他们为我们作了证言。

　　而这种自我的超越与升华，也就是意识在痛苦中的成长。意识不是个平面，而是仿佛阶梯般的历程，它使人得以由最简单的自我状态，一步步地更加接近那更宏大的世界。它可以称为"宇宙心灵"、"上帝"，或"道"等任何名称，这个阶梯的过程乃是人类意义的终极，它使人能够打开紧缩的自我，使自己从囚笼中获释。它是一种意识的神秘进化力，也是人的内在转换机制，它是人的可能性，正因具有这种可能性，我们遂将这一切视为一种"恩宠"，而它的完成则要靠人们自己。在崔雅长达五年的癌症经历中，他们夫妇两人由疾病的意义开始，一步步地展开探究。崔雅最先和每个人一样，以旺盛的战斗意志来对付病魔，既为战斗，就难免挫折与愤怒的煎熬。但到了第二阶段，她的癌症的主要对抗力量则来自臣服，她让自己被一切穿过，反而多出了开放与慈悲，并因而与沮丧、悲愤、怨恨等一一告别。照顾自己，哀怜别人。她终于救赎了自己。而所有的这一切，当然也就是学习死亡的历程。她活得尊严，死得高贵。书的结尾写她离开人世前的最后两天，风雨将她迎接，她在祝福与感谢中欣然就道，她并未死亡，只是要到另外一个前路上去守候她的许诺。这段描写让人惊心动魄，或许可视为临终状态最精准的叙述。

因此，这本书可以看成爱情之书，也可以看成是面对疾病，甚至面对死亡之书。整本书里，崔雅自己的描述以及威尔伯加进来的叙述交叉进行，它是注解，同时也是对话，很可以看成是两个人相互鼓励及扶持的历程。他们走他们的踽踽人生，其实未尝不是在走每个人都必须走的生死路。他们走得可真是不平凡，因为就在记录崔雅的生死历程时，它也替人们打开了一扇窗户，让人得以窥视更大的人生意义。

孰谓"恩宠"？它是一种感激之心。我们感激被赋予自我提升的进化可能性，它是一种神示的动力，可以让人追求更大的自我完成。此外，它也是对周遭帮助我们得以完成自己的感谢，如同崔雅感谢威尔伯和威尔伯感谢崔雅。"恩宠"是一种庄严的生命认知与态度。

孰谓"勇气"？它是一种自我舍离的豁达与决意。它使人能将痛苦、烦忧、沮丧，以及对命运的抱怨升华到大我的境界。就神秘体验论的角度而言，这是在忘却自己中重新记起神；就现世升华的角度而言，它则是一种更高意志力的提升，将自己的痛苦转化为对众生的祝福。

"恩宠与勇气"有深意在焉。生命之所以值得，而人之所以可能高贵，都在恩宠与勇气中。当我们阖上书本，或许即可张望到生命的另一番境界！

（作者现任《新新闻》周报发行人兼总主笔）

也是自疗（译序）

胡因梦

1992年的初春，我和一名美国友人前往加州欧亥（克里希那穆提故居）寻幽访"圣"，途中经过旧金山的香巴拉书店，两人决定下车买几本好书。

那段时期我的阅读仍局限在灵修的究竟真理，友人向我推荐威尔伯的著作，并买了这本《恩宠与勇气》送我当礼物。我看了看威尔伯凌厉而缺乏空间的眼神，便决定将此书暂时束之高阁。

1994年11月底洁生出世，产后的第二天我的身体突然瓦解，往后三年我度过了此生第一次的谷底生涯。其原因、过程与微细的体悟，我不打算也无法在这篇序文中详加描述。我只能说谷底就是另一个高峰的起点，因为气血循环不良、失眠、消化缓慢、心跳过快、夜间惊恐以及伴随而来的各种思维与情绪的反应，提供了我观察身心灵链锁关系的绝佳机会，也学会了顺受和纯然的觉知。

三年中我实验过各种另类疗法——针灸、刮痧、放血、草药、中药、断食、生食、精油按摩、磁能治疗与灵疗，最后发现主要的病源出自剖腹生产与右边卵巢的畸胎瘤。因为中药无法化解畸胎瘤，不得已只好选择二度开刀。

就在准备开刀的前十天，我不经意地从书架上取出了《恩宠与勇气》。记忆里，这本书描述的是后人本心理学界的天才肯·威尔伯与罹患乳癌的妻子崔雅·吉兰共同抗癌的心得，我想也许它能帮我面对十天后再度开刀的不确定感。我万万没料到，这本被我束之高阁长达五年的传记，竟然充分印证了我三年谷底经验中对生命的一些深层领悟。

阅读的过程中，我愈来愈意识到此书的重要。它不仅仅是癌症病患的经验谈，更是难得一见身心灵整合治疗、临终关怀与终极解脱的坦直实录。

放眼望去，国内外有关身心的著作通常无法上达灵修的层面，而灵修的教诲又往往略过肉体的现象与心理转化的进阶，即使某些密学导师有能力兼顾身心灵各个层面，其著作仍缺乏人性挣扎过程的微细描述。然而，诚如肯所言，崔雅四十一年的短暂生命，主要的目的就是完成人生情境最残忍的考验（她的肿瘤最后增长到脑部四个，肺部六十个，同时并发了糖尿病、导致左眼失明）；她以书信体的方式，巨细靡遗地记录癌症各种主流与另类疗法的疗程、方式、医药名称与她接受治疗后的身心反应；癌症云霄飞车的情绪起伏，夫妻之间面临严重磨难所产生的龃龉、甚至肢体争斗，对这些反应，崔雅赤裸而坦诚地自省与详加叙述，肯也佐以他的观察和剖析。虽然两人在结识前各有十多年的灵修基础，也都有所谓后人本（Transpersonal）的经验，但为了确保精神的稳定度和透过磨难转化自我的习性，他们广泛地含纳东西方的灵修途径——基督教的宽恕与向神臣服、佛法的内观与深思，以及藏密的自他交换观想和持咒法门；在最混乱艰难的阶段，他们借助心理治疗，帮他们挽回婚姻。总的来看，身心灵的治疗最不重要的反而是肉体的层面，灵性层面的纯然觉知一旦建立，肉身即使几近瓦解，病者的心仍然自在、解脱、愉悦、充满着生命力，甚至有余力慈悲地回馈。

崔雅的"贤内助"肯，早在二十三岁便撰写出《意识的光谱》这本长青哲学领域最通达、最广博的著作。到目前为止，他一共出版了十四本巨作，台湾节译过来的只有《心无疆界》一书。他以惊人的归纳研究能力，综合心理学、心理治疗、神秘体验论与东西方各大宗教的灵修，也统合了哲学、社会学、超心理学、人类学、神话学、经济学、生物学、物理学与知识史，等等，形成意识的"大统一场理论"。在这么多纯理性、纯知性的博杂作品中，我看重的却是这本记录真实生命经验的传记。这位现代唯识学的爱因斯坦，以其无比缜密的科学心思，解读了他与灵魂伴侣崔雅之间不可思议的业力轨迹。他为崔雅架构人生的方向，放弃自己的事业，甘心扮演顺从妻子的角色；他从无私的奉献中，真正体会了无我与解脱的第一义谛。

翻译这本书的心情非常错综复杂。早在1997年10月开刀前，这本书已经被（台湾）张老师文化公司预定为次年的重要出版品。但是着手翻译了五章之后，我发现自己的身体非常抗拒这项工作，主要因为心肾不交、脾胃受损，因此一集中用脑，便产生反胃的现象。于是张老师文化公司找到了救急的援手清彦。清彦以惊人的速度初译了大约三分之二的内文，我再以三个多月的时间加以细润。进度虽然缓慢，身体虽然不适，但整个过程仍然延续了三年来的自疗。我为崔雅与肯的磨难落泪，也为他们的领悟狂喜，同时更体会到不抗拒、不选择的平等心，就是自我解脱与治疗自己的关键。

在这里我要特别感谢高雄的赖俊廷医师以及台中的李孟浩先生，在医学与心理学名词上给予我的协助，也要感谢隆宜修小姐的听写功力。

我发誓这本书出版后，一定要好好运动了。

第二版导言

当我为这本书的第二版写导言的时候,崔雅已经去世10年了。由于她的存在,我更加虚空(immeasurable),也更加充实。因为认识她,我更加虚空;因为失去她,我更加充实。可能生活中的每件事情都是如此:让你充实的同时又使你感到空虚。只是难得有像崔雅这样的人跟我们一起生活,随之而来的欢乐和痛苦都被强烈地放大了。

有多少人认识崔雅,就有多少个崔雅。下面来说说我所了解的崔雅。我不是说我的崔雅是惟一的,或者说是最好的。但我相信我的崔雅是一个完整的人,一个公正、平衡的人。尤其是,她慷慨地奉献了自己的日记,她用来记录自己成熟的生活大部分时间的日记,我们一起生活的这些年她几乎每天都在写的日记。

以前,我曾想等崔雅去世之后把她的日记销毁,不去读它们,因为这些日记是崔雅非常私人的东西。她从来没有把日记给任何人看过,甚至没有给我看过。不是因为崔雅不想让别人知道她"真正"的感受,需要把它们藏在自己的日记中。正相反,崔雅最了不起的一点——事实上,应该说她最令人惊讶的一点——就是她在公众面前表现出的自我跟私下实际的自我几乎没有区别。崔雅没有把任何"秘密"的想法、那些她不敢或者羞于与世人分享的想法隐藏起来。如果你问崔雅,她会实在地告诉你她的真实想法——关于你或者其他任何人的想法——以一种非常开放的、直接的、简单的方法，但人们通常不会因此而不高兴。这是她诚实的基础：人们从一开始就信任她，好像他们知道崔雅不会对他们撒谎。据我所知，她确实从来没有说过谎话。

因此，我想毁掉这些日记，仅仅因为我觉得当她写这些日记的时候，她完全是跟自己在一起，在享受自己一个人的空间，我认为没有任何人，包括我自己，可以侵犯这个空间。但在崔雅临终前，她指着自己的日记对我说："你会需要这些的。"崔雅曾经要求过我，把我们共同经历的磨难写下来，她知道我需要以她的日记来转达她的思想。

写这本书的时候，我读了她的所有的日记（大概有十个大笔记本，还有许多电脑文件），几乎找到了与后面章节中所有话题相关的记录，让崔雅用她自己的语言，以她自己的方式，在书中为自己说话。我读这些日记的时候，看到的正如我期待的一样：没有任何秘密，没有任何崔雅同我或者她的家人和朋友未曾分享的东西。崔雅无论在人前还是在人后都是始终如一的，这正是她伟大诚实的一部分，并且与她的无畏直接相连。崔雅有一种力量，一种无所畏惧的力量，我这样说是很认真的。崔雅很少有恐惧，因为她没有什么要对你、我、上帝或任何人隐瞒的东西。崔雅胸怀坦荡，她完全透明，对现实透明，对神透明，对世界透明，因此她没有任何需要畏惧的事情。我见过她有非常痛苦、怨恨和愤怒的时候，但从来没见她恐惧过。

不难理解为什么只要有崔雅在的时候，人们就会活跃、有生气、有觉悟。甚至在不同的医院，当崔雅经受一个又一个痛苦的折磨时，人们（包括护士、来访者、其他的病人、他们的亲友）也总喜欢待在崔雅的房间，仅仅是为了感受她的存在、她的生命和似乎由她发散出的能量。我还记得在德国波恩的一家医院时，人们需要排队才能进入崔雅的病房。

崔雅有时很倔强，坚强的人通常都是这样的。但这倔强来自崔雅那生气勃勃的存在和灵性的核心，这倔强令人振奋。人们拜访崔雅后，通常会变得更开放、更直接。她的存在改变了你，有时候只有一点点，有时候则很多，但确实在改变你。她使你觉醒。

另外一件事：崔雅非常漂亮，但是（你在后面章节中会看到），令人惊奇的是，她几乎没有任何虚荣心。在我所认识的所有人中，包括一些非常开明的老师，崔雅是最无私的。她非常地朴素和直接。她不以自我为中心，围绕着崔雅，世界变得更加直接、专注、清晰、动人、光明、诚实、开放和充满活力。

《恩宠与勇气》是她的故事，也是我们的故事。由于我在书中引用许多崔雅自己的文字和语言，许多人问我为什么不把崔雅并列为作者。开始时我也想这样做，但同编辑和出版商的交流使我明白这样做会误导读者（正如一个编辑所说的："共同作者是积极参与，与作者一起写书的一个人。这和把别人的文字拿过来并且加到书里是不一样的"）。因此，我希望那些认为我没有承认崔雅对本书贡献的读者能够明白这并不是我的本意，而且崔雅自己的声音几乎出现在书的每一页，让她为自己说话。

崔雅在日记中曾经写道："同香巴拉出版社的编辑艾米丽·肖伯恩·雪儿（Emily Hilburn Shell）一起吃午餐。我非常喜欢她，相信她的判断。我告诉她我正在写一本叫《癌症、心理治疗、灵性》的书，问她想不想帮我编辑。'非常愿意'，她说，这使得我更加下定决心要完成这本书！"崔雅没有时间完成她的书——这也是为什么她要我写这本书的原因——但我很高兴告诉大家，艾米丽正是《恩宠与勇气》的编辑，并且做得很棒。

还有几点，很多人读这本书，不是为了了解与我工作有关的专业知识，而是为了看崔雅的故事。正如我在对读者的注释中所说，书的第二章是写专业知识的，完全可以跳过去不读它，但不要遗漏故事的任何情节（实际上，如果你要跳过第二章的话，可以读一下有关采访的那几段，因为这里有一些很重要的故事元素，不然的话，跳过去好了）。读者如果对我工作的最新进展感兴趣的话，可以去看《整合心理学》（*Integral Psychology*）。在这本书中，所有摘自崔雅日记中的文字，都会用竖实心线在段落最左边标出。摘自崔雅信中的文字，是没有这样的实心线的。她的信，即便是最最私人的信件，对其他人来说也是公开的。但是每个标有实心线的段落都是来自她的日记，以前是没有的。

对《恩宠与勇气》的反响非常热烈，读者回应的其实不是我，而是崔雅的故事。到今天，我已经收到了来自世界各地将近一千封信——一个前所未有的数字，人们写信告诉我，崔雅的故事对他们意味着什么，如何改变了他们的生活。有些人寄来他们小女儿的照片，起的名字都是"崔雅"。作为一个完全客观的旁观者，我可以告诉大家，她们是世界上最漂亮的小宝贝。有些写信来的读者患有癌症，他们最初都不敢看这本书。但一旦他们读了，就都开始忘掉自己的恐惧，有的时候几乎完全忘记了——我真诚地相信，这是崔雅给他们的一个礼物。

亲爱的肯：

去年八月诊断出我得了乳腺癌。我做了手术，切除了淋巴腺，接受了三周的治疗。我一直同癌症做各种各样的斗争。几个星期前，一个朋友告诉了我你的书，我知道我必须读一读。这是个吓人的想法，因为我知道故事的结局。

我当时想："崔雅可能得了比我更严重的癌症。"但如果不是那样该怎么办呢？事实上，我同崔雅一样患的是恐怖的癌症。这本书刚读起来时，有些地方让人害怕，但最后能彻底地让人得到解放。

解脱了，因为崔雅几乎一步一步地描述了她如何克服癌症的痛苦，升华到精神上的自由和解脱，使死亡和内在的恐惧黯然失色。

亲爱的肯·威尔伯：

我今年14岁了。很小的时候我就很怕死。后来我读了崔雅的故事，从那以后，我就不再害怕死亡了。我想让你知道这个。

亲爱的肯：

我去年诊断得了晚期乳腺癌。我的一个朋友劝我读《恩宠与勇气》这本书。但我问他故事的结局是怎么样的时候，我的朋友告诉我"她死了"。我很长一段时间都不敢读这本书。

但当我读完这本书后，我想发自内心地感谢你和崔雅。我知道我可能也会死。但看了崔雅的故事，我不再恐惧了。第一次，我不再害怕。

大部分来信的读者都没有患癌症。其实崔雅的故事是每个人的故事。看起来好像崔雅"拥有了一切"：聪明、美丽、迷人、诚实、一个幸福的婚姻、一个奇妙的家庭。但是，像我们一样，崔雅有她自己的疑惑、不安全感、自责，以及对自身价值和生活目的的不解——更别说还要同致命的疾病进行残酷的搏斗。但崔雅与所有这些阴暗面打了漂亮的一仗，并取得了胜利。崔雅的故事让我们每个人了解到"胜利"这个词的真正含义，因为她总是昂起头，以勇气、尊严和慈悲面对每一次梦魇。

崔雅为我们留下了她的日记，告诉我们如何做到这一切。如何用静修的觉知来克服病痛的折磨；如何用心底的爱来面对世界，而免于自我封闭，变得烦躁和痛苦；如何用"无比的镇定"来面对癌症；如何抛开自怜，选择继续过开心的生活；如何无所畏惧：不是因为她没有恐惧，而是因为她勇敢地面对恐惧，即便在她将死的一刻。"我将把恐惧带到我内心的深处，用开放的态度来迎接痛苦和恐惧，面对它，包容它。认识到这些可以给生活带来奇迹。它使我的内心喜悦，滋润我的灵魂。我感到无尽的快乐。我没有想'击败'我的病痛，而是接纳它，原谅它。我会继续下去，不是伴随着痛苦和愤怒，而是坚定的意志和快乐。"

崔雅也是这样做的。她用超越恐惧的坚定意志和快乐面对生活以及死亡。如果崔雅能够做到，我们也能够做到：这正是本书想要告诉读者的，也正是读者在来信中告诉我的。崔雅的故事是怎样打动了他们，让他们记住什么是真正重要的。她为平衡自身的男子气质和女性气质所做的努力，在今天是如何直接触及到了他们的内心深处。崔雅非凡的勇气如何激励他们——男人或女人们——去承受难以忍受的苦楚；崔雅的经历如何帮助他们度过生命中最黑暗的时光；崔雅"充满激情的镇定"如何让他们重塑真实的自我。为什么所有读者都能在很深的层次上理解，这是一本有着意味深长的幸福结局的书。

〔来信的人还有很多是病人身边的支持者，与我一样遭受过或正在遭受双重打击：眼睁睁地看着心爱的人遭受折磨，却又不得不鼓起勇气告诉自己要坚强，绝不能崩溃。我希望《恩宠与勇气》也说出了他们的心声。那些愿意看看《恩宠与勇气》读者来信的朋友也许愿意去读一下《一味》(One Taste) 这本书。〕

写这本书的时候，崔雅的家人——拉德和苏、卡蒂、戴维、特蕾西和迈克尔——仍然健康幸福地生活着。崔雅经常说，她拥有这个世界上最好的家人。直到今天我仍然同意她的说法。

由崔雅和维姬·韦尔斯（Vicky Wells）创立的"癌症支持社团"(Cancer Support Community) 是一个在当地获得过嘉奖的机构，一直以来都运作良好。如果你有意捐款或需要提供帮助，可直接打电话到旧金山信息咨询中心 (San Francisco Information) 查询该机构的地址。

崔雅和我共同生活了五年。五年来的一幕幕早已深深地刻在了我的心中。我相信自己信守了承诺。我相信这一切都源于她的恩赐。我相信，我们中的任何一个人，在任何时候、任何地方，只要你愿意就能够再次见到崔雅，只要你表现得诚实、正直、无畏——因为那正是崔雅的灵魂。

如果崔雅能够做到，我们也能，这就是《恩宠与勇气》要告诉你的。

（许金声译）

给读者的短笺

崔雅与我初次见面时,彼此都有一种非常奇妙的感觉,好像生生世世我们都在寻觅对方,虽然我不知道这是否属实。我确知的是,自那一刻起,我所知道的最不寻常的故事便展开了。从很多角度来看,它都是难以置信的。我可以向你保证它绝对是真实的。

这本书叙述了两件事情:第一,就是那则故事。第二,书中介绍了世上伟大的智慧传统,或称长青哲学(perennial philosophy)。因为在最后的总结中,两者是不可分割的。

我认为崔雅所热衷的事物有五种:自然与环境(从保护到再创造)、手工艺与艺术、灵性与静修、心理学与心理疗法,以及社会服务组织。其中自然、手工艺和社会服务组织的意义是不解自明的,然而崔雅所谓的"灵性修持"是深思与静修,也就是以另一种方式说出了长青哲学。崔雅很少提及她的神秘体验,以至于许多人、甚至亲近她的人都断定,那对她而言是旁枝末节的事。崔雅自己则把它形容为"我人生的指引象征"。换句话说,它在这个故事里是绝对重要的。

后来我们发现,我和她深深地分享着这份对心理学和宗教的兴趣,我也曾就这个题目写了好几本书,因此以下的故事便穿梭解析了这些伟大的智慧传统(从基督教、印度教到佛教)、静修的本质、心理疗法与灵修的关系,以及健康与治疗的本质。诚然,本书的主要目的就是在于介绍这些主题。

虽然如此，假设你刚好读到这些解说的章节——它们占了本书的三分之一，而且相当醒目（第二章的专门术语特别多）——而你真正的兴趣却是继续追踪崔雅的故事，那么请你毫不客气地快速翻过这些章节，重回故事中；如果你还想回头，你可以在闲暇时细细阅读这些章节。

我第一次见到崔雅是在1983年一个微风轻拂的夏夜，地点是圣弗朗西斯科湾的某位友人家中……

1

几次拥抱，数个好梦

她总是称之为"一触钟情"。

活了三十六年才遇见"我梦寐以求的男人"，或者说在今天最接近那种理想的男人，接近死了！一旦我习惯他那剃得精光的脑袋，也就是说……

南得克萨斯州是我生长的地方，同年代的女孩都在做新嫁娘的梦，但我怎么也无法想像我会嫁给一位身高一米九五、长相如同外星人的哲学家、心理学家兼超越性论者。独一无二的整体感，奇特的职业组合，多么棒的爱人啊！并且深具才华。我过去经验里的男人，可亲的无才，有才的不可亲，而我两者都想要。

1983 年的 8 月 3 日，肯与我相遇。两个礼拜之内，我们便决定结婚。多年来我一直都有男友，也有过几次非常满意的关系，但我已经三十六岁了，竟然没遇到一个人能令我生起结婚的念头。我曾怀疑自己是否恐惧，或是太完美主义，甚至根本就是个无可救药的神经过敏者。经过一阵子的自我质疑和担忧之后，我已经可以很安适地接纳自己的情况，直到又看到别人恋爱、结婚、生活在各种关系之中，我再度怀疑自己是否正常……

我认为想"正常"只是为了要别人接纳我们。自小我就不喜欢招来别人异样的眼光，偏偏我日后的生活又称不上正常。我在七姊妹学院中的一所大学完成正规教育后，教了一年书，得到英国文学硕士学位，后来因热爱环境运动而搬到科罗拉多州的山区。环保、滑雪、打零工、教滑雪。接着，怀着内心深处一股无以名状的渴望，我骑自行车到苏格兰旅游，途中遇到一个灵修中心——芬德霍恩 (Findhorn)，我在那里一住就是三年，并且找到了解决那份渴望的答案，或者说部分的答案。我逐渐认清那原来是心灵的渴求，我在那儿学会了用各种方式去尊重那个急迫的召唤。我离开那里，是因为朋友们要我帮忙设立另一个自由的灵修中心——风中之星 (Windstar)，地点在科罗拉多州的阿斯彭城外。我希望我对灵性和环境的关注能在此交织。离开风中之星后，我在加州整合学院 (California Institute of Integral Studies) 继续读研究院，这是一所异于传统的学校，它整合了东西方的宗教训练与超越性哲学及心理学。

我第一次读到肯·威尔伯的书就是在这所学校里。听说他被视为后人本心理学领域首屈一指的理论家（后人本心理学涉及所有正统的心理学，此外还研究灵性体验）。他那时已被誉为"意识研究界等待已久的爱因斯坦"和"我们这个时代的天才"。我很喜爱他的书——它们明晰地阐释了我觉得棘手的许多问题，充分鼓舞了我。我很喜欢《普世的神》(A Sociable God) 那本书的封底照片。照片中的男士长相文雅，光头与眼镜衬托出他的热情与专注，背景是一片书墙。

1983年的夏天，我去参加一年一度的后人本心理学会议，听说大名鼎鼎的肯·威尔伯也在那里，但这回他不演讲。我远远地看到他好几次（一米九五的身高与光头是很难不被看见的），身边围了一群仰慕者。还有一次，他懒洋洋地瘫在沙发上，看起来有些寂寞。我并没有对这件事多加想像，直到几个星期之后，曾经和我一同去印度旅游的友人弗朗西丝·沃恩打电话来邀我与肯共进晚餐。

我不能想像弗朗西丝与罗杰居然相中了同一个人——泰利·吉兰。听说她非常漂亮，智力极高，有丰富的幽默感，身材好极了，又是道友，非常受欢迎。这件事听起来未免太完美了，如果她真的那么棒，为什么身边没有一个伴儿？我对这整件事有点存疑。我实在不需要再和另一个素不相识的人约会，我一边打电话给她，一边这样想着。我讨厌约会那一套例行公事，就像我厌恶牙齿的根管手术。孤独老死又有什么不对？太悲惨了吗？去他的约会。

我曾和弗朗西丝·沃恩及罗杰·沃尔什同住将近一年。弗朗西丝·沃恩是一位非凡女性，后人本心理学会从前的会长，人本心理学会未来的会长，许多本书的作者，最著名的一本是《内心的弧》(*The Inward Arc*)——更别说她有多漂亮，看起来比四十五六岁的实际年纪至少小十岁。罗杰是从澳大利亚来的，过去二十年都住在美国。他在澳大利亚已经获得相当于美国的硕士与博士学位，也曾写过好几本书，他和弗朗西丝合编了最受欢迎（也是最好的）后人本心理学的书《超越私我》(*Beyond Ego*)。罗杰就像我的兄弟（这是以前从未发生过的事），我们在天堂路上定居下来，就像一个小家庭一般。

当然，我们还少了一个人——我的配偶，因此弗朗西丝和罗杰四处替我留意任何可能的人选。有时弗朗西丝想到某个女人，罗杰便立刻向我解说："她不是特别好看，不过你也不是啊！"罗杰如果想到某人，弗朗西丝又会告诉我："她不很聪明，可是你也不太灵光啊！"总而言之，我记得那一年，我约会的所有对象，罗杰和弗朗西丝从未一致赞同过任何一位。

有一天罗杰对我说："我替你找到了一个完美的女人。以前我居然没想到她。她叫做泰利·吉兰。"我心想，这种事我早就经历过了，这一次就省了吧！

三天以后，弗朗西丝进到我房间里对我说："我替你找到了一个完美的女人。以前我居然没想到她。她叫做泰利·吉兰。"

我有一点惊讶,他们俩竟然意见一致,而且还相当热衷?我心想这必定是个既漂亮又有益于我的灵魂的女人。我看着弗朗西丝半开玩笑地说:"我会娶她的。"

第一次见面的情况是很不平常的。我们各有许多事先预定的计划,最后只好在我们都认识的朋友家碰面。这位友人正在和我从前的校友交往(也是肯前几任的女友)。我到达时已经是晚上九点了,肯与我连说"你好"的机会都还没有,我们的两位友人就开始提出他们关系中的一些深层问题。他们要求肯扮演"当晚的心理医生",于是接下来的三个小时便完全花在他们的问题上。看得出那一晚肯并不想如此度过,但他仍旧全神贯注,帮他们处理一些非常艰深的问题。他真的很棒。

我大部分的时间都在努力适应他的光头,我很喜欢他正面的样子,但是侧面……嗯!那就需要一些时间了。不过他的温柔、敏感与慈悲留给我很深的印象。特别是当他在帮助一位女性面对(诸如想要小孩等)关系复杂而又痛苦的问题时。

谈话进行了一段时间后,我们都到厨房去喝茶,肯伸手搂住了我。我觉得有点不自在,因为我根本不认识他,但我竟然也慢慢地伸手去搂他。接着某样东西触动了我,于是我伸出另一只手环抱住他,合上双眼。我当时有一种无法形容的感觉,很温暖,好像要溶解了,两个人似乎是一体的。我让自己在这份感觉里漂浮了片刻,然后才睁开眼睛。

刚才到底发生了什么事?那似乎是一份熟识的感觉,熟识得已经超越了现世。这和我们说了多少话根本无关。那份感觉有点令人发毛,一生只能有一次那样的感受。清晨四点,当我准备离去时,肯一把抱住了我。他说他很诧异,因为他根本不想让我走。那也正是我的感觉,好像我命中注定就是属于他的臂膀的。

当天晚上我做了一个有关肯的梦。我梦见我从市区开车经过金门大桥,就像昨晚一样,但是眼前的那一座桥并不真的存在。肯开着另一辆车跟在我后面,我们正要去赴约。那座桥通往一个奇幻的城镇,它有点像真的城镇,又有一点天界的质地,它充满着意义、重要性和美。

一触钟情。我们几乎没谈上一句话。从她打量我的光头的表情,我知道她对我绝非一见钟情。我呢!就像大部分人一样,觉得她相当漂亮,却对她毫无所知。但是当我搂住她的时候,我觉得所有的距离和界限全都消失;我们似乎合一了。那种感觉就像我们已经在一起好几世了。这一切的感觉都非常真实,但我不知该如何评断。崔雅和我仍然没有交谈,因此不知道对方也有相同感觉。我记得当时我心里还想:这回可好了,清晨四点,我在我最好的朋友的厨房里,只不过碰了某个素不相识的女人,居然有了一次神秘体验,这可不容易解释了……

当天晚上我完全无法入睡——崔雅的各种影像在我脑子里翻腾。她确实很漂亮,但真正的特质到底是什么?她的身上似乎有一股向四方发射的能量——一股非常安详而柔和的能量,但同时又是坚定而有力的;那是一种高智力的能量,充满着奇异的美感,但最主要的,它是"活的"。这个女人比我认识的任何一个人更能表达出"生命",包括她的动作、她头部的姿势、那股随时准备绽放的笑容,所有这些为这张我所见到的最开放与最透明的脸庞增色不少——天啊!她真的是活力四射!

她的眼睛似乎能透视每一样东西,但那绝不是一种具有侵犯性的眼神,而是自然的透视力。她似乎能完全接纳她所看见的所有事物,如同温柔而又慈悲的 X 光眼。我最后的结论是:一对忠于真相的眼睛。当她直视你的时候,可以很明显地看出这个人是永远不会对你说谎的。你会立刻信任她,她是我见过最有自信的人,又没有任何骄纵或炫耀的成分。你似乎很难想像她会变得慌乱。她稳重的性格几乎给人一股威胁感,然而眼神却是跳跃的、全观的、毫不沉重的。我心想这个女人是来游戏人间的;我不认为有任何事会吓到她。她周围散发着轻松的气息,很诚恳而不严肃;以她过剩的精力,她可以玩得起,如果她愿意,她可以摆脱密度而飘上星空。

我回神的时候吃了一惊:我找到她了,是的,我找到她了。

同样的清晨,崔雅写了一首诗。

> 昨夜是个动人的夜晚,四处缀饰着白兰地,
> 续杯、泡咖啡为交谈画上了标点,
> 当他处理他们关系中的问题时,
> 他的话语和微小的动作交织着细腻的探索和深切的关怀,
> 好似一首小步舞曲。
> 他以温柔和支持的态度提出棘手的问题,
> 深入地检查,
> 如同淘金一般,
> 先掘出一些尘土、一些小圆石块,
> 然后慢慢地深入母矿,最后发现了真相。
> 这整个过程是动人的,
> 我看着他如何继续往下探查,如何关怀,
> 然后得到一个极佳的解答,
> 我们大家都沉浸在充满着轻柔的气氛中。
> 当我回想这一切时,
> 我感觉我的心开了,
> 就像昨夜它被打开了那样。
> 他碰触我的时候,
> 我也有同样的感动,
> 首先是他的话语以及他的话语显示出的他,
> 他褐色的眼底那份温柔的深度,

> 接着是身体与身体自然地融合,
> 有件事很清楚地发生了,
> 我闭上双眼试着去感受那超越言语,
> 却又明显、真实,
> 甚至是不可表达的东西。
> 我觉得自己的心开了,
> 我信赖他甚于我信赖这整个宇宙。

我躺在床上,发现体内有些细微的能量正在流动,有点像所谓的拙火。东方宗教认为,这股能量象征灵性的觉醒,必须碰到合适的人或事物才会被唤醒。我静修已有十五年,这一类的微细能量在静修中是常有的,但从未如此明显。不可思议的是,同样的事在同一时间发生在崔雅身上。

> 今天早上躺在床上有一股沉醉的感觉。身上的微波振动得十分明显,手臂和腿部都有这种感受,不过最明显的部位在下半身。到底发生了什么事?是不是过去压抑的紧张放松了?
> 我把注意力集中在心的部位,我非常、非常清楚它打开了。只要一想到昨晚和肯在一起的感觉,一股惊人的能流便从心内涌出,沿着身体的中央往下冲,接着又涌上头顶。如此感觉欢愉、至乐几乎到了令人心疼的地步,它是渴望,是欲求,是开放,是脆弱,是一种竭力想达到对方的感受。好似长久以来我从未保护过自己,或者完全放弃了自我防卫……同时又觉得那么美妙。我爱极了这份感觉,它是活生生而又真实的,充满着能量与温暖。它把我的核心摇醒了。

我想把话再说清楚一点,崔雅和我那晚并没有睡在一起,我们甚至没谈上什么话,只有一次在厨房里彼此拥抱,后来在她离去之前,我们又有另一次短暂的拥抱。全部的交谈不过十五分钟。我们的关系仅此而已，然而我们都对当时发生的事感到吃惊。感觉太过于强烈了，因此我们试图让自己清醒和克制一些，但效果并不大。

那一天之后，我有一星期没看到肯。他告诉我他必须去洛城一趟，回来之后再和我联络。他不在的那段时间我做了两个有关他的梦。我很清楚这是一个重要的相会，但是我故意泰然处之。因为我很可能只是在幻想，或是建造空中楼阁，毕竟过去有过太多的失望。这个关系若要发展下去，到底拥有什么基础？不过是几次拥抱，数个好梦罢了。

一个星期以后，我们正式约会。肯一整晚都在谈他去洛城看望的那位女友。谈这些事有点令他困窘，我却觉得十分有趣。最后我才知道，他是为了隐藏他对我的感觉，才谈起别人的。我们从那一天开始便真的在一起了。如果分开，我们会让对方知道自己正在做些什么。当我们在一起时，我们喜欢亲密地触摸彼此。我觉得我好像渴望他很久了，不只是肉体，也是情绪和心灵上的，只有一个方式可以解渴，那就是尽可能相处在一起。

9月上旬某个可爱的傍晚，我们坐在我那幢位于穆尔海滩的房子甲板上品酒。四周充满着太平洋和尤加利树的气味，夏日傍晚的声籁轻柔地奏着，薰风轻拂过林间，远方有狗吠，下方的海浪拍打着沙滩。也不知怎么办到的，我们竟然可以一边喝酒，一边麻花卷似的缠在一起，真是神乎其技。沉默了一阵子，肯开口问我："这样的事，你以前发生过吗？"

我毫不迟疑地回答："没有，我从没有过这样的感觉，你呢？"

"这样的感觉，从未有过。"我们突然大笑了起来，他学着约翰·韦恩的声音，很夸张地说："朝圣者！这件事比我们两人要伟大多了。"

我的脑子填满了有关肯的念头。我爱他走路的样子、说话的神情，他的各种动作、衣着和一切。他的脸孔无时无刻不跟着我，我因此发生了几次不小的灾难。有一回去书店买几本他的著作，没想到因为想他想得太专注，竟然在开出停车场时撞上了一辆旅行房车。我开了那么多年车从未发生过意外。另一个傍晚我正要和肯碰面，脑子里同样塞满了有关他的念头，结果车子在靠近金门大桥的附近竟然没油了。这个意外让我很快地回到现实，不过还是迟到了好几个小时。

对我们两人而言，我们好像已经结婚了，只有一件事还需要做的，就是让别人也知道。崔雅和我从未提过要结婚，我们似乎都不认为有必要提，只觉得这是很自然的事。

令我惊讶的是我们两人都早已不再寻觅那"最合适"的人。崔雅两年来没接受过任何约会，我也是，然而我们却对结婚这件事有把握到只字未提。

在正式手续未进行之前（即我尚未求婚之前），我希望她和我非常要好的一位朋友——山姆·伯克尔兹见面。山姆和他的妻子及两个孩子住在博尔德。

山姆是香巴拉出版社的创办人兼社长，香巴拉被视为有关东西方研究、佛学、奥秘哲学与心理学最卓越的出版社。我们很久以前便认识了。那时山姆还开了家书局，即现在非常著名的柏克莱总店。当年二十岁的山姆总是亲自把邮购单放在书里，在地下室忙着打包寄书给不同的客户。如同时钟一般准确，每个月他一定收到来自内布拉斯加州林肯市一名小伙子的大量订单。山姆心里想着："如果这个家伙真的把这些书都读了，我们一定会听到他的消息的。"

我真的把那些书都读了。我那年二十二岁，正要完成生物化学硕士学位。本来我只想当一名医生，正就读于北卡罗来纳州都拉姆市的杜克大学医学院预科，读了两年才发现，医学对我的心智而言太缺乏创意，只要记住一些知识和资讯，非常机械化地应用于良善而毫不质疑的人身上。我觉得这份职业就像被美化的铅管工人，况且他们治疗人的方式并不仁慈。于是我离开杜克大学返回家乡（我的爸爸是一名空军，他和我妈妈被派驻在内布拉斯加州奥马哈的欧富特空军基地）。我在内布拉斯加州的林肯州立大学选修两门科目（一是化学，一是生物），后来才主修生化。生化比较有创意，至少可以做点研究或发现一点东西，发表一些新讯息、新观念，而不仅仅是应用别人教给我的知识。

虽然毕业时成绩优等，但我志不在此。生化、医学和科学当时已无法解决我心中最根本的傻问题，譬如"我是谁？""人生的意义是什么？""我为什么会在这里？"

和崔雅一样，我当时正在寻找某些东西，某些科学无法提供的东西。我开始着迷般地研究东西方伟大的宗教、哲学和心理学。我一天阅读两三本书，生化课时常不上，实验室里的实验也找借口不做（我们每周要切割上百只牛眼以研究视网膜，这真是令人厌恶透顶的工作）。我诡异的兴趣令我的教授们非常担忧，他们怀疑我正在搞一些不合乎科学的事。某回我本来应该向师生们做一次有关生化的"精彩"演讲，题目是《从牛的视网膜杆外缘分离出来的视紫红质的光异构作用》，我却仓促地将题目改成《现实是什么，我们如何认识它》。这篇演讲严厉地攻击依赖经验的科学方法论的不当，与会教员十分专注地聆听，并提出许多很有智慧而且思考周全的问题，他们完全理解我的论点。演讲结束时，后座有人耳语，但声音十分清晰，那句话总结了每个人的感觉："嘘！终于回到现实了！"

当时的情况真的很有趣，大家都笑了。但可悲的是"现实"的意义指的仍然是依赖经验的科学现象，也就是意味着只有人类感官或因此延伸出来的工具，如显微镜、望远镜、照相底片等等所能接收的现象。在这个狭窄的世界之外的任何东西——任何与人类灵魂、神、上帝或永恒有关的东西——都被视为不科学，也就是不真实的。如果我终其一生都研究科学，最后我可能只得到一个可悲的领悟，那就是科学并没有错，但它却是残忍地有限与狭窄。如果人类是由物质、身、心、魂与灵性所组合而成,那么科学在处理物质与身体时是非常漂亮的,处理心智时显得有点拙劣,处理灵魂或灵性的层面则完全无能为力。

我对于物质和身体不再有任何求知欲;物质与身体的真相多到令我窒息。我渴望知道有关心智,尤其是灵魂和灵性的真相。我想在我摄取的大量事实中寻到一些意义。

于是我开始研究香巴拉书局的邮购目录。那时我已离开研究所,放弃博士学位而改修硕士;当我告诉我的教授我准备写一本有关"意识、哲学与灵魂"之类的书籍时,教授们脸上流露出的恐怖表情是那个地方留给我的最后印象。为了付房租,我找到一份洗盘子的工作,一个月可以赚三百五十美元,其中有一百美元都花在香巴拉的邮购上了。

我真的完成了那本书。当时我刚满二十三岁,书名是《意识的光谱》(*The Spectrum of Consciousness*)。很幸运地,书评颇为热烈。这本书得到的正面回应使我有动力继续工作。接下来的五年,我洗盘子、当跑堂、在杂货店打工,就这样完成了另外五本书[1]。那时我习禅打坐已有十年,我所有的书都很受欢迎,我感到相当满足。我度过九年快乐的婚姻,即使后来离婚了也还是快乐的(我们到今天都是好朋友)。

1981年我搬到麻省的剑桥,为了挽救《回观》杂志(*Re VISION*),它是三年前由杰克·克里汀顿和我一起创办的。从很多角度来看,《回观》之所以值得注目,主要归功于杰克的领导和洞见。当时不同文化的哲学和各学科间的交互研究还十分被忽略,许多学者和知识分子对东西方研究以及科学与宗教的交集感兴趣,《回观》就像灯塔一般照亮了他们。

不可思议的是,《回观》只是两个人的舞台。我在林肯郡负责一般的

---

[1] 此五本书为《心无疆界》(*No Boundary*)、《宇宙意识的进化方案》(*The Atmar Project*)、《普世的神》(*A Sociable God*)、《来自伊甸园》(*Up from Eden*)、《全观之眼》(*Eye to Eye*)。

编辑事务，杰克在剑桥负责其他所有事务，包括编排、剪贴、结集、印刷和邮寄。他最后聘请了一位非常聪慧（也非常漂亮）的女性负责订阅部门，旋即娶了订阅部门的她，而她又迅速怀了孕。为了找到一份真正的工作，杰克必须离开《回观》，于是我只好前往剑桥探查是否能挽救《回观》。

我终于在剑桥见到山姆本人。我们非常投缘。他身材壮硕，一脸胡子，是个生意天才，非常有世界观，极为热情，他令我联想到巨大的玩具熊。他在剑桥调查是否有可能把香巴拉出版社搬到波士顿，后来他真的这么做了。

到了年底，我终于受够了。我的朋友都以为我会爱上剑桥，因为这里充满心智上的激励。而我却觉得，与其称之为激励，不如说是激怒。这里的人似乎把咬牙切齿地努力用功误解为思考。后来《回观》因搬到贺尔德瑞夫出版社而得到解救，我也从剑桥飞回了旧金山，飞回与弗朗西丝及罗杰同居的家，一年后他们把崔雅介绍给我。

山姆和家人已返回博尔德，在我尚未向崔雅求婚之前，我希望山姆和崔雅能彼此检验一下。因此我们去阿斯彭见崔雅家人的途中，顺道在博尔德停留。和崔雅谈了五分钟之后，山姆把我拉到一旁说："我不但赞成，还有点担心她会吃亏。"

当晚在博尔德的鲁迪餐厅，我向崔雅正式求婚。她只回答了一句："如果你不问我，我也会问你的。"

早先我就计划和我父母一道去科罗拉多，虽然肯与我相识不到两周，我仍迫切希望他能和他们见面。我先出发，让心底的警戒随风而去。我花了三天时间和我的父母及友人大谈特谈这位奇妙的、独一无二的、充满爱心的男子。我一生从未如此激赏过任何男人，而且我有两年没和任何人约会了，但我完全不怕亲友把我当傻子看，我对自己的感觉非常有把握。这些朋友之中有许多已认识我十年以上，大部分都认为我不会结婚了。虽然我并未提起这件事,和肯也没讨论过,我的母亲仍然忍不住问我会不会和他结婚。我能说什么呢?我必须说实话,是的!我们一定会结婚。

当我飞到丹佛机场与肯碰面时,我突然非常紧张不安。我十分反常。在等他的时候,喝了一杯饮料。我神经兮兮地盯着每一个走下飞机的旅客,心中暗自期望他最好不要出现。我等待的这名高大、光头、彻底不寻常的男子到底是谁?我准备好了吗?不,那一刻我真的没准备好。

他没搭上那班飞机,这给了我时间重新考量。我先是怕他抵达,没看到他反而松了一口气,后来开始有点失望,最后想到他可能不出现而惊慌失措。他是不是我虚构出来的人物?就算他是真实的,如果他决定留在洛杉矶陪他的前任女友?如果……我突然真诚地想再见到他一面。

没错,那的确是他,搭的是下一班飞机。我怀着紧张、窘迫和纯然喜悦的心情迎接他,但仍旧有点不习惯他醒目的外表所招来的注视。

在博尔德接下来的几天,我们都是和他的朋友们度过的。不管在公开场合或私下,我和肯总喜欢腻在一起,我开始怀疑他的友人对我的看法。某回和山姆及黑泽尔共进晚餐后,我与肯站在餐厅外,我问他到底告诉了山姆哪些有关我的事。他握着我的手,以那对褐色的大眼睛看着我说:"我告诉山姆,她就是我想娶的女人,如果她要我的话。"我毫不迟疑地对他说:"当然要。"(也许当时我说的是"我正要向你求婚呢!")我们大伙儿一起出去喝香槟庆祝,这时距离我们相遇只不过十天。那是一个可爱的、有风的夏末傍晚,空气非常清新,充满着能量。身后的落基山好像在朦胧中替我们证婚,给予我们祝福。我最爱的山,我梦寐以求的男人,我觉得自己快要乐晕了。

过了几天我们前往阿斯彭,那是我生活十载的地方。我的父母爱他,我的弟弟和弟媳爱他,我所有的朋友都爱他。我妹妹打电话来祝贺我,另一个则提出许多问题,看看这整件事是否属实。肯与我沿着我最爱的小径散步，两侧的小径美得如同雕塑。完美的山谷里长满了优雅的白杨和坚挺的冬青，裸露的岩石与山脊相连，水晶般的深蓝晴空有如布幔衬托着这些蚀刻。这是我曾经走过也跑过无数次的小径。每当我需要宁静时，我总是到这个山谷里观想。现在小溪的喃喃低语伴随着我们，偶尔有蜂鸟急速飞过。我们四周充满着白杨叶的沙沙声响，四处遍是火焰草、龙胆草、紫苑、白芷和永远那么可爱的漏斗菜。

当天傍晚我们到白杨林里的小木屋独处。这间小屋仿佛是地精或树灵盖的，其中一面墙由一块巨大、泛红、布满青苔的岩石构成；屋里的四个角落是仍然活着的白杨树干，其他的几面墙则是由手砍的白杨建造的。你经过这间木屋时可能不会注意到它，因为它和周遭的环境融和得太自然了。花栗鼠在屋里和屋外一样逍遥。肯和我谈论着未来，在彼此的怀里沉沉入睡。

我们俩坐在火炉前，火焰在凉爽的夜晚中燃烧，屋里的电又断了。崔雅对我说："它就在你的左肩上，你看不见吗？"

"看见？不，我看不见，到底要看什么？"

"死亡，它就在那里，在你的左肩上。"

"你是说真的吗？你在开玩笑吧？我不明白。"

"我们刚才讨论死亡是多么伟大的老师时，我突然看见你的左肩上有一个巨大的黑影。我很清楚那就是死亡。"

"你是不是常有幻觉？"

"不，从来没有。我只是很清楚地看见死亡在你的左肩上。我不知道这意味着什么。"

我禁不住看着自己的左肩，但我什么也没看见。

2

超 越 物 理

婚礼定在 11 月 26 日，距离现在还有几个月。眼前我们忙着做各种准备，其实是崔雅忙着准备。我正在写一本书——《量子问题》(Quantum Questions)，主要在探讨现代物理学伟大的先驱几乎都是心灵上的重视神秘体验者，譬如爱因斯坦（Einstein）、薛定谔（Schrödinger）、海森伯格（Heisenberg），这真是一个不可思议的事情。最冷硬的物理学居然和最温柔的神秘体验论吻合了，为什么？神秘体验论到底是什么？

我收集了几位科学家的文章，包括爱因斯坦、薛定谔、海森伯格、路易斯·德布罗意（Louis de Broglie）、麦克斯·普兰克（Max Planck）、尼尔斯·波尔（Niels Bohr）、沃尔夫冈·波利（Wolfgang Pauli）、亚瑟·爱丁顿爵士（Sir Arthur Eddington）和詹姆斯·金斯爵士（Sir James jeans）。这些人的科学禀赋是无需争论的（其中两位是诺贝尔奖得主）；真正令人惊讶的是，他们都共享相同的神秘体验论世界观，这可能是科学先驱最令人无法预料的事。

神秘体验论的精髓就在你生命的最深处及你本有的觉性中。从根本上看，你和大精神、神性以及万物都是一体，都是永恒不变的。听起来很不可思议是不是？让我们看一看现代量子力学诺贝尔奖得主薛定谔是怎么说的：

"你认为属于你自己的知识、感觉和选择并不是无中生有的。这些知识、感觉和选择基本上是永恒不变的，它们存在于所有的人类，不！一切有知觉的生命身上。也许听起来有点不合乎常理，但是你和一切有觉知的生命真的是一体的。你的生命并不是整体存在的一部分，从某种层面来看，你就是整个宇宙。这个奥秘是如此简单而明了：'我既是东也是西，既是上又是下，我就是整个宇宙。'

"因此你可以平躺在大地之上，在地母的身上伸展你的四肢，在心中领悟你和她以及她和你根本是一体的。你和她一样坚实——没错，比你想像的坚实一千倍。明日她可能将你吞没，也可能使你重生；不是'某一天'而是现在，今天、每一日她都使你重生千万次，如同她吞没你千万次一般。对永恒而言，存在的只有当下；当下是惟一不会结束的东西。"（《量子问题》）

根据重视神秘体验者的领悟，我们一旦超越或转化分离的自我感以及有限的自我，就会发现一个更伟大的我，一个无限、无所不在、永恒不变，与万有或大精神合一的我。如同爱因斯坦所说："人是整个宇宙的局部；这个局部受到了时空的限制。他体会到自己及自己的思想和感觉，与这个整体是分开的——这是一种意识上的视错觉。这种视错觉对我们而言却好像监狱一样，把我们局限在个人的欲望和对身边少数人的热情中。我们的任务就是从这个监狱里解脱出来。"

不论是东方或西方的静修或默观，不论基督教、伊斯兰教、佛教或印度教，都是要帮助我们解脱我们只是彼此分离的、脱离大精神的自我的视错觉，帮助我们发现一旦我们从个体的监狱中解脱出来，我们便和神性及万有合为一体，同样地永恒无限。

这不仅是理论，而且是直接、立即的体验。自古至今，世界各地都有相同的事情发生，如同薛定谔所说："如果某个文化环境里的某种概念是受限的或属于某些人的专攻，那么这一类的简单结论显然过于大胆。譬如以基督教的语言来说，它可能会变成：'我就是万能的上帝。'听起来不但大不敬，甚至有点疯狂。但请把这句话摆在一边，试想对印度人而言，这样的想法不但不亵渎神明，甚至代表对世界万象最深的洞见。多少世纪以来的重视神秘体验者都有相同的描述,如果把她或他的独特经验浓缩成一句话,那就是——我已经变成了上帝。"

这句话并不意味着我的个别的自我便是上帝,而是在我觉知的最深处,我直接与永恒相交。令这些物理学先驱最感兴趣的便是,这神秘的觉知与永恒觉知的直接相交。

在《量子问题》中,我试图展示那些世界上最伟大的物理学家们是如何、同时又是为何成为重视神秘体验者的。我想让他们生动地道出自己的想法,关于为什么"我们所经历的多数最美好的体验都是神秘体验论的"(爱因斯坦),关于为何"机械装置也需要一种神秘体验论"(德布罗意),关于那些存在于"永恒的神性头脑中"(金斯)的宇宙真相,关于为什么"在我们这个时代,任何包含了理性理解和神秘体验的综合体都称得上是一个神话,不管它能否被表达出来"(波利)。还有一点,也是最重要的,那就是所有这一切之间的关系,包括"人的灵魂与神性"的关系(爱丁顿)。

我并不是在强调现代物理学支持或证实了神秘体验论的世界观,我想说的是这些物理学家就是神秘家。他们的科学训练并不具有神秘性,他们的灵性训练并不是来自某种宗教的世界观;换句话说,我完全不赞同《物理之道》(The Tao of Physics)或《物理之舞》(The Dancing Wu Li Masters)之类的书籍。它们声称现代物理学支持或证实了东方的神秘体验论,这真是一个天大的错误。物理学是有限、相对和片面的,它对于实相的观察非常受限,它根本不处理生物、心理、经济、文学或历史的真相;神秘体验论处理的则是整体的真相。声称物理学证实了神秘体验论,就等于在说,狗的尾巴证明了狗的存在。

让我引用柏拉图的"洞穴"比喻来说明:物理学为我们详细说明了"洞穴"中的阴影部分(相对真理),而神秘体验论则直接导向超越"洞穴"的"光明"(绝对真理)。不论你怎么研究那些阴影部分,你仍然无法拥有光明。

更进一步地说，这些具有创见的物理学家，没有人认为现代物理学支持神秘体验论或宗教的世界观。他们认为现代物理学只是不再"反对"宗教的世界观，因为现代物理学比起古典物理学更能意识到自己的局限和片面，尤其在处理终极实相方面。爱丁顿同样也引用了柏拉图的比喻："物理学坦承它只能处理阴影部分，这是近代最重要的进展。"

所有的物理学先驱都是神秘家，理由是他们想超越物理的局限，进入神秘的觉知，也就是要转化这个世界的阴影现象，揭露更高、更永恒的实相。他们是神秘家并非因为他们研究物理，而是他们可以不顾物理；换句话说，他们希望神秘体验论是形而上的，也就是"超越物理"的。

至于现代物理学企图支持某个特定宗教的世界观，以爱因斯坦为代表的物理学家们称这样的企图"应该受谴责"，薛定谔甚至称之为"罪恶的"，他的解释是："物理学与宗教毫无关系，物理学以日常经验为起点，然后以更精致的方法进行研究，它不可能转化日常经验，进入另一个次元……宗教的领域是远远超过科学解说的。"爱丁顿非常确定地说："我不是在暗示新物理学'证实'了宗教或替宗教信仰提供了正面的立论。就我自己而言，我完全反对这样的企图。"

试想，如果我们真的声称现代物理学支持神秘体验论，那将会发生什么事?!譬如我们说现代物理学完全赞同佛陀的领悟，那么假设明日的物理学取代或替补了今日的物理学，难道佛陀就丧失他的领悟了吗？你了解问题所在了吧！如果你把你的上帝和今日的物理学挂钩，那么今日的物理学一旦有失误，上帝也会跟着产生失误，这便是神秘体验论的物理学家所关心的问题。他们既不希望物理学被扭曲，也不希望神秘体验论被迫进入一个先上车后补票的婚礼。

崔雅极有兴致地阅读这些章节——她很快便成为我的最佳编辑和最值得信赖的评论者。这是一本令我特别满意的书。崔雅和我都是喜欢静修的人；我们分享着一份神秘体验论或静思的世界观。我们的静修是直接超越个体、自我和俗世、发现更大的我或源头的练习。世上有这么多伟大的物理学家都是直言无讳的神秘家，这真是很大的鼓舞。我很久以前就认为只有两种人会相信宇宙的大精神——一种是智力不太高的人（例如奥罗尔·罗伯茨，Oral Roberts），还有一种是智力极高的人（爱因斯坦），中间则是那些不相信上帝或任何超理性事物的"知识分子"。总而言之，我和崔雅都相信上帝是人类心中最深的根基和终极，也就是说我们有可能是智力极高或很笨的人。我所谓的上帝并不是指某个拟人化的父权或母权的形象，而是纯粹的觉知或意识，一个我们可以在日常生活透过静修而领悟的真相。这份神秘的理解对于我和崔雅以及我们共同的人生都是最重要的事。

崔雅兴致勃勃地看我组合这本书，她认为不管我做什么，我其实都在拖延对未来婚礼该尽的责任，她也许是对的。

我和崔雅的联结继续深化，我们远远"超越了物理"！自古以来爱情便是转化自我、使人升华的途径；崔雅和我闭上双眼，手携着手，一同向上飞跃。

回顾起来，在遭受残酷的打击之前，我们的关系只靠这短短的四个月奠定基础。我们在这快乐的几个月里所形成的联结，帮我们度过了五年如噩梦般的医疗过程。这份煎熬如此难挨，使崔雅和我终于崩溃。我们的爱几乎瓦解，但后来又重新浮现，使我们再度联结在一起。

在热恋期间我们不断打电话和写信给朋友，这两名显然爱得几近疯狂的人获得十足的友情与耐性。我的朋友只看了崔雅一眼，便明白我为什么全力以赴；崔雅的朋友觉得这整件事十分有趣，因为他们从未见过她对任何事如此喋喋不休。我一反常态地寡言；崔雅则一反常态地啰嗦。

亲爱的鲍勃：

我会尽量言简意赅。我找到她了。我不知道这句话是什么意思，反正我找到她了。她的名字是泰利·吉兰，她……嗯！……她实在太令人满意了,既聪明又有才华,温暖而充满爱心、富有慈悲与关怀……还有,她比我认识的所有人都要勇敢与真诚。鲍勃,我想我会伴随这个女人到天涯海角。其实她并没有那么聪明,因为她对我也有同感。我们才认识十天,我就向她求婚了,你相信吗?她居然答应了,你相信吗?请你携伴前来参加婚礼,如果能找到的话。

PS·我知道婚礼的第二天你可能才会出现。

肯于穆尔海滩
1983 年 9 月 2 日

亲爱的爱莉森:

我终于找到他了。还记得我们替所谓的完美男人定下的"理想条件"吗?那到底是几年前的事?我订下的期限是何时?谁知道……其实我早就放弃了。我从未想过这样的事会发生在我身上。

他的名字是肯·威尔伯,你大概听过他,甚至读过他的作品。他的书都是有关意识和后人本心理学的,几乎各大学都采用(包括我曾经就读的加州整合学院),相信你会有兴趣。肯被视为后人本心理学中居领导地位的理论家,他曾自嘲地说:"被称为后人本心理学最顶尖的理论家,就像被形容成一个小城市中最高的建筑物一样。"

直到遇见肯,我才发现,原来自己早就坚信再也找不到一个我想要嫁的人了,坚信自己会以这种古老的、舒服的、独立的方式终老一生。三十六岁的我,从未考虑嫁给任何人,但是肯·威尔伯先生出现了!

我觉得我们始终都在一起。我从未对任何男人产生过这样的联结感,就好像我的每个细胞都和他在一块儿。这份联结感存在于每个层面,即使是最细微的。我从未如此被爱和被接纳过,也从未如此爱过和接纳过任何一个人。他绝对是最适合我的男人！事实上，对我最难的一件事，竟然是接受他的光头（他是禅门子弟，练习打坐已经十二三年了）。他三十四岁，高一米九五，身材很好，脸很美，皮肤洁净。我会在信中附上他的照片，也会送你几本他的书。

遇到他令我觉得真相大白……听起来有点夸张，但这确实是我的感受。跟随自己的内在直觉也许从表面看来有点令人迷惑，但还是正确的。我们俩都觉得我们在过去早已相识，又在此生继续寻找对方……我不知道自己是否真的相信这样的形容，但对我们来说这个比喻似乎是正确的。感觉上他真的就是我的灵魂伴侣，虽然这几个字听起来有点俗气。和肯在一起填补了我因自我怀疑和对这个宇宙的怀疑而产生的空虚。我非常敬重他的工作和他的才智，我更爱他在生活的每一个层面所展现的智慧。他很幽默，总是让我笑个不停，他给我的爱和赞赏是我从未经验过的。他是我见过最有爱心、最善良、最能鼓舞人的人。我们的关系非常自然、轻松、不需要做什么努力。我们是很好的伙伴，二十年后如果我们还在一起，那会是十分有趣的探险。我渴望能和他长长久久。

有时我简直不相信宇宙会让这件事发生，总觉得不可能这么顺利，然而我们真的深深相许，展望我们的未来和我们的工作是很令人陶醉的事。他现在已经算是和我同居了，计划未来的婚礼似乎很怪，因为我们觉得我们早已结婚，婚礼是为家人举行的。

亲爱的，这就是我的大消息，最近我除了继续咨询工作之外，便是和肯一起消磨时间。现在已经很晚了，我也很累了，在婚礼中我会告诉你更多的事！

爱你的泰利
1983 年 9 月 24 日

我一直盯着自己的左肩，可是我什么也没看到。我想崔雅也许在开玩笑；毕竟我和她还没有熟到那种程度。"你的意思是不是你象征性地看到了它？"

"我不知道这到底意味着什么，但我真的在你的左肩上看到一个死亡的阴影，就像我见到你的脸孔一样。它像是一个黑色的小鬼，面带微笑地坐在那里。"

"你确定这样的事不常在你的身上发生吗？"

"从未有过，我很确定。"

"为什么是左肩？为什么是我？"这件事开始有点诡异了。屋子里只有微弱的火光，气氛令人毛骨悚然。

"我不知道为什么，但似乎非常重要。我是很认真的。"

因为她这么坚决，我禁不住又看了一下自己的左肩，还是什么也看不到。

婚礼前的一个月，崔雅进医院体检。

我躺在检验台上，双腿分开，膝上盖着一张白色的罩单，整个人裸露在冷空气和大夫探测的双手中——典型的妇科内诊。在这个时刻做全身体检似乎是很好的主意，因为我马上就要结婚了。我一直觉得自己健康得像一匹马，所以没有定期体检。大夫在检查我的时候，我把他幻想成非洲酋长，正在替儿子未来的媳妇检查牙齿和胫骨。

我的脑子里充满各种计划和问题：婚礼该在哪里举行？该邀请多少人？该选择什么样的水晶杯和瓷器？这都是一对新人在典礼举行之前必须决定的大事。婚礼定在我们相识的三个月后，准备的时间实在不够。

大夫的检查继续进行，他现在正在推压我的腹部和胃部。他是一位很好的医生，我很喜欢他。他是一名全科医生，对各个层面的健康问题都感兴趣，因此，他不仅仅是一名医学博士，还是一位临床治疗师。这一点可以从他的工作方式及办公室的气氛中看出来。他真是一个好人。

现在他正在检查我的胸部，他先从左边开始。从十二岁起我就拥有这对大乳房了。我记得自己还曾经害怕它们会长不大。有一次我和一个女孩坐在浴缸里，各自按摩和拉扯自己的乳头，希望快点长成真正的女人。结果它们真的长大了，不但速度太快，尺寸也太大了一点。我记得有一次参加夏令营，还向别人借过胸罩。我的乳房曾经带给我无数的窘境。男孩故意在没有什么行人的街上从我旁边挤过。长大后，男人的眼光似乎总无法集中在我的脸上。我的衬衫扣子时常被撑开。宽松的上衣令我看起来肥胖或像怀孕，上衣如果塞在裙子里也会显得很胖或胸部过大。我就是男人所谓的波霸。我永远都需要穿胸罩，慢跑和骑马时需要穿特别强韧的胸罩。如果我能找到合乎尺码的比基尼或两件式的泳装，在我眼里它们还是显得猥亵。

但我毕竟还是学会了如何适应自己的独特，而且逐渐喜欢上它们。从《花花公子》的角度来看，它们可以称得上是柔软、坚实与漂亮。很明显我继承了祖母的特点。我是家里有这种问题的四个人当中的一个。妈妈曾经建议我去做缩胸手术，我想她是担心我不好选衣服。我当时觉得没有必要，不过在很多年前，还是去见过一位整形外科医生。他向我解释了手术的过程，但他也同意我的看法：我的胸部虽大，但还没有大到需要用这么激烈的方式来对付。

接着，大夫开始检查我的右胸，这么仔细的检查是我每个月该做的，可是没有人教我怎么做。

"你知不知道你的右胸有一个瘤？"

"什么？一个瘤？不，我不知道！"

"它就在你右胸下方四分之一处，你应该很容易就感觉到它。"

他拉着我的手伸向那个区域。没错，我很容易就摸到了它。太容易了一点，这么大的瘤，找到它是举手之劳的事。"大夫，你认为它是什么东西？"

"嗯……它的尺寸很大，而且相当硬，没有和肌肉组织相连，很容易移动。这些特点加上你的年龄，我认为不必担忧，也许只是个囊肿。"

"你认为我该怎么做？"到目前为止还没有人提到癌症这两个字。

"依你的年龄来看，不可能是癌症。我们何不等一个月，看看它的大小会不会改变？它可能随着你的经期而改变，一个月后再来看我好了。"

我松了一口气，穿上衣服离去。我的脑子里充满着婚礼的各项计划，此外我正在修心理学和心理咨询的硕士学位，我必须读很多的书、在咨询中心见习，然而在这么多事情的底端，却潜伏着一股恐惧的暗流。有可能是乳癌吗？我知道我心里有点害怕。这不是三言两语可以形容的感觉，似乎心里已经有数。我虽然忙着做各种准备，手仍然不自觉地会去触摸那个尖硬不变的肿瘤。到旧金山闹市区购买婚礼要穿的鞋子时，它依然健在。坐在书桌前打电话安排婚礼的各项事宜时，它仍然在那里。每天晚上躺在未来夫婿的身旁，钻进他那修长的手臂时，我仍旧可以感觉到它的存在。

我觉得那个肿块根本没什么。它非常硬，像石头一样，这一点很糟糕。但它还算匀称，能和其他组织分离开来，这是好的方面。不管怎样，只有十分之一的可能是癌症。我们所有的朋友都觉得没什么大不了的，而且我们那么相爱，一定不会出错。我们的地平线上只有一件事，那就是婚礼和从此"过着快乐幸福的日子"。

我忙忙碌碌地到处为三周后的婚礼置办物品。这真令人难以置信的激动。我是那么确定，尽管还很紧张，要准备一件自己从来没有任何经验的事情原来是那么复杂。有时我会感到右胸剧烈的疼痛，接着担心起来，感受到那个肿块，坚硬而平滑，忍不住想知道它的情况。

有那么多事要做！我们最近才刚刚从东岸旅行回来，去见了肯的父母。我的父母也来过了一个周末，帮我们寻找并安排能举行婚礼的场所，还帮我们做请柬。

我们当然还可以等待。一直以来，我都幻想着能在科罗拉多一个绿色的山谷中举行婚礼——如果那个从来没有妄想过会发生的婚礼真的来了的话。但是，我不想等到明年夏天了，三周后的婚礼日期正好夹在感恩节与圣诞节之间。选择一个不太吵闹的月份来庆祝结婚周年，当然是件很棒的事，但是我很着急。我还记得前不久曾经说过"由于一些原因，我似乎真的很着急要赶快结婚"。我出于本能地记下了那句话，甚至在肿块发现以前。

我担心了那么多年，担心自己是不是在寻找不可能存在的完美，害怕为爱做出一个承诺，现在，我们终于结婚了。我认识肯才不到四个月的时间，但我很肯定这份感觉。那天在去婚礼的路上，肯悄悄对我倾诉许多美妙的事，什么花了几辈子的时间来寻找我，披荆斩棘才找到了我，还有一些浪漫的、充满诗意的、可爱的话语。我深深地感受到他的真挚。不过当时有点发窘，因为我不知道父母当时是否也听到了。

婚礼的那一天，天气非常晴朗，那是狂风暴雨持续一周后的第一个好天气。替我们证婚的是两位非常亲近的友人——大卫·威尔金森和迈克尔·阿布都神父。前者是我在芬德霍恩结识的卫理公会牧师，后者则是科罗拉多老家旁的天主教修道院的院长。当我和肯订婚时，我寄给阿布都神父一箱肯的书，并附上一封信告诉他我们要结婚了。据说，当时阿布都神父打开了箱子，说："噢！泰利发现了我最喜欢的作家。"当他再打开那封信的时候，他说："噢！泰利要嫁给我最喜欢的作家。"我的牧师朋友提醒我们婚姻很可能是监牢（我们的身后有一朵阿尔卡特拉斯玫瑰，衬托它的是圣弗朗西斯科湾闪耀的海水），但也可能带来自由与美。接着他指向衔接两块陆地的金门大桥，象征着我们在这一天彼此的结合。

喜酒十分有趣，亲朋好友带来了丰盛的食物和香槟。我很喜欢《奇迹的课程》(*A Course in Miracles*) 发行人朱迪思·斯库奇的话："这是一场由皇室举办的婚礼！"我兴奋得快要发狂了，希望婚礼后能有时间让所有的事沉淀一下。那天晚上，我既亢奋又疲惫地在我丈夫的怀中酣然入梦。

接下来的几天，我根本没时间检查肿瘤。周围的人不断安慰我，而且婚礼已经把我忙垮了。对它的恐惧此时已逐渐消失，回到医生那里复检时，我觉得相当轻松。

我们把到夏威夷度蜜月订在两周后，因为崔雅必须结束她的课程、完成期末考试。几乎每个人都不再担心她的肿瘤。

"它仍然在那里，好像没多大改变。"我的大夫说。"你有没有注意到任何变化？"

"大小或触感都没什么变化。不过，我右胸的其他部位有时会剧痛，肿瘤的周围却没有感觉。"我回答他。在沉默中我可以感觉大夫正在思考该怎么办。

最后他终于说："你这个病很难下结论，也许是囊肿。你的年龄、健康情况以及它的触感，都让我觉得不严重。但为了审慎起见，还是该拿掉它，这是最安全的做法。"

"好，如果你这么认为。反正我的胸部还有很多剩余的组织，肯和我一周后要去度蜜月，我们会离开两个星期，能不能等三个礼拜再说？"我最关心的还是我们的旅游。

"可以，等三个星期应该没有危险。度蜜月时最好不要担心伤口。我希望你能去见另一位外科大夫，征求一下他的意见。"

我并没有对这件事多做思考，毕竟我只是在采取必要的预防措施。第二天我来到这名外科大夫的诊所。他很仔细地检查我的胸部和肿瘤。如果是恶性肿瘤，皮肤看起来会有点不平，我的皮肤并没有不平，肿瘤又没有和任何组织相连，他也觉得只是个囊肿。接着他用一根针插进我的肿瘤，如果是液状的，针管便可将它吸出，只要几秒钟，肿瘤就不见了。但他的针插进我的肿瘤时，却碰到一个尖硬的东西。大夫似乎有点吃惊，他说可能是良性纤维瘤。他建议把它拿掉，他认为三周后再拿也不迟。于是我带着胸上的淤青走出了诊所……

既然医生们都确信没有什么好担忧的（虽然它还是该"切除"），于是大家都不再担心，除了崔雅的母亲之外。

母亲非常坚持，她希望我去见一位血液肿瘤外科大夫，虽然我四天后就要去度蜜月，还要通过期末两个考试。我先是抗拒，后来只好答应，因为她很清楚自己在建议什么。十五年前母亲因发现自己得了结肠癌，令全家为之震惊。

那是我大学毕业后的第一个夏天，那段日子的惊恐和困惑，我到现在都还记得，我们全家在休斯敦安德森癌症中心的大楼里徘徊，看起来是那么的惊愕、惶恐与不解。母亲躺在病床上，到处都是管子。我模糊地记得自己匆匆回家，心里有一股未知的感觉，接着我搭机飞往休斯敦的安德森医院。我记得旅馆的房间，我父亲在房间里、在停车场来回地走着。他尽力照顾我的母亲，试着向我们解说，努力和自己的恐惧相处，安排所有的事宜和做决定。当时那件事情并没有严重地打击到我，我觉得自己是恍恍惚惚度过的。我并不了解癌症是什么，手术过后去探望母亲，我还因为服了镇静剂而头晕脑涨。接下来的几年，她每一次重返医院复检，家里的气氛都因此而紧张不安。但在那些日子里，我还是不觉得严重。

现在已经过去十五年，每一次复检她都安然通过，每一次全家都松一口气，恐惧也跟着降低一点，世界似乎因此而稳定一些。我的父母是那么亲密，无法想像他们如果失去对方将如何生活，我从未思考过，如果母亲因癌症而死，会是什么情况。我的无知替我省去了不必要的担忧。十五年后的今天，她似乎安然无恙，坚持要我征求第三位医生的意见，她建议我该去看安德森大夫。多年来我的父母因感激安德森的妥善照料，愈来愈常参与安德森癌症中心的事务。

但我想去的是夏威夷而非休斯敦。我打电话给我的一位远亲，他是一位肿瘤大夫，他给我推荐了一位血液肿瘤大夫。母亲想更进一步地了解这位彼得·理查兹大夫。后来我们发现，原来理查兹大夫就是十五年前替我母亲开刀的那位外科医生的学生。多么幸运啊！安德森医院大力推荐，说他是多年来最好的医生，他们很希望他能留在医院服务，但他选择回到旧金山的儿童医院，因为他的父亲是那里的首席外科。我心里一直在想，这是一个很好的兆头，母亲也非常满意。

第二天我到彼得·理查兹大夫的诊所，很快便对他产生了好感。他很年轻、可亲，而且很能干。他检查完我的肿瘤后，也建议我把它拿掉，而且他觉得应该立刻取出来。

也许我仍旧为婚礼、为坠入情网、为夏威夷的蜜月而兴高采烈，因此这件事一点也没困扰到我。我们决定第二天，也就是星期四下午四点进行肿瘤切除，这样实验室更有足够时间检查冷冻切片，然后给我们一份报告。因为手术当日即可返家，而且只有局部麻醉，我想我还是能参加明天的期末考试。我计划期末考试一结束，就立刻启程前往夏威夷。

理查兹大夫很温柔地问我："如果有状况发生的话，你怎么办？"

我回答："那么我们就不去了。"我因无知而快活。经过几周的恐惧，现在我已换上"如果是癌症我也能应付"的乐观态度。

当晚和第二天我都在准备考试。肯正埋首完成《量子问题》。我告诉他不需要陪我去医院,因为我不想打断他的工作。多年来我早已习惯自己处理事务,而不习惯求助于人。肯很惊讶我竟然会想自己单独前往医院,但是当他决定陪我一同前往时,我暗自松了一口气。

崔雅和我前往儿童医院,一路谈论着夏威夷的蜜月计划。我们找到当日返家手术区,开始办理各种手续。突然我变得非常不安,手术还没开始,我已经觉得不对劲了。

肯比我更紧张。我脱下衣服,换上手术衣,戴上手术圈以辨别身份。一位年轻的斯堪的纳维亚大夫来到我身边,问了一些看来无关痛痒的问题,后来我才明白它们的重要性。

"你第一次月经来潮是几岁?"

"应该是十四岁。比大部分人都晚。"(月经来得早的女人得乳癌的几率大)

"有没有小孩?"

"没有,我从没怀孕过。"(三十岁还没生小孩的人得乳癌的几率更高)

"你的家族中有没有人得过乳癌?"

"我一时想不出有什么人得过。"(我几乎完全忘掉母亲的妹妹五年前得过乳癌。家族之中如果有人得乳癌,罹患此病的几率比一般人高)

"你的肿瘤会不会痛?以前有没有痛过?"

"没有,从没有痛过。"(癌症肿瘤几乎从来不痛)

"你对这次的手术有什么感觉?如果觉得紧张,我们可以给你一些镇静剂。"

"我觉得很好,似乎没有必要。"(研究报告显示,手术前会害怕的女人,比较不容易得癌症;那些看起来非常平静的人,反而容易得)

"你们两位是不是素食者？我从人们的肤色可以看出他是不是素食者。"

"没错，我们两个都是。我从1972年开始吃素。"（我小时候吃的东西有很多动物性油脂，有人说这也是导致乳癌的原因之一）

不久我躺在一张急诊床上，正通过一条只看得到天花板的长廊。鸟瞰的相反词是什么？因为接下来的一个小时我都处在那种情况里。我发现手术房出奇的冷（为了不让细菌滋生）。一位护士递给我一条很温暖的罩单，像是刚出炉一般。她一边准备，我一边和她聊天。我对所有的程序都很感兴趣，希望得到最详尽的解说。她为我贴上心脏测试器，她说如果我的心跳降到六十以下，测试器就会发出警讯。我告诉她我的心跳通常比较慢，于是她把标准降到五十六。

我们这一群人，包括那位友善的护士、斯堪的纳维亚大夫和我的好友理查兹大夫，开始闲聊起度假、爬山、滑雪、亲人、哲学，等等。他们在我搜寻的双眼和我的右胸之间架起了一层薄薄的屏障。我很希望有一面镜子能让我看到手术的过程，后来觉得太血腥而作罢，早先打进我右胸的麻醉药已经起了作用。我所想像的手术画面十分鲜活，但也许是不正确的。有几次心脏测试器发出警讯，显示我的心跳已低于五十六，然而我是那么的平静。理查兹大夫和助理讨论皮下缝合的技术，接着手术大功告成。

我听到理查兹大夫说："叫某某大夫来！"我的心跳突然加速，我立刻问道："出了什么差错吗？"我的声音带着惊恐，我的心跳远远超过五十六。理查兹大夫说："哦！没什么事。我们只是在叫一位等着化验肿瘤的病理大夫。"

一切都很正常，我放松了下来，不太明白为什么惊慌失措。医护人员帮我清理完身体，掀开被单扶我坐上轮椅。这时我已不像手术前通过走廊时那么无助。我被推到护士的桌前填写表格，心里想着第二天的考试。理查兹大夫出现在我面前，询问肯在哪里，我漫不经心地说他可能在等候室。

当我看到彼得走下楼梯时，我已经知道崔雅得的是癌症了。我要求值勤护士带我们去密室商谈。

几分钟后，我们三个人来到密室。理查兹大夫喃喃自语地说他很抱歉那个肿瘤是恶性的。我震惊得几乎僵住了。我没有哭，茫然地问了几个很理性的问题，尽量把持住自己，连一眼都不敢看肯。当理查兹大夫出去叫护士时，我回头看了一下肯，周遭的一切突然消失，我从轮椅上站起来，扑向他的怀里，开始放声大哭。

灾难爆发时，脑子里往往升起很怪的念头。我觉得宇宙突然变成了薄纸，有人在你眼前把这张薄纸撕成了两半。我因震惊过度而有一种非常坚强的感觉，这份坚强感来自彻底的冲击和茫然失措。我很清醒，全神贯注于当下。我记得塞缪尔·约翰逊（Samuel Johnson）曾就事论事地说过："面对死亡能使你的心格外专注。"没错，我确实格外专注；但是我们的世界却被撕成了两半。当天所有的事情好像都以慢动作进行着，一幕又一幕，就像痛苦的静止镜头，没有任何保护和过滤。

接下来所发生的事，我只记得一些片段。当我放声大哭的时候，肯把我抱进怀里。我竟然想一个人来医院，我是多么的愚蠢啊！接下来的三天我好像都在哭，但不知为了什么。理查兹医生回来告诉我们未来可以做的选择，譬如乳房切除手术、放射治疗、植入手术、去除淋巴结等等。他说他并不期望我们把这些名词记住，他会很乐于再解说一遍。我们有一个礼拜至十天的时间做决定。一名在乳房健康咨询中心工作的护士给了我们一大堆资料，并且给我们做了最基本而无趣的解说；世界快毁了，我们根本听不进去。

我突然想奔出医院，出去吸一口正常的空气，我不想再看到穿白大褂的人。我觉得自己好像是一件被毁掉的东西，我很想对肯致歉。这么棒的一个男人，与我结婚还不到十天，却发现他的新婚妻子得了癌症；就好像打开一个等待已久的礼物，却看到里面的水晶礼品已经破碎。结婚不久就要承受这么大的打击，对他而言太不公平了。

肯立刻打断了我的想法，他甚至让我觉得有这样的想法是很蠢的事。"我找你不知多久了，能拥有你，我已经很高兴了。我不会放你走的，我会永远陪着你，你不是一件已经毁掉的东西，你是我的妻子、我的灵魂伴侣、我人生的光明。"他根本不让我独自面对这件事，毫无疑问地，他将尽可能陪在我身边；未来的几个月我发现他真的办到了。

我记得在我们开车回家的途中，肯问我得癌症会不会觉得丢脸，我说不会，我没有这样的感觉。我不觉得那是我的错，我只觉得自己像一名中奖的现代人。四个美国人之中就有一个人得癌症；十个女人中就有一个得乳癌，但大部分人罹患的年龄都比较晚，大夫们通常等女人三十五岁以后才替她们做乳房检查。我从未听说波霸级的胸脯会有更高的危险性，但在三十岁以前生个孩子似乎能得到某种保护……关于这一点我是无能为力的，因为我的人生没有朝这个方向发展。

我们回到穆尔海滩的家，整个晚上我们勉强自己打电话通知亲友。

我蜷缩在沙发里哭，一想到癌症这个名词，泪水就像反射动作一样涌了出来，好像这是惟一正常且妥当的反应。肯打电话通知亲友这个坏消息时，我只是坐在那里时而低泣、时而饮泣；我根本没力气和任何人讲话。肯来来回回地一会儿打电话，一会儿跑过来拥抱我……

过了一阵子，我的感觉突然改变了，自怜失去了它的味道，脑子里不断捶击的"癌症"字眼也愈来愈少。眼泪不再能满足什么，就好像吃了过多的饼干而失去滋味。肯打最后几通电话时，我已经平静得可以和他们讲话，这总比坐在沙发上像个涨得漏水的瘤要好一些。"为什么是我？"之类的问题被"现在该怎么办？"取代。

往事像静止的画面一幕幕缓慢、痛苦而鲜活地掠过。医院里打来了几通电话都是坏消息，肿瘤有两点五厘米大，也就是把崔雅列入第二期癌症的阶段。它们很可能透过淋巴系统扩散，更糟的是病理化验显示，这个肿瘤的细胞极度分化不良（也就是说非常像癌细胞），如果有一到四的等级，那么崔雅的肿瘤应该属于第四级——很难杀死，而且成长速度非常快。

虽然每件事都像慢镜头一般痛苦地发生着，但每个镜头也都包含了太多的经验及太多的讯息，因而制造出一种古怪的感觉：好像事情既快速而又缓慢地发生。我的脑子出现了一个打棒球的画面——我站在那里戴着球套，有几个人不断丢球给我，许多球都打在我的身上和脸上。我站在那里，带着傻傻的表情说："喂！伙伴们！可不可以慢一点，让我喘口气吧……"坏消息还是不断地传来。

没人打电话告诉我们任何好消息，这难道还不够吗？来一点希望之光吧？每一通电话打来，我都重新经验一次自怜，为什么是我？我没有打断心中的反应，过了一会儿，我已经可以平静地把这些消息视为实际的报告。事情就是这么简单，我有一个两点五厘米的肿瘤需要切除，它是会扩散的癌；而且肿瘤细胞极度分化不良。这是我们目前知道的所有讯息。

时间很晚了，肯去厨房泡茶。外面的世界安静下来，我的眼泪也开始涌出。那是无声而绝望的眼泪，这件事真的在我身上发生了。肯回到房间看着我，没有说一句话，他坐下来把我紧紧地拥在怀里，我们不言不语，望着黑暗发愣。

3

被意义定罪

我突然醒了过来，非常不安，这时应该是清晨三四点。肯在我身边睡得很沉，外面黑暗而寂静，从天窗可以看到星星。我的心一阵绞痛，喉头跟着紧缩，我在恐惧什么？我发现自己的手正在抚摸右胸上的绷带，我可以感觉底下的缝线。我想起来了，我不想记住它，也不想知道，但是癌症在我婚礼后的第五个漆黑的夜晚唤醒了我。我得了癌症，我得了乳癌，几个小时前一个坚硬的肿瘤才刚从我的右胸部除去。

我得了癌症，我得了乳癌。我相信这是真的，但同时我又不相信。我不能让它进入我的头脑，这会让我在夜里睡不着觉。它卡在我的喉咙里，从眼睛里流出来。这件事真的在我身上发生了，它让我的心怦怦地直跳，在这平静温柔的夜晚，它的声音那么大。肯躺在我的身边，睡得很沉，我可以感觉他的温暖和坚强，可是我突然觉得非常孤单。

不，我不能入睡，我的喉咙发紧，我的胸口剧痛，我紧闭的双眼拒绝接受这个事实，我该怎么办？我坐了起来，小心翼翼地爬过肯的身体。屋子里很冷，我穿上浴袍，把自己舒适地裹在这份熟悉感中。现在是十二月天，这所坐落于太平洋的房子里没有任何暖气设备。我可以听到穆尔海滩在黑暗中的浪涛声。我没有生火，只披着一条毯子取暖。

我清醒得不得了，独自一人和自己的恐惧相处。我该怎么办？我不觉得饿，不能打坐，看书又不太妥当。突然我想起护士给我的那包资料，对了，我应该读一读。这样似乎可以减少因无知而滋长的恐慌。

我蜷缩在沙发上，把毯子裹得更紧一点，不知道今夜有多少女人被同样严厉的打击唤醒？有多少女人心中正击打着癌症的无情鼓点！环绕着癌症这两个大字，我们的文化编织出无尽的影像、概念、恐惧、故事、照片、广告、文章、电影和电视；它们充斥着恐惧、痛苦和无助。这两个字不是什么好东西，我必须摆脱它。虽然我对癌症知道得很少，但这些故事告诉我，它是恐惧的、痛苦的、无法掌握的以及神秘而强大的。没有人了解它，没有人知道它是怎么开始或如何才能制止它。

这就是一直在我身体里滋长的东西。我打了个冷颤，像蚕茧一样把自己裹在毯子里。长久以来我每个星期慢跑十二里路，我吃得很好，通常是生菜沙拉和蒸过的青菜，我一直规律地静坐、学习，过着宁静的生活，谁能了解为什么是现在？为什么是我？为什么人会得癌症？

我坐在沙发上，腿上堆着纸张和小册子。我急于想知道更多，无知会助长我的恐惧，于是我开始阅读。某个女人发现自己的肿瘤时，大小就像一个苹果，我的是两点五厘米。我读到一个孩子得了白血病，这么小的孩子就要受这样的折磨，到底是为了什么？我读到一些从未听过的癌症种类，还有手术、放射线治疗和化疗。资料显示某个百分比的人经过五年仍然存活，另外一个百分比的人死亡了，我将属于哪个百分比呢？我现在就想知道，我无法忍受的是这种未知，这种在黑夜中的探索和战栗。我该不该准备活下去？或者准备等死？没人能告诉我，他们只能给我一些数据。

我继续沉潜于这些文字、照片和数据中，它们填满了我的脑子，使我不再想那些令人恐惧的故事。彩色照片中的病人躺在手术台上与充满关爱的医生商量事情，另外有些病人和家属对着镜头微笑。不久便轮到我了，我也会变成一个癌症的数据。这些照片很清楚地告诉我，这件事不只在我身上发生，多少人已经深深地涉入这场癌症的战争。

> 阅读安抚了我,今晚这些资讯就是我最好的治疗。后来我发现我知道得愈多,愈感到安全,即使坏消息也是如此。无知令我恐惧,知识却能安抚我的心。真的,最糟的就是无知。
>
> 我爬回床上,紧紧靠着肯温暖的身体。他已经醒了,安静地望着天窗。"你知道我是不会离开你的。"
>
> "我知道。"
>
> "孩子,我认为我们可以战胜它,我们首先得弄清楚该怎么办……"

就像崔雅所说,我们眼前的问题并不是癌症,而是取得足够的资讯。你所能得到的癌症资料,基本上都不属实。

让我来解释一下,不论一个人得的是什么病,他必须面对两个不同的实存。第一,这个人必须面对疾病的整个过程——骨折、流行感冒、心脏病突发、恶性肿瘤,等等。以癌症为例,它只是某一种特定的与医药和科学有关的疾病罢了,本身并没有什么价值判断,它和是非、对错无关,就像一座山的存在一样。

然而,一个病人还需要面对他的社会或文化赋予那个特定疾病的批判、恐惧、希望、神话、故事、价值观和各种意义,这些我们可以统称为"心病"。所以癌症不仅是一项疾病、一种科学和医学的现象;更是充斥着文化和社会意义的心病。科学能告知你何时、如何得了这个病,你所属的文化或次文化却教导你如何形成心病。

疾病不一定是坏事,如果一个文化对某种疾病能抱持慈悲与理解,那么任何病都可视为一项挑战,一次治疗的机会。如此一来,"病"就不是一种谴责或诅咒,而是更宽广的治愈与复原的过程。如果我们从正面和支持的角度来看疾病,疾病就更有可能被治愈,病人也能因此成长。

人类都被意义定了罪,他们好像注定要制造各种价值和判断。好像我得病这件事还不够,我还得知道"为什么"我会得这个病,为什么是我?

它的意义是什么？我做了什么错事？它是如何发生的？换句话说，我必须赋予这个疾病某种意义，而这个意义让我和我的社会紧紧相连。

譬如淋病，纯粹以病理来看，它只是生殖泌尿道附近的组织被淋球菌感染的性伴侣经由性行为传递的。抗生素，尤其是盘尼西林，治疗它特别有效。

然而社会在病理之外，又赋予它极大的价值批判，某些意见属实，但大多数是错误、残忍的。譬如得淋病的人是肮脏的、变态或不道德的。把淋病视为道德上的疾病，对病人而言是很大的惩罚。那些得淋病的人被视为活该，因为他们不符合社会的道德标准。

即使这个疾病被盘尼西林治愈，加在它身上的批判和诅咒，仍然吞噬这个人的灵魂：我是很糟的人，我不好，我很恐怖……

透过科学可以找到有关淋病的解说，透过社会，我理解到的则是我的心病，不管这份理解是正面或负面、鼓励或谴责、救赎或惩罚——这些都会对我或我的疾病产生巨大的影响。社会眼中的病态，往往比疾病本身更具破坏性。

当社会把某种疾病视为不好的或负向时，通常是因为恐惧或无知。在人们还不了解痛风是一种遗传疾病以前，它曾经被视为道德上的弱点。一个简单的疾病会变成充满罪恶感的心病，纯粹是因为缺乏正确的科学知识。同样的，当人们还不了解肺结核是结核杆菌引发之前，结核病人通常被视为性格懦弱而被结核病菌逐渐耗尽能量。一个纯粹因传染细菌引起的疾病，竟然变成了懦弱的象征。更早一点的黑死病和大饥荒，甚至被视为上帝的惩罚，因某人牵连出集体的罪恶而遭到天谴。

被意义定罪的意思是：我们宁愿被冠上有害与负面的意义，而不愿什么意义都没有。因此每当遭受某种疾病打击时，社会立刻提供一些现成的意义和价值判断，让病人能了解自己得的是什么病。如果社会并不清楚某项疾病的真正原因，这份无知通常会助长恐惧，接着助长对这个病人负面的价值判断。如此一来这个人不但有病，而且成了令人失望的人。这份由社会所造成的批判与失望，常会变成一种自问自答的预言："为什么是我？我为什么会生病？"因为你不乖。"你怎么知道我不乖？"因为你生病了。

某些疾病确实是因为道德上的弱点或性格而造成的。心智和情绪对疾病而言绝对扮演着重要的角色，但这和因欠缺知识而把某种疾病误认为道德上的弱点是截然不同的。

简单地说，人们对一种疾病的真实医学原理了解得越少，这种疾病就越有可能被离奇古怪的神话所包围，也越有可能被社会视为是由于病人的性格或道德缺点造成的；同样，它就越有可能被误解为是灵魂疾病，性格缺陷，道德沦丧。

现在，当然有很多案例证明道德缺点、意志薄弱（例如拒绝戒烟）或者性格原因（例如意志消沉）能够直接导致疾病。精神和情感因素当然绝对能够在某些疾病中扮演重要角色（正如我们以后会看到的），但这和因欠缺知识而把某种疾病误认为道德上的弱点是截然不同的。这是社会试图通过谴责灵魂来解释疾病的简单例子。

如果你得了癌症，首先你必须了解，你所能获得的一切资讯都是神话，因为医学到目前为止，还无法解释癌症的起因，也无法治愈它。医学本身已经被大量的神话和误解所感染。

我举一个例子，美国癌症学会在一份全国性文件里声称："半数的癌症，现在都可以治愈。"事实却是：过去的四十年里癌症病患的存活率并没有显著地增加，即使医学界引进了更进步的放疗、化疗和手术。只有血癌是令人欣慰的例外，霍金氏病（Hodgkin's）与白血病采用放疗能收到很好的效果。剩余的癌症中百分之二的病患存活率增加是因为发现得早，其他的癌症存活率几乎丝毫没有提升，乳癌的存活率比以前更低。

其实医生们都知道这项统计数字，但很少有人承认，彼得·理查兹很坦诚地告知崔雅和我:"如果你看看过去四十年的癌症统计数字,你会发现我们的治疗没有一项增加了病患的存活率。当癌细胞进入你的身体时,它已经写上日期,也就是你将死的那一天。我们有时可以把间隔期延长,但是无法改变死期。如果你的癌细胞期限是五年,我们可以让你在这五年内保持无病的状态,但超过五年,我们的治疗便无效,这就是为什么过去四十年来癌症存活率无法改善的原因。我们必须在生化基因上产生重大的突破,才可能有真正的进展。"这又回到了我开始的观点:许多正统医生给你的关于癌症的信息都充满神秘体验论,仅仅因为他们不得不既扮演医生又扮演牧师,扮演你的疾病含义的诠释者。他们支配的不只是科学同时还是宗教。听从他们的治疗方法你就会得到拯救,寻求其他的治疗方法你就被诅咒。

那么医生到底能做什么?他知道他的医疗,如手术、放疗、化疗等基本上并不真的有效,然而他必须有所为:既然无法控制这个疾病,他只好控制病患的心病。也就是指定某种治疗方法,让病人觉得医生十分了解这项疾病,而且只有他指定的方法才是有效的。

这意味着即使医生知道化疗无效,他仍然建议你采用此法。崔雅和我大感惊讶,但这是十分普遍的现象。维克多·理查兹(彼得·理查兹的父亲)医生写过一本非常受重视有关癌症的书《任性的细胞》(*The Wayward Cell*)。他花了许多篇幅说明化疗为什么无效,接着又说明即使如此,化疗仍然该被采用。为什么?"因为化疗能让病人维持正确的医疗方向。"但老实说,它也阻碍了病人寻求其他的治疗途径。

这根本不是在治疗疾病;这是在治疗心病——医生企图控制病人对疾病的理解以及他可能寻求的治疗种类。某种治疗也许对疾病无效,但对心病却有效,也就是它可以引导病人听信某个权威和接受某种医疗。

我们有一位好友得了晚期癌症,她的医生建议她接受另一种非常强烈的化疗,如果照他的话做,应该还可以活十二个月。她提出了一个问题:"如果我不接受化疗,还能活多久?"医生回答:"十四个月。"再度建议她采用化疗。没有经历过这种事的人,很难理解这样的事随时都在发生——这显示出我们是如何全盘接受正统医学的解说和对心病的"治疗"。

我并不是在责怪这些医生;他们在病人热切的期望下,同样感到无助。我从未遇见一位医生企图恶意操纵病人。大体来讲,医生都是非常有修养的人,他们都在不可能的情况中尽力而为。如果疾病纯属科学的实存,那么心病则属于宗教的范围。因为医疗对癌症无效,所以医生被迫扮演牧师的角色。这个角色对他们而言是欠缺训练的,但是在病人的眼中,医生确实是地位崇高的牧师。

从发现崔雅得癌症的第一个星期到未来的五年中,这是我们一直都在面对的问题——我们必须把疾病和心病分清楚,并且努力寻找治疗这个疾病的最佳方法,以及理解心病的最清醒的途径。

在得知罹患癌症的那个晚上起,崔雅和我开始阅读所能得到的一切资讯。那周周末,我们已经读完三十几本书(大部分都是医学书籍,有些则是畅销书及各类的杂志)。我们希望能得到最纯正的讯息。不幸的是,大部分有关癌症的研究,不是不得要领,就是令人气馁,而且讯息改变的速度快得吓人。

另外,我们又开始研究各种另类疗法:长生医学(macrobiotics)、泽森食疗(Gerson diet)、凯利酵素疗法(Kelley enzymes)、伯顿疗法(Burton)、伯金斯基疗法(Burzynski)、神通徒手开刀术(psychic surgery)、信心治疗(faith healing)、观想治疗(uisualization)、利文斯顿—惠勒疗法(Livingston-Wheeler)、赫克塞疗法(Hoxsey)、高单位维他命疗法(megavitamins)、免疫疗法(laetrile)、针灸(acupuncture)、自我肯定疗法(affirmations)(其中的许多疗法我将一一加以解说)。大部分的正统医学报告,不是不得要领,便是负面得很实在;而大部分另类疗法的报导是奇闻轶事,而且正面到铁石心肠的地步。阅读另类疗法的文献,你会眼花缭乱,好像每个接受正统医疗的人最后都死了，而每个接受另类疗法的人最后都活了。你不久便会发现，另类疗法对治癌症的真正效果，大都是提供病患道德上的支持，最重要的是令遭受癌症打击的人保住希望。换言之，他们大部分从事宗教性的活动，而不是医疗。这就是为什么他们的文献通常不包含医学研究，只有成千上万的见证。

我们的首要任务是挖掘这些主流与另类疗法的所有文献，希望能从其中得到一小部分的事实。

第二个任务则是面对癌症带来的心病，亦即各种文化和次文化赋予这个疾病的意义和批判，也就是崔雅所说的那些意象、概念、恐惧、故事、照片、广告、文章、电影、电视节目……其中充斥着恐惧、痛苦和无助。

不仅我们的社会提供了大量的故事，崔雅和我接触过各种不同的文化和次文化，也有很明确的话要说：

1. 基督教的观点——基本教养派相信疾病基本上是上帝对某种罪恶的惩罚。疾病愈严重，那个罪恶就愈令人难以启齿。

2. 新时代的观点——疾病是一门功课。你为自己制造了这个疾病，因为你需要学习重要的功课，以达到精神上的成长和演化。疾病是唯心所造，因此疾病也可以单靠心来治愈。这是基督教医学雅痞化（yuppified）的后现代观。

3. 医学的观点——疾病基本上是由生物物理上的因素造成生物物理上的失序（从病毒到内心的创伤到遗传因素再到环境的影响）。大部分的疾病都不需要心理和精神上的治疗，因为这样的另类疗法通常无效，而且可能延误你接受正当的医疗。

4. 轮回的观点——疾病是由恶业所造，也就是前世不道德的行为，现在形成了疾病的果。疾病是恶果，但也能用来净化或燃烧过去的恶业，因此算是好事一件。

5. 心理学上的观点——如同伍迪·艾伦所说:"我不生气,但我以生肿瘤来替代生气。"以流行心理学的观点来看,压抑的情绪会形成疾病,最极端的例子是:疾病就是想死的愿望。

6. 诺斯替派(Gnostic)的观点——疾病基本上是幻象。整个宇宙的示现就是一场梦、一层阴影,只有当人彻底地从幻象中解脱才能不生病。人只有从梦中醒来,才能发现超越幻象的实相。大精神是惟一的实相,在大精神中是没有疾病的。这是一种极端的、有点离谱的神秘体验论观点。

7. 存在主义的观点——疾病的本身是没有任何意义的,但我可以选择任何一种意义赋予它,而我对这些选择必须负全责。人类是有限和难免一死的,最真实的反应是,一边赋予疾病个人的意义,一边接受疾病,这就是人的有限性的一部分。

8. 身、心、灵整体治疗观——疾病是肉体、情绪、心智和灵性的产物,每一个环节都是息息相关的、不可忽视的。治疗必须涉及所有的层面(然而在实际治疗的过程中,这个观点经常被诠释成避开正统医疗,即使它们可能有点帮助)。

9. 巫术的观点——疾病是报应。"因为我心里想要某个人死,所以我得这种病是罪有应得。"或者"我最好不要太过分,否则坏事会发生在我身上",或者"我太幸运了,这样一定会有坏事发生。"

10. 佛家的观点——疾病是这个世界不可避免的现象之一;询问为什么会得病,就像在问为什么会有空气是一样的。生、老、病、死是这个世界的标记,这一切的现象都显示了无常、苦与无我,只有解脱和涅槃才能彻底转化疾病,因为那时整个现象界也得到了转化。

11. 科学的观点——不论什么疾病,都有它的原因,其中一些是被决定的,其他的只是一些意外罢了。不论怎样,疾病是没有任何意义的,得病只是几率或必然的现象。

不论男女都在意义的大海中沉浮；崔雅与我即将灭顶。第一天返家的路上，我们的脑子里出现的各种意义已经泛滥成灾，崔雅差一点没有窒息。

> 我的右胸长了一堆癌细胞，这件事对我个人而言，到底有什么象征的意义？肯神色坚毅地开着车，我一直在思索这件事。我的体内有一堆细胞正在快速生长，它们不知何时、不知如何停止。它们的生长需要夺取邻近组织的营养，可能透过我的血液和淋巴扩散，如果我的免疫系统无法阻止它们的活动，它们就会生长得更快。如果没有检查出来，它们一定会杀掉我。我心中是否隐藏着想死的念头？我是不是对自己太严苛、过度自我批判了？还是我太友善，太压抑自己的愤怒和批判，于是逐渐示现为身体上的病痛？是不是此生我已拥有太多，我的家庭十分幸福快乐，我有理解能力，受高等教育，长相吸引人，现在又有了这么一位理想得令人无法置信的丈夫？一个人能拥有的是否只能达到某种程度，一旦超越是否就会引发相反的命运？我是不是受到前世的业报？我是不是需要从这个经验中学习一些功课，才能在灵性演化上有进展？也许多年来我一直追寻的人生志业，就在我所罹患的癌症中？

> 我们一而再、再而三地回到得癌症有什么意义这件事上。无论你走到哪里，这个议题都会被提出，每个人都有他的理论，它永远悬在半空，变成生活中无法逃避的主题。治疗癌症这个疾病，每个月只需要几天；治疗癌症所带来的心病，却是一项全职——它充斥在我们的生活、工作和娱乐中。它侵袭我们的梦境，不许我们忘掉它；这些侵入崔雅体内的任性细胞，就像骷髅一般，一大清早便在喜宴上露齿微笑。

> 我终于开口问肯："你认为怎么样？"两天前我才接受诊断，此刻我们正等着和医生见面，"你想我为什么会得癌症，我知道心会影响身，但

癌症带来的恐惧，使我无法仔细分辨到底是哪个层面出了问题。除了环境和遗传的因素，我偶尔想到情绪上的致癌理由，可是很难不责怪自己。我想我也许做错了某些事，或者在思想和感觉上有些偏差。有时我甚至怀疑，当别人发现我得了癌症之后，会不会编造一些理论。也许他们会认为我过度压抑情绪，或者太'酷'了一点，或是我太友善、太顺从，或是我太自信、生命太圆满了，因此我是罪有应得。我听说有些女人觉得罹患癌症便是人生的失败者，当我陷入那种情绪时，我很能了解她们的感觉。你的想法是什么？"

"孩子，我也不知道自己的想法是什么，你何不列一张表，把你认为所有致癌的理由全都写下来？"

于是我趁着等待蔬菜汤的时候，列出了以下的理由：

- 过度压抑我的情绪，尤其是愤怒和哀伤。
- 几年以前我曾经历了一段重大的人生转机、压力和低潮。一连两个月，我几乎每天都在哭。
- 太过于自我批判。
- 年轻的时候摄取了太多动物性油脂和咖啡。
- 时常担心我人生的真正目的，急于找到自己的天职、我的使命。
- 小时候常觉得非常寂寞、无助、孤立、无法表达自己的感觉。
- 长久以来一直倾向自给自足、自制和过度独立。
- 灵性修持，譬如内观，一直都是我最根本的目标，但我没有全力以赴。
- 没有早一点遇见肯。

"你认为如何？你还没有告诉我。"

肯看了一下这张表。"啊！亲爱的，我喜欢最后那一条。我认为致癌的理由起码有一打以上。如同弗朗西丝所说：人类的生命分成肉体、情绪、心智、存在和灵性各个层面，我想任何一个层面出了问题，都可能导致疾病。肉体的因素有：食物、环境污染、辐射线、抽烟、遗传基因，等等。情绪的因素有：沮丧、僵化的自我控制、过度独立。心智的因素有：时常自我批判、悲观，尤其是沮丧，最容易影响免疫系统。存在的因素有：对死亡的过度恐惧，导致对人生的过度恐惧。心灵的因素有：没有聆听自己内在的声音。

"也许这一切都会导致肉体的疾病，我的问题是，我不知道该给每个层面多少比重？心智或心理上的致癌因素该占百分之六十，还是百分之二？这才是真正的重点，你明白吗？目前从我得到的各种证据看来，我认为遗传因素占百分之三十，环境因素占百分之五十五（饮酒、抽烟、动物油脂摄取过多、纤维摄取不够、毒素过多、曝晒、电磁波和辐射线污染，等等），其他的因素占百分之十五，如情绪、心智、存在和心灵，这意味着百分之八十五是肉体的因素。"

我的汤终于来了。"基本上，这些东西对我都不怎么重要，我只觉得，如果我该为得癌症负责，而不找出理由，我可能还会继续在自己身上制造癌症。如果我重复再三，那为什么还要接受治疗？我甚至希望这整个事件是个意外，是因为住在有毒的掩埋场附近、由于遗传因素，或是我在年轻时接受的 X 光治疗所造成。如果我觉得沮丧，我就会担心自己的白血球可能减少，生存意志可能降低。每当我想到可能死在医院的病床上，我就很恐惧会'制造'这样的事实，我无法不想我到底做了什么错事？我是不是不怎么想活？我的意志力够不够坚强？我是不是把自己逼得太紧了？"我开始低泣，眼泪掉进了我的蔬菜汤。

肯把椅子挪过来，把我抱在怀里。"这是好汤，你知道吗？"

"我不想让你担心。"我终于说出了真相。

"亲爱的，只要你还能哭，还能呼吸，我就不担心。如果你这两样事都停止了，那我可就担心了。"

"我很害怕，我到底该做什么改变？我需要改变吗？我希望你能老实告诉我。"

"我不知道是什么理由造成了癌症,也不认为有任何人知道。某些人声称癌症是因压抑情绪、低自尊或心灵上的贫血造成的,他们根本不知道自己在说什么。这些观念没有任何佐证,说这些话的人其实是想向你推销一些东西。

"既然没有任何人知道致癌的因素是什么,我不认为你需要做什么改变,你何不趁着得癌症这个机会来改变你一直想改变的事。压抑情绪也许会、也许不会间接导致癌症,反正你一直想停止压抑这些情绪,那就利用得癌症这个理由来进行这件事。我知道任何建议都是廉价的,但你为什么不利用这个机会来改变那些你列举出来的事项?"

他的观念让我释怀,于是我有了笑容。肯又加了一句:"不要因为你认为它们导致了癌症才改变,这样只会让你内疚。你改变它们,只因为它们该被改变,你不需要靠癌症来告诉你什么是需要修正的。现在让我们重新开始,我会帮助你,这应该是很有趣的事,真的。我是不是有点傻?我们可以称之为'得癌症的乐趣'。"我们开始放声大笑。

他的话令我觉得非常有道理,我有一种清楚和坚定的感觉。也许得癌症这件事根本就没什么"命定"的理由,虽然以前的人非常喜欢向这些诠释靠拢。此外我对一般的医学解说也不十分满意,我觉得他们把一切都归到物质的理由(食物、遗传因素、环境污染等)。从某个层面来看,这个解说还算妥当,不过对我而言是不够的。我需要从这些经验中找到意义和目的。我只好透过思想和行动来赋予它一些意义。

到目前为止,我还没有决定接受任何治疗,我不想在接受治疗后,就把这个病一劳永逸地锁在柜子里。从现在起,癌症显然会成为我人生的一部分,我要在每个层面都尽可能利用这次机会。在哲学上,我可以利用这个机会专心地观察死亡,帮助我做死亡的准备,仔细研究我人生的目的和意义到底是什么。在灵性上,我可以利用这个机会实践我一向感兴趣的内观修炼，不再企图寻找更完美的方法。在心理上，我可以更爱护自己和善待别人，并且更自在地表达我的愤怒，更能与人亲近。在食物上，我想吃新鲜和清洗干净的健康食品，开始运动。最重要的是，不论是不是能达成这些目标，都不再苛求自己。

我们吃完了午饭，这顿饭我们后来开玩笑称之为伟大的蔬菜汤事件，或者癌症的乐趣。这标志着我们对待崔雅癌症意义态度上的一个转折点，尤其是我们如何看待她的生活方式上的所有变化——改变生活方式，不是因为癌症，而是因为它们需要改变。

"我不认为你可以看到它，因为只有我可以看得到。"
"它还在不在那里？"想到它就令我不安。
"我什么都没看见，但我知道它还在那里。"崔雅在说这句话时，就好像死神在你爱人的肩上是最自然的事。
"难道不能把它弹掉或是做些什么吗？"
"别傻了。"她说。

崔雅和我最后终于替这个病找到了意义，而且在健康和治疗上发展出我们自己的理论。但眼前我们必须尽快治疗这个疾病。

我们和彼得·理查兹的约会已经迟了。

4

平衡与否的问题

"那是欧洲兴起的一种新的治疗方法。我认为你是很好的人选。"

彼得·理查兹看起来有些沉痛。他显然很喜欢崔雅;治疗癌症病患真不是件容易的事。彼得把各种可能的治疗略述了一番:切除整个肿瘤和所有的淋巴结;胸部不动手术只做放疗,但淋巴结要切除;切除部分肿瘤(拿掉四分之一的胸部组织),拿掉一半的淋巴结,四至六周的放疗;切除部分的肿瘤,拿掉全部的淋巴结。我们好像很平静地在讨论中世纪的酷刑。"夫人!我们这里有八号尺寸的贞操带。"

崔雅已经想好大略的治疗计划。虽然我们都很热衷另类疗法和整体医学,但细察之下才发现,没有一种另类疗法,包括赛门顿观想(Simonton visualization)、泽森食疗、巴哈马的伯顿疗法在治疗第四期的肿瘤上有任何成效,这些肿瘤是癌症中的纳粹党,小麦草汁和积极思考不会给它们很深的印象。如果想有任何存活的机会,必须用核弹把它们炸光——这时白人的主流医学就有用了。

崔雅经过仔细的考量,最后决定第一步采用主流医学的治疗方法,然后结合所有的另类疗法加以辅助。当然,另类疗法并不鼓励采用主流医学的方法,譬如放疗或化疗,因为它们会造成免疫系统的永久伤害,而减低另类疗法的疗效。

这样的看法部分属实,但癌症的病情比大部分另类疗者的想像要更细微。举例来说，放疗确实会减少白血球的数量，但这只是暂时的现象，况且免疫力的不足和长期的白血球减少并没有直接的关系；也就是说，白血球的数量和免疫力的品质无关，譬如某些接受化疗的人并没有显现更高几率的感冒、一般感染或续发性的癌症，虽然他们的白血球数量可能比较少。事实是，许多采用另类疗法的病患死了，当然最方便的借口就是，"你应该早点来找我们的。"

欧洲的主流疗法发现，切除部分的肿瘤，然后做放疗，基本上和全部切除肿瘤的疗效是一样的。彼得、崔雅和我都认为切除部分的肿瘤是比较合理的方式。

1983年的12月15日，崔雅和我在旧金山儿童医院的二〇三病房度过了我们的蜜月。

"你在做什么？"

"我请他们拿一张行军床来，我今天晚上要睡在这个房间里。"

"他们不会答应你的。"

肯给了我一个你在开玩笑的表情，"孩子，如果你是个病人，住院是件很可怕的事，在这里你可能感染其他地方无法感染到的细菌。如果细菌不让你生病，这些食物也会让你生病。我非住在这里不可，而且现在是我们的蜜月期。"

他拿了一张行军床，一直陪在我的身边，六尺四的身材大部分都悬在床外。手术前他送了我一束花，卡片上写着："送给我灵魂的另一半"。

崔雅很快便恢复了活动，她再度浮现出生来巨大的勇气，泰然地度过了这段煎熬。

12月11日：彼得、肯和我三个人意见一致，认为先切除部分的肿瘤

4 平衡与否的问题 | 49

和部分的淋巴结,然后做放疗。我感觉很好,还能开玩笑。在麦克斯餐厅吃午饭,和肯一起买圣诞礼物,很晚才回家,觉得相当疲倦,心中涌出对肯的爱,很想把这份爱和宽恕分享给我生命中的每一个人,尤其是我的家人。

12月14日:第一次接受针灸治疗,午睡后整装出发,到达旅馆和爸妈吃晚餐,收到更多的结婚礼物。打电话叫凯蒂来。依偎在肯的怀里。

12月15日:九点到达医院,开刀迟了两个小时。开完刀觉得很好,五点醒来,肯、爸妈和凯蒂都在。当天晚上打了吗啡,有点飘飘然,类似静修的感受。每个小时都被叫起来量体温和量血压,肯也得跟着起来,他必须告诉护士我还活着,因为我的心跳一向很慢。

12月16日:整天都在睡觉。到下面的大厅和肯散步。理查兹医生进来告诉我们一个非常好的消息——淋巴结没有任何癌细胞。和苏珊娜散步,当天晚上无法入睡,我要求打吗啡和止痛剂。很高兴肯坚持陪在我身边。

12月17日:打电话给许多朋友。读了很久的书。肯去买圣诞礼物,身体觉得很舒服。

12月18日:来了许多访客,肯出差去了。阅读《紫色姐妹花》(*The Color Purple*),身体仍然有些酸痛。

12月19日:出院,在麦克斯餐厅吃完饭,和肯买圣诞礼物。觉得很好,很有信心,有时我担心自己太过于自信了。

手术后的冲击是心理上的:崔雅开始利用这段时间从事她所谓的"人生志业"。到底她的人生志业是什么?她给我的解释是,她以前一直倾向于阳性的价值观,也就是总要做点什么,她无法什么也不做,只是存在。阳性的价值观就是制造一些东西,达成某些目的,通常比较有攻击性、竞争性以及等级性;它们总是投射未来,依赖的是原则和判断。基本上,这样的价值观总想把眼前的一切"变得更好",然而阴性的价值观却是拥抱当下,它们接纳一个人,是因为这个人的本身,而不是他做了什么。它们强调的是关系、包容、接纳、慈悲和关怀。

我认为这两种价值观同样重要,但"存在"的价值观通常与阴性联结,因此崔雅觉得自己过去太重视阳性的价值观,她否定也压抑了自己阴性的那一面。

对崔雅而言,这不是一闪即逝的好奇,我认为这是崔雅一生中最重要的心理议题。这个议题加上其他的东西,促使她把名字从"泰利"改成"崔雅"——她觉得泰利太男性化了。

> 许多生命的议题变得愈来愈清楚,我记得长久以来一直在问自己一个问题:"我人生的志业到底是什么?"我认为我一直太想要"做"些什么,而没有充分体会什么是"存在"。我是老大,一直想做长子。小时候住在得州,在那里,真正的工作都是属于男人的。我重视男人的价值,不想成为一名家庭主妇,只要心中一出现女性的价值观,我就会抗拒。我否定了我的阴性面、我的身体、我的性别和我滋养的能力,我认同的是我的脑袋、我的父亲、我的逻辑和社会的价值观。
>
> 我的癌症令我必须思考燃眉之急的问题——我的志业到底是什么?答案分成了两部分。
>
> 首先,我不想透过一名男人来找到自己,具有讽刺意味的是,我现在的工作居然是照顾肯,以各种方式来支持他,学习做到这一点又不失去我的自主性。我必须一边扮演这个角色,一边消除心中的恐惧——我把家布置得很好,让他有一个良好的工作环境(干脆请一位女佣算了!),我觉得他的工作极为重要,他对这个世界的贡献是我望尘莫及的(不是自我否定而是肺腑之言)。我全心全意地爱他,他绝对是我工作的重心。如果肯要求我扮演一名好妻子的角色,我反而不可能照做。就

因为他丝毫没有要求,甘心情愿地照顾我、扮演好妻子的角色。

其次,我想做的事是癌症病患的咨询工作,这和我一直从事的集体治疗有关。我愈来愈觉得这就是我应该做的事。我准备先写一本与我的癌症有关的书,里面包括各种治疗的理论;访问一些从事身心统合的治疗师和其他的癌症病患,然后制作一卷录影带。

我认为这是走出自我、服务他人的方式。这两者与我终生追求的灵性修持有着密切的关系。

我觉得我的存在开放了。

我的心和脑之间、我的父亲和母亲之间、我的心智和身体之间,全都有了通路。

我的阴与阳,我的科学家与艺术家。

一半是长篇大论的作家,另一半是诗人。

一个是以父亲为榜样、负责任的长子,另一个是喜欢探索、冒险的神秘家。

这绝非崔雅最终的天职,只是一个开端。她的内在有了转化,是一种整合与平衡的感觉。

我们把她的志业称做她的守护神,也就是希腊神话所指的"内心的神"。这个内心的神据说和个人的命运是同义的。崔雅还没有找到她最终的命运、她内心的神和她的天赋。我是她的命运的一部分,不是她最主要的焦点,我只是一个催化剂,她真正的守护神其实是她更高的自己,不久她将在艺术而非工作中崭露头角。而我呢,我已经找到我的命运、我的守护神,它就是写作。我很早就知道我要做什么、为什么要做;我知道我为什么要来这里,也知道我该达成什么任务。当我写作的时候,我是在表达自己的高级自我。当我二十三岁写第一本书的时候,才写了两行我就知道自己回到了家园，发现了我自己，找到了自己的目的和内心的神，从那一刻起，我没有任何怀疑。

但一个人的守护神有时是很怪异、恐怖的。如果你尊重它，它就是指导你的灵。那些内心有神的人，都会在自己的工作中找到天职；反之，如果你听到守护神的召唤，却没有加以留意，它就会变成一个恶魔，神圣的能量和才华变成自我毁灭的活动。基督教的重视神秘体验者认为，地狱的火焰就是被否定的神之爱，或天使被贬成了魔鬼。

听到肯和珍妮丝谈论着他们如果不工作，就会觉得很怪，我听了心里有点着急。肯通常以饮酒或其他的方式来打发不工作的时间，珍妮丝说她工作是为了避免自杀。对我而言，两者的动机似乎截然不同——肯的心中有个守护神促使他工作，珍妮丝的心中则有个利用工作来逃避自己的恶魔。有时我认为真正的问题是，我从不相信自己能做好任何事。我一直觉得别人都有很好的表现，也许到了五十岁我才能面对现实，才会认为自己够好了。有时我认为我必须停止追寻我的守护神，我的生命中必须有空间，才能开始展现和成长。

我需要学习，解读我内心最深的含义，并且找到自己的守护神。我不想让我对癌症的愤怒，减少我的神秘经验或我对人生的神圣感；我想利用它来加强我对神秘经验的理解与探索，即使愤怒也可以是神或演化力的示现。我仍然想知道人是如何找到人生的意义和目的，我发现自己绝对需要工作，一份像芬德霍恩和风中之星那类无目的的工作，我觉得肯与对治癌症是我非常重要的基础，但是我需要找到和肯写作相反的一份工作，如同史蒂芬的建筑和凯西的舞蹈，我必须在我心中也找到一份自创的成就。

接下来我需要找到一种方式和我的心灵深处接触，也就是自我成长的内在原则。学着去理解和追寻这份原则等于在聆听和顺从神的旨意，我们必须向内探索，也就是和一个人最深、最真实的部分接触，然后认识它、滋养它，让它变得更成熟，并且发展出一份贯彻到底的意志力，即使它和我们的理性思维相互矛盾，也要有勇气贯彻到底。这就是我目前的任务……

崔雅和我后来历经了一场噩梦。她的痛苦是她尚未找到心中的守护神，我的痛苦是我找到了守护神却让它溜了。我的天使变成了恶魔，我差点没被地狱里某个折磨人的情境摧毁。

我们和家人一起度过圣诞，然后返回穆尔海滩。崔雅开始接受放疗，坎崔尔医师是一位可亲而杰出的人。他的妻子也死于癌症；他有时给人直率与冷漠的印象。虽然是错误的，仍然会带给人威胁感。除了给予崔雅第一流的放疗之外，他还给了她一个机会锻炼自己对付医生的磨功，后来她的磨功几近完美。

他们绝不会鞭策你，你必须主动提出问题、穷追不舍，最重要的是不能觉得自己很蠢，尤其不要被他们那副忙得连回答问题的时间都没有的模样所挫。命在旦夕的是你，所以赶快提出你的问题。

崔雅在她的病痛中逐渐学会自主的态度。她接受了五周半的放疗，这是一种无痛的治疗，主要的副作用是轻微的疲倦感及类似流行性感冒的症状。崔雅开始履行她最应该做的事："改变那些人生中必须改变的事。"

今天开始放疗，我对这项治疗中的纪律非常兴奋，因为它会帮助我提高在其他领域中的自律能力。我开始每天长途散步，我需要某个让我专注的计划和工作来度过这段时间——向外表现我的能量而不是把能量转向内在，因此我开始撰写我的癌症经验。肯为我做多种维他命的治疗

（他曾经受过生化训练），他买了五十包以上的多种维他命，把它在书房的水槽里混在一起，一边搅和，一边发出科学怪人的声音。煮饭的工作大部分由他负责，他同时也是我的营养师。他是一名很棒的厨师！他的副业就是让我发笑。昨天我回家以后问他整天都做了什么。"哦！天啊！今天过得太离谱了，车子撞了，菜也烧焦了，老婆也被我打了。哎！忘了打老婆了……"接着就在餐桌的四周追着我跑。除了静修、运动、针灸、吃维他命、食疗和写书之外，我开始做观想的练习。目前我正在看两名整体医疗的大夫，并且更努力写日记；写日记是自我治疗的一部分。

现在我觉得一切都在掌握中，我提出问题，并且负起责任。手术后只有两天，痛苦便消失了。不完全依赖医生，感觉自己也能自力救济是非常重要的事。阅读诺曼·科森（Norman Cousins）所写的《爱的治疗力量》(*The Healing Heart*)，他说他从没有沮丧过，因为一直都在做一些可以让自己痊愈的事。听起来很棒，但我还是会沮丧，部分原因是我不知道为什么会得癌症，可是我知道我必须做的改变是什么。因此我开始把注意力放在这件事上，我知道只要我一直闻、思、修，我的士气就能维持高昂。如果我觉得自己是一名受害者，把所有责任都推给医生和肯，我就会十分沮丧。我的功课就是要保持活下去的意志力。

和"做主"同样重要的是学习放下、臣服、随顺因缘而不加以抗拒。放下与做主是互相对立的——这也是"存在"和"做"，阴阳生万物的另一个版本。这里并不是指"存在"胜过"做"，或阴对了阳错了；整个重点是在找到平衡，也就是古代中国人所谓的阴阳之道——崔雅在和癌症抗争的过程中，最重要的议题就是找到平衡——存在与做、做主与放下、抵抗与开放、抗争和臣服、意志力与接受力之间的平衡。我们一而再、再而三地讨论这个平衡的问题，每一次都会产生不同的观点。

我需要学习平衡活下去的意志力和对死亡的接纳。我觉得我已经接受了死亡,我担心的是我可能想死,可是又不真的想死,我只是不怕它而已。我不想离开,因此我必须抗争到底!

最近我和杰里·扬波尔斯基(Jerry Jampolsky)讨论过。他根据《奇迹的课程》写了好几本书,最著名的一本是《爱就是放下恐惧》(*Love is Letting Go of Fear*)。我需要学习放下,他真的帮我摆脱了旧有的模式,与其想改变自己或别人,不如试着去宽恕自己和别人。如果我无法宽恕某个人,那么就祈求自己心中的圣灵或更高层次的自己去宽恕别人和自己。

宽恕自己意味着接纳自己,也就是我必须放弃我的老朋友——自我谴责。当我在观想那些阻碍我、让我老是觉得不对劲的东西时,我会联想到一只弓起尾巴的蝎子,正准备蜇自己的身体,这便是我的自责,我总是无情地贬低自己,感觉自己是不值得被爱的。在这些问题的背后,是一份自怨自艾的感觉,使我无法见到光明和奇迹,这才是最大的问题。

我以前常把人们对我的称赞写下来,因为我并不十分相信别人真有那种感觉。虽然知道自己是个好人,别人很喜欢接近我,也算聪明、漂亮,然而我就是不明白为什么会有人真的爱我。

崔雅并不是没有成就,她从霍利约克学校毕业之后,教了一段时间英文,进波士顿大学修硕士学位;她帮助创立了风中之星,在那里当了三年的教育指导员;后来在加州整合学院取得心理咨询硕士学位,接着在芬德霍恩工作了三年;她是落基山学会的一员,也是开端基金会的一员,她是美、苏交换学生活动的协助者。此外,她撰写了癌症和有关疾病的书,据估计全球可能有一百万读者。

因为崔雅在目前这个阶段并不怎么重视自己的存在面,所以她无法了解人们为什么会这么喜欢她、爱她、想接近她。其实人们被吸引的是她不凡的品质，而不是她做过什么。有时她会因为我爱她而大吃一惊，她的反应也令我大吃一惊。

我们在一起的头一年，为了以下的问题足足讨论了十几次："你不知道我为什么爱你？你是不是在开玩笑？你是说真的吗？我全心全意地爱你，你的心里应该有数。我二十四小时都陪在你身边，我爱你爱得发狂。你认为你还没有找到你最终的天职，我确信你会找到的，目前你完全忽略了自己的存在、能量和尊严。你真是在开自己的玩笑，因为你清楚大家有多么喜欢你。我从没看到任何人像你一样有这么多的死党。我们爱的是你，而不是你做了些什么。"

那个讯息缓慢而坚实地潜入我的心中，杰里也提出了这个观点："你存在的本身就是值得被爱的，你不需要再添加什么了，如果你无法找出被爱的理由，不妨想想下面这句话：你是上帝的杰作，因为上帝创造了你，所以你是值得被爱的。"问题是我可以感觉被爱，但是一想到过去和未来，我仍觉得自己应该做点什么。和肯的关系依然是新鲜的，我完全依赖他，但心中的小女孩还是害怕有一天他会不见了。肯是不是要年复一年地陪在我身边，才能填满那个空洞。每当我问他是否会一直陪在我身边，他总是回答："孩子，我也不知道，二十年后再问我吧！"还有什么比肯陪在我身边，更能证明上帝是爱我的！

我一直不喜欢依赖任何人，所有的事都要自己做，我怕他们会令我失望。昨晚我梦见地震来了，我和其他人正准备面对这个灾难。就在最后的关头，我突然怀疑我的准备是否充足，我问身边的女士可否躲到她的庇护所去。我是不是凡事都想靠自己，但立刻又想求援？

我觉得杰里帮助我转了一个方向——我其实不需要每种事情都靠自己，我可以只是存在，而不必整天都在做事。于是我坦然地接受放疗，不再抗拒它，并且观想自己又长出了新的组织。我早些时候对放疗的抗拒，其实是不想放下。所以我要学的是放下和让心中的神出现。

　　罹患癌症和接受放疗的经验，好像给了我一个活得更充实、更不需犹豫的机会。我觉得它也让我更能善待自己——摆脱天蝎座的自我谴责。简而言之：我活得更自在了。

　　这一场功课对我们而言非常清楚：存在与做事、接纳自己与改善自己之间的平衡。存在意味着：放下和让心中的神出现，接纳、信赖、宽恕。做事意味着：负起改变自己的责任，并且全力以赴。以下是一句历久不衰的祈祷文：

　　请神赐予我祥和，让我欣然接纳那些我无法改变的事。请神赐予我勇气，让我改变那些我所能改变的事，并能明辨两者的差别。

　　崔雅和我在阿斯彭度夏。崔雅在这里来来回回住了十年，这儿就是她的家。离开芬德霍恩之后，崔雅回到阿斯彭，与约翰·丹佛、托马斯·克莱姆、史蒂芬·康吉尔等人共创了风中之星之后，又加入落基山学会，这个学会被视为全球最杰出的另类思考中心。

　　多么美妙的夏季，崔雅有这么多杰出的朋友，每个人都让我感到投缘。崔雅放射出来的能量和诚挚，如同一个仁慈的警报器，吸引了许多男男女女来到她的身边。人们喜欢接近她，而她也永远有求必应。

　　我还在写书，书名是《意识的转化》(Transformations of Consciousness: Contemplative and Conventional Perspectives on Development)，由我和杰克·英格勒 (Jack Engler) 及丹尼尔·布朗 (Daniel P. Brown) 合写。他们两位是专门研究东西方心理学的哈佛教授。书的主题是，如果我们结合西方各门派的心理学与东方的灵性法门（包括西方的神秘体验论），那么我们对人类的成长和发展，对身、心、灵各个层面的认识，便能帮助我们很快地认出各种心理症，继而找到正确的治疗方法。《纽约时报》称这本书为"到目前为止最前卫、最练达的东西方心理学综合体"。

崔雅和我最喜欢的活动仍是坐在沙发上彼此拥抱，感觉我们之间跳跃的能量。我们时常被这些能量提升到只有爱、没有死亡、两个灵魂联结成永恒的境界。

然而，这样的境界却使我陷入两难，我愈是爱崔雅，愈是恐惧她的死亡。它一直提醒着我佛法的核心教诲：万事皆无常，没有永恒不变的事，只有整体宇宙是永恒的；所有的局部都注定要死亡和毁坏。透过静修或神秘的觉察，便能超越个人的牢笼，尝到圆满的滋味。但是，当我在静修时，还不能维持太长的时间；在神秘修练上，我还是一个新手。虽然崔雅和我能透过拥抱，进入那份永恒感受，但不久连这个境界也逐渐褪色。好像我们的灵魂还没有成熟到可以拥有这么丰富的礼物。就在这个美妙的夏季，崔雅和我终于领悟癌症的真正噩梦是什么。如果我早晨起来觉得有点头痛或喉咙痛，我可能耸耸肩就去忙别的了。但癌症病患如果有这些症状，便意味着她可能有脑癌、骨癌或喉癌。即使一点点的痉挛或疼痛，都会让人联想到不祥的恶兆。经过几周、几个月或几年之后，癌症带给你身体的感觉，就像遭受中国人灌水的酷刑一般。在阿斯彭的夏末，这种细微的折磨，对我们所造成的影响已经愈积愈多，当然，崔雅的感觉尤其严重。

> 我回到了普通大千世界，不是我和崔雅超越时空，合而为一的世界，而是现实的世界，肯爱崔雅，但是崔雅可能死去。失去她的想法是无法承受的。我拥有的惟一支撑就是尽力让自己清醒地明白一切都是短暂的，你之所以爱一些东西正是因为它们是飞逝的、短暂的。我慢慢地明白，爱并不像我一直想像的那样是占有，爱更多的是失去。

> 我觉得不舒服已经有一段时间了，有时到中午才能醒来。我很担忧，这到底意味着什么？是不是癌症又复发了？接着理性的一面又告诉

自己：不要傻了，你有点反应过度了，你是不是患了忧郁症？从加州回来验血后再说吧！也许眼前没什么挑战，所以有点沮丧。

但是我很早以前就告诉自己要追踪这些感觉，即使大部分的时候我都在喊狼来了。我称自己为忧郁症患者，主要是我不想漏掉真正的症状。如果有事情发生，最好是早点察觉，因此我打了一通电话给阿斯彭的一位老医生。我很担心癌症会复发，我怕和肯相处的时间没多久了，我也害怕以新的方式面对未知与死亡。眼泪是释放压力最好的方式，有点像把脓疱戳破，让它快一点愈合。

到达医生的诊所，我的眼泪差一点流了出来，我一向都控制得很好，没想到真正需要它的时候，竟然无法自持。护士走后，我抓了一张面巾，心里一边挣扎，眼泪一边流了下来。有什么了不得，想哭就哭吧，但为什么我仍觉得哭是件羞耻的事？

医生走了进来，他叫惠特·科姆，我一直很信任他。他告诉我，我疲倦的主因是我所接受的麻醉、放疗和花粉热的过敏，引起了免疫系统的受损。他再度提醒我只能吃蔬菜、水果和全谷类，而且要把农药彻底洗净。不要喝加了氯的消毒水，不要吃肉，因为我注射了荷尔蒙和抗生素，白色的鱼偶尔可以吃。要开始做运动，同时要服用身体可以承受的维他命B、C来帮助过敏症。不要服用抗组织胺，除非真的需要，因为它们只会把症状掩饰住。小心不要服用含有酵母的维他命，尤其是维他命B，因为过敏体质常会对酵母产生反应。要经常服用乳酸菌。

他又做了更多的建议，我哭了。我觉得在他的面前可以哭，因为他能深入我所经历或发生的事。当我走出诊所时，心里觉得好过许多。医生的工作其实大部分都涉及了情绪和心理治疗。

没想到肯的新书也对我产生了疗效。阅读《来自伊甸园》，让我更加了解人类为什么会压抑死亡，或者否定必死的命运。肯追溯历史上四个主要的发展期——拟古期、巫术期、神话期和理性期，并指出人类如何在每个阶段利用不朽的象征来逃避死亡。因此，人类压抑最多的是死亡，而不是性，死亡是最终和最大的禁忌。看到人类竟然用这样多的方式来否定、压抑和逃避死亡，我开始以更开放的心情来对待它。肯主要的观点是，我们必须接纳死亡，才能有灵性上的成长。私我必须死亡，大精神才能觉醒，否定了死亡，就等于否定了神。

我记得发现自己罹患乳癌时，心中的想法是，既然要死了，就死吧！反正迟早要发生的。我对死亡的本身并不十分恐惧，但趋向死亡漫长而痛苦的过程却令人感到很恐怖。我当时主要的感觉是，如果死亡是必然要发生的事，那就顺其自然吧！

接着我的感觉又改变了。书读得愈多，接触的人愈多，便愈觉得接受死亡是很危险的态度。我开始害怕，如果我活下去的意志力不够强大，可能会死得更早，我强迫自己必须活下去。

这使我做了许多快速的决定，但同时又开始产生了更多的担忧。每当身体上有一点疼痛时，我就会担忧。也许癌症又复发了，最好该赶快打电话通知医生。每天都这样度过，真不是好玩的事。

阅读《来自伊甸园》，掀开了我最后一层自欺的面纱。它帮助我认清，我们的文化已经演进到一个程度，我们对死亡的认知比以往更为敏锐，因此也发展出更坚强、更微细的逃避死亡的方式。存在主义的哲学家曾经指出，逃避死亡导致人生更加消极，因为生与死是手牵着手的，你否定了死，等于否定了生。如果我惧怕死亡，我会非常担忧，所以我愈是怕死，就愈是恐惧人生，如此一来，我就无法全然活着。

我发现我逐渐被教导得愈来愈怕死，这便是为什么我开始担忧身体的一些症状。我没有认清自己决心要活下去的反面意味，就是对死亡的恐惧，执著于生，其实意味着放不下。

因此，我试着不把每件事抓得那么紧。就是这份执著让我产生了非黑即白的态度：我要不就想活，要不就会死。然而比较放松的思考方式应该是：我既可以拥有活下去的欲望，又能在大限来临时放下一切。

这份感觉很新鲜，我还没有完全抓住其中的窍门。每当我感觉疲倦或眼睛酸痛时，我仍然有点担忧，但是我比较能接受，也比较能顺其自然了。

这份感觉有点像在走钢索，但走的其实是剃刀。你必须一边尝试、努力、专注、保持纪律，一边又能开放自己允许事情发生、放松和安住在当下。我知道大部分的时候，我都是失衡的，尤其当我觉察到自己在用力或怠惰时。我经常利用我的担忧来提醒自己已经失衡了或过于执著。求生的意志与接受现状之间的平衡很难处理。需要有技巧。但这样做感觉要好得多。担忧是个懒汉，既简单又平淡。

这意味着崔雅已经对自己的严格治疗程序比较放松了。她仍然在自己身上下功夫（她的自律令许多人感到惊讶，然而她觉得自己已经不像以前那么紧抓和执著了）。

我们和那塞尼尔·布莱登及他的妻子戴维丝共进晚餐。那塞尼尔是肯的老朋友，我很喜欢这对夫妻。他问我有没有做一些观想，我告诉他在接受放疗时观想辐射线杀死了我的坏细胞，好细胞也很快被修复，这给我一种参与的感觉，或部分的掌控感。但后来我停止了，因为我似乎得制造一个假想敌——观想癌细胞被打败了，才能继续观想，然而我找不到任何观想癌细胞的理由，真正让我觉得健康的是，想像胸部的细胞不断地自动修复。有些时候我会想像免疫系统变得很活跃，但如果我很执著地做这些观想，我只是在恐惧死亡罢了。

那塞尼尔认为塞门顿的方法会造成人们的自我谴责，肯的解释似乎比较有理，他认为百分之十至二十的人得病是因为心理因素，有百分之四十的人痊愈，也是心理因素造成的。

那塞尼尔和肯如往常一样辩论着，我不认为任何一方会先停止。那塞尼尔说："我觉得你是对神秘体验论最清楚的作家，然而你的整个立场是自我矛盾的。你说神秘体验论是要和宇宙合一，如果我和宇宙合一了，我就失去了身为人的动机，那不如转个身死去算了。每个人都是单独的个体，不是无形整体的一部分。如果我真的与整体合一，那么我连吃东西的理由都没有了，更何况是做其他的事？"

肯说："整体和局部并不是互不相融的，重视神秘体验者仍然会感觉痛苦、饥饿、欢笑、喜悦。成为整体的一部分并不意味那个局部就消失了，反而是局部找到了基础和意义。虽然是个体，但你觉得自己更是大家族中的一员，就像你和戴维丝的结合带给你更多的价值和意义。神秘体验论就是对自己的身份有了认同感，并找到了更大的意义和价值。这个经验并不会让你觉得掉了一只胳臂。"

他们就这样一直不停地辩论着。

在回家的途中，我一直告诉他做的哪些事情是我所喜爱的。他说他可以举出一打的事情证明他有多么爱我，但是他准备一年只告诉我一件。我求他至少每六个月要告诉我一件，后来我发现他这么做只是为了让我有兴致活得更久一点。他说他不知道如果我离开了他，他会怎么样，于是我想起以前他说过的，如果我死了，他会到中阴身来找我，不论发生任何事，他都会找到我。

那个夏天发生了一件事，严重地冲击了我们的生活和未来的计划——崔雅怀孕了！她以前从没有怀孕过，她一直认为自己无法受孕。崔雅觉得兴高采烈，我则十分震惊。崔雅的医生们一致认为她应该做人工流产，因为怀孕时激增的女性荷尔蒙会让癌细胞得到更多的滋养。

我对扮演父亲这个角色感到有些冲突，在我们尚未决定做人工流产以前，我的反应并不十分热络，这令崔雅非常失望。我替自己找到的理由是，我大部分的朋友对扮演父亲的角色都不觉兴奋，直到孩子生下来放在他们的怀中才有所改变。男人听到女人怀孕的消息，都会感到某种程度的惊慌失措，但是当你把小宝贝放在他们的怀中，他们就逐渐变成淌着口水、心满意足的傻爸爸；然而做母亲的似乎从受孕的那一刻起便开始容光焕发。崔雅觉得这些话都没有说服力；她觉得我的态度是弃而不顾。自从相遇到现在，这是我头一次令她深感失望。怀孕和人工流产、生与死……好像我们的功课还不够似的。

虽然仍觉得矛盾，至少我能以游戏的心情来面对：让我们赶快把崔雅治好，开始过真正的家庭生活。

这个事件激起了我们的筑巢本能，生活起了急遽的变化。在这之前，崔雅和我过得都像僧侣一般，奉行简朴度日的原则，我更像一名禅宗的和尚。认识崔雅时，我只有一张书桌、一台打字机和四千本书；崔雅拥有的东西也不多。一旦决定过真正的家庭生活，这一切都有了戏剧性的变化，首先我们需要一个可以容纳很多人的大房子……

亲爱的玛莎：

非常感谢你送给我的那张地图——这真是非常具有原创性的结婚礼物。你知道我曾经修过地理，还差两个学分就可以拿到硕士学位，我很爱地图，读研究所时，我最喜欢的科目就是地图制作！

我们目前的大消息是我们将搬到塔霍湖居住，原因是我突然怀孕了——我人生中的第一次，很讽刺的是，发觉怀孕的前一周我曾经问过大夫，在罹患癌症的情况下能不能怀孕。妇科大夫说我永远都不该怀孕，我觉得非常的凄惨。肯虽然很棒，但我不认为他了解这件事对我的意义。他显得有些疏离、对立，即使后来对我表达了歉意，我还是哭了一整个星期。

后来我发现自己真的怀孕了！好惨，因为我们必须把它拿掉。那是非常痛苦的经验，但这是正确的决定。我现在一有些微的疼痛，就得找医生检查，我无法想像怀孕会对癌症造成什么样的影响。

但医生们都同意，如果我两年之内不再有癌症，就可以怀孕生子。肯对这件事有一点歧见，他应该是个很棒的父亲。他开玩笑地说，因为他的情绪年龄和小孩一样，所以孩子们都很喜欢他，总而言之，这个事件激起了我们的筑巢本能，让我们找到塔霍湖一栋美丽的房子。

我们以前就想搬到塔霍湖去，我喜欢住在山里，而且距离旧金山只有四小时车程。第一次开车上去的时候，曾经过南塔霍湖，那是一个新开发的小镇，大概有十五年的历史。里面有一个小滑雪场、两个高尔夫球场和两个私人海滩。肯说："惨了！我们未来的家竟然是个乡村俱乐部，我需要它就等于我需要另一次的开悟经验一样。"他爱碧蓝的湖水和旁边的白沙滩。他和我都急于搬离旧金山，我们看了许多房子，最后到阿斯彭度夏的路上，找到了我们所要的房子。

我们非常兴奋，这房子的所在地交通便利，周围的景色也很美，是我们所看到的房子中最好的一栋。因为还在建造中，所以我们可以指定想要的材料，如地毯、壁纸、油漆的颜色等等。我知道你两年以后才会回来，到时候一定要来看我们，也许那时候我们已经有小孩了！再一次谢谢你送的地图。

爱你的泰利于穆尔海滩
1984 年 9 月 16 日

"你到哪里去？"我问她。

"我马上就回来，我只是去泡杯茶，你该不是有点害怕吧？"

"我，哦！不，我好得很。"壁炉里的火已经快熄了，崔雅虽然才走了几分钟，感觉上却有几小时之久，屋子里很冷。

"崔雅？亲爱的，崔雅？"

崔雅和我非常急于搬到塔霍湖，那里给我们一份安全和救赎的感受。我们已经准备好要生小孩，我也想重新开始写作；一切都充满着希望。

一年来，我们首次觉得放松了。

5

内心的宇宙

为何以往我那么想出去旅行?
为何我若不能立刻整装上路,便觉得受限?
我在这具新的身体里挣扎、抗拒,感觉受到监禁。
我怀疑这是不是另一种形式的"向外"寻求内心的神?
如果我能活得更自在,更彻底地支持自己,
让自己变成一个完整的生命,
也许那陌生的国度就会在我心中浮现。
奇特的景象、气味和思想涡旋于我心腹,
它们把我拖往另一个祈求被经验、被感受,
可以与人分享的陌生国度。
这一切以某种方式铸造形塑,
满足了内心深处的渴求。
我的腹中有个非洲义卖市集;
我的胸中有个香火弥漫、以猕猴结彩的印度庙宇;
我的脑中有座白雪皑皑的喜马拉雅山,
后面衬托着一望无际的蓝天;
我的头顶上轻飏着牙买加和风中的凌波舞,
用牛奶咖啡洗礼的卢浮宫和巴黎大学的神学院。

这个星球，我们的家，

如同一块小小的土地在我的心中。

崔雅于 1975 年

崔雅和我多年来都有打坐的习惯，去年发生的事情令我们觉得更需打坐。在还没搬到塔霍湖之前，崔雅参加了一次禅十，指导老师是她最喜欢的葛印卡（Goenka），他教的是原始佛法的内观。

解释静修有很多种方式，譬如它到底是什么？要做什么？能造成什么？有人说静修是要引起放松的反应，又有人说静修是要加强觉知，是让自己集中焦点的方法，一种让念头停止、使身心放松的方式，是使中枢神经平静下来的技巧，也是一种释放压力、加强自尊、减轻沮丧的途径。

这些讲法都属实，静修的效果已经得到临床证明；然而我要强调的是，静修的本身一向属于灵性的锻炼，不论基督教、佛教、印度教、伊斯兰教或道家修行都发明了各种静修的方法，使我们的心灵能向内探索，让我们最后和神性认同——"天主的国就在我们的心中"——从一开始静修就是通往天堂的大道。不论它有任何其他的益处，主要还是为了寻找内心的神。

我认为静修是灵性的而非宗教之事。灵性之事和真实的体验有关，它不仅是信仰而已；神是万物的根基，而非拟人化的父权形象；它要我们觉醒自己的真实的大我，而不是为了自己的小我祈祷。它要锻炼我们的觉察，而不是要我们遵循教会的道德教条，譬如不饮酒、不抽烟或不纵欲。它要我们每个人都找到心中的大精神，而不是去发现这所教会或那座庙宇做了什么事。圣雄甘地是属于灵性的，奥罗尔·罗伯茨则是属于宗教的。爱因斯坦、马丁·路德·金、史怀哲、爱默生、梭罗、德蕾莎修女、朱丽安（Dame Julian）、威廉·詹姆斯（William James）——这些人都是属于灵性的。比利·葛拉汉（Billy Graham）、总主教西恩（Sheen）、罗伯特·舒乐（Robert Shuller）、派特·罗勃森（Pat Robertson）、枢机主教奥康纳（Cardinal O'Connor）——这些人都是属于宗教的。

静修是属于灵性的；祈祷是属于宗教的。也就是说我祈求神给我一辆新车、帮助我升官，等等，是一种宗教的行为，因为这么做只是希望小小的私我能得到满足。静修却要超越整个私我；它并不想从神那儿得到真实或想像的东西，而是要献出自身以通往更大的觉知。

静修不属于任何一个宗教派别，它是全人类普遍的灵性文化的一部分，可以使生活的每个层面都充满觉知；换句话说，它就是长青哲学的一部分。

在崔雅和我搬去塔霍湖之前，我被安排接受一次访问，题目便是静修。因为要搬家，我无法和访谈者碰面，于是我要求他们把问题写在纸上寄来给我。崔雅和我一样熟悉这个题目，她详读那些问题之后，加上了自己的意见，假装一无所知地充当起访问者，同时也扮演了魔鬼的拥护者。

这次访问是要讨论自我必须死亡，才能找到宇宙的大我或神。崔雅的肉体可能面临死亡这件事，使这次的访谈有了更深刻的意义。访问进行到某个阶段，我难过得几乎无法继续下去。

崔雅可能面临死亡这件事，变成我们最殊胜的灵性导师。肉体的死亡令心理上的死亡更为坚实有力。世界各地的神秘体验论者不断告诉我们：只有接受死亡，才能找到真正的生命。

崔雅：你何不先解释一下"长青哲学"是什么？

肯：长青哲学是世上最伟大的灵性导师、哲学家、思想家与科学家所抱持的世界观，被形容为"长青的"或"普遍的"，是因为它在全球各地的每个时代都出现过，印度、墨西哥、中国及其西藏、日本、美索不达米亚平原、埃及、德国、希腊等地，我们都可以发现它的踪迹。

不论出现在何处，它的面貌都很相似。我们这些很难有共识的现代人，对这个现象可能无法置信。爱伦·瓦兹（Alan Watts）总结有关的材料说："因为我们几乎完全无法觉察自己的心态有多么怪异，所以我们不能看到某个简单的事实，那就是这个世界有共通的哲学上的宇宙观。不论今日或六千年前，不论西方的新墨西哥州或远东的日本，都有许多人抱持同样的洞见，教授同样的根本教诲。"

这是相当值得注意的事，我认为基本上这是人类对宇宙共通真理的一项圣约。全体人类对于超凡入圣的经验已经有了共识，这便是解释长青哲学的方式之一。

崔雅：你说长青哲学基本上是各种不同文化的共识，但现代的论证认为所有的知识都是由语言和文化铸造的，既然文化和语言时常大异其趣，我们又怎能找到任何普遍的或集体的真相？并没有所谓人类的情境，只有人类的历史。而世界各地的历史是截然不同的，你对文化的相对性有什么看法？

肯：每个地方确实有不同的文化。探索它们的差异，是非常重要的努力。但文化的相对性并非完整的真相，除了明显的文化差异，譬如饮食方式、语言结构或求偶习俗之外，人类存在的各种现象，有许多是集体的或环宇相通的，譬如人类的身体，不论在曼哈顿或莫桑比克，不论今日或数千年前，大家都有两百零八根骨头、一个心脏、两个肾脏，等等。这些普遍的特征，我们称为"深层结构"，不论在何处，它们都是相同的。但是从另一个角度来看，不同的文化时常以不同的方式利用这些深层结构，譬如中国人的缠足、乌班吉人（Ubangi）的阔嘴习俗、文身彩绘、衣着的式样、性，等等，每一个民族都有不同的展现，这些我们称之为"表层结构"，因为它们是属于当地的，而非全球共通的。

从人类的头脑，我们也可以看到相同的现象。每个文化都有不同的属于头脑的"表层结构"，但除此之外，还有共通的"深层结构"，也就是说人类都有能力组成意象、符号、概念和准则。不同的文化有不同的意象和符号，但组成这些头脑结构和语言结构的能力以及这些结构的本身，却是放诸四海皆准的。

全世界人的身体都能长出头发，全世界人的头脑都能生出各种概念，全世界人的心灵也都能直觉到神性的存在。这些直觉和洞见形成了世上伟大的灵性或智慧传统。这些伟大的传统虽然在表层结构上有所不同，它们的深层结构却十分相似，甚至是完全相同的。长青哲学想要研究的便是人类和神性相遇的深层结构。如果你能发现一个真理是印度教徒、基督徒、佛教徒、道家和苏菲智者都赞同的，你就可能发现了某个非常重要的东西，这个东西能告诉你宇宙的真相和最终的意义，它能碰触到人类状况的核心。

崔雅：从表面看来，你很难发现佛教和基督教有什么共通之处，因此长青哲学到底有什么重点？各个宗教之间到底有什么共通之处？

肯：至少有一打以上。我可以举出七个最重要的重点：第一，大精神是存在的；第二，大精神就在我们心中；第三，我们大部分的人都没有领悟内在的大精神，因为我们都活在罪恶感、界分感和二元对立中——也就是说，我们都活在堕落或虚幻的情境中；第四，从这样的情境中解脱是有路可循的；第五，如果我们循着这条路走到终点，结果就是再生、解脱或直接体验内在的大精神；第六，如此一来，罪恶和痛苦便止息了；第七，接着便开展出众生一体的慈悲行动。

崔雅：你表达得非常详尽，请一一加以解释。

肯：大精神是存在的，神是存在的，最终的实相是存在的，你可以称之为梵（Brahman）、法身（Dharmakaya）、凯瑟（Kether）、道（Tao）、阿拉（Allah）、湿婆（shiva）、耶和华、阿顿（Aton）——"它有许多名称，所指的却是同一个境界。"

崔雅：但你怎么知道大精神是存在的？重视神秘体验者所说的存在，

他们以什么作为立论的基础?

肯：他们以直接的体验做基础，以真实的灵性体验做基础，而不仅是奠基在信仰、概念、理论或教条之上。就是这份体验令重视神秘体验者有别于那些只相信宗教教条的人。

崔雅：但是有人认为神秘体验并不是确切的知识，因为它是难以言喻的，因此无法传达。

肯：神秘体验确实是难以言喻的，你无法以语言完整地说明。任何的体验如观赏落日、吃一块蛋糕、聆听巴赫的音乐，你都必须体会，才能知道那是怎么一回事。但我们不会因此下结论说，夕阳、蛋糕、音乐不存在或无效。进一步来看，即使神秘体验难以言喻，它仍然"可以"被传达。譬如柔道可以经由老师传授，但无法以言语表达，灵性修持也是一样，可以经由灵性大师或老师的指导而有所体悟。

崔雅：然而，某些重视神秘体验者的神秘体验也不一定是真的——他们也许认为他们与神合一了，但实际情况并非如此。没有任何一种知识是绝对属实的。

肯：我赞同神秘体验不见得比其他的直接经验更确实，然而这个论点不但没有贬低神秘体验，反而把它们提升到与其他经验等同的地位。换句话说，如果你反对神秘体验，你也必须反对所有以经验为基础的知识，包括实证科学在内。譬如我认为我正在看月亮，但我可能是错的；物理学家认为电子是存在的，他们也可能错了；评论家认为哈姆雷特是由一位名叫莎士比亚的历史人物所写的，他们很可能搞错了；那么我们如何才能明白真相？我们必须从更多的经验中加以检查——这就是历史上的重视神秘体验者一直在做的事。数千年来他们不断检查、推敲他们的体验，他们所留下的记录，令现代科学看起来像新手一般。我的重点是，前面的论点不但没有动摇神秘体验论的说法，反而使他们和其他领域的有识之士处于等同的地位。

崔雅：这是很公平的讲法，但我常听人说，重视神秘体验者很可能是精神分裂症的患者。对这样的指责，你有什么看法？

肯：我相信每个人都会赞同，某些重视神秘体验者确实有精神分裂的成分，而某些患精神分裂症的人，也可能有过神秘的洞见。但这个领域里的权威人士，没有任何人认为神秘体验就是精神分裂的幻觉。我知道有一小撮非权威人士是这么认为的，要想说服他们，并非一蹴而就。因此我想说的是，神秘体验论所采用的默观训练或祈祷，可能是非常强而有力的，但还不至于有力到在短短几年便使健康的成年男女变成精神分裂症的患者。日本的白隐禅师（Zen Master Hakuin）传了八十三名完全开悟的弟子，他们创立了日本的禅宗，并且注入了新的生命力。这八十三名精神分裂的患者连上厕所都有困难，那么又怎样可能创立日本禅宗呢？

崔雅：（大笑）我要提出最后一个异议。与大精神合一这个观念，很可能只是一种退缩的防卫机制，为的是使自己不再恐惧生命遭到毁坏或者受限。

肯：如果与大精神合一只是概念或希望，那么它通常是一种防卫机制，一份个人"不朽的计划"，借此防止死亡和允诺生命的延续。我在《来自伊甸园》和《普世的神》这两本书里曾经解释过，与大精神合一的体验并不是一个概念或希望，而是直接的领悟。对这份直接的领悟，可以有三种看待的方式：你可以说它是精神分裂症的幻觉，也可以说它是一种误会，或者你承认它是对大精神的直接体验。

崔雅：你的意思是，真正的神秘体验论和教条式的宗教信仰刚好相反，它是非常合乎科学的，因为它完全依赖直接体验的证据和试验？

肯：一点也没错，重视神秘体验者要求你不可亲信任何一件事，他们要你以自己的觉知和体验进行一连串的实验。你的心就是你的实验室，而静修就是你的实验。等到自己尝试了之后，再把结果和别人的实验相比较。从这些相互印证的知识中，你得到了某些灵性的律法，你可以称之为"殊胜的真理"。其中的第一条便是：神是存在的。

崔雅：现在我们再回到"长青哲学"或神秘体验论的哲学，其中第二个重点是"大精神就在我们心中"。

肯：大精神就在我们心中，我们的心中有个宇宙。重视神秘体验者最惊人的讯息是：在你生命的核心，你就是神。严格说来，神不在内、也不在外——因为大精神超越了所有的二元对立。你只能一直不断地向内观看，直到内变成了外。《唱赞奥义书》（*Chandogya Upanishad*）有一句最著名的长青真理："你生命之中有无法觉知的真相，然而它确实存在。所有的生命都有它的真我，你自己的生命之中就有这个微细的精髓。这个隐形的微细精髓，就是整个宇宙的大精神。它就是真相，它就是真我，而你就是它。"

"你就是它"——tat tvam asi，你就是神，这里的"你"指的并不是那个孤立的自我或私我，或某位先生、某位女士。事实上，个体的自我或私我就是阻碍我们实现终极认同的东西。"你就是它"，这里的"你"指的是你最深的或最高的部分，也就是《唱赞奥义书》所说的能超越私我、使你直接体验灵性的微细的精髓。犹太教称之为"鲁阿"（*ruach*），它是每个人内在的灵性，而不是个人的私我"那非施"（*nefesh*）。基督教称这份灵性为"圣灵"（*pneuma*），而不是个人的灵魂或"精神"（*psyche*），后者充其量只会崇拜神。如同库马拉上师（Coomaraswamy）所说，区分一个人内在不朽的灵性和他纯属个人的私我，就是长青哲学最主要的核心，也只有透过这样的解释，才能了解基督说过的一句很奇怪的话："除非他怨恨自己的灵魂，否则他不可能是一名真正的基督徒。"只有超越你那终将毁坏的灵魂，才能发现不朽的灵性。

崔雅：圣保罗说过："我活着，但活着的并不是我，而是我心中的基督。"你的解释是，圣保罗发现了他的真我，然后与基督合一了。这个真我取代了他的自我或较低层次的自我，他个人的灵魂或精神。

肯：是的。你的"鲁阿"或你的根基就是至高无上的真相，而不是你的"那非施"或私我。如果你认为你那小小的私我就是神,那么你就麻烦了,你可能会饱受精神分裂的困扰。这显然不是世上伟大的哲学家和智者们所说的大精神。

崔雅:既然如此,为什么没有更多人发现大精神就在我们心中?

肯:这是第三点所要讨论的。如果我本来和神是一体的,为什么我不能领悟这一点?一定有东西使我和大精神分开了。为什么我会堕落?我们的原罪是什么?

崔雅:不是因为吃了一个苹果吧!

肯:(大笑)当然不是。不同的宗教传统曾经给过许多不同的答案,但它们都有一个共识:我不知道我和大精神是一体的,因为我的觉知受到了我眼前正在进行的活动的障碍。眼前的这个活动,简而言之,就是集中焦点在个人的自我或私我身上。我们的觉知不是开放、放松的和以神为中心的,而是封闭的、紧缩的和以自我为中心的。正因为我如此认同这个紧缩的自我,所以我无法发现我真正的身份,于是那个"自然人"便从此堕落了,活在与大精神分离的原罪中。这个与世界隔离出来的我,把外在的一切当做是和我自己的生命相互对立的,这样的生命显然和宇宙及大精神不是一体的;它似乎完全被孤立在肉体的牢墙中。

崔雅:这个情况是不是时常被称为二元对立?

肯:没错,我把自己这个主体和外在的客体分开,接着又把世界看成是互相冲突的东西,譬如苦与乐、善与恶、真与假,等等。根据长青哲学的说法,被紧缩的自我所操纵的觉知是无法察觉真相的;这里的真相指的是至高无上的大精神。换句话说,所谓的原罪指的就是这个分裂出来的紧缩的自我。原罪并不是指自我做了什么事,而是指自我存在的本身。

这个紧缩的孤立的自我,因为无法认出自己的神性,因此有一股非常尖锐、欠缺、分裂和被剥夺的感觉。换句话说,分裂出来的自我打从一出生就感到痛苦和堕落。痛苦不是某件发生在小我身上的事,它是与生俱来的东西。"原罪"、"痛苦"和"小我",指的都是那个紧缩或四分五裂的觉知。你无法把自我从痛苦中拯救出来,佛陀曾说过:"要想停止痛苦,必须停止自我的活动。"

崔雅:这么说二元对立的世界就是堕落的世界,而原罪就是我们每个人心中那个紧缩的自我。你的意思是,不但东方的重视神秘体验者如此认为,连西方的重视神秘体验者也把原罪和地狱归咎于分裂出来的小我。

肯:没错,归咎于这个分裂出来的小我和它那毫无爱心的欲望、逃避及执著。东方的宗教,尤其是印度教和佛教,确实很强调自我的轮回,而你在天主教、诺斯替教派、基督教的教友派、犹太教的卡巴拉教派(Kabbalistic)和伊斯兰教的神秘体验论的典章里,都可以看到相同的主题。我最喜欢18世纪英国基督教重视神秘体验者威廉·劳(William Law)的说法:"整个真理都包含在以下这短短的句子中:所有的罪恶、死亡、诅咒和地狱,就在这个自我的国度中。所有的自恋、自尊和自我追寻的活动,将我们的灵魂与神分离开来,落入了永恒的死亡和地狱。"你记不记得伊斯兰教重视神秘体验者鲁米(Jalaluddin Rumi)的名言:"如果你从未见过魔鬼,那么看看你的自我,你就明白了。"苏菲圣者阿比·哈耶耳(Abi'l Khayr)也说过:"没有地狱而只有自我,没有天堂而只有无我。"神学家泽曼尼卡(Germanica)解释过基督教重视神秘体验者的主张:地狱里并没有火在燃烧,燃烧的只有自我意志。

崔雅:我明白了,因此超越"小我",就能发现"大我"。

肯:是的,这个"小我"或个人的灵魂,梵文称做"阿汗姆卡拉"(ahamkara),意思是"结"或"紧缩"。这个二元对立或自我中心的紧缩的觉知,就是我们堕落的根由。现在我们进入了第四个长青哲学的重点:有一条道路可以扭转这堕落和残忍的情况,并且打开幻觉的死结。

崔雅:把小我丢到水沟里去。

肯:(大笑)没错,把小我丢到水沟去。把分裂出来的自我、小我或紧缩的自我灭绝或使它臣服。如果我们想发现自己与整全我的同一性，就必须放弃那个孤立的私我。然而这堕落可以在一瞬间被扭转，只要我们了解它并没有真正发生过——存在的只有神，分裂出来的自我只是一份幻觉。但对大部分的人而言，堕落必须逐步加以扭转。

换句话说，长青哲学的第四个重点是：解脱道（the Path）是存在的——如果我们能正确遵循这条道路，它就能把我们从堕落引导到解脱，从轮回引导到涅槃，从地狱引导到天堂。如同普拉提尼斯（Plotinus）所说："从孤寂飞向空寂，就是从小我晋升到大我。"

崔雅：这条道路是不是静修？

肯：我所谓的"解脱道"是由好几条小路组成的。譬如印度教有五条主要的道路或"瑜伽"（yoga），瑜伽的意思就是"合一"，一种使灵魂和神性合一的方式。在英文里这个字的同义词是"轭"（yoke）。基督说："我的轭很简单。"他的意思是"我的瑜伽很简单。"希泰语的"*yugan*"、拉丁文的"*jugum*"，希腊文的"*zugon*"，等等，都有相同的字根。

也许我可以稍微简化一点地解说，这些道路不论是印度教的或属于其他的智慧传统，基本上都可以被划分成两条主要的途径，拉姆达斯上师（Swami Ramdas）曾说过："解脱道有两种：一是把你的私我扩大到无限，二是把它减低到什么都不存在的状态。前者靠智慧，后者靠奉献。智者说：我就是神——宇宙的真理。献身者说：哦！我什么都不是，而神啊！你却是一切。这两种情况，私我感都可以消失。"

两种途径的修行者都能转化小我或者让小我死亡，如此便发现或使神性重生。现在我们已经到达了长青哲学的第五个重点，也就是重生、复活和解脱。小我必须死亡，大我才能复活。

不同的宗教传统都描述过死亡与再生。基督教是以亚当和耶稣的形象作为隐喻的原型。重视神秘体验者称亚当为"老人类"或"外在的人类"，他打开的是"地狱"之门。耶稣基督是"新人类"或"内在的人类"，他开启的是"天堂"之门。尤其是耶稣本身的死亡和复活,重视神秘体验者认为它象征的是小我的死亡和从意识之流复活的崭新、永恒的天命,也可以视为与基督等同的大我和它的升天。圣·奥古斯丁(St. Augustine)说过:"神变成了一个人,如此世人才有可能变成神。"这个从人性到神性,从外在的人到内在的人,或从小我到大我的过程——基督教称之为"*metanoia*",意思是"悔改"和"转化"——我们悔改自己的罪或小我,转化成大我或基督,如此一来就像你所说的:"活着的不是我,而是我心中的基督。"伊斯兰教对死亡和复活也有相似的观点。"*tawbah*"的意思是"悔改","*galb*"则意味着"转化"。毕斯塔米(al-Bistami)有一句简洁的结论:"忘掉自己,就是回忆起神。"

在印度教和佛教中,死亡和复活一直被描述成个人灵魂的死亡和其真实本质的苏醒。印度教称之为"梵",佛教称之为"空性"。重生或突破的那一刻就是解脱或解放。《楞伽经》把解脱的经验形容成"彻底转化了意识的核心","转化"在这里指的是消除制造分裂小我的习性,让位给广大开放而清明的觉知。禅宗称这份转化为"*satori*"或"*kensho*"。"*Ken*"是"真实的本性","*sho*"的意思是"直接看到",直接看到自己的本性便是成佛。爱克哈特(Meister Eckhart)大师说:"在突破中,我发现神和我是相同的。"

崔雅:解脱是不是真实的死亡经验,还是一个隐喻?

肯:不是隐喻,而是自我真的死了。这个经验也许非常戏剧化,但有可能是非常简单、毫无戏剧化的。直白一点的解释是,你突然醒过来,发现你的生命其实就是你所看到的一切东西。你和这个宇宙以及万象真的是一体的,你并不是变成和神或万象一体,你本来就处于那个状态,只是没有发现罢了。

伴随这项发现的是一份非常扎实的感觉——你的小我真的死了。禅宗称"*satori*"为"大死",爱克哈特说得更直接:"小我的灵魂必须使自己死掉。"库马拉上师则如此解说:"我们必须替自我的死亡铺路,直到最后领悟，我们的大我没有任何的东西可以认同，如此我们才能成为真正的自己。"爱克哈特又说："只有那些彻底死掉的人，才能进入天主的国度。"

崔雅：小我的死亡，就是发现永恒。

肯：是的，此外我们必须认清永恒不是时间的永续，而是没有时间感的某个点，也就是所谓永恒的或没有时间感的当下。大我并不是活在具有时间感的永恒中，而是活在没有时间感的当下。这当下是先于历史、演变和连续性的。大我是当下纯然的存在，而不是持续不断永恒的生命，后者是一种很恐怖的观念。

现在我已经讨论到长青哲学的第六个重点，也就是解脱和最终的自由可以将痛苦止息。佛陀说他只教了两件事，那就是痛苦的原因和如何止息痛苦。痛苦的原因就是小我的执著和欲望，透过静修可以转化小我和欲望以及止息痛苦。痛苦是紧缩的小我与生俱来的，止息痛苦惟一的方法就是停止自我的活动。但这并不意味解脱了之后或灵性的修持之后就永远不会感到痛苦、恐惧或伤害。这些感觉还是会有，只是它们不再威胁到你的存在，因此也就不再制造问题了。你不再认同、夸大、加强它们或被它们威胁。相反的，因为那个四分五裂的自我已经不存在，而我们的大我就是一切万有，因此不再有任何东西可以从外部伤害到它，于是你的心中出现深刻的放松和舒展。这时我们会发现，不论痛苦有多么强烈，基本上它并没有影响我们真实的存在。痛苦来了又去了，而我们已经拥有"超越理解的祥和"。智者仍然会感受到痛苦，但它不再构成伤害。智者已经能充分觉察痛苦，因此充满了慈悲，他们有强烈的意愿去帮助那些把痛苦当真的人。

崔雅：我们已经谈到了第七个重点，那就是解脱后的给予动机。

肯：是的，真正的解脱一定会产生慈悲、善巧的社会改革行动，并会帮助所有的人获得最终的解脱。解脱后的改革行动是无私的服务，因为我们每个人都具有相同的大我、法身或基督的圣体，服务他人等于服务我们自己的大我。基督曾说："爱你的邻人，就像爱你自己。"我认为他的意思是:"爱你的邻人,就像爱你的大我。"

崔雅:谢谢你。

访问结束后,我一直在想,我对这个人的爱胜过对我自己的大我和小我。

"我以'时间'的姿态出现,我是那些已经准备好要毁灭的人的终结者。"

"什么?我听不到,刚才你说什么?"

"那些已经准备好要毁灭的人……"

"是谁啊?崔雅,是你吗?亲爱的,是你吗?"

崔雅刚成年的时候,曾经有过一次深刻而强烈的神秘经验,那可能是她一生中最具有影响力的事件。

"那是什么时候发生的?"我们认识后的某个傍晚,我提出了这个问题。

"我记得我那年十三岁,一个人坐在壁炉前看着炉火。突然,我变成了烟火,跟着它飞向天空。我愈飞愈高,突然和整个虚空变成一体。"

"你已经不再认同你的小我和身体了吗?"

"我完全消失了。我和周遭的一切变成一体,我完全不存在了。"

"你那时是清醒的吗?"

"完全清醒。"

"那个经验非常真实,对不对?"

"完全真实。那种感觉就像回家了。好像我终于到了一个属于我的地方。我知道那次的经验有很多名称,你可以称之为大我、神或道等等,但那时我还不懂这些,我只知道我回家了,非常地安全,我得救了。那不是一场梦;其他的一切都像一场梦,只有这个经验是真实的。"

那次的神秘体验变成崔雅一生中的指导原则，虽然她并不常谈论它。那次的经验使她终其一生都对灵性和静修感兴趣；她把名字改成崔雅；也是因为那次的经验，使她凭借着意志和勇气面对癌症。

> 从小我的心中就有个意象，好像我逐渐扩大到每个细胞都和宇宙合一了。它是我人生的指标，也是惟一能感动我、使我流泪的事。它促使我遵循灵性修持的道路、发现与万物合一的真相，为了我自己和他人，我要完成我今生的修习。我想我对咨询和课业会这么不耐烦，是因为我真正感兴趣的，其实是心中那些属于灵性的问题。如果我把它导向外在的咨询活动，当然会失去兴趣。
>
> 我需要聆听内在的声音、内在的引导。我需要加强它、滋养它、接触它，有力地探索它……这样它才能告知我人生的方向。一想到这件事，我的情绪就会高涨。这一直是我人生的主题。那份扩张的感觉必须放在首位，并且加以深化，日后它才会自然流出对人类各种议题的关怀。我最终渴望的就是绝对无我的境界……
>
> 这也是静修的目标及目的。

"崔雅，亲爱的，这一点也不好玩。你能不能端了茶就回来？"火已经熄灭，空气中有一股烧焦的味道。

"这实在太不好玩了，我要到外面去了。"

但是并没有所谓的外面；我真的什么也看不见，我惟一能知觉到的就是寒冷。

"你可难倒我了。一会儿左肩有东西，一会儿又准备要毁灭。好极了，好极了。我们可不可以谈一谈？"

6

身心脱落

我盘起腿,采用半莲花座的姿势静静地坐着,仔细地感觉气息在身体里流动。我听见身后的海潮在喃喃低语,海水轻抚着沙滩,渗进沙粒,然后缓慢无力地退回大海,与自己的本体重新结合,接着再一次地向前推进,到达彼岸,这个从本体向外推出的动作是充满着胆识与渴望的。进、出,退缩、相会,完成、冒险。我将空气吸入体内,如同海水与沙粒的交汇。两个不同的元素混合在一起,相互施与生命。把气吐回到大气中,如同海水向前推进轻抚沙滩之前,先得退回到私我的深处一般。它们一起在晨曦中闪闪发光;它们的相会与分离不断地发出喃喃低语,相会与分离充实了我的存在。

崔雅结束闭关,返回家中,看起来生气勃勃。建筑结构的问题延迟了塔霍湖房子的进度,因此我们仍然待在穆尔海滩的住处。崔雅从前门走了进来,看起来光华灿烂,几乎有些透明,同时也显得强壮、安全与稳定。她说,她仍然会想到未来复发的情景;但另一方面,她并不害怕,她认为自己在对待复发的恐惧上,已经有了变化。

我在闭关时究竟做了些什么?我每天必须花十到十一个小时,将注意力集中在我的呼吸上。如果念头跑掉了,就要把它引回到呼吸上,注意那些生起的思想与情绪，一旦发现到它们，同样要把注意力引到呼吸上，就这样耐心地、坚持地、勤勉地练习我的觉察。

接着我必须将这份经过练习的觉察放到身体上，首先把焦点集中在鼻子附近，然后慢慢去留心身体不同部位的各种感觉。就这样从上到下，从下往上地扫描自己的身体，注意各种盲点，注意痛苦的觉受，如果心飞走了，就把它引回来，这所有的过程都要以平衡、宁静与祥和的心来进行觉察。由于注意力不是集中在某些外在的事物上，我的身体因而变成一个训练注意力的实验场。这是我第五次参加葛印卡的十日禅，因此在这项练习上，我已经相当熟悉了。

当我静修时，在我的身体上，发现了什么感觉？这些身体上的感觉是一些令人愉悦的感觉还是一些痛苦的感觉？刚开始的几天，我饱受眼疾与头疼之苦，癌症复发的阴影不断浮现，我怕离开肯，怕所有可能发生的事。体内每一个痛苦的感觉，无论是多么细微，都会令我联想到癌症的复发，每一个影像都夹带着极大的恐惧。

这是一场艰苦的奋斗，但是到了第五天，我开始能单纯地注意这些感觉，不再评断它们，我可以知觉到那些骇人的恐惧影像，而不再害怕它们，不再害怕恐惧的本身。我能够敏锐地注意到我的觉察，注意到这份觉察的能力，也注意到心念总是会被外围的事件或思想吸引。我发现这份集中的注意力像是一道我可以引导的光束，无论引导至何处，它都能清楚地让我注意到那里所发生的一切。如果我的头顶一直有感觉产生，如果我的眼睛有痛感，或是头痛不断出现，我都可以清楚地知觉它、注意它，而没有任何的评断、回避或恐惧。

同时，我也能注意到存在于这份觉知后面那些在微光中不断移动或改变的事。直到我把强光照向它们，才能清楚地意识到它们的存在。因此，我开始注意自己集中的知觉与扩散的知觉之间的关系。如果转换自己的注意力，或是我的注意力自动转换时，我会察觉这两种知觉同时都在转换。

我开始察觉到这份注意力可以决定自己的意识状态。如果我能单纯地看着自己的感觉,就会觉得平静、均衡与镇定。如果我批判或害怕自己的感觉,就会觉得焦虑与痛苦。

当我将注意力集中在这个躯体之内时,我开始察觉一些过去从未留心的事。我注意到自己的思维活动——一些想法、概念、句子、影像、无来由的妄念、喋喋不休的声音,充斥在每一个空间。还有一些零星的琐事也在我心中不断生灭。我开始注意到一些习惯——将内心这些如梦似幻的故事说出来的习惯;此外,如果有任何不舒服,便立刻想调整;我还注意到自己的不安,不断想安排一些计划,还时常分心。此外,我也注意到自己情绪的波动——对身体的痛楚所产生的急躁,恐惧自己可能无法度过这十天,渴望某些特定的食物,希望内观的修为能更精进,对肯的爱、注意力涣散时的愤怒、对癌症的惧怕以及某种觉受所引起的愉悦感。

我想照指示逐渐学习,以愈来愈平衡、镇静、没有渴望与嫌恶的态度,单纯地看这一切内在的活动,以平静的心注意自己的思维、习惯和情绪。我会在某个时刻突然做到,立刻又落入想要维持那个状态的欲求中,我会开放地注意着眼部的酸痛,但是一想到要去除它,紧张的感觉马上出现。我也注意到这些情绪会阻隔我的感觉、妨碍我的进展。既要努力,又不能执著于结果,那份感觉如同走在剃刀边缘一般。

思维与情绪一旦安静下来,注意力就变得非常敏锐,我愈来愈能大幅度地觉察到身体的感受。我以前无感觉的部位,现在则能感到细微的发痒或能量的振动,接着就消失了。然后新的、出乎意料之外的东西出现,很快地又消失了。有时我的身体除了能量的振动之外,好像什么都不存在了。这其中的诱惑是不断地想要去思考这些现象,想要把发生的事概念化,内心一直在进行着私我对谈,思索某个事件的意义是什么,而不能单纯地、赤裸地注意着它们。譬如某件事的改变、它的消失，或是注意力的涣散，都要随时加以留意。每一个微细时刻出现的细节，都要耐心地、用心地体察。

刚开始的几天似乎完全被现象缠缚。这份剧痛代表什么？这个痛感意味什么？肯总想把我从中摇醒——"这里痛吗？在这里，脚趾头吗？你的意思是，连你的脚趾也得了癌症？"然而它实在很吓人。我发现自己有好几次与神进行内在的交流，不断地讨价还价：请让我至少有十年的时间与肯在一起，如果能活到五十五岁那就更好了——五十五岁听起来还太年轻了！

第二天，我赫然发现自己的手臂（淋巴结被割除之处）开始肿起来！该死！这又是什么意思？不是说手术后就不会再肿了吗？为什么现在又肿了呢？我吓坏了。想到也许我该早点死，这样对肯比较好，他就不会那么依赖我了。那一刻我注意到自己立刻失去了对呼吸的觉察。

我的心中有一个骗子。我好不容易把妄念拉回，重新专注在呼吸上，一旦注意到自己的胜利，危险便降临了，骗子悄悄地溜了进来。"只是看看而已，"它说。"做得很好，一点小小的测试是无伤大雅的。"它让我尝到甜头以后，立刻提供我一些选择，譬如地毯和桌子的颜色配不配，卧室可不可以再放一个衣柜。"嗯！好看极了。"我的念头就这样飞了。"让我再好好想一想。"我的注意力于是从窗户溜了出去。

到了第三天，某些时刻开始出现穿透思维与情绪的宁静。手臂仍然肿胀，但已无法惊吓到我，我只是单纯地注意着这份感觉。我喜欢这份平和与宁静，但一想到我可能会离开肯，眼泪便止不住地流了一个晚上。

到了第五天，我发现自己已经能完全放下，不带批判，没有挣扎，只是单纯地目睹一切事情的生灭，要来就来吧。我再一次发现那单纯地看的自在，只要静静地坐着，没有想要重复先前经验的欲望，也没有新的期望，只把心安住在眼前生起的真相上，而不设定"应该怎么样"的理想。我的静修中开始出现一种韵律，一种与真相共处而不去对抗的态度。情绪与思维依旧健在，我注意到了，但不再陷入其中，也不被它们牵着鼻子走——我学会了向后退一步，默默地看着它们。

第七天，我发现自己的身体开始像一个完整的存有，手臂、大腿与躯干并没有相异之处，彼此之间没有界分、没有冲突。那些强烈、令人愉悦、至乐得令人心疼的能流又回来了，我和肯碰面的第一天晚上所感受到的就是这样的能量。我似乎更容易觉知我的身体，这份感觉有时是突如其来的，有时又比较安静。我的气感能轻易地贯穿整个身体，感觉就像一个完整的个体，而不是由不同部位结合成的组合体。如果我以非常和缓、平静的方式呼吸，或是我的呼吸自己调匀了，我就能感受身体上那些仍然有点紧的部位，我一次又一次地学习放松，我觉得身体的能流愈来愈均匀了，它消除了那些执著、抗拒和分裂。

第九天，我注意到，无论癌症的影像在何时浮现，我都不再加以回应；它吓不倒我了。如果有任何恐惧出现，我也只是目睹它，这是一种平静、自由和清楚的观察。第十天一整天，我都维持在这样的状态。开始体会极为明显的、无选择且毫不费力的觉察，我只是以均衡而平等的心目睹着一切。整个觉察的过程已经改变了，我的注意力既敏锐又轻松。我不主导，只是跟随。葛印卡说："你无法制造感觉，你无法选择感觉，你也无法发明感觉（不知道 Häagen-Dazs 冰激凌的制造商听到这句话会有什么感觉），你只能目睹。"你不能执著，只能随波逐流，因为事情终将改变，无常就是真理。非常安静，非常祥和。我心想：在真实的世界要如何维持这样的状态？

11月21日的早晨，崔雅在淋浴时注意到右胸下方有两个肿块。当我和她更仔细地检视时，还看见两到三个较小的肿块。它们看起来就像是蚂蚁叮过的小包,但一点都不痒。它们实在不怎么像是癌症的肿瘤,可是崔雅和我都心知肚明。

那天下午,我们去见了彼得·理查兹。一样苦恼的表情,一样含糊不清的态度。"可能是蚊虫叮咬的肿包,也可能是其他东西,我们最好还是将它们清除掉。"我们在第二天早上安排了一个紧急的手术,然后驱车返回穆尔海滩的家。

崔雅的平静令人震惊,似乎只有一点点不安。我们简短地谈论了一下,然而崔雅并不想多谈。"如果它是癌症,那就是癌症吧!"她脱口说出,但仅此而已。她真正想要谈的是静修与她的经验。两天前我刚完成《意识的转化》这本书,崔雅迫不及待地要和我交换意见。

"我一直不断地向外扩张。刚开始时,我只是目睹着自己的心与身体,单纯地将注意力集中在思维和感觉上,但接下来我的心与身体似乎都不见了,而我和……不晓得,是神吧,或是宇宙,或是更高的大我合一了。那种感觉真是棒极了!"

"我真的不在乎我们怎么称呼它——神也好,宇宙或是大我也罢。道元禅师(Dogen Zenji,日本一位很有名的禅师)便是在他的导师对他耳语'身心脱落!'这句话时开悟的。就像你所说的,这正是他当时的感觉,对身心的认同突然脱落了。这种经验曾经发生在我身上几次,非常的真实,比较之下,私我反而是不真实的。"

"我同意。感觉上,这种扩张的状态是更真实的、更鲜活的。它像是一种觉醒,而其他的事则像梦幻一般。所以,你也相信这些经验是真实的?"她问。

当我听见崔雅这么说时,我知道她想扮演"教授"的角色,也晓得接下来的几个小时,她将要一点一滴地挖掘我的思想。我知道她可能有了眉目,只是想看看我是否真的明白个中的道理。我知道我们俩现在宁愿讨论这些,也不愿意去谈那该死的肿瘤……

"我们其实和科学家的情况是一样的。我们必须追求实证经验，相信自己的经验，因为那是我们惟一拥有的；否则就是恶性循环。基本上如果我不相信自己的经验，那么我一定也不相信自己这份不相信的能力，因为那也是一种经验。因此，除了相信自己的经验，相信宇宙不会欺骗我们之外，我们别无选择。当然我们可能会犯错，某些时候经验也会被误导，但仔细权衡之后，除了跟随它们，我们没有其他的选择，尤其是神秘经验——正如你所说的，它们其实比其他的经验更真实。"

我一直在思索黑格尔对康德的评论：你无法质疑知觉，因为你惟一拥有的工具便是知觉。如果你想不用知觉，黑格尔说，那就像游泳时想不弄湿身体一般的荒谬。我们全都沉浸在知觉与经验之中，除了在某个深奥的层面上与它同行之外，我们别无选择。

崔雅继续说道："我很喜欢西藏人说的一句话：心智是所有的空间。这也正是我的感觉。当然，这种感觉往往只能维持数秒钟，然后，砰！又回到了旧有的泰利。"

"我也很喜欢那句话。你正在练习的内观，是要将心智集中于呼吸或其他的感觉上。然而西藏人有一种练习，是将'心智与所有的虚空融合'，或将'心智与天空融合'。这意味着，呼气时，只要感觉自己的私我随着气一同呼出，然后溶解于天空之中；换句话说，便是进入整个宇宙。这个练习是非常具有威力的。"

"事实上，我已经开始这么做了，"她说，"但几乎是出于自发的。最近我的静修有了真实的改变，一开始我非常用力地把注意力放在呼吸上，仔细地上下扫描我的身体。后来某些时刻我感受到知觉突然起了变化，那时我不再主导我的注意力，只是静静地坐着，不刻意觉知任何一样东西。那份感觉比较接近基督教所说的'向神彻底臣服'。你的一切都奉献出来，你的一切都赤裸展露；这样的说法似乎更贴近、更有力一点。"

"我自己的经验是，无论哪一种方法都有效果，但必须持之以恒。"我思考了一会儿,"你知道吗,你刚才说的其实就是日本佛教所说的'自力'(self-power)与'他力'(other-power)的问题。所有的静修都可分为这两种类型,自力是禅、内观与知识瑜伽的途径,他们靠自己的专注与觉知去突破私我,进入更大的实存。他力则是倚靠上师或神的力量,或者以彻底臣服来转化自己。"

"你认为这两者最后都会导致相同的结果吗?"崔雅不太确定地问。

"我相信是的。就连拉马纳尊者(Ramana Maharshi,他被视为印度当代最伟大的智者)也说过,有两种方法皆能通往解脱:一是探究'我是谁?'私我可以透过这样的途径被彻底解除;二是臣服于上师或神,让神来瓦解私我,这也是一种途径。两者都能解除私我感,让私我发出光来。我个人喜欢做'我是谁?'的探究练习,这也是禅的著名例子。但我确信这两种途径都有效。"

崔雅和我一同走进厨房去倒茶,关于癌症的话题始终没有被提及。

砰!砰!

"是谁?"

砰!砰!

"是谁?"外面非常冷,非常寂静。三条回廊,一扇门。

砰!砰!

"到底是谁?该死,搞什么啊,在玩砰砰游戏啊?"外面漆黑得我无法自如地行动,与其停在原地,我还是朝着那扇门摸索着走去,然后气愤地使劲把门拉开。

"我很好奇,为什么这两种途径都会奏效?"崔雅说。"它们是如此的不同,练习内观法门必须非常努力,至少一开始时。但是把自己交出来,似乎不需要什么努力。"

"我不是法师，只能给你提供一些初学者的观点。对我而言，这两者有一个共通之处，事实上，所有的静修方法都有这个共通之处——它们都是借由强化目睹或看的能力，来打破私我。"

"但这和我的私我有何不同？我认为私我也有能力目睹或觉察。"崔雅擤了一下鼻子，喝了一口茶。

"这便是重点了。私我并非真实的主体，只是另一个客体。换句话说，你可以意识到你的私我，也能够看见你的私我，即使有部分的私我是无意识的，但在理论上，所有的部分都会成为知觉的客体。这个私我，换句话说，能够被看见，也能够被理解，因此它不是'观者'（Seer），不是'知者'（Knower），也不是'目睹者'（Witness）。这个私我只是一大堆心智的产物，譬如知识、符号、意象与概念。我们认同了，然后透过这些东西来看世界，并且扭曲了世界。"

崔雅马上抓住了要点。这些理念对我们来说已经相当熟悉；我们只是将它们说出来，加强理解。事实上我只是在回避另一个话题罢了。

"换句话说，"她开口说道，"我们的头脑认同了那些东西，于是把我们和外在的世界分开，自他对立、主客对立便因此而形成。我记得克里希那穆提（Krishnamurti）曾经说过：'在主体与客体的裂缝中，存在着人类一切的不幸与痛苦。'"

"而且最妙的一点是，私我甚至不是一个真实的主体，或是一个大我；它只是一连串有意识或无意识的产物。如果想打破这份错误的认同，就必须开始观察心智的内容或里面的东西。就像内观或禅所用的方式，你彻底地看着这个心智—私我的结构……"

"换句话说，"崔雅插了进来，"你以目睹或看取代了私我，你只是客观地、完整地目睹心智里所有的东西，譬如思想、感觉、意象、情绪等等，但不去认同，也不去批判它们。"

"是的，到了某个时刻你乍见曙光：既然你能看到所有的思维与意象,它们就不可能是真实的'观者'与'目睹者'。于是你的认同感开始从个人的私我转向非个人的目睹或看,这才是真正的主体(the real Subject)或真我(the real Self)。大写的主体或真我。"

"对,"崔雅说,"目睹,或看的本身就是真我或大我,它与神或大精神是一体的。这就是为什么即使我由个人的努力开始,试着去目睹我自己的心智与身体,最终我的认同感还是会向外扩大到与虚空合一。如果我从一开始就臣服于神、臣服于宇宙,最后我还是会达到相同的大我或更大的觉知状态。嗯,有几次我的确达到了那种状态;但大部分我还是回到了旧有的泰利。"

"没错,我想这就是为什么圣·克雷蒙(St. Clement)会如此说:'认识自己的自性也就认识了神。'在我们每个人心中都只有一个见证,只有一个神性,透过不同的眼睛向外看,以不同的声音说话,用不同的腿行走。然而重视神秘体验者却指出,神(God)只有一个,大我(Self)只有一个,见证(Witness)也只有一个。"

"好,借着目睹私我,观察身体与心智的所有面向,我就不再认同这些客体,反而认同了真我,或真正的见证。而这个见证便是大精神,便是梵。"

"根据长青哲学的说法,这是完全可以肯定的。"

崔雅开始烧另一壶茶。"你有没有将这些理念与想法写在《意识的转化》里?"

"写了一些。主要集中在目睹者的发展,以及目睹者在唤醒自己真正的本性前所处的错误认同阶段。我对于可能发生在这些阶段中的神经官能症与心理病症着墨甚多,并针对每个阶段提出一个最合适的治疗方式。"我很以这本书为荣;它是我近四年来惟一的作品。

"这些理念与观点我从前听过吗?听起来似乎很新。"

"绝大多数是新的。让我以《读者文摘》的程度来说明一下。你知道伟大的存在之链（Great Chain of Being）吧？"

"当然，就是存在的各种不同的层次。"

"根据长青哲学，实在包含了好几个不同的层次或面向，从极小的真实到极大的真实，这个伟大的存在之链指的是从物质、身体、心智、灵魂到灵性各个不同层次的晋升。物质、身体、心智、灵魂与灵性是五个不同的层次或面向。有些传统则有七个层次，例如七个脉轮。有些传统只有三个层次——身体、心智与灵性，有些传统则有数十个以上的不同层次。你知道的，在我自己的书里，我喜欢采用二十四个层次。

"反正，比较简单的说法就是物质、身体、心智、灵魂与灵性这五个层次。重点是，在人类的成长与发展中，自性或真我，是从认同物质的私我（material self）开始的，然后是身体的私我、心智的私我、灵魂的私我，最后才反过来唤醒私我真正的本性，也就是灵性（spirit）。其中的每一个阶段都包含了前一个阶段，再加上属于自己独特的面向，为的是形成更大的统合，直到最终与万有合一为止。在这本书中，我想说明许多具有启发性的心理学家，无论是东方或西方，从弗洛伊德、荣格、佛陀到普拉提尼斯（Plotinus），都描绘出这相同脉络中的各种面向，而这个相同的发展脉络就是奠基在伟大的存在之链之上的。"

"听起来好像是把当代心理学的所有线路都接在长青哲学之上了。"

"没错，正是如此。我们把它们融合成一个综合体，它真的有效，至少我是这么认为的。"我们开始大笑。火红的落日映照在沙滩上，崔雅看起来非常自在、轻松，如往常一般，我们寻得一个身体的接触点，一个可以使我们感觉踏实的交会点。我们两人都平躺在地毯上，我的右脚微微地碰触到她的左膝。

"那么，"崔雅概述地说道，"伟大的存在之链就是这样一层一层地往上晋升。"

"可以这么说。其实静修就是帮助我们向上发展的方法之一。它帮助你超越心智，进入灵魂与灵性的层次。前三个层次的发展也是如此：当心中的见证不再认同较低的层次，才能认同下一个更大、更具包容性的较高层次，这个过程会不断地持续，直到见证重新发现私我的真正本质，也就是大精神。"

"我明白了，"崔雅说，她对这个主题十分有兴趣，"这就是为什么观照的练习会产生功效的原因。透过观察自心，或赤裸地目睹所有的心念活动，我逐渐能转化自心而不再认同它，并且在伟大的存在之链中向灵魂、然后是灵性的层次迈进。这基本上是从进化论延伸出来的观点，类似于德日进（Teilhard de Chardin）或奥罗宾多（Aurobindo）的理论。"

"我想是的。身体觉察到物质，心智觉察到身体，灵魂觉察到心智，而灵性则觉察到灵魂。每一个进阶在知觉上都是一种增加与强化，以及较大较广的发现与探索，直到证入至高无上的统合状态与宇宙性的觉知为止，也就是进入了所谓的'宇宙意识'。这一切听起来似乎非常枯燥与抽象，但如同你所体会的，实际的过程或实际的神秘状态是极为单纯而明澈的。"落日的余晖映照在房子的屋顶与墙面上。

"想吃点什么吗？"我问，"我可以做些意大利面。"

"再谈最后一点。你刚才说，你将这些发展阶段与各种不同的神经官能症或情绪方面的问题联结起来。在学校时老师们告诉我们，现今大部分的精神科医师都将这些病症分为三个主要的类型：精神病，如精神分裂症；边缘症，如自恋；以及一般的神经官能症。你的理论如何切入？或者，你赞同这样的分类方式吗？"

"哦，我同意这三个主要的分类，只是不够深入，它们只涵盖了五个层次中的前三个层次。如果是第一个层次出了问题，你会得精神病；第二个层次是边缘症；第三个层次则是神经官能症。这是相当简化的分类。"

"我懂了。这样的分类只涵盖了三个主要的正统领域，但精神治疗忽视了较高层次的发展，否定了灵魂与灵性，而这正是你在《意识的转化》

中所要修正的地方，对吗？"

天色愈来愈暗，一轮满月已经跃出海面，穆尔海滩被笼罩在朦胧的光晕中。

"没错，我所使用的灵魂（soul）一词，指的是一种半成品的屋子，是介于个人的私我—心智与非个人或超个人的大精神之间的东西。当灵魂从你心中放光时，它便是见证或纯粹地看；也就是说，灵魂是见证的家。一旦你突破了灵魂的层次，见证或看的本身就粉碎成所有被看的客体，或者你和自己能觉察到的客体合一了。这时你不再见云，因为你就是云了。这便是大精神。"

"那么……"崔雅顿了一下，"这样看来，灵魂的层面有好，也有坏。"

"你心中的灵魂或见证的本身，是一个通往大精神层面的最高指标，也是通往大精神的最后障碍。惟有从见证或看的位阶才能跃进大精神，但接下来，见证与看的本身必须瓦解，即使是你的灵魂也必须被牺牲、解放与死亡，这样最终的自性或灵性的明光才能破晓而出。因为灵魂是知觉最后的结，是限制宇宙灵性最微细难解的结，也是最后和最微细的私我感，但这个最后的结是必须被解开的。首先我们得超越物质的私我，也就是不再认同它了，接着要超越身体的私我，然后是心智的私我，最后才是灵魂。这最后的死亡，禅称为大死（the Great Death）。每一个层次的死亡都是我们的垫脚石，每一个较低层次的死亡都是较高层次的再生，直到最终极的再生、自由或解脱为止。"

"等等，为什么灵魂是最后的结呢？如果灵魂是见证的家，它为什么是一个结呢？见证的本身并不认同任何一个客体，它只是单纯而完整地知觉每一个客体罢了。"

"这就是重点了。没错，见证的本身并不认同私我或任何其他的客体，它只是完整地目睹一切的客体。但重点是：见证的本身仍然与所见的客体分离；换句话说，其中仍存在着非常细微的二元对立。见证是向前迈进的一大步,在静修中,它也是必要且相当重要的,但不是终极的一步。当见证或灵魂被瓦解时,见证的本身就变成了它所见的每一样东西。主客的二元对立因此而瓦解,剩下的只有非二元的本觉。那是一种非常单纯明澈的状态,像道元禅师在开悟时所说的:'当我听见钟声响起时,突然间无"我"也无"钟"了,剩下的只有钟声。'每一样事情仍然不断地生灭,但不再有一个人与它们分开或疏离了,只有不断进行的经验之流,完全的清澈、透明与开阔。当下的我只是一些生灭的现象罢了。还记得道元的一段话吗:'研究神秘体验论便是研究自我;研究自我便是遗忘自我;遗忘自我便是与万物合一,被万物所解脱。'"

"我记得,那也是我很喜欢的一段话。重视神秘体验者有时会将这终极的状态称为合一的大我(One Self)或大心(One Mind),但重点是,那个状态中的我是与万物合一的,因此并不是所谓的'自我'。"

"没错,真我就是真实的世界,没有任何分隔,因此有些重视神秘体验者也会说没有自我、没有世界;这其实意味着没有分离的自我,也没有分离的世界。爱克哈特称之为没有困惑的混沌。"我曾经体会过那个世界,然而我现在所能感觉的只有充满着困惑的混沌,最好的形容就是近乎疯狂。

我站起来把灯打开。"吃点东西吧,亲爱的。"

崔雅沉默不语,我们一直避开的话题充斥着整个空间。她转过头来直视着我。"我决定不让自己或任何人再制造我对癌症的罪恶感或窘迫感。"她终于把话说白了。

"我知道,亲爱的,我知道。"我坐了下来把她拥入怀中。崔雅开始静静地流泪。她不再流泪后,我们仍默默地坐着,一句话也没说。我站起来,煮了一些意大利面,坐在回廊上吃晚饭,透过树林的缝隙,我们看见银色的月光正在海面上嬉戏。

7

我的人生突然发生转折

铜板哐啷地掉进公用电话里。专业伦理的课刚结束；这是星期一的下午，12月初一个阳光灿烂的冬日。我让脑子空掉，小心地拨电话给理查兹大夫。脑子虽然一片空白，还是感觉心底有一个细微的声音，"上帝啊，拜托。"身边环绕的人群将走廊挤得拥塞不堪，有些人刚下课要离开，有些人则赶着上五点四十五分的课。电话亭正好靠近人潮最多的区域，我反过身一边接听电话，佝曲着背，试着为自己造出一个有点私密性的茧。

"嗨，我是泰利·吉兰·威尔伯。请问，我能和理查兹医师说话吗？"

"哈罗，泰利，我是理查兹医师。我们今天拿到检查报告了，我很遗憾，是癌症。这是个很不寻常的复发现象，这些肿瘤竟然出现在放疗的区域。但别担心，我认为这只是局部性的复发，我们治得了它。你什么时候过来？"

哦！我就知道。这些该死的小肿块，它们太诡异，长的地方太令人起疑，除了癌症之外，不可能是别的，用不着别人确认。这五个小肿块出现的位置就在插引流管的疤的下方，这条引流管从我的体内抽出了大量淡红色的半透明液体，一年前我离开医院，这条引流管还在我身上多留了一星期时间，理查兹医师拔除它时，曾带给我极大的痛苦，至今仍历历在目。一定是它带出了一些癌细胞，残留在我的皮下。癌症，又来了！第二回合，为什么放射线杀不死这些细胞呢？

我和理查兹医师约了明天见面。我步出大楼走到停车的位置，坐进车，前往咨询的约会地点。车子碰到红灯停了下来，我转头看见一家杂货店正在特卖水果，脑子里不断浮现的却是"复发，复发，我的癌症复发了。"我感觉自己仿佛是在这个城市的上空俯视自己，看着自己正孤独地驾着这辆红色的小车。突然间我察觉自己又变成另外一个人了，我现在是一个癌症复发的病人，被推入了不同的团体，不同的族群，不同的统计数据，以及一个横陈在我与肯面前不同的未来。我的生命在一瞬间又转变了。我的癌症复发了，我还有癌症，这一切尚未结束。

我把车停在一条斜坡路上，拉上手煞车。这是一个很不错的地方，隐藏在两条主要的街道之间。我喜欢这些树，喜欢这条街道奇特的弯度，还有这些粉彩的房子，以及门前的小花园。我的客户吉儿在这里租了一间小公寓，看起来别有韵致，特别是门前的花园，漆上了可爱的橙红色，一扇拱形的精制的铁门，通往种有许多盆栽的庭院。说不上来是什么令这幢房子如此特别，我总是被它深深地吸引。

吉儿开了门，我很庆幸没有取消这次的咨询，惊讶地发现自己竟然可以很轻易地把事情抛到脑后。事实上我觉得这是一次很好的咨询，丝毫没有被刚才所听到的消息搅扰。

复发，复发，我的癌症复发了，开车回家的路上，我右转进入十九街，穿过隧道，沿着坐落在一旁的军营向前直驶。傍晚是我非常钟爱的时间，也是我最喜欢慢跑的时段，因为此时空气温和，光线随时在变化。沿着水面的天际泛着一抹晕红，上方散发出来的水蓝光带随着夜晚的到来逐渐地转变为深蓝，旧金山的大楼和平房一一出现灯火。粉彩房子里照射出来的灯光和黑暗的夜幕彼此衬托着。

复发，我的癌症复发了。开车时，这个重复的声音一直盘踞在我的脑海。复发，我的癌症复发了。在我开车时，这句话几乎变成了咒语，让我进入半催眠状态。复诵也是一种防御,因为我不想去深思其中的意涵。复发,此前这只是我在医院期刊上见过、从医师口中听来的医学名词;今天以前它与我没有丝毫的关系。现在它却出现了,它已经是我生命中的一部分,也是我未来生命的塑造者,是我必须要面对的问题。

这些该死的小肿块。我是在感恩节的前一天发现它们的,距离我们的婚礼快一周年了。我们与专程从洛杉矶赶来的妹妹凯蒂一起过节。星期五早上八点,肯把我送进了急诊室,凯蒂也在一旁帮忙,我一个人躺在那里,心里有一些念头与恐惧。理查兹医师来了,他是一个多么令人喜欢的大夫啊!手术在几分钟内就结束了,很快地我和肯及凯蒂走在联合大道上,一起购买圣诞节的礼物。我的胸侧多了几道新的缝线,星期一要去看结果。我们的四周环境充满着圣诞节欢愉的气氛,这是一整年中最忙碌的购物期,兴奋而令人期待,然而我满脑子想的却是我胸侧的痛楚。

现在问题有了答案,我思考着,开着我的红色小车沿着弯弯曲曲的 Star Route I 行驶在海边,太平洋边。夜色几乎完全降临了,只有远处的水平线还有一点微光,夹在两侧群山之间的太平洋的波涛在我面前汹涌澎湃,我的家就在左面星星点点的灯火中,我的丈夫在等我带回来的消息,他的臂膀在等待着拥抱我。

我心里想着"第二回合"就要开始了。长久以来我一直以为悬在头上的那一把象征恶兆的刀不会砍下来,如今它终于砍下来了。肯和我彼此安慰着。我禁不住哭了。我们打电话给我的父母、给肯的父母、给理查兹医师、坎崔尔医师以及安德森医师。坎崔尔医师也检查过了,的确是出现在曾经做放疗的范围内,我似乎毁了他那从未有病人复发的辉煌纪录。没人能理解为什么会有这种情况出现,我们打电话给国内其他的专家们,他们都认为这实在是一个奇特的病例,发生的几率大约只有百分之五。我想像电话那端的统计专家正在搔头苦思,一脸困惑。这种局部性的复发，动手术有效吗？或者这是一种将要转移的迹象，那么就得接受化疗了？

没有人能明确地指出它是如何发生的。

"会不会是……"我问理查兹医师时，肯面色凝重地在一旁观看，"当引流管被抽出时，末端附着了一些癌细胞卡在皮肤下被留在那里？"

"对，"他说，"一定是这样子，可能有一两个癌细胞被留在那里。"

"不止一两个，"我提醒他，"至少有五个细胞，也许还有更多，因为其中有一些已经被放射线杀死了。"看得出来他非常难过。

尽管大家都对癌细胞的扩散评论不已，但他们都再次向我保证对理查兹医生和坎崔尔医生的信心。我也信任他们，完全地信任。已经发生的事情只是某些有时会必然发生的事情而已。我只是凑巧成为那个当很小的几率发生时，躺在手术台上的人而已。

肯和我一起去见理查兹医师。我的选择？乳房切除手术（我是否该把它列在第一位？如果我一开始就动了这个手术，也许现在就不会发生这种事了）。肿瘤区域的再次切除，也就是引流与肿块出现的区域；如果在这个组织附近发现了更多的癌细胞，那就必须扩大放疗的范围。但因为我已接受过放疗，很难预测这些组织对更多的放射线会产生什么反应。将引流管穿过的附近组织全部切除，由于无法得知是否还有更多的癌细胞存留在乳房内，以及是否需要对乳房做更多的放疗。而同样由于我已经接受过放疗，所以这项治疗也有缺失。此外，因为那些细胞没有被放射线杀死，其他存留在乳房中的坏细胞，也有可能对放射线产生抗拒。

看样子根本没办法知道是否有更多的癌细胞沿着引流管经过的路径潜藏在乳房中；如果有，也可能会抗拒放射线；到头来，我的乳房组织还是会因为接受了更多的放疗而遭受损害。乳房切除手术似乎是惟一的选择了，我也不敢冒险让更多的癌细胞遗留在体内。

崔雅和我仍然热切地研究（实践）各种另类与整体疗法，但问题和往常一样，她体内新发现的这几颗肿块实在恶性重大。没有可信的证据显示另类疗法在第四级恶性肿瘤上的治愈率比自然减轻症状要高，换句话说，就是没有多大的机会可以治愈。我想如果崔雅得到的是第三级的肿瘤，或是第一、第二级，她会有更多的另类疗法可以选择，以辅助一些（不敢说全部）白人医疗的缺失或不足。但这些肿瘤又把她拉回惟一有效又恶毒的疗法。"贞操带的尺寸不合适吗？别担心，美丽的小姐，我们一定能找到特别适合你的尺寸，你只要在这里耐心地等就对了。"

肯和我住进了儿童医院，这天是1984年的12月6日，我的手术被排在12月7日——"珍珠港纪念日"，肯一个人喃喃自语："崔雅第一次手术后的一年零一天。"我仍然清楚地记得，有五个半星期的时间，我必须每天来这里报到，接受放疗。之后每个月要来追踪一次，甚至前几天还来这里切除新发现的肿块。

我还记得自己去年丢了几件衣服，他们在两个月后找到了。我将这件事视为一种预兆。这一次我打算把带来的衣服都丢了，就像我打算丢掉癌症一样。每一件穿进这间医院的东西，哪怕是鞋子、内衣或耳环，我都要丢掉。反正在这几天里，大部分的内衣都不再适合我穿了，理查兹医师要切除我的右乳，哈维医师也要为我的左乳进行缩胸，该来的终于来了。我实在无法想像挺着一个34双D尺寸的乳房要如何过日子，也无法想像自己的义乳需要多大的尺寸。我可以想像那份感觉有多么不平衡，两个34双D的乳房已经够麻烦了，剩下一个会是更大的问题。

我开口问肯对我失去一个乳房的想法，他认为这对他来说也不是件舒服的事。"亲爱的，我当然会怀念你失去的那个乳房，但没什么关系，我爱的是你，不是你身体的某个部位。没有一件事会因此而改变的。"他说这话的时候态度是如此诚挚，我觉得好过多了。

就像上次动手术时一样,爸妈这次也从得州飞来探望我,我嘴巴上说没这个必要,但事实上,我真的很高兴他们能在这里陪我,令我觉得比较有希望,对于事情的结果也比较乐观。我真庆幸自己有一个大家庭,我喜欢和他们一起消磨时光,和每个人在一起。我很高兴肯能拥有更多他真正喜欢的家人。

肯和我住进了病房,与其他的病房一样,白色的墙,可调整的床,高悬在墙面的电视,挂在病床后方墙壁上的血压器,另一边有一个衣橱(我打算将自己这身衣物全都留在那里),白色的浴室,从窗户望出去,经过中庭,可以看到另一边的病房。肯跟上回一样要了张行军床,准备时刻陪在我的身边。

肯和我坐了下来,我们轻轻地握着手。他完全知道我在想什么,担忧什么。如果我变得残缺不全、疤痕累累、左右不均,我对他还有吸引力吗?他必须辛苦地游走在怜悯与鼓舞我之间。同样的双重束缚——我既希望他能感受我失去一个乳房的痛苦,但如果真的如此,那又显示他实在很遗憾,而且不希望我没有它!他向我再三保证,这一次则以幽默的方式闪过了这个问题。"我真的不介意,亲爱的,我看这件事的方式是,每个男人在一生中都被配给了固定的乳房尺寸,可以任他摸,过去一整年我有幸与你双 D 尺寸的乳房共处,我想我已经用尽我的配额了。"这句话让处于紧张情况中的我们,忍不住歇斯底里地大笑起来。肯开始讲笑话,从高尚的到粗俗的都有,足足讲了十五分钟。"你难道不晓得吗,我是属于那种对臀部比较有兴趣的男人,只要他们还没发明臀部切除术,一切都好办。"我们笑得眼泪直流。这便是与癌症共处之道:笑得太激烈的时候就哭,哭得太辛苦的时候就笑。

我把带来的衣物一一拿出,再把要留下的放在一起,然后换上医院的白袍,心里暗自期望自己也能留下癌症,迈向健康。我几乎想做一套法式,念些咒语,拿着十字架在病房里驱邪!不管什么方法,只要有用就行。不过后来我只将这套法式放在心里，真诚地向神祈祷。

量了血压，问了些问题，也回答了一些问题。麻醉科的医师进来查房问安，顺便向我解释流程。我认为应该和第一次大同小异，没有疑问，也不忧虑。理查兹医师也来了。手术的流程很简单，因为是一个简单的乳房切除手术（和那种要将肌肉组织连根切除的乳房切除术相比，确实简单多了）。从外科的角度来看，去年因为摘除淋巴结，难度要比这次大多了，也需要较长的恢复期。我对理查兹医师说："我将复发的事告诉安德森大夫，他们也都认为这是很不寻常的事，只有偶尔才会发生。""没错，"理查兹医师说："但他们一定很庆幸这种事没有发生在他们自己的身上。"我很感谢他，即使他那么难过，仍以非常诚实的态度对待我。我去量了体重，我一直不知道自己的乳房有多重——用这种方法得知，实在有点诡异！

哈维医师来了，我们一直没机会讨论剩余的乳房该如何塑形。他带来一些他亲自操刀的缩胸手术照片，我仔细浏览着，希望能找到一个适合自己的形状。我希望他不要将乳头向上移，那会减低它的敏感度，很显然地，一般的缩胸手术都必须这么做，但我不必，因为我的乳房并没有下垂得太厉害，不需要把乳腺切断。这样仅存的胸部还是可以正常地发挥功能，如果我打算生小孩，也还能哺育母乳。我已经了解全部的流程，切口会在哪里，有哪些部位的组织要去除，剩余的组织将如何愈合成较小的乳房等等。哈维医师为我量了胸围，并且在乳房上做了记号，他测量了乳头上升的尺寸，此外，也测量了切口的位置与将要被切除的皮肤组织，同样也做了记号。

哈维医师刚离开，我的父母便来了。我向他们展示这些记号，并为他们解释相关的流程。同时察觉这是我父亲第一次看见我的乳房，当然，无论是他或今晚见到我乳房的任何人，这都是他们的最后一次了！

肯爬上我的床，我们紧紧地依偎在一起，尽管有各种不同的人在我们的面前来来往往，他还是呆在床上，但都没有人抱怨。"你在这些医院里杀人都没人会管的，你知道的嘛！"我说。肯做了个凶神恶煞的鬼脸——"那是因为我是如此雄壮的动物。"他说。"那是因为你对每个进来的人都笑脸相迎，又送花给每一位护士。"我指出了真相，我们都笑了，心中还是充满了哀伤，为了即将失去的乳房。

天亮了，还很早，我想我应该睡着了。这次我的恐惧少了许多，心中也平静多了，这无疑是静修的作用。在过去的一年中，癌症已经成为我生命中的事实，一个忠诚不变的伴侣，我也注意到自己在渡过这个难关的过程里如何中止自己的疑虑、问题、恐惧以及对未来的预设。我故意戴上眼罩，只向前走，不往左右两边分神。调查与研究已经完成，也做了决定，现在不是质疑的时候，我该跨越障碍勇往直前。我察觉我是在关掉斗士与质疑者的部分之后，才有能力办到的。我觉得非常放松、有信心。肯握住我的手，爸妈也陪在我身边。同去年一样，手术延迟了。我想到所有外科手术必须做的各种准备工作，无论这家医院，这个国家的医院，还是世界每个角落的医院都是如此，我也想到每家医院里的病人、护士、工作人员，各种仪器和其他复杂的医疗设备，这一切都是为了要和疾病抗争。现在镇静剂已经准备好了，他们开始把我推往手术室。

我不晓得为什么，就是不想让崔雅见到我掉眼泪，我并不是以哭为耻，而是，不知什么理由，我就是不想在这个节骨眼上让任何人看见我流泪，也许我是害怕，只要我一开始哭，就会彻底崩溃；也许，在这个需要坚强的时刻，不能让自己懦弱。后来我发现一间空的病房，我关上门，坐了下来，开始痛哭流涕。我终于明白了：我哭，不是因为同情或可怜崔雅，而是因为太佩服她的勇气了。她一直勇往直前，不让这个磨难把她击倒，是她在面对这个残酷得毫无道理的磨难时所展现的勇气，令我不禁潸然落泪。

醒来时，我已经被推回病房了。肯微笑地看着我，阳光从窗口照了进来，我可以清楚地看见旧金山丘陵上那些粉彩房子。肯握着我的手，我直觉地伸出另一只手按在右胸上，是绷带，绷带之下什么都没有，我的胸部又像孩提时代一样平坦了，我深深地提了口气，完成了，不要再回顾了。突然我生起一股穿心的恐惧和疑虑，我该不该只切除肿瘤的一部分，设法保住乳房？是不是我的恐惧把我推入了一个不必要的情境中？这些问题无论是昨晚或今天早晨，我都不允许它们进入脑海中，可是现在我问自己，真的有这个必要吗？我这么做对吗？不管怎样，事情做了就算了。

我抬头看着肯，我可以感觉自己的嘴唇在颤抖，眼眶开始涌出泪水。他弯下身子，小心翼翼地拥抱我，他必须很小心，因为绷带下面是几个小时前才刚缝好的伤口。"亲爱的，我很抱歉，我真的很抱歉，"我们彼此都这么说着。

那天下午凯蒂从洛杉矶赶来，整间病房里挤满了支持我的家人，这种感觉真好。我想这样的时刻对他们来说一定也很难过，纵使想帮忙，也使不上劲。其实我只希望他们能待在我的身边，这样就足够了。爸爸要其他的人先出去一下——他想跟我和肯单独谈谈。我亲爱的老爸非常严肃，总是很认真地看待每件事情。我还记得母亲在十五年前动手术时，他一个人焦虑地在医院的回廊上踱来踱去，忧愁写在他的脸上，他的头发几乎在我们的眼前一寸寸地变白。这回他转向肯和我，情绪激动地说："我知道这几次的经历对你们而言是极为艰苦的，但有一件事情仍然值得感恩的，那就是你们至少还拥有彼此，特别是现在，你们终于知道自己对彼此而言有多么重要了。"当他转身出门时，我可以清楚地看见眼泪在他的眼眶中打转；我知道他不想让我们看见他掉眼泪。肯深受感动,他走到门边,看着我父亲一个人在医院的长廊上,低着头、两手紧握在身后,头也不回地走了。他如此爱我的父亲,不禁令我更加爱他。

我带着盛怒,用力把门打开,里面没有人,"即使我问是谁,也不会有答案的,对不对?老天!"

我让门开着,左手扶着墙,沿着回廊走向主要的房间。那里一共有五个房间;崔雅一定就在其中的一个房间里。当我循着原路往回走时,我留意到墙壁变得十分诡异,有一种充满湿气的感觉。我不断想着,这趟旅程真的有必要吗?

肯和我沿着医院的长廊来回走着,早上下午各一次。我喜欢这种散步,尤其是走过那些有婴儿的房间,看那些被毛毯包裹着,露着小脸蛋儿,握着小拳头,双眼紧闭的小可爱们。但我也为他们感到忧心,这些早产的小婴孩,有些甚至还待在保温室里,看起来是这么地纤弱。虽然如此,只是这样站着看他们,想像着他们的父母、他们的未来,就令我感到相当愉悦了。

后来我们发现有一位朋友也在这家医院里——杜尔塞·墨菲,她因为怀孕出血住进医院。肯和我去探望她,她看起来非常高兴而有信心,身体还连着一台监测她与宝宝心跳的机器。她打了安胎针,这种药通常会令母亲的心跳加速,但因为她是一位马拉松选手,药物只让她的心跳回升到正常的指数。她的先生迈克尔·墨菲也在。迈克尔是依萨冷学会(Esalen Institute)的创办人,是肯的老友,也是我的好友,我们一起饮着香槟,兴高采烈地谈着小宝宝。

那天晚上,肯做了一个有关这个宝宝的梦,在梦境中,他似乎从头到尾都不想出生。他梦见自己看见这个宝宝处在中阴身的次元,这是灵魂降生以前暂时住留的次元。他问宝宝:"小迈克尔,你怎么不想被生出来呢?为什么那么不情愿?"小迈克尔回答,他喜欢待在中阴身,他想一直待在这里。肯对他说:"那是不可能的,中阴身虽然很好,但不意味你可以一直待在那里,如果真这么做,它就不再那么好了,因此最好的选择便是到人间来。"肯又对他说,这里有许多爱他的人正等着他的降临呢。小迈克尔回答:"如果真的有这么多人爱我,那我的泰迪熊在哪里?"

第二天,我们再度拜访他们,肯真的带了一只泰迪熊,脖子上系着一条苏格兰格子布的领带。"给小迈克尔·墨菲。"肯向前倾身,大声地对杜尔塞的肚子说,"喂!小迈克尔……你瞧,是个泰迪熊噢!"三周后小迈克尔出生了,身体非常健康,完全不需要保温箱,而这只泰迪熊也成了许许多多送给小迈克尔的泰迪熊中的先锋。

在医院里待了三天后,崔雅和我回到了穆尔海滩。医师们的意见相当一致:复发的癌细胞几乎可以确定只存在乳房的组织中,并未扩及胸腔。这之间的差别非常重要:如果只是局部复发,癌细胞就会被限制在相同的组织中(乳房)。如果它侵入了胸腔,那便意味着癌细胞已经"学会了"如何侵犯不同类型的组织——那么它就会变成转移性的癌症。癌细胞一旦学会进入不同的组织,就会以极快的速度入侵肺部、骨头与大脑。

如果崔雅的复发只是局部的,那么她已经采取了必要的行动:切除剩下的局部组织。她不再需要追踪治疗,不必做放疗或化疗。如果复发的部位是胸腔,那就表示崔雅得了第四期的癌症,这算是最糟的诊断结果了(癌症的"期"取决于肿瘤的扩散程度与大小——从第一期小于一公分的尺寸一直到第四期,即肿瘤已经扩及全身。至于癌症的"级",代表的是它的恶性,从第一级到第四级。崔雅最初的肿瘤属于第二期第四级,胸腔复发则是第四期第四级)。如果真是这种情况,那么极激进的化疗便成了我们惟一的选择。

理查兹与坎崔尔医师都认为癌细胞应该已经完全消除,因此都没有建议化疗。理查兹医师说,即使还有癌细胞残留,他也不能确定化疗可以完全歼灭,它们可能会伤害我的胃壁、头发与血球,却错失了癌细胞。我告诉他,肯和我正计划要到圣迭戈的利文斯顿—惠勒诊所。他们的专长是增强免疫系统。他觉得免疫疗法很好,但没什么信心,他说,只启动七个汽缸是无助于车子的行进的;它无法促使第八个汽缸开始运作。我的免疫系统中的第八个汽缸正逐渐丧失功效,因为它已经有两次无法辨识出这个特殊的癌症,因此加速另外七个汽缸的回转,可能会有其他方面的帮助,但对癌症而言是发挥不了作用的。他说,虽然如此,免疫疗法仍是无害的。我知道自己需要做点事,为身体的复原尽点力,我不能只是坐着等待,我太了解自己了,等待只会让我不断地忧虑。在这个节骨眼上,西方医学已经断言我只能靠自己了。

几天后我们回到儿童医院拆绷带。崔雅仍旧非常平静,丝毫没有自怜、虚荣或私我意识,这一点真是令人震惊。我记得当时心里想着:"你真的比我坚强多了。"

理查兹医师取下了绷带,拆掉了钉针(缝合伤口用的),我可以很清楚地看见伤口——愈合得很好,但仍然令人不舒服,因为一低头就可以看到肚子,而且缝线红肿的两端看起来很丑,我哭倒在肯的怀里。但再哭也于事无补。珍妮丝打电话来:"你失去一个乳房,我好像比你还难过,你实在太平静了。"前天我才和肯说,失去一个乳房不是什么大不了的事,但也许说得太早。或者两者都对。最后我告诉肯,只要不经常去看,我想我会没事的。

崔雅和我开始扩大、加强对另类与整体疗法的找寻。这件事我们已持续一年了，直到最近才比较积极。这项基础的"核心课程"其实相当的直接简单：

（1）谨慎地控制饮食——几乎是乳素食者的饮食，低油脂、高碳水化合物（糖），尽量多吃粗食；不服用任何种类的治疗药物。

（2）每日高剂量的维他命治疗——着重于抗氧化剂 A、E、C、B_1、B_5、B_6，矿物质锌和硒，氨基酸硫基丙氨酸，与甲硫氨酸。

（3）静修——每天早上都要做，下午也无妨。

（4）观想与私我肯定——每天轮流进行。

（5）写日记——日常生活的记录，包括梦境。

（6）运动——慢跑或走路。

在这项核心课程中，我们还依不同的情况加入各种辅佐的治疗。这段时间，我们非常小心地观察波士顿希波克拉底斯协会、长寿疗法以及利文斯顿—惠勒诊所。在维吉尼亚州的利文斯顿—惠勒诊所提供了一个总括性的疗程，这个疗程是根据利文斯顿·惠勒医师的理念设计的，他主张有一种特别的病毒会潜藏在所有癌症的背后，因为这种病毒在大部分的肿瘤中都会发现。为了抵抗这种病毒，他们提供给你一种疫苗，这种疫苗必须配合严格的饮食控制。从一些可靠的证据中很清楚地得知，其实这种病毒并非致癌的元凶，在肿瘤里它充其量只是个清道夫或寄生物，不是致癌的主要原因。但是清除这些寄生物或清道夫并不会造成伤害，因此我愿意支持崔雅的决定到这家诊所去试试看。

再一次，对崔雅和我来说，所有的事情似乎又变得明确起来，我们和医师们都有足够的理由相信癌症已经离我们远去。塔霍湖的房子就快完工了，我们还是疯狂地爱恋着彼此。

> 在得州过圣诞节，和去年一样。我正从癌症的手术逐渐复原中。一年中的同一个时刻经历两次相同的情况，不禁令我产生了诡异的感觉。

不过这个圣诞节好多了。肯和我结婚已经满一周年,从现在开始不再是新婚了,这个癌症足足陪了我们一整年的时间,到现在为止,我们对它已经十分了解了。我希望不要再有任何意外。就在圣诞节的前夕,我们去了一趟圣迭戈的利文斯顿—惠勒诊所。我们计划明年的一月前来这里接受免疫疗法与饮食控制的治疗。我们都很喜欢那里。以下是我们的计划:免疫疗法,饮食控制,观想与静修。我感到相当兴奋,肯称之为"与癌症同乐"。但我确实感觉这是面对未来积极的一步。我们很仔细地向家人解释这项计划,他们觉得我的选择很好。

我真的感觉有一段让人振奋的时光正在前面等着我们。去年应该算是存在主义的一年,今年则更具有超越性。这种预测会不会太过大胆?去年我面对死亡,去年我生活在恐惧之中,去年我有着极大的焦虑,去年我处在一种被动的状态。经过了这一切,我记得的却只有新婚的快乐。如今新的一年就要开始了,手术虽然是两周前的事,但我的感觉已经不一样了。我觉得自己做决定的方式太严苛了。我洞悉到掌控欲才是我饱受折磨最主要的原因。因此我决定要放下,让心中的神出现一些。活在私我中的一年,是充满恐惧、疑虑与面对死亡的一年,而在我前方的,将是学习臣服、真正接纳的一年。它为我带来了一份祥和、好奇与想要探索的感觉。

明年将是全心治疗与开放探索的一年,我不会再为"对世界没有贡献"而懊恼。辅佐的计划不再是来自恐惧或制造恐惧,而是来自信任,还会带来一份探索、振奋与成长的感觉。可能是我愈来愈觉得生死不再是什么大不了的议题,这两者的界线开始模糊,我不再执著于生,有这种念头时,我也不再怕自己丧失活下去的意志,我愈来愈能领会"重质不重量"这句话的真义。

我很高兴这趟旅程有肯相伴,一月底我们会搬到塔霍湖的新居,我们将开始全新的生活。

我们从拉雷多回到穆尔海滩，崔雅开始和几位医师及专家们会谈，她想知道自己是否全盘地了解了。随着咨询次数的增加，逐渐浮现一个令人不安的警讯：崔雅的确有胸腔复发的现象，这意味着她罹患的是转移性癌症，而且是所有征象中最糟糕的：第四级第四期。

> 我的第一个反应是生气，暴怒！他们怎么能这么说呢？如果被他们说中了怎么办？这种事怎么会发生在我身上？该死！真该死！肯试着安抚我，但我不想被安抚，我要将怒气狠狠地发泄出来。我愤怒是因为原本我可以早一点武装自己来抵御它的，但现在防线却轻易地被打破；我愤怒是因为我们被许多不同的意见所包围，有些来自主张化疗的医师，有些来自许多主张另类疗法的亲友。我怀疑如果他们也得了同样恶毒的癌症，是否还对自己所推荐的方法如此充满信心。我痛恨这整个情况，尤其痛恨所有的未知！知道自己需要做化疗，已经够难受了，如果根本无法确定，在手术的过程中又有迷途的癌细胞被留在体内，你的感觉会是什么？这到底是怎么发生的？它的意义究竟是什么？

崔雅一旦开始思考由肿瘤科医师提出的新证据，整个局面便难以避免地陷入令人毛骨悚然的推论中。如果胸腔复发是事实，那么不接受最激进的化疗，崔雅在未来九个月中就会有百分之五十零一次复发的几率（而且可能会致命）。不是几年，是几个月！从完全不做化疗，到接受少量的化疗，到最激进、最具毒性的化疗，这一连串的过程简直比中世纪的酷刑还要痛苦。

> 脚步缓慢地向化疗趋近。想起圣诞节时，我们还以为自己已经掌握了一切——外科医师与放射科医师都说用不着做化疗了，如果问肿瘤科医师的意见，那就等于是在问卖保险的人你需不需要保险。因此我们只

有倚赖利文斯顿的方法了。

我们回到旧金山,与两位肿瘤科医师约了时间。他们俩都建议要接受化疗,一个建议采用CMF,另一个则建议使用CMF—P(这两种化疗都是时常被采用且相当温和的,是病人比较容易忍受的)。我心中的危机意识愈来愈重了。去年我只有一个不好的指数——肿瘤分化不良(属于第四级),然而大小中等,属于第二期。至于其他方面——雌激素呈阳性反应,二十个干净的淋巴结都很好。

现在,这份平衡感完全被推翻,一年内复发的可能性突然增加,而且是在接受放疗的区域复发,雌激素也变成了阴性反应,还有组织分化不良的程度已经到第四级。我逐渐相信不做化疗是愚蠢的决定,尤其是CMF并不难适应,落发量不多,一个月才注射两次,一天只需服三次药,这样我不但能避免各种感染,还能维持正常生活,好好照顾自己。

我和肯所受的折磨开始展露。我今天去散步时,他把事情的原委详细地告诉了我母亲与妹妹。我一回到家便开始向他发脾气,他未经我的许可擅自说出这件事,我觉得受到了他的排挤。通常他对我发脾气这件事是不在意的,可是这一回,他被我激怒了。他大声地叱责我,说如果我认为这个癌症的残酷磨难只是一个人的事,那我就太疯狂了,因为他也必须一起受煎熬,而且深受影响。我觉得很罪恶,自己实在太小气了,然而这似乎是我无法控制的。

我希望自己能更敏感一点,不要把他的支持与坚强视为理所当然,我可以看得出来他已经快支持不住了,他其实也需要我的扶持。

在我们两人身上的折磨仍旧持续着。崔雅和我疯狂地打电话给全国各地及世界各国的专家们,从得州的布鲁门欣(Bloomenschein)到意大利的鲍那当纳(Bonnadonna)。

天啊，这一切要到何时才停止？光是今天一天，肯和我就和五位医师通过电话，其中包括在安德森医院的布鲁门欣大夫，他被公认是全国最杰出的乳房肿瘤专家。正如我们在旧金山的肿瘤医师所言："全世界没有人能打破他的纪录。"这表示布鲁门欣医师以化疗治愈病人的比率比任何人都高。

我已经决定要采用CMF-P，很可能明天早上就要注射第一剂化疗药剂。但是当布鲁门欣医师回电话时，我的世界又再一次被推翻了。他强力推荐阿德利亚霉素（这是最强的一种化疗药剂，有许多可怕的副作用），他说这种药剂的效果要比CMF显著得多。此外他还特别指出，我的情况无疑是胸腔复发，属于第四期，而最近的研究显示，胸腔复发后接受切除手术的妇女，如果不采用化疗，九个月内复发的比率将高达百分之五十，三年内的复发比率为百分之七十，五年内的复发比率则是百分之九十五。他说，我现在有百分之九十五的几率是最细微的癌症。如果我的动作够快，现在就是我的"机会之窗"。

好是好，可是这个阿德利亚霉素……它会让我掉头发，一年中每三个星期就有四天整天随身带着便携式的泵(pump)，眼睁睁地看着毒药一点一滴地流进身体，我的白血球会被杀死，口腔会溃烂，甚至还可能危及心脏。这一切值得吗？这种治疗会不会比疾病的本身还糟？

但从另一个角度来看，如果九个月内有百分之五十的致命性的复发几率呢？

我们挂上电话之后，马上又打给彼得·理查兹医师，他仍然坚持这是局部性的复发，没有必要做化疗。

"帮帮我们的忙，彼得，拜托你打电话给布鲁门欣大夫，把你的判断告诉他。他把我们吓着了，我想看看他是不是也会吓着你。"

彼得打了电话给他，但这是一盘僵棋。"如果这是胸腔复发，那么他的数据就是正确的,但我还是认为这是局部性的复发。"

崔雅和我茫然相对。

"我们到底在干什么?"她终于开口说话了。

"我也不晓得。"

"你告诉我该怎么办?"

我们俩突然爆笑了起来,因为"从来"没有人能告诉崔雅她该怎么办。

"我甚至还不确定自己是不是能为你提供意见。我们惟一的方法就是再和其他的内科大夫谈谈。似乎没有人能确定到底是胸腔复发,还是局部复发?"我们累得瘫在椅子上。

"我有一个最后的打算,"我说,"想不想试试看?"

"当然。"

"这个决定的关键是什么?肿瘤细胞的组织,对不对?病理报告,就是这份病理报告判定了细胞恶化的情况,到现在我们还没有和一个重要的人谈过,你猜那个人是谁?"

"病理学家拉吉欧斯医师。"

"要我打还是你自己打?"

崔雅迟疑了一会儿。"医生们比较听男人的话,你打。"

我拿起听筒,拨了儿童医院病理部的电话。据说迈克·拉吉欧斯医师是一位享誉国际、非常杰出的病理学家,是癌症组织学领域中的革新者。他曾经在显微镜中仔细地看过从崔雅身上取下的组织,而这些医师们也都是在看过他的报告后,才衍生出如此分歧的意见。现在是追本溯源的时候了。

"拉吉欧斯医师,我是肯·威尔伯,泰利·吉兰·威尔伯的先生。泰利和我现在必须做出非常重要的决定。我是否能耽误你几分钟,和你谈谈?"

"我们通常都不和病人谈论病情,我想你应该了解才对。"

"拉吉欧斯大夫，我们至少征询过十名医师的意见，他们对于崔雅的复发是局部性的还是转移性的，有相当分歧的看法。我只想知道，依你看来，这些细胞到底有多大的侵略性？拜托你告诉我们。"

一阵沉寂。"好吧，威尔伯先生，我不希望吓你，但既然你问起，我就实话实说了。在我的病理学生涯中，从未见过这么可怕的癌细胞，我不是刻意夸大，只是在说实话，我个人从未见过这么具侵略性的癌细胞。"

当拉吉欧斯医师说这句话的时候，我的双眼眨都没眨一下。我的表情完全呆滞，没有感觉，什么都没有，只是愣愣地杵在那里。

"威尔伯先生？"

"告诉我，拉吉欧斯医师，如果是你的妻子，你会建议她接受化疗吗？"

"我会建议她去做她所能忍受的最激进的化疗。"

"其他的方法呢？"

又是一段长时间的沉默。虽然他可以花上一个小时快速背诵许多统计数据，但他只是简略地说明："尽管到处都有奇迹发生，但我还是要说，其他的方法并不十分有效。"

"谢谢你，拉吉欧斯医师。"我挂上了电话。

8

我 是 谁

  星期二我搭飞机前往休斯敦。阿德利亚霉素有百分之五十的几率可能对我的卵巢造成永久性的伤害或导致停经。我非常恼怒,也许一辈子都不能有小孩了,为什么要发生在这个时候,为什么不在我四十六岁的时候才发生?那时肯和我已经结婚十年,或许也有了小孩,一切就容易应付多了。为什么是现在?为什么在我这么年轻的时候发生?太不公平了,我甚至有自杀的念头,我不想再被生命摆布,去你的吧!我要走了。

  但那些罹患白血病或霍金森氏症的年轻人,甚至没有机会活得像我这么久,没有机会旅行、学习、探险、付出或找到人生的伴侣。一想到这里,我就平静下来了。这似乎是很正常的,想到情况比你更糟的人,会让你更重视生命中积极的那一面,也会想去帮助那些比自己更不幸的人。

  我们决定接受布鲁门欣医师的建议。注射化疗药剂最好的方法就是在我的胸腔植入一条导管,连接到随身携带的泵上。未来的一年中,每个月有四天我都得带着它到处跑。

  我有点担心这次植入手术,肯在旁边看着我准备就绪,亲了我一下便离开了。我一个人躺在冰冷的长廊里,身上覆盖着手术用的布单,眼睁睁地盯着天花板出神。大夫来了,看起来相当和善,也很有悲悯之心,我禁不住落下泪来。这幅景象到今天都很清楚。他向我解释整个手术的流程，我的眼泪不断地夺眶流出，因为这个决定已经使我没有回转的余地。我必须接受化疗，接受所有可能发生的后遗症，包括不能生小孩的事实。我无法告诉他我的感觉，禁不住放声大哭，助理护士还是同一个人，理查兹医师为我切除肿块、拿掉右胸，哈维大夫为我做左胸整形手术时都是她在一旁协助。我很喜欢她，我们平静地交谈，缓和了我心中的哀伤，在第三手术室里进行如此平静的交谈实在有点怪异，我的头顶灯火通明，左边有一个看起来像是 X 光的机器，稍后要用来检查导管的配置，左手吊着点滴，左腿贴着接地导电片，前胸与后背都贴着心电图的电磁片，好让我的心跳在屏幕上显示出来（一点私密性都没有，连内在的感觉都随着这忽起忽落的哔哔声公诸于世）。我的恐惧不在于手术本身，而在于这似乎是无法逆转的一步。医师一再向我保证，这根导管可以随时抽出来，但我想他应该懂我真正的意思。

当丹美罗止痛剂（Demerol）缓缓地发生效用时，我想起去年怀孕的那段日子。我十分确定自己是不可能受孕的。丹美罗突然给我一种梦幻想法：好像有个灵在我的体内极短暂地投了一次胎，它的出现似乎只是在肯定我有能力怀孕："我爱你，不管你是谁。"接着，我开始担心自己在年轻时曾经有过的想法，其实更像是一种感觉：我这辈子都不可能有小孩，也活不过五十岁。这个想法令我恐惧，因为其他的预感已经实现，那就是在三十岁以前是结不成婚的。然而现在我感觉有一股力量在我心中慢慢壮大，我一定要怀肯的孩子，而且要活过五十岁。

安德森医院非常卓越，令人印象深刻。走在这条漫长、让人困惑的回廊上，我想我必须加快速度，否则可能会错过班机。我和崔雅终于找到了化疗区，当时我发现一个怪异的现象：因为顶着光头，医院里的人都以为我是病人，光头是化疗造成的后果。对那些真正接受治疗的病人而言，我具有一种奇特的鼓舞作用：他们看到我结实、健康、精力旺盛，而且面带微笑走进大厅，从他们的表情我可以看出他们心里在想："哇，情况其实没那么糟嘛！"

肯和我与十来位吊着点滴的妇女干等了三个小时，才被叫进诊疗室。在这些候诊的病人中，我是惟一有人陪的，一个人单独来这里，不知会有多么恐怖。护士准备将三种药剂同时注入我的体内，第一种是FAC（阿德利亚霉素外加两种化疗的药剂），接着是一种强力抑制呕吐的药剂，瑞格林（Reglan）之后是苯海拉明（Benadryl）。护士很镇定地向我解释，瑞格林有时会引发严重的焦虑感，苯海拉明就是要抑制这种症状。我从未有过任何严重的焦虑感，应该会没事。

FAC的进展顺利，接下来是注射瑞格林。大约两分钟后，我突然毫无来由地起了自杀的念头。肯在整个注射的过程中一直陪在旁边，特别是最后的几分钟，他非常靠近地凝视着我，紧紧地握住我的手。当我告诉他自杀是多么好的一件事时，他凑近我的耳边低声对我说："泰利，亲爱的，瑞格林已经产生严重的反应了，从你的表情，我可以看出你正在体验很痛苦的组织胺反应。要稳住，至少得撑到打苯海拉明才行。如果感觉真的很糟，就赶紧告诉我，我会让他们立刻为你注射苯海拉明。"几分钟后，我开始进入彻底惊恐的感觉，这是我从未有过的经验，也是到目前为止我能记得最糟的感觉。我整个人像是要冲出这副躯体似的，于是我赶紧要他们为我注射苯海拉明，几分钟后，我开始安静下来，但也只是稍微减轻一点。

崔雅和我住在安德森医院对面的一间小旅馆里，所有日常用品的采购都由瑞德和苏负责，瑞格林所引发的强烈组织胺反应，即使用大量的抗组织胺剂苯海拉明，也只能稍微和缓一些，因此她的惊恐感与自杀的念头，一直持续到深夜。

"可以为我念《心无疆界》中的'觉照练习'那章吗？"某天傍晚，她突然这么对我说。这是我在几年前所写的书；觉照练习这一章讲的是世上许多伟大的重视神秘体验者，所采用的超越身心限制，体证觉性或目睹的各种方法。这是我从精神综合学派的创始者罗贝多·阿萨吉欧利（Roberto Assagioli）那儿撷取的观点，是标准的自我探究的方法，也就是对"我是谁？"的探索，把这个方法发扬光大的应该算是拉马纳尊者。

"亲爱的，当我念的时候，尽可能去领会其中的意涵。"

我有一副身体，但我并非自己的躯体，我能看见、感觉到自己的躯体，然而这些可以被看见与感觉到的东西并不是真正的观者。我的身体可能疲惫或兴奋，可能生病或健康，可能沉重或轻盈，也可能焦虑或平静，但这与内在的真我，也就是目睹或看全然无关。我有一副身体，但我并非自己的身体。

我有欲望，但我并非自己的欲望。我能知晓自己的欲望，然而那可以被知晓的并不是真正的知者。欲望来来去去，不会影响到内在的我，我有欲望，但我并非自己的欲望。

我有情感，但我并非自己的情感。我能感觉与知觉自己的情感，然而那可以被感觉与知觉的并不是真正的"感觉者"。情感流贯我，却不会影响内在的我，也就是那看或目睹。我有情感，但我并非自己的情感。

我有思维，但我并非自己的思维。我能看见与知晓自己的思维，然而那可以被知晓的并不是真正的知者。思维的生灭，都不会影响内在的我。

接着，尽可能具体地肯定：我就是那仅存的纯粹的觉知，是所有思维、情感、感觉与知觉的见证。

"这样念很有帮助，但是无法持续。这实在太可怕了，我觉得自己好像要跳出皮囊外，坐下来不舒服，站起来也不舒服，我一直在想，自杀是很合理的事。"

"尼采曾经说过，晚上惟一能使自己入睡的方法，就是决定第二天早上起来自杀。"我们俩大笑了起来，嘲弄着这痛苦又愚蠢的处境。

"多念一些给我听，我不知道还能做些什么。"

"没问题。"于是我坐在这个混账的世界中最大的白人癌症中心对面旅馆里的旧沙发上，一直为我最亲爱的崔雅念书，从白天念到黑夜，她体内的毒药如地毯式轰炸般，开始全面爆发了。我这一生中从未如此地无助过，我只想除去她的痛苦；但我拥有的只是一些苍白的话语。我心里不断地想着阿德利亚霉素怎么还没有发生效用。

"好，我再多念一些《心无疆界》里的话——"

"当我们体会后人本的目睹或观照时，就会开始放掉个人的问题、忧虑与担心。其实，我们并不是要解决自己的问题与苦恼，我们惟一关切的是去'看'某个特定的苦恼，单纯而没有任何知见地看着，不去评断、闪躲、强化、持续或抗拒它们。当感觉或知觉生起时，我们注视着它，对于这种感觉的瞋意生起时，我们也注意着它，如果恨这份瞋意的反应生起，我们仍旧注意着它，什么也不做，如果有任何造作生起，我们还是注意着它。存在这所有苦恼中的是'无评判的觉察'，我们必须理解这些苦恼没有一样是我们的真我，也就是目睹或观照的本身。只要我们执著于这些苦恼，就会产生微细的想要操控它们的欲望，而我们为解决苦恼所采取的每一个行动，只会强化我们'就是'苦恼的幻觉。所以原本想要避开苦恼，反而加深了苦恼，或使苦恼永远存在。

"我们不与苦恼相抗，只是以一种疏离而完整的纯然觉察来面对它。许多重视神秘体验者与智者都喜欢把这种觉察的状态比成一面镜子。我们只是单纯地反映那些生起的感觉或思维，而不去固着或推开它们，就像一面镜子完整、毫不偏颇地反映那些存在于它面前的事物。如同庄子所言：'至人用心若镜，不将不迎，应而不藏。'"

"这样念有帮助吗？"

"有一点。这些内容我都知道，静修也好几年了，但是把它们运用到目前的情况却十分困难！"

"哦，亲爱的，你现在正产生非常严重的药物反应——就像有人把数百磅的肾上腺素注射到你的体内，你好像已经从头顶出窍了。我非常惊讶你可以表现得这么好，真的。"

"再为我多念一些。"我无法拥抱崔雅，因为她一直没办法让身子坐直。

"再推广下去，如果你能确实明白你并非自己的忧虑时，那些烦恼与忧虑就不再威胁你了。即使忧虑依然存在，它也不再淹没你，因为你已经完全与它无关了。你不再惧怕它、反抗它或逃避它。更彻底地说，你完全接纳焦虑，并且允许它自由活动。你没有因它的存在或消失而获得或损失什么，你只是单纯地旁观它从你的眼前经过，就像仰望天际，看着云朵从眼前飘过一样。

"因此，任何搅扰你的那些情感、知觉、思维、记忆或经验，都只是在阻碍你认识真我，认识那目睹和看的本身，而对治这些搅扰的最终解脱方法就是不认同它们。你要很彻底地把它们放下，明白它们并不是你——因为你可以看见它们，所以它们不是真正的观者，正因为它们不是你的真我，所以你没有任何理由去认同它们、抓住它们，或允许自己受它们的捆绑。客观目睹这些状态就是超越它们。

"如果你持续不断地进行这项练习，你的领悟就会加速，你对'私我'的认识也会开始改变。你会感受到一份深刻的自由、光明与解放，即使周围正刮着忧虑与苦难的旋风，这个'旋风的中心'仍能保持一份清醒的宁静。发现这个目睹的中心，就像纵身跳进波涛汹涌的大海，潜入那沉静而安宁的海底一般。刚开始时，你也许只能潜入几尺深，如果你持续下去，就可以潜入灵魂的深处，放松地躺在底端，以警醒而疏离的态度看着上面的波动。"

"崔雅?"

"我好多了,真的,这对我很有帮助,它让我想起了自己的练习,也让我想起了葛印卡,以及和他在一起十天的闭关。我真希望自己现在就能参加!《心无疆界》这本书里是不是有一段提到目睹或觉性是如何的不朽?"

"没错,亲爱的。"我突然意识到自己已经筋疲力竭,然而考验才刚开始。我一边念一边听着自己以现代观点诠释的古老智慧。眼前崔雅和我都急需听到这些话语。

"或许,我们可以用这样的方式来了解这些重视神秘体验者的根本洞见——人人都具备了相同的自我和见证。也许你像大部分人一样觉得你和昨日的自己是同一个人,和一年前的你是同一个人。你觉得自己和过去的你完全是同一个人。换句话说,在你的记忆里,你从没有一刻不是你。然而可以肯定的是,你的身体已经和一年前不同,今日的觉受也和过去不一样了,你今天记得的东西和十年前也截然不同了。你的心智、身体和感觉都已经随着时间改变。但有某个东西是不变的,你也知道这个东西一直没有改变,自始至终它给你的感觉都是一样的。这是什么?

"一年前的此刻,你所关心的事、问题、当下的经验以及思想是完全不同的。这一切都消失了,但你心中有一样东西留下来了。让我们进一步来看,如果你搬到一个完全不同的国家,你会有新的朋友、新的环境、新的经验与新的思想,虽然如此,你仍旧保有基本的内在真我感。但更进一步说,如果你遗忘了人生中的最前十年、十五年或二十年的话,情况又如何呢?你仍然感觉有一个相同的自我,是不是?就算你只是暂时遗忘了过去发生在你身上的'每一件'事,只是感觉有一个纯粹的内在真我,那么到底有没有'任何'东西改变了?

"简单地说,你内在有某种东西——那份深刻的内在真我感——它不是记忆、思维、心智、身体、经验、环境、感觉、冲突、知觉或情绪。这所有的一切都会改变，这些改变并不会对内在的真我产生实质的影响。这个真我就是后人本的见证或者目睹，它不会随着时间的流逝而消失。

"那么，想领悟每一个有意识的生命都有相同的内在真我是非常困难的吗？这个超越的真我是万象一体的吗？我们已经说过，如果你没有一个不同的身体，你仍然有一个不变的真我，其他的人在当下的感觉都是相同的。那我们是否可以这么说，有个独一无二的真我呈现出各种不同的观点、记忆、感觉和知觉？

"不仅是当下，更是在每个时刻，包括过去和未来。因为你可以很清楚地感觉到（即使你的记忆、心智与身体都发生了改变），你与二十年前的自己其实是同一个人（不是相同的私我或身体，而是相同的真我），那么，你难道无法同时感觉到两百年前那个相同的真我吗？如果真我不依赖于记忆，那又将意味着什么？物理学家薛定谔曾经说过，'这些被视为自己的知识、感觉与选择，并不是在不久前的某个时刻从虚无跳进存在中的；相反地，这些知识、感觉与选择基本上都是恒常不变地存在于所有人、甚至是一切有知觉的众生身上。你的存在几乎和岩石一样古老，数千年以来，男人就必须努力从事生产，女人必须忍受生育儿女的痛苦，或许一百年前某个人也处在这样的情况中，和你一样，他在冰河旁怀着敬畏之心望着暮色的消沉，和你一样，他也是母亲生的，由父母生养的，和你一样，他也感觉到痛苦与短暂的欢愉，他会是其他人吗？他难道不就是你自己吗？'

"我们或许会说他不可能是我，因为我无法记忆当时所发生的事。这个说法犯了一个以记忆来确认真我的严重错误，我们必须明了的是，真我并非记忆，而是记忆的见证或目睹。你可能无法记忆上个月所发生的事，但你仍然有真我感。如果你无法记忆上个世纪所发生的事，那又如何？你仍旧拥有那份超越的真我感，这个真我在整个宇宙中是独一无二的，它与每一个新生儿的我是相同的。我们觉得它不同，是因为我们把它误认为个人的记忆、心智和身体。

"然而，那个内在的真我究竟是什么？它不随着你的身体而生，也不随着死亡而逝，它不认识时间，也没有苦恼，它没有颜色、形状、组织、大小，然而它却能看见出现在你眼前的世界。它能看见太阳、云朵、星辰与月亮，它自己却不能被看见。它能听见鸟叫、虫鸣和瀑布的高唱，自己却不能被听见。它能抓住落叶、古老的岩石、扭结的树枝，但它自己却不能被抓住。

"你不要试图看见自己超越性的自我，那是徒劳无功的。你的眼睛可以看见它自己吗？你需要做的是尽量摆脱自己对记忆、心智、身体、情感与思维的错误认同。这摆脱不能经由超人式的努力或理论而达到。你只需要了解一件事，那就是：你所看见的任何东西都无法成为看见的本身，你所知道的有关自己的每一件事都不是大我。这个内在的真我无法被觉知、界定或以任何方式使其成为一个客体。更进一步地说，在你与真实的大我接触时，你并不能看见任何东西，你只能单纯地感受到一种内在的自由、解脱与开放，它没有限制、压迫，也没有客体的存在。佛家称之为'空无'。真实的大我不是一个东西，而是体认到一份透明的开放感，或不再认同任何的客体或事件，束缚其实就是目睹者对可见事物的错误认同，只要把这种错误的认同逆转过来，便可以轻易地获得自由。

"这是一种简单而困难的练习，然而它的结果却能构筑今生的解脱，因为超越性的大我无论在何处都被视为神圣者的光辉。原则上，你那超越的大我与神同一个本质，神只是透过你的眼睛去看，透过你的耳朵去听，透过你的唇舌去说。否则圣·克雷蒙怎么会说出'认识自己就是认识神'这句话呢？

"无论美洲印第安人、道教、印度教、伊斯兰教、佛教或基督教的圣者、智者与重神秘体验论者，都有类似的名言：'你灵魂的底层就是人类共通的灵魂，它是神圣的、超越的，它能把你从束缚引领到解脱，从梦境引领到觉醒,从时间引领到永恒,从死亡引领到不朽。'"

"这真是美极了,亲爱的,你知道的,这对我目前的情况实在是意义重大,"她说,"它们已经不再是一堆文字了。"

"我知道,亲爱的,我知道。"

我继续为她念着,从拉马纳尊者到福尔摩斯再到星期天版的漫画。崔雅来来回回地走着,双手环抱着自己的身体,仿佛让自己别跳出去似的。

"泰利?"

崔雅突然冲进了浴室,恶心抑制剂已经失效。在接下来的九个小时里,崔雅每三十分钟就要呕吐一次。她想一个人静静地独处;我整个人已经瘫在沙发上。

我扶着黏湿的墙一路向前摸索,突然被一口大皮箱绊了一下。我在皮箱中找到一只笔形小手电筒,借着它的微光,我发现一条通往第一个房间的路。这是我们用来招待客人的房间。

"崔雅?"

我用手中这只小手电筒的微光照着房间里的每个角落,突然我被眼前的景象震慑住了:这个房间里并没有我预想的床铺和桌椅,反而是各种奇特的岩石、钟乳石、石笋、闪烁发亮的水晶,以及各种呈几何状的矿石,有些悬吊在半空中,有些则环绕着整个房间,看起来非常美妙诱人,房间的左侧有一个清澈的小池塘,屋里只有从钟乳石上滴滴答答地滴落水池的水声。我呆坐了半晌,被眼前的这番美景深深地迷住了。

当我凑近去看时,才发现眼前这幅景象朝着四面八方延伸了数英里,甚至数百英里。远远地,我可以看见一座一座的山脉,阳光灿烂地照在白雪皑皑的山峰。愈是趋近细看,景象向外扩展得愈远。

我心想,这不是我的房子。

> 做化疗第一晚的某个时刻,我一边恶心、呕吐与担忧,同时却经历了一个转捩点——即使化疗才刚刚开始,我却觉得已经结束了,我竟然不担忧了,这就是我人生道路的一部分,完全地接纳,不再抗争,只是单纯地看着它的来去。也许化疗正是我超越忧虑的途径,就像斩掉一只困扰我已久的忧虑之龙。也许是肯的念诵,也许是我的静修,也许只是好运,我觉得自己更有能力面对每一件事了,我也感觉有某个崭新、重要的东西开始出现。虽然不晓得是什么,但我能强烈地感受到它的存在。也许是我的灵性生命的终极,也许是开始。
>
> 为了预期中的脱发,我把头发剪短了。和妈妈、肯一起逛街买头巾以及"可以和秃头匹配的衣服",肯这么说。爸妈走后,我禁不住哭了,看到他们离去很伤感,他们对我的关怀令我感动。

回到穆尔海滩,崔雅对于那个转捩点仍有相当强烈的感受,她已经完全接纳化疗了,并把它视为人生道路中的一段旅程。

> 在苏珊娜餐厅——真高兴能有一天时间和芬德霍恩的老友们相聚,他们的出现让我肯定癌症的恐惧已经被抛诸脑后,我曾经恐惧、批判过芬德霍恩式的灵修生活,现在竟然可以接受了。所有的批判都不存在了,我觉得自己已经重返正道,感觉非常轻快、有活力。我真的不在意掉头发,因为一股美好的感觉正在出现。
>
> 我更能肯定自己的守护神或天职——支持肯做癌症病患的援助工作。在苏珊娜餐厅见到了安姬,我们两人都很想为癌症病人尽一己之力。通过最近的考验,我对这项工作重新生起一股动力。

崔雅实际上要接受五个阶段的化疗,拿着布鲁门欣医师所设计的治疗方案,我们回到了旧金山,由当地的肿瘤科医师接手。治疗方案非常的简明：第一天崔雅和我先到医生的诊所、医院或其他安排好的地方去打针。FAC中的"F"与"C"化疗药剂是经由点滴注入体内的（大约得花上一个小时），此外，还要搭配不同的抗恶心剂，然后再将携带型泵挂在崔雅的导管上（这项程序我已经在安德森医院中学会了）。泵的设计非常灵巧，基本上它是一只贵得离谱的气球，将阿德利亚霉素在二十四小时内自动注入体内，并且稀释它的副作用。在每一个回合的化疗过程中，我们都有三个类似的泵替换使用。返家时，我们带着这些注满橙色毒液的泵回家，接下来的两天，每隔二十四小时，我必须卸下空的泵，装上新的。三天后，这一回合的治疗就告一段落，在下一回合的治疗开始之前，我们可以稍做喘息，至于下一回合什么时候开始，得视崔雅的白血球指数而定。

除了手术之外，西方医学抗癌的方法，如化疗与放疗只基于一个原则：癌细胞的成长速度极快，它们分裂的速度比人体的正常细胞要快上许多。如果在细胞分裂时注入某些药剂，那么你所杀死的正常细胞会比癌细胞少得多。这就是放疗与化疗的作用。人体内有某些正常细胞成长速度远比头发、胃壁、口腔等要快，当然它们也会很快地被杀死，这就是为什么会有脱发与反胃的现象。因为癌细胞的成长速度几乎是正常细胞的两倍，所以如果化疗成功地发挥作用，肿瘤就会全死，病人则是半死不活。

三天一剂的阿德利亚霉素治疗持续进行了十天，崔雅的白血球指数开始降低，这表示体内的正常细胞被杀死了。因为白血球是人体免疫系统中的主要成分，在接下来的两个星期，崔雅必须极小心地避免任何感染，不但要远离人群，还要确实做好牙齿保健之类的工作。大约经过三至四个星期之后，她的白血球指数会慢慢地回升，身体会自动再生，接着就可以准备下一回合的治疗。

阿德利亚霉素是目前最具毒性的化疗药剂，因可怕的副作用而恶名昭彰，我要强调的是，大部分化疗药剂的副作用与它相比都相差甚远，因此不难想像有多么难以忍受了。但如果使用得当，它的副作用还是可以被降到最低。崔雅在接受第一次治疗时，我们完全没有被告知病患对瑞格林可能产生的过敏反应，只得调整抗恶心剂。最初尝试康本赞（Compazine），但效果不彰，采用含有大麻成分的药剂，肝胆造影（THC）才呈现稳定的状况。这种抗恶心剂的效果很好，事实上，第一个晚上之后，接下来的治疗期间，崔雅未再吐过。

崔雅逐渐理出了自己的生活规律。接受治疗的那一天，注射第一次药剂前的一个小时，她通常会先做肝胆造影，有时也服用 1～2 毫克的镇静剂，治疗前她会先做一点静修练习，不是内观便是私我探索（"我是谁？"），接受放疗的过程中，她会做一些观想，把化疗想像成一个打击恶棍的好人（她有时会将化疗想像成洛克人）。在家时，她会在床上吞一颗安定稳（Ativan，一种强力镇静剂），然后听点音乐，读点书，迷迷糊糊地入睡。化疗的第二天与第三天，她同样得先做肝胆造影，每天晚上都得服安定稳才能安稳入睡。第四天，她的感觉会有好转，我们也可以回复"正规"的生活作息。后来我们居然还能利用治疗的空隙到洛杉矶住几天，另一次是到夏威夷补度迟来的蜜月。

就肉体而言，崔雅的化疗效果算是相当不错，该做的事都做了，但我们忽略了这个考验对我们的情绪、心理与灵性上的摧残。随着时间的流逝，这场磨难也愈来愈强，崔雅的阴影面开始浮现且强化，我也陷入了深沉的沮丧中。同时，我们仍然孜孜不倦地保持高昂的精神，我们的未来仍然光明。

"如果我变成光头，你还爱我吗？"

"不，当然不。"

"你看，这里已经愈来愈稀薄了，这里也是。干脆剪掉算了，我们来个'只能我炒你，不能你炒我'，把它们剪掉吧！"

我拿来了一把大剪刀，在崔雅的头顶上挥舞，为她剪出一个前卫新潮的庞克头，看起来就像被割草机推过似的。

洗澡时，我伸手一抓就是一把头发，再抓又是一把。我真的一点都不介意。我把肯叫来，两个人站在镜子面前看着光秃秃的两个脑袋。哇！多么特别的景象啊！"我的天啊！"肯说，"我们两个看起来就像是超级市场中的瓜果区。答应我一件事：我们绝对不去打保龄球。"

看看我的身体，没有头发，没有任何毛发，没有左侧的乳房，活像一只被拔光毛的鸡！我有一个身体，但我并不是自己的身体！真该为这句话好好感谢上帝。

然而，我还是喜欢为光头的女人寻找正面的模范，譬如亚马孙的妇女，就是失去一个乳房的女人的良好模范，她们通常会切除一边的乳房，好方便拉弓射箭，此外还有"星际迷航"与埃及的女祭司。

每个人都蛮喜欢我的光头，他们都说很漂亮，但我心里非常清楚，有些人之所以这么说，其实是想让我好过一些。肯说我真的很美丽，看他说话的方式，我知道他是真心的，有一小群朋友不断地逼问肯，他们想知道肯是否仍觉得我有吸引力。肯说他觉得自己受到羞辱，"他们只是不敢问而已，如果他们真想知道，我会说：你是我这辈子见过的最性感的女人，即使我不这么认为，还是会这么说的。"他通常都以反讽的笑话来回避这个题目，有时这些笑话实在很离谱，显得更加可笑。

有一天傍晚和克莱儿、乔治谈天，乔治不断逼问肯类似的问题，肯回答说："我非得换一个新的模型不可。先是右边的庞然大物掉了，现在连头套也没了。这副身体的再售价值几乎等于零。"事后他对我说，"你知道吗？这就是他们的想法，好像身体少了一些东西，灵魂也就跟着遭殃了。我当然很怀念你过去的身体，但重点是，如果我真的爱你，你的身体无论变成什么模样，我都照样爱。但是，如果我不爱你，你的身体不论是什么样子，我还是不爱。他们完全本末倒置了。"

我们打算邀请琳达（我最好的朋友，也是位杰出的摄影师）到塔霍湖，为我们两人拍几张光头照片。肯还有个非常诡异的想法，他想戴上我的义乳，请琳达为我们拍一张上半身的裸照。我们都是光头，也都只有一个乳房。"我们是双性阴阳人！"他说。

我还不确定自己如果没戴上假发或头巾，是否有足够的勇气到外面去，这一段时间几乎每个人都以为肯才是真正的病人，返家之后也是。我记得上一次肯和我一起去医师的诊所，有一位非常好的老先生为我们停车，我们都很喜欢他。那一次肯迟到了，只好自己开车去诊所。那位老先生过去很关心地看着肯说："真可怜，这次只有你一个人来吗？"肯不知道该说什么，因为实在太难解释了，只好回答："那个婆娘太差劲了！"

崔雅开始出现因化疗引起的身体问题，我们决定利用治疗的空隙到洛杉矶和崔雅的妹妹凯蒂度个短假。

我的生理期停止了，必须开始服用雌激素。我的口腔也出现疼痛异常的溃烂现象，此外也经常肠绞痛和便血，我体内所有快速生长的组织都出了毛病，有时候连味觉也失去了。我惊讶地发现人类居然能忍受如此大的痛苦。发生什么就是什么了。

在洛杉矶与凯蒂同住，崔西也来了，感觉真好。肯很喜欢我的两个妹妹，甚至可以称得上有点迷恋。克莉丝坦（一位来自芬德霍恩的朋友）和我一同去拜访幸福社区，这是由哈洛德·本杰明（Harold Benjamin）所主持的癌症病患支援机构。我特别喜欢听那些光头女人的故事、感佩她们的精神，以及病人们坦率地述说他们的病情。如果有人把成果说得太神奇或企图说服别人加入，协助者就会加以导正。譬如有一位女士想要燃起一位罹患骨癌的病人活下去的欲望。一开始，在场的人非常急切地想说服他：有一部分的他是不想活下去的。这样的理论听起来好像他想死是不对的，他必须有活下去的决心。不久就有人加以修正了:"我也想死,现在仍然有这个念头。""我已经打理好一切,如果情况真的恶劣到难以收拾,我会去寻死,没关系,这只是生命过程的一部分罢了。"

这是一次很棒的旅行,但是情感上的嫌隙……很糟糕的,已经开始出现。

那天晚上回到凯蒂的住处,一位好友来电,提及有位罹患癌症的女士想和肯谈话。我相当愤怒,因为她不想找我谈,肯也没建议她来找我谈。我对他发火,他也发了一顿大脾气,这是他第一次勃然大怒。他抓住我的衣领,大声地对我吼叫,他说他做每件事之前都得担忧会不会影响到我。一年来,他总是极力压抑自己的兴趣来帮助我,如果他连一通电话都不准接,那真是太过分了。他觉得自己无处寻得慰藉,这句话打击到我,我希望他有任何问题或烦恼都可以随时来找我。其实我应该可以明白他为何如此激动,因为他实在需要有人听一听他到底累积了多少东西。我听是听了,但还是在替自己辩驳,这么做更证明他是对的,这方面我的确犯了大错,因为我没有完全理解他说的话。他仍然愤愤不平。

凯蒂、克莉丝坦与肯谈论着癌细胞,以及它在我心中的意象。肯说他虽然很想把它们看成脆弱、狼狈的,很不幸,它们似乎非常强壮。我说我不想听见有人这么说,我还是要把它们看成脆弱、狼狈的,但肯却义正辞严地指出,这是两码子事。他虽然很想把它们看成脆弱、狼狈的,但事实上,根据不同的报告显示,它们是非常强壮的,这两件事不能混为一谈。我说我不想听,他说,他有权利表达自己的意见。这点我同意,但对这些癌细胞的想法对我来说是很重要的,我不想听见有人说它们是非常强壮的。"既然不想听,那就别问,"他回了一句,"你要我告诉你真实的看法,还是要我说谎?"他问。说谎,我说。"好,我会的。"接着,他说了一句极为嘲讽的话:"我要植入一些头发,这样我就可以再把它们拔出来。"这段谈话到此结束。我知道他为什么会说这些话,因为他连一通电话都不能接,也无法坦然表达自己的意见,他随时都得忧心某句话对"我和我的癌症"会造成什么影响。"你根本不知道一个爱你的人要和你的疾病共处,是一件多么困难的事。"他说,"你其实可以这么说:'天哪,肯,千万别说我的癌细胞非常强壮,那会让我担忧死了。'然而你只是不断地下命令——别这么做,因为我说你不能。如果你提出要求的话,我很乐意为你做任何事,但我厌倦了一直接受命令。"

这真的很困难,也是我和肯在沟通上第一次没有联结。我需要更多的支持,但我逐渐看出肯其实也需要支持。

在过去的一年半中,崔雅先是动了一次手术,接着是连续六个星期的放疗,然后又复发,切除乳房,现在正处于化疗的过程中,这一切都暗示着提早死亡的可能性。为了能二十四小时随侍在崔雅的身边,我停止了写作,放弃了三个编辑工作,逐渐将自己的生活完全转向协助她抗癌。我最近也停止了静修练习(这真是一大错误!)因为实在太疲倦了。我们已经搬出穆尔海滩的房子,而塔霍湖的房子在崔雅马不停蹄地接受化疗时,还在继续动工中,似乎盖房子与做化疗是毫不冲突、可以分别进行的事。

后来我们才明白,这只是过程中比较容易的部分。搬进塔霍湖的房子,最可怕的磨难与考验才开始。

9

自恋还是自我紧缩

早上七点……这是北塔霍湖畔一个明朗而美妙的清晨。我们的房子就坐落在北美最优美的湖旁的半山腰上。从屋里每一扇朝南的窗户望出去，都可以清楚地看见这座湖，它的周围是白得惊人的沙滩，背景是苍郁的山脉，山顶终年覆盖着白雪。深蓝的湖水是那么的深沉、令人感动。我怀疑湖底是否不断地释放着某种巨大的能量：因为这座湖看起来不仅一片碧蓝，更像是发电厂的开关打开了似的。

崔雅睡得很沉。我从橱柜中拿了一瓶伏特加，小心翼翼地在杯中斟满四盎司，然后一饮而尽，这足以让我撑到中午。中午，我通常会喝三罐啤酒，整个下午几乎也在啤酒中度过，也许五罐，也许十罐。晚餐及饭后则是白兰地陪伴着我。我从不喝醉，连头昏都没有。我没有忽略过崔雅的治疗问题，也从未逃避过自己该负的责任。如果你遇见我，绝不会怀疑我喝过酒，我会表现得非常机敏、面带微笑，而且生气蓬勃。我每天如此，整整持续了四个月。然后我可能走进南塔霍湖公园街的安迪体育用品店，买一把枪把所有恼人的事一轰而尽。就像他们所说的，我再也受不了了。

崔雅结束最后一次的化疗到现在已经两个月了，虽然化疗对身体是一种严酷的惩罚与考验，但崔雅凭着极大的勇气与毅力，熬过了这段最艰苦的时间。她得到一张健康保证收据，可是，这并不意味什么（如果你因其他的疾病而死，才能宣布你的癌症已经痊愈）。我们终于可以期盼生活稳定下来，如果崔雅的生理期恢复，我们或许还能生个孩子。生命的地平线再度清朗、诱人。

然而有些东西改变了。我们两人因为筋疲力竭开始产生摩擦。就像共同背负着一个巨大的重担一起攀登陡坡，我们一直小心地背着它往上攀，好不容易到达目的地，却完全累垮了。虽然我们之间的紧张累积得很慢，尤其是过去七个月的放疗期，但话还没说完，争执就爆发。仿佛穿了一件廉价的西装，头一天还好好的，第二天就裂了一条缝。事情发生得如此突然，令我们完全手足无措。

对这段期间的生活我不想着墨太多，也不想粉饰太平。简而言之，对我们俩而言，这段日子就是活脱的地狱。

斜坡村是一个位于塔霍湖东北角，人口大约七千人的小镇，塔霍湖这个名字是源自当地的印第安语，意思是"高地之水"（塔霍湖是西半球海拔第二高的湖泊，含水量比密歇根湖还多，根据那些可笑的导游手册的说法，如果湖水淹没了加州，洪水大概可以高达十四英寸）。1985年，一种怪异的疾病突然袭卷这个村庄，两百多名农民受到感染，它像一种轻微的多发性硬化症，主要症状是：热度不高但长期发烧、偶发性的肌肉功能失常、夜间盗汗、溃烂、淋巴腺肿大、全身瘫软无力。在这两百多位的病患中，有三十名以上被迫住进医院，因为他们虚脱得几乎站不起来。电脑断层扫描显示这种疾病会在脑中造成许多细小组织的伤害，看起来像是多发性硬化症。这种病最特别的地方是，它似乎不是人与人相互传染的：先生罹病不会传染给妻子，罹病的母亲也不会传染给孩子。没有人知道这种怪病是如何传递的；最后的结论是，这种病可能是由某种环境毒素所引起。无论如何，这场怪病之风在这个村庄中整整刮了一年——自从1985年以后，这个地区就没有了新的病例出现。它似乎是由乌饭树的毒素所引起的过劳症。

刚开始时，亚特兰大的疾病控制中心一直对外否认这件事，但是保罗·切尼医师（一位杰出的内科医师，还拥有物理学的博士学位）知道得很详尽，他手中握有许多关于这个怪病的资料，也收集了许多不容置疑的研究证据，于是亚特兰大卫生当局不得不改变原先的说辞。

崔雅和我在1985年搬进斜坡村，我是那两百位幸运人士中的一名。

在那些身染怪病的患者中，有三分之一的人持续了六个月的症状；另外三分之一大约持续了两三年时间；剩余的三分之一的病症一直持续到今天（其中有许多人仍然在医院接受治疗）。我属于中间的三分之一，整整被这个怪病纠缠了两三年之久。我自己的主要症状包括：肌肉抽筋、几乎是全身性的痉挛、持续地发烧、淋巴腺肿大、夜间盗汗以及瘫软无力。我照样能起床、刷牙，但爬楼梯的时候必须停下来休息。

我得了这种怪病，却对它一无所知，这实在是非常辛苦的事情。我变得愈来愈疲倦、沮丧与苦恼。再加上崔雅的情况，这份沮丧感更加恶化。这份沮丧感部分是真实的，部分是神经过敏，部分则源自这个怪病——只有在焦虑来袭时才会被打断。对自己的情况的绝望感，会使我从沮丧中跳出来，进入惊慌失措的状态。我觉得自己完全失控，不晓得为什么会被那些残酷命运的乱箭击中，几个月以来我不时想要自杀。

我的核心问题其实很简单，为了随时随地帮助崔雅，过去一整年，我完全压抑了自己的兴趣、工作、需求以及自己的生活。我是自愿这么做的，如果再有相同的情况发生，我将以截然不同的方式去做，让自己事先有更多的支持系统，同时更清楚身为全职支援者所必须做出的牺牲。

在崔雅生病的过程中，我学习到许多功课。我之所以愿意深入自己与崔雅的这段煎熬期，最主要的原因是，因为我的经历，或许可以让许多人避免重蹈我的覆辙。事实上我以如此艰难的方式所学得的功课，在某种程度上也慢慢变成了"癌症支援者"的发言人。我写的第一篇有关支援者的报偿与危险的文章刊登以后，获得了很大的回响，出版商与我都相当惊讶。我收到来自世界各地数百封最沉痛的信件，这些人都有相同的经历，却没人能让他们一吐苦水。我希望能透过较温和的途径，逐渐地成为这方面的专家。

我还在继续挣扎，我对崔雅的病和我自己的困境的忧虑在缓慢增加，真实的沮丧感也在日益恶化。这一年半来，我无法不间断地写作，在此之前，写作可以说是我的命脉、我的守护神、我的命运、我的功业。过去十年来，我几乎每年完成一本书；就像其他男人一样，我以自己的工作与写作来肯定私我，当写作突然停摆时，我就像一个没有保护网的空中飞人，坠地时伤得很重。

然而最严重的还是我停止了静修的练习，我过去拥有的觉照力也消失了。我不能轻易地回到"暴风的中心"，有的只是狂风暴雨。这使我在度过这些关卡时非常难受。我丧失了纯粹与开放的觉知，也就是接近见证与灵魂的能力，剩下的只有私我紧缩与自恋。我已经失去了自己的灵魂。与守护神，剩下的只有私我，那个在任何情况下都恐惧不已的思维。

我认为自己最简单、也是最严重的问题是：我为自己应尽的义务而责怪崔雅。我是自愿放弃自己的兴趣来帮助她的，但是，当我开始怀念我的写作、编辑工作和静修练习时，我开始责怪崔雅，因为她的癌症而责怪她，因为她毁了我的生活而责怪她，因为她使我丧失自己的灵魂而责怪她。这正是存在主义者所谓的"背信"(bad faith)——没有为你自己的选择肩负起应该承担的责任。

我愈"沮丧"，对崔雅的打击愈大，特别是她历经诸多磨难之后。日夜伴随在她身旁一年半以后，我突然消失了，将自己包裹起来，不想再听她倾诉。我觉得自己需要一点支持，而她不习惯或无法给予我这样的支持。当我开始因为自己的沮丧而莫名其妙责怪崔雅时，她理所当然有所反弹，无论是出自罪恶感还是愤怒。同时，生理期的过早终止以及因化疗而引起的情绪不稳，再加上崔雅对这些状况的"神经过敏"反应，在使得整个局面每下愈况,而我也对这些现象产生了各种反应。我们最后都深陷于由罪恶感和责难卷成的旋涡中,于是崔雅进入了绝望,我走进了安迪体育用品店。

今天是星期六。两天前我开始写一些东西,在屋子断电前,我刚好写了三段。当时我正在抒发自己的悲情,那些东西并不值得记录,但我现在觉得好多了,肯和我一起共度了一个美好的夜晚,在市中心消磨半天。当我上床睡觉时,我有一种被神眷顾、事情终会好转的感觉。我的私我肯定疗法从"我对神的爱在我体内的每个细胞中产生了治疗的作用",转变成"我感觉到神的爱在我体内的每个细胞中产生了治疗的作用"。这是一个细致又显著的差异。正如我先前说过的,透过肯对我的爱,我知道神是爱我的。如果肯与我能真正联结,我就能与神联结,如果我们失去了联结,我与万事万物的关系就被切断了。

我们再度的联结发生在某个悲惨的日子。早上起来,肯所做的第一件事就是斥责我没有整理衣柜,稍后我也以新电脑出了问题反击回去,然后他就掉头走了,几乎失踪了一整天,我闷闷不乐地坐在门前的回廊上,呆呆地望着湖水,试着摆脱毫无价值的感觉,那天傍晚我们进行了一段长谈,但没有什么收获,他说一切都像是旧戏重演。

最近我觉得自己一直在和坏情绪对抗,很像是更年期的症状。其实我已经停经了。我的情绪难道是因为丧失雌激素而引起的?可能性很大。一个星期前我开始服用避孕丸,它对我的潮热产生了一些帮助。肯喝了点酒,人变得温柔多了——今晚一切都很美好。

今天我在整理浴室的壁橱时,清理出了一些经期用的棉条,我怀疑自己是否还用得上?

今天是星期三,所有的事情仍然非常不稳定。我们刚从旧金山回来,房子看起来还好,只不过工人们把厨房的色调弄得一团糟。反正总是有问题。稍后我们去散步。肯显得郁郁寡欢,他对生活的不满表现在和我说话的语气上,我什么忙也帮不上,只能默默地承受。有时候看见他这副模样,我会觉得他虽然爱我,却不喜欢我。事后他会向我道歉——以非常甜蜜的声音对我说,他并不是那个意思。我想和他谈一谈,但总是无法深入。在这种时刻如果没有第三者在场,我们通常无法将局面处理得很好。"亲爱的,我们之间这种情况已经反复出现好几次了,我不晓得自己为什么会变得这么沮丧,只要我们一谈到这些事,你就会觉得内疚、变得恼怒,而我也会跟着生气,这是一点帮助也没有的。我希望能找个人来帮我们协调一下,在还没找到适当的人选以前,暂时稳住这个局面好吗?"这对我来说相当困难,因为我希望问题可以在当下解决,我希望整个气氛是明朗的,这样我们之间的那份爱才会没有阻碍。他说我们陷得太深了。

令我真正惊讶的是,我们是如此的相爱,我们的联结也是如此的牢固,但仍得经过如此艰难的考验。我不禁开始质疑,好像我们所有可能产生的压力都要在这一世解决。有一天傍晚我们一起看一份压力测量表。丧偶的压力指数最高,可以到一百点,压力指数最高五项中的三项(结婚、搬家、重病)我们都有。肯认为自己还有第四高指数的压力——失业(虽然他是自愿的)。即使是度假,在压力指数上也高居第十五。肯说,我们已经有这么多沉重的压力了,如果再去度个假,那不是要人命吗!

每次一谈到这些问题,我总是感觉他敢怒不敢言。他觉得自己不但被击垮,还受到监视,动弹不得。换句话说,他因为我而完全无法工作。我不知道该怎么办,不管做什么似乎都没有帮助。此外,我们的行为特征也开始显现,以前它们是互补的,现在只有摩擦的份了。我是一个小心谨慎、做事井然有序的环保主义者,受到威胁时,我会有紧缩的倾向;肯则是一个外向大方、不拘小节的宏论家,日常琐事会令他烦躁不安。

第二个星期我们又回到旧金山和弗朗西丝、罗杰共度周末。当天晚上，怀特与朱迪斯·斯卡区（《奇迹的课程》发行人）前来庆祝《奇》书的平装本在美英两地上市。第二天早上，罗杰向弗朗西丝求婚了！婚礼在朱迪斯与怀特的家举行，蜜月则是在我们塔霍湖的家度过。肯将成为罗杰的伴郎，而我是弗朗西丝的伴娘。

尽管有弗朗西丝与罗杰的协助，我们的问题仍没有丝毫改善。回到塔霍湖，我们一起陷入肯的情绪中。他似乎无法自拔，一个人静静地躺在电视机前好几个小时，动也不动。我可怜的爱人，我真的不知道如何帮助他，似乎做什么都没用。我的感觉糟透了。

今天是星期五。多么奇妙的人生！从彻底的绝望攀升到感觉很棒的一天。

肯为了公事要离开两天，我几乎要崩溃了。他走后我开始责难自己的态度恶劣，过于想掌控他。他主要的抱怨就是我太想控制他，独占他的时间。这是真的，我实在太爱他了，我希望每分每秒都能和他在一起。或许有人会说，我为了不让他分心，才会得癌症，这样的理论也许部分属实，但是应该还有其他的方法可以抓住他的注意力！我的确有点嫉妒他的工作，但我并不希望他的工作就此停摆，这也是我目前最感痛苦的事，因为他的守护神已经消失了。

他离开后，我真的快疯了。屋子显得格外的冰冷与孤寂。我抱着电话向凯蒂哭诉了一个小时。

然而和他在电话上谈过以后一切似乎又好转了。他回来以后，我们更善待彼此，习性反应也减少了。我们留意着彼此的模式，遇到阻碍时则绕道而行。

弗朗斯瓦与汉娜前来度周末，凯依·林恩也加入阵容（他们三人都是来自芬德霍恩的老友）——这真是难以言喻的美好时光！尤其是星期天,我们开车上玫瑰山的公路,享受美景,在瀑布边野餐,接着又循着湖边的步道健行,后来又到我所吃过最好吃的餐厅共进晚餐,最后去凯悦跳舞。我惟一能说服肯加入我们的理由是,"这种健行可以让你得到最大的运动效果,而且完全不借助机器。通常需要走上好几英里,才能看到这样的景致。""好啦,好啦,我去就是了。"弗朗斯瓦问肯:"你难道不喜欢运动吗?"肯回答说:"我喜欢运动,但只能承担同类疗法微粒药丸的量。"

崔雅和我都警觉到,我们两人无论在个人方面或是配偶的联结上都开始分崩离析。在个人方面,我们还算正常的神经症——浮现;这些神经症迟早会被注意到,如果不处在这种压力锅的情况中,它们可能会一直潜藏在底端。

在配偶的联结上,相同的问题仍在进行。一般的配偶在三五年,甚至十年也不必面对的问题,我们全都被迫去面对了。无论在个人或双方的联结上,我们两人先得崩溃,才能统合得更加坚实。这场考验虽然痛苦,从一开始我们就感觉最终一切都会转化得更好,如果我们能幸存的话。因为那些在烈火中被燃尽的并不是我们对彼此的爱,而是存在我们心中的"垃圾"。

崔西是我最大的支持者。昨天晚餐时,她问我是否仍继续写日记,并鼓励我继续写下去,因为,她说,这会是一本畅销书!某些时候我也有过类似的幻想……因为我从未发现一本可以涵盖所有我想知道的内容的书。她还问我做完化疗后是否觉得好过多了。我说:"六个月以后再问我吧!"我觉得自己仍处在化疗的过程中,除非我的生理期可以连续三次按时出现,血液也回归正常值,整个疗程才算真正结束。没有人确实地告诉我,头发会在什么时候长出来,我猜想或许在最后一次治疗结束,二十五天循环周期过了以后。这样看来至少还得等上一个多星期。啊！耐心！

另外一个让我觉得化疗尚未结束的原因是生理期还没有恢复。这听起来有几分侦探小说的意味……它到哪去了呢？上个星期是我第一次在做爱时觉得阴道干涩，我的生理期也因为化疗整整迟了三个半星期。这实在是痛苦又令人沮丧的事，真希望男性医师们对这种情况也能有点概念。上个月的情况非常糟糕。不时会陷入抑郁之中以泪洗面。不哭的时候感觉便会很好。不是说以前不难受，但这次似乎是从我修习史迪芬·勒文的自我宽恕的静修开始的，有一天我在做练习的时候遇见了麻烦，我感到无法宽恕自己。那一天特别糟糕，由于眼泪太多，出现了花粉热的过敏症状，但我仍然强打精神到市里去，为"美苏青年交流基金项目策划书"写了个说明信。第二个星期，肯到旧金山办事，我又度过非常可怕的一晚，几乎整个晚上都不停地流泪，觉得自己实在恐怖得教人难以忍受。接下来的那个星期，我去见妇产科医师，又哭了整整一天。第二天傍晚，我继续对弗朗西丝与罗杰哭诉，我认为自己必须为肯生活中的烦恼、悲苦与无力工作负责。情况不仅没有好转，反倒愈来愈严重了。当我得知琳达不一定能来看我时，心里很不舒服，我多么希望被人关心，希望她能因为爱我而排除万难来看我。我对她说，如果她不来的话，我还是可以找到其他人来替我打气的。这对我而言是很困难的，我必须承认自己需要帮助，必须拿掉"我能处理一切"的高傲面具。去机场接琳达的路上我又哭了，她的来访固然令我感动，但我的悲伤情绪丝毫没有减低。几天后，我送走琳达，参加周末的芬德霍恩聚会，又哭了一整天，早上和弗朗西丝，下午和我的心理治疗师坎特，接下来是针灸治疗师霍尔——这就是我所有的支持系统。我觉得十分疲惫，差不多可以停下来了，但实际上似乎什么问题都没有解决。我问坎特医师这种状况是否会发生在其他病人身上——他们在接受治疗的过程中表现得非常好，熬过了掉发、呕吐、虚弱以及焦虑等各种折磨，当一切都度过之后，他们却崩溃了。他说他为癌症病人做心理治疗的二十五年里，这种情况一再出现。对于肯而言也是如此，他扛了我两年，现在终于可以把我放下，他却崩溃了。

我注意到有许多痛苦、悲伤、恐惧与愤怒的情绪是我无法独立解决的，特别是每三个星期就得做一次放疗，又要打理屋子的种种琐事。理智上我知道它们是好的，而实际上却完全无法感觉。

我的心理有一部分是在害怕，现在的崩溃会否定过去几个月做放疗与处理房子时的良好表现。我向肯提及这件事，他说："那也正是我的感觉，老实说，我真的以自己现在的德性为耻。"多年以来别人都认为我相当坚强、稳定，他们从不认为我会恐惧、悲伤与愤怒，后来这些情绪全都浮现了。我仍然觉得自己必须否认它们的存在，因为别人会把我看扁了。其实光是这种想法就已经令我元气大伤。一旦有许多小丑联合起来为我粉饰太平时（《一千个小丑》 *A Thousand Clowns* 这部电影中指出，每个人的心中都有许多的"次人格"或"小丑"），我会害怕表现出这些"负面"的感觉，现在偶尔还有个小丑摇旗呐喊地应应景。当然这名小丑还是会影响到我，但是我比较能警觉到它的其他伙伴了。一些新来的小丑不时会鼓励你崩溃一下。我将借此重新整顿，然后重生。

同一段时间，我们俩却愈来愈沮丧、愈来愈忱离，也愈来愈被这艰苦的情境和自己的神经症所击溃。这似乎是无法避免的，像是一定要置之死地而后生。惟一的问题是，该怎么死呢？

第二天一整天我都陷在沮丧中——真正的沮丧，不像过去偶尔会有的忧愁或低落的情绪。这是一种新的情绪，有点吓人。我一点都不想讲话，反正肯也不会回答任何问题，他的反应迟缓、整个人无精打采，所有的努力都无法使他振作起来。我不记得自己有过这样的感觉，沉默得吓人，连做决定的力气都没了。如果肯问我一些事，我也只是以单字回答。

情况很简单，就是我不再快乐了。我不再感到自己充沛的活力，我感觉的只有这些事件对我造成的摧残。我累了，这疲累远比身体的困倦还要磨人。在罹患癌症的第一年里，我还能感觉快乐的情绪，这个改变很显然是在化疗期间产生的。从身体来看，化疗其实没那么糟，我对肯说，我觉得最坏的部分是情感、心理与灵性上的毒害。我觉得自己被击垮，甚至完全失去了控制。

未渡过重要的难关前，我如何期望肯与我可以安稳地生活几年呢？想到这里不禁悲从中来。

大约在五天前我做了两个梦。也许就在那天晚上我开始排卵。在第一个梦境中，他们必须把我仅存的乳房切除更多，我非常愤怒，因为它看起来已经够小了（很有趣，我从未梦见自己失去的那个乳房又长回来了，事实上，我甚至没有做过有关它的梦）。在第二个梦境中，我坐在肿瘤科医师的办公室，询问他我是不是永远都会缺乏雌激素、出现阴道干涩的现象。他说没错，然后我就开始对他尖叫，不断地尖声惊叫。这是为了避免他在一开始就警告我而大发雷霆，而那些该死的医师们似乎不在乎，认为这些事是无关紧要的。他们是在治疗身体，而不是人。我完全彻底地失去控制，爆发出怒火，一直不停地尖叫、尖叫、尖叫。

守护神啊，守护神！没有了它，我就像失去了方向、失去了道途、失去了幸运。有人说，女人提供男人的是稳定的基础，男人提供女人的则是清楚的方向。我并不想陷入性别之争，但是，照目前的情况来看，这句话似乎有几分道理。过去崔雅给了我稳定的基础；如今我的双脚还是固着在地面，却怎么也飞不起来了。以前我能提供崔雅明确的方向，现在我只能让她陷入毫无目标的沮丧之中。

星期六我的心情因为天气好转而兴奋——一个阳光灿烂的大晴天,我向肯提议一起出门,到我们最爱的那家餐厅去吃午餐。在餐厅里,他的情绪仍然非常沮丧,但从某方面来说又有些不同。我问他是否有什么地方不对劲儿?"有关写作的事,我一直在想,那股写作的欲望应该回来才对,我知道你也很不好受,实在非常抱歉。可是我怎么也想不透,我并没有所谓的作家障碍,想写作的时候写不出来,我只是不想写。我一直专注地寻找内心的守护神,但不管怎么找就是不见它的踪影,这是最令我恐惧的事。"

肯的情况似乎愈来愈糟。这天晚上家里有客人,有人问及他写作的事,肯的表现虽然有些吃力,但还算不错。提出这个问题的人我们并不熟,不过他是肯的忠实读者,读过他写的每一本书。肯努力稳住自己的情绪,很有礼貌地向他解释自己已经有很长的时间没有作品了,他认为自己的写作期已经结束,虽然他一直努力想要激起写作的欲望,但没有用,所以他知道这一切都结束了。这位男士在听完他的解释后显得相当愤怒——这么优秀的肯·威尔伯怎么可以不写作呢?好像肯欠他似的。他说:"没想到这位被视为自弗洛伊德以来最具潜力、最伟大的意识哲学家,也有江郎才尽的一天啊!"在场的每个人都目不转睛地盯着肯,他静静地坐了一会儿,目不转睛地看着那位男士,现场寂静得连针掉到地上都能听见。后来他终于开口说:"我有过的乐子已经超过一个人该有的了。"

我的沮丧感对崔雅所造成的主要影响是,为了应付我的问题,或者应该说少了我的协助,她用来对抗自己问题的力量和稳定度也所剩无几。复发的恐惧挥之不去,此外,她也恐惧自己处理得不如以前好,恐惧以前有我的帮助,现在却没有。

星期一晚上我觉得非常痛。清晨四点我从剧痛中醒来,这个特别明显的疼痛已持续一个星期,不能再轻忽了。我认为这是一种复发的征兆——转移到骨头,还会是什么呢?我试着推想其他的可能性……但不能。情况愈来愈糟。我想到死亡。我也许真的快死了。

哦,我的天啊,怎么可以呢?我只有三十八岁——这太不公平了,不能这么早死!至少要给我一个补偿肯的机会。自从和我在一起他就必须面对我的癌症,我想治疗他所遭受的蹂躏。他已经筋疲力竭,一想到我们可能又得面对另一回合的磨难,就让人难以忍受。

哦,神啊,我也许会死在这屋子里。我甚至连再度失去自己头发的念头都无法忍受。这么快,实在太快了!距离我最后一次的化疗是四个半月,我的头发已经长了两个月,才刚开始不必戴那些可恶的帽子。我希望这一切能尽快结束,这样我才能帮助肯重新站起来,也才能继续进行癌症支援中心的工作。神哪,我希望这只是一个不实的讯号,除了癌症以外,什么都可以,至少让我再度被击倒之前,可以多喘几口气。

我变得愈尖酸刻薄,崔雅就愈自保、迷惘、苛求,甚至恼人。我们两人都被眼前发生的事吓坏了;我们也明白自己或多或少都在助长这团混乱;但都没有力量遏止它。

几天后,崔雅爆发了。我们俩都爆发了。

昨天晚上肯提议要我多出去走走,找一些自己有兴趣的事做,以便和他的问题保持距离。事实上他对我说"救救你自己吧",这种状况对他而言已经持续太久了,看不出有什么好转的迹象,他也无法预料未来的吉凶。那天晚上我非常难过,哭了一会儿,肯竟没有察觉。一夜辗转难眠,想哭的冲动一直在体内搅扰着。最后我终于起身下床到楼上扭开电视,这样我的哭声才不会被听见。我感觉糟透了,好像我毁了肯的生活,现在他居然要我救救自己,要我一个人跳进救生艇里离开他。我觉得自己所做的每件事都在伤害他，我的个性与特质也带给他极大的痛苦，这就是他在去年一整年中饱受磨难的主要原因。我感觉我们正在面临恐怖的分手的可能性。

我觉得既困惑又无助，好像我搞砸了每一件事——彻底地毁了我最亲爱的肯的生活。我不想再加重他的负担，却又不信任自己，仿佛自己所做的每件事终究会伤害到他，因为我似乎太阳刚、太固执、太爱操控、太愚钝、也太私我了。也许我需要一个比较单纯、比较不敏感、也比较不聪明的男人，这样他才不会受到我的伤害。也许他需要的是一个更温柔、更有女人味、也更敏锐的女人。天啊，光是这种想法就令我痛不欲生了。

似乎我做的每件事都会带给他极大的痛苦。当我想要表达自己的关切之意时，却觉得应该表现出积极与肯定的态度，我连掉眼泪这件事都不再信任自己，只能暗中饮泣。我是不是一直想得到他的注意？我是不是过于自怨自艾，因而忽略了他的需求？他无法付出时，我是否该支持他，而不是一味地贴在他身上、不停地向他索求？过去我总是习惯与肯分享所有的事，现在我只是不断地以自己的要求、抱怨与固执折磨他。我一直想让他免于这些折磨，但除了肯之外，我再也找不到任何人可以吐露真言。我很害怕自己会毁了这段婚姻。

今天晚上在《奇迹的课程》中读到一段向神求援的内容，正是我现在的写照，我已经对抗不了了，我把一切都搞砸了，求您帮助我，为我指引一条道路，不要再让肯受到伤害。我想起肯过去的模样，想起他爽朗的笑容、他的聪慧、他迷人的魅力、对生命的热爱，以及对工作的热情——亲爱的神啊，求您帮助他。

我无法知道他随侍在我身边的日子有多么难熬，这么久以来，我们从未好好探讨过。他背负我这么长的一段时间，而我却对他所受的苦一无所知。

我们俩所受的苦真是难以忍受，心灵上的极度痛苦似乎毫无止境，像是要把你整个人吸进去，让你坠入痛苦的黑洞，你无处可逃，也无法喘息。

爱得愈多，伤痛就愈剧烈。我们的爱是无穷尽的，所受的痛苦也是无穷尽的。从痛苦生出的则是憎恨、愤怒、荼毒与责难。

> 我忍不住怨恨他的改变。他说他无法再给我任何滋养，他已经筋疲力竭了。我的感觉则是，他之所以不想，是因为他在生我的气。有好几次我都很清楚地感觉自己无法得到他的谅解，或许是因为连我也无法谅解自己的缘故。但我确实在生他的气，我气他让自己落入这般田地，我气他满嘴的尖酸刻薄！我也气他让自己变得非常难以相处，同时又担心他会离我而去，每当这种念头生起时，我觉得自己应该要先离开他，回复单身，独自一人到乡间生活。多简单，多美好啊！
>
> 昨天夜里我们两人都难以成眠，我向他提及自己常有要离开他的念头，我似乎无法改变自己来取悦他。而他对我说，他也常有离开我的念头，或许会到波士顿去吧。这个时候他突然起身下床，然后说："你可以留下泰恩（我们的狗）。"当他再度回到床上时，我对他说："我不要泰恩，我要你。"他坐了起来，眼睁睁地看着我，眼眶里都是泪水，我也忍不住哭了，但我们都没有任何动作。这段感情似乎无法再持续了，我想宽恕他，或许现在办不到，因为我实在太愤怒了。我也知道他并没有原谅我，我甚至不觉得他喜欢我。

第二天，我开车前往安迪体育用品店。对我来说，生命中的每一样东西都开始发酸发臭，没有任何值得回味的经验，没有东西是我所渴望的，除了逃离之外。我实在很难描述处在那种时刻，内心有多么阴暗。

如同我前面所说的，我们的神经症正在逐渐浮现、夸大与加强。以我的情形来说，一旦被恐惧征服，我的机智就会沦为嘲讽、尖酸，可是我并非天生就如此刻薄，我只是害怕极了。就像王尔德（Wilde）所说的："他并没有敌人，只是被朋友厌恶到极点罢了。"

崔雅一旦被恐惧侵袭，她原先的毅力就会沦为僵化、顽固、果断与掌控的欲望。

这就是目前的情况。由于我从不公然、直接地对崔雅表示自己的愤怒，只好不断地以讥讽来削弱她的势力。她的顽固使她独裁地掌控了我们生活中大部分的决定。我觉得我的生活已经完全无法自主，因为崔雅总是握有金牌："我有癌症。"

我们的情况使朋友们分成两派，她的朋友觉得我是不可理喻的坏家伙，而我也试图说服自己的朋友，崔雅是个难以相处的人。其实两方面的说辞都是正确的。崔雅和她两位最要好的朋友参加为期三天的闭关回来。闭关时，她因为想要好好地休息半小时，将这两位朋友支出房间，他们把我拉到一边悄悄地对我说："她好霸道，你怎么有办法和她生活在一起？光是三天就已经够我们受了。"同样地，在好几次与家人或朋友共聚的夜晚中，他们也会把崔雅拉到一旁耳语："你怎么有办法忍受他？他简直就像一条盘起身子的响尾蛇。他是不是对每个人都心怀恨意啊？"

尖酸刻薄加上冥顽不化，后果就是两人一起毁灭。我们并不恨对方，我们真正痛恨的是那神经过敏的小丑，他们似乎被锁在某种死亡的旋涡中，当中的一个人情况愈糟，另一个的反应就愈激烈。

要突破这个阴郁循环的惟一方法，就是直接切入神经过敏的成因：直接面对潜藏在底端的愤怒。但是，你怎能对一个得癌症的人发怒？又怎能对一个朝夕守在你身边、与你同甘共苦了两年的人发怒？

当我走进安迪体育用品店时，所有的问题都在我的脑子里。我看着眼前各式各样的枪支足足有半小时之久。哪一种比较好？手枪还是猎枪？海明威式的手枪应该不错。我在店里磨蹭得愈久，愈感到骚乱、不安与愤怒。最后我终于明白了，我真的很想干掉一个人——我自己。

回到家里，我独自一人坐在起居室的书桌前，做些必要的工作。崔雅带着报纸，重重地拖着步履走了过来。我应该先说明一点，这栋房子里还有许多房间，然而在她最感惧怕与专断时，这些房间都得依她的意思来设定它们的功能。我很快地答应了（必须对癌症病人好一点）。于是这个起居室的小角落，是惟一属于我的空间，也是我生命中惟一能由我掌控的小天地。由于没有门，当我工作的时候，很自然会对侵入这个领域的人产生警戒。

"可以请你走开吗？报纸的声音搞得我快疯了。"

"我喜欢在这里看报。这是我最喜欢的地方，我想待在这里看报。"

"这是我的办公室，你自己有三个房间，随便找一间去看吧。"

"不要！"

"不要？不要？这是你该说的话吗？你听好，我在工作时，那个没有受过三年级以上的教育，看报的时候不能闭嘴的人是不准待在这个房间的。"

"我讨厌你说这种尖酸刻薄话，我不管，我偏要在这里看报。"

我气愤地起身，走到她面前，嚷道："出去。"

"不要。"

我们开始对吼，声音愈来愈大，最后变成面红耳赤的爆怒。

"给我出去，你这个可恶的婊子！"

"要出去，你自己出去！"

我动手打她，一掌接一掌，并且不断地对她大吼大叫："出去，该死的东西，给我出去！"我不停地打她，她不停地尖叫："住手！不要再打我了！"

最后我们两人都累得瘫在沙发上。过去我从未动手打过女人，这点我们都很清楚。

"好，我走。"我开口说，"我要回旧金山去，我痛恨这个地方，我痛恨我们对彼此所做的事。要跟不跟随你便。"

"天啊，这真是太美了！无与伦比的美！"我喃喃自语着。凭着手中这支笔型小手电筒的微光，慢慢地找到走向第二个房间的路，当我站在门边向里头探望时，我整个人完全被眼前的景象迷住了。伊甸园，这是第一个窜进我脑中的念头。这就是伊甸园了。

向左望去，本来应该有一张大桌子，眼前却是一片浓密的丛林，翠绿、稠密的枝叶覆盖着整个空间，动物在雾霭中漫步。这一片绿意盎然的丛林中央，耸立着一棵参天巨木，最顶端的枝叶几乎要探入云层，偶尔从枝叶的空隙洒下点点阳光，令人感到非常的静谧、祥和、动人……

"请走这边。"

"什么？请再说一次。"

"请走这边。"

"你是谁？别碰我！你到底是谁？"

"请走这条路，我想你是迷路了。"

"我没有迷路，是崔雅迷路了。听着，你有没有看见一个女人，金发，非常的美丽……"

"如果你没迷路，你现在在哪里？"

"嗯，我想我应该是在自己的屋子里，可是……"

"请走这条路。"

回顾起来，崔雅和我都觉得那起意外是一个决定性的关键，并不是打人有什么值得骄傲的，而是这件事突显了我们两人的绝望。在崔雅那方面，她的专断倾向开始减低，不是因为她怕我又动手打她，而是她了解到那种想掌握一切的欲望，其实是源自于恐惧。在我这方面，我学会了如何向一名有可能死亡的病人表示自己的需求和保有自己的空间。

> 他的抗争只是为了保有一个属于自己的空间。他不再轻易让步，这让我觉得神清气爽，因为我不必耗费过多的精力去猜测如何让他快乐，即使猜错也不再有沉重的罪恶感。过去我需要他无条件地支持我，他照做了！现在我需要他在我身后推我一把，特别是当我冥顽不灵的时候。如果某件事对他来说很重要，他就必须一直推我，直到我完全放下为止。

从那件事发生以后，一切开始好转。我们仍然有许多事要做，如接受夫妻双方的心理治疗，这可能得花一段时间，才能让混乱的局面回归正常，这意味着我们必须重拾那份一直没有熄灭的彼此的爱。

10

自疗的时候到了

"喂，请问是威尔伯先生吗？"我们在磨坊谷地望着窗外著名的红杉林。

"是的。"

"我叫爱迪丝·桑戴尔（Edith Zundel），来自西德的波恩。我的先生鲁夫和我正在写一本书，我们打算访问十二位世界各地的前卫心理学家。我非常希望能和你谈一谈。"

"我很欣赏你们的计划，爱迪丝，但我是不接受访问的。谢谢你，祝你好运。"

"我最近都会待在弗朗西丝与罗杰夫妇的家中，我从很远的地方来，真的很希望能和你谈一谈，不会耽误太久的。"

三只松鼠在两棵巨大的红杉之间来回地跳跃，我一直盯着它们瞧，想搞清楚它们究竟是在玩耍、交配，还是在谈情说爱？

"爱迪丝，我在很早以前就决定不接受采访或做任何形式的公开演讲与授课。除了我对这类事容易紧张外，另一个原因是，人们总喜欢把我当成大师、上师或老师看待，但我不是。在印度，他们会对学者和上师做个明确的区分，所谓的学者（美国人所指的哲人或博学之士）只是一个单纯做学问的人，也可能是学问与实修同时进行的人，譬如研究瑜伽的学者，真的在练瑜伽，只是尚未大彻大悟。上师则是已经悟道解脱的老师。我充其量只能算个学者,还不够格当上师,论实修,我和其他人一样都是初学者,因此我过去十五年来只接受过四次采访,有时也回答一些书面的问题,但仅止于此。"

"这我可以理解,威尔伯先生,但是把东西方心理学综合起来研究,却是你独门的绝活,所以我并不想把你视为上师,而是以学者的身份和你对谈。你的作品在德国有相当大的影响力,不仅影响到外缘地带,甚至在主流学术界都掀起了很大的旋风。你的十本著作全都译成了德文。"

三只松鼠倏忽地消失在浓密的树林中。

"没错,我的书在德国和日本都是畅销书,"我想测试她有没有幽默感,"你知道的,两个热爱和平的国家。"

爱迪丝大笑了一会儿,然后说:"至少我们还懂得欣赏天才。"

"应该说是发疯的天才。我的妻子和我正面对一段不怎么好过的日子。"

我不知道有没有所谓的松鼠的召唤,松鼠啊!松鼠!

"弗朗西丝与罗杰向我提过泰利的事,我真的很遗憾。"

不晓得为什么,爱迪丝给我非常亲切的感觉,即使在电话上,也可以清楚地感觉到。我当时不知道她会在我们日后的生活里扮演着非常关键的角色。

"好吧,爱迪丝,你今天下午过来,我们见面再谈。"

崔雅和我搬回了湾区,住在磨坊谷的一个小镇里,我们重新回到朋友、医师与支援系统中。塔霍湖的那段日子是场大灾难,我们俩仍在康复中,然而那个重要的转折算是度过了,特别是崔雅,她又重拾惊人的平静与定力。她持续做静修练习,我们也去找西摩尔做夫妻双方的心理咨询,这其实是早就该做的事。

我们开始在家里做一项简单的练习,那就是接纳与宽恕。《奇迹的课程》一书是这样写的:

有什么是你想要而宽恕不能给的？想要和平吗？宽恕能给，想要幸福快乐、宁静的心、确切的目标、转化这个世界的一种价值与美吗？想要一直拥有关怀、安全与被呵护的温暖吗？想要一份不被搅扰的宁静、不被伤害的温柔、一份深刻的自在、永远不被扰乱的安宁吗？

这所有的一切，宽恕都能给你，给更多的人。

宽恕能提供每一样我想要的东西。

今天我接受了这项真理。

今天我得到了上帝的礼物。

我一直非常喜欢这段有关宽恕的教诲，靠着它而忆起自己的真我，这算是比较独特的方法，在其他的智慧传统中是很少见的；它们强调的大部分是觉察和献身。然而，宽恕背后的理论是很简单的：私我，也就是分离出来的私我感，不只是一种认知的结构，也是情感的结构。换句话说，它不仅由认知来维持，也必须靠情感来支持。根据这本书的教诲，私我最原始的情绪是由恐惧助长的恨。如同奥义书所说："有客体的存在，就有恐惧。"

换句话说，无论何时，当我们把完整无缺的觉知分成主、客或自、他时，自我就会开始感到恐惧，因为那些外在的客体都会伤害它。这份恐惧接着会助长恨。如果我们坚持只认同这个小我，那么其他的客体就会折磨、羞辱、伤害它。接着，私我就会借由羞辱感的累积来维持自己的存在；换言之，创伤构成了私我的存在，它主动收集种种的伤害与羞辱，即使憎恨它们也无法停歇下来，因为没有这些伤害，它就什么都不是了。

私我对于这份恨的第一个策略就是要别人认错。"你伤害我了，向我道歉。"有时这么做的确会令私我暂时好过一些，然而这对根除最原始的病因一点用都没有。即使别人真的道歉了，私我还是会对他们心怀恨意。"我就知道这件事是你干的；看吧，你已经亲口承认了！"因此私我最根本的心态就是：从不原谅，也从不忘怀。

私我从来不想宽恕，因为宽恕会动摇它的存在，宽恕别人对我的羞辱（无论是真实的或想像的）就是在淡化自他之间的界线，溶解主客之间的分野。因宽恕而生起的觉知会帮助我们放下私我以及外来的羞辱，转而变成目睹或自性，只有它能平等地看待主体与客体。根据《奇迹的课程》的说法，宽恕是放下自己、忆起自性的方法。

我发现这项练习非常管用，特别是在我没有精力打坐的时候。我的私我饱受伤害，我累积了那么多的羞辱（不管是真实的还是想像的），单凭宽恕就能纾解自我紧缩的痛苦。我愈是受"伤害"就变得愈紧缩，这会让"别人"的存在更痛苦，也让伤害更加严重。如果我觉得自己无法原谅别人的"无情"（我自己的自我紧缩倾向所造成的痛苦），就会采用该书中所提到的另一种自我肯定："神的灵在我心中，所以我宽恕。"

对崔雅来说，她开始有了深沉的心理转变，这份转变化解了她生命中最主要、最艰难的课题，一年后，当她将自己的名字由泰利改为崔雅时这份转变开花结果了。对她而言，这件事最大的意义就在于：从"做"转成了"存在"。

> 万岁！我的生理期终于恢复，也许可以怀肯的孩子了！事情的确在好转中，我的精力已渐渐恢复，整个人轻松多了，好像小鹿在草原上奔跳一般。这种精力充沛、充满着喜悦的心情愈来愈频繁出现，就像过去一样，我也觉得自己比从前更平静，不再对生活中的情境有太多激烈的反应。我的人生似乎步上了坦途。
>
> 肯去年在斜坡镇的确受到某种病毒的感染，这是贝尔克·南普医师（就是发现我长肿瘤的那位医师）做血液检验时证实的。肯还是怀疑，因此又找了两位医师做检验，结果仍然相同。从此肯不再把他的筋疲力竭诠释为沮丧，才过了一夜，他的外观便整个改变了，你可以想像吗？

虽然还有一些焦虑（他在这场磨难中真的伤得不轻），但是明显的沮丧感已经随着这个诊断消失。他仍有病毒在身（很显然它是不会传染的），但是已经学会如何处理它、与它共处，所以他的精力也在逐渐恢复中。天啊，真不晓得他是怎么熬过来的，身体感染了怪病毒却一无所知！他告诉我当时他差一点就自杀，这实在吓坏我了。惟一能支持我、让我无惧于癌症的原因就是我不想离开肯，如果他当时真的那么做了，我不知道自己会怎么办，也许跟着他一起了断生命。

另一个转变是，我发现自己那要命的完美主义渐渐消失了。它是为我带来许多麻烦的小丑，也是天蝎式的自我苛责中的重要角色。我一直努力对治自己的问题——譬如盖塔霍湖的房子，我总想在每个细节上做到"尽善尽美"。现在我比较愿意接纳事物的真相，过去我所遭遇的痛苦其实是由自己刚强的性格造成的，总想把所有的事做得恰到好处。然而就算做到了又如何？光是物质生活的问题已经够多了，更别提心理或精神层面。如果能将事情处理得还不错，那就够了，完美只会带来更多的问题。人一旦求完美，就会将自己所有的时间都耗费在繁琐的细节上（这是我诸多的癖好之一），因而失去了更宽广的视野，也无法察觉真正的意义。因此我不再渴求完美，只把重点放在如何完成事情以及宽恕和接纳的议题上。

此外我也觉得自己比较谦卑了。我愈来愈能看清楚自己所面临的生命情况，包括友谊与婚姻问题、人际问题、自己的恐惧与疑虑、金钱问题、如何对世界有所贡献、无法确知自己的召唤是什么、从我们所经历的一切痛苦去发现其中的意义……还有去体察这所有的问题和其他人面临的几乎完全一样。过去的我总觉得自己是住在山中白屋的小女孩，世界的规范和我没什么关系，因为我是如此与众不同。然而透过我所经历的这一切，才发现自己并没有什么不同之处。我的问题和无数个世纪以来的人类企图解决的问题是一样的。从这份认识之中生出一种新的谦卑感,一种接纳事物真相的新层次,好像凡事都能如实地呈现。这是一种与其他人联结得更强烈的感觉,仿佛我们都是整体的一部分,各自透过自身的奋斗与经历而成长。这份自己不再与众不同的感觉,意味着自己不再与他人疏离或孤立。

我的生命似乎已经专注到只为当下而活,对于眼前所做的一切也比较放松了,即使那成就取向的次人格还不能完全满意。我只是顺其自然地去做,让急躁的情绪脱落,只砍眼前的柴,只从邻近的小溪取水。我开始给自己充裕的治疗时间,逐渐发展出一个宁静而开放的内心空间,然后静观其变。

对我来说,散步与健行一直很重要,它们让我重拾气力、挑战体能,让我重新注意到夕阳的美景,微风拂过枝头的沙沙声响,水珠上闪闪发亮的阳光……

最近我几乎每天都在户外挖地松土,把埋在土壤中的每一种石块挖出,种上莴苣、花椰菜、豌豆、菠菜、红萝卜、黄瓜和西红柿。每一种植物的籽儿都不同,有些极为细小,很难相信这么小的籽儿竟然有这么多的基因讯息。还有些形状十分怪异,很难让人相信它就是植物的种子。种植的工作分成几个星期进行,其中有一些种得太迟,可能会误了收成,然而我一点也不在乎产量(这句话真是我说的吗?我这个标准的出产人!)看着芽从土壤里冒出来,逐渐成形的嫩叶宣示了自己的名分,每一个都是独一无二的个体。豌豆蜷曲的藤蔓沿着网子向上攀爬——这是我最喜欢观赏的植物。虽然双层松土的工作换来一身的腰酸背痛,但是看着植物成长茁壮,反而有一种治疗的效果。透过园艺工作,我感觉自己重新与生命联结了。照料这些植物远比被人照顾要好得多。"施"的确比"受"要好。我准备开始照顾肯,不再无度地索要他关怀。

我还记得自己过去是多么努力地想制造生命的目的,我渴求、不停地寻找,脑海中浮现的意念都是伸手、抓取、渴望。然而这些并没有带给我平静、智慧与快乐。我相信这就是我的功课。虽然目前的道途比较偏向于佛家，但是我并不期望大彻大悟，也不打算加入所谓的满月团体——那些致力于即身成佛的修道人。我知道这样的承诺对我是危险的，不是过于急切，就是路径不对。我要学的是全神贯注于当下，砍柴就是砍柴，挑水就是挑水，不想要快速达到什么。不抓取更多，不渴望更多，只是活着，允许事情自然地发生。

我发现自己可以很有规律地打坐，好一阵子以来这是第一次做到。我想这是因为我在方式上有所改变的缘故。我不再暗想是否有奇特的经验，譬如会不会见到光或感受到能流，等等，在打坐时不再想要有"进展"，也不再希望有任何事发生，其实这么说还不完全符实，这份渴望偶尔还是会出现，但我会去留意它们，放下它们，然后回到眼前专注的焦点。如果我怀疑为什么要打坐（这种质疑经常会出现），我会告诉自己，打坐是为了当下的自己，为了把这段安静的锻炼时间供养给宇宙。与其说是一种寻求，不如说是自我肯定。也许前一个目标将逐渐变得清晰，不像之前那样再受那份渴望的干扰。也许目标已经在这里了，就在我放开它的时候，展现在我面前。

有一天晚上和凯依·林恩一起聊天。凯依说她有时非常嫉妒别人，不晓得该如何解决。我猜她可能想起约翰（他几年前被一名盗贼杀害），又看到我和肯相处的情况，而引发她的羡妒之情。她提到最近有一个异性朋友来找她，她发现自己有想要形成关系的强烈欲望，即使他一直表白他并不想要稳定的关系。

"这相当困扰我，我觉得很不快乐，试着想停止嫉妒之心，偏偏办不到。有什么建议吗？"

"啊，好一个古老的渴望与嫌恶，"我说。"它当然会令你不快乐，就像佛家所说的，这是所有苦难的起因。我认为最有效的建议是，单纯地看着它、观察它，并完整地经验它。以现在为例，你觉知到自己有这份感觉,因此感到不舒服,很好,这表示你注意到它,观察到它了。"

"已经好多了,"她说。"我不知道为什么得经历那么多次才学会。我现在已经释怀了。"

"我的理论是,你不必努力停止或改变那些你不喜欢的行为或思想。其实努力的本身就是障碍,重要的是清楚地看到它,完整地观察它,每一次当它生起的时候看着它,它就不会再令你感到意外。我认为我们的内在都有一股神秘的进化力,它想要我们发挥全部的潜能,让我们朝着神性演进。一旦察觉到自己的问题、不足或困境,这股神秘的进化力就会帮我们修正不足处。转变和意志力无关,意志力可以帮助我们培养觉知,但想要有内在真正的转变,意志力反而是阻碍。这份转变带领我们走向一个超越理解、超越意志的方向,也就是让我们更随缘、更开放。"

"有点像恩宠的味道,"她说。"我懂你的意思。"

"没错,正是如此,就像恩宠一样。我以前从未如此想过。"

我想起了几天前在《奇迹的课程》中读到的一段话,最后的两行是这么写的:

因为恩宠所以我活着。因为恩宠所以我被解放。
因为恩宠所以我给予。因为恩宠所以我解脱。

这两行字过去从未对我产生任何意义,因为其中充满了太多父权形象的神所赐予的恩惠,只有靠着神的恩惠,罪恶的子民才能获得宽恕。现在它们对我比较有意义了。我可以将恩宠视为那股治疗、带领我们朝正确方向前进,并且修正错误的神秘力量。

崔雅和我正试着让这股神秘的力量修正我们的错误,治疗过去两年所受的伤。我们发现治疗正在生命的每个层次发生,包括肉体、情绪、心智和灵性。我们开始明白，原来肉体的治疗是身心灵健康中最不重要或最不具意义的，因为真正的健康指的是灵魂的复原。在治疗方面，崔雅和我循着伟大的存有链进行地毯式的搜寻。我们获得许多人的协助，譬如弗朗西丝和罗杰。

西摩尔也是其一。他是一名受过正式训练的心理分析师，很早就察觉弗洛伊德模式的重要与局限。于是他在自己的方法中加进了静修作为补充。他主要采用的是原始佛教的内观法门与《奇迹的课程》中的教诲。西摩尔和我相识快十年了，有一回他打电话到林肯镇和我讨论如何将东西方的途径融入心理治疗。西摩尔一直很被我的作品和我整理出来的意识层次图所吸引。当时有许多人正试图以荣格的理论作为东西方结合的基础。我很早就发现，虽然荣格在这个领域有相当重要的贡献，但也犯了许多错误，如果想要有一个比较稳固的起点（不是终点），弗洛伊德反而是比较好的选择。这与西摩尔的观察不谋而合，我们也因此结为好友。

不论是个人或夫妻双方的心理治疗，真正重大的突破并不难；难的是如何将这些突破一再地运用于日常生活中，直到旧习气完全去除，让新的、比较柔软的状态出现为止。西摩尔帮我们认清说话的内容其实没有那么重要，重要的是表达的方式和态度。

> 我们正在学习注意自己说话的方式，而不仅仅是说话的内容。我们都觉得自己所说的话是最合理、最正确的，却又往往以不友善、愤怒、自卫或充满挑衅的方式来说出这些"真相"。于是我们无法理解对方为何一直对我们的批评而非真相产生反应。我最大的收获就是，看到我们的防卫模式使彼此陷在负面、下坠的旋涡中。肯近来老是觉得焦虑，这令他的朋友（包括我）非常惊讶，因为他从来没有紧张过。为了控制这份焦虑，他表现出来的反而是愤怒与嘲讽。我只看到他的愤怒，这当然会引发我从孩提以来最深的恐惧——被排斥与不被关爱。当我感到不被关

爱时就会退缩、故作冷漠、隐藏起来，就像小时候常会负气躲进自己的房间看书一样。可是我的退缩也让肯觉得不被关爱，他因而变得更焦虑、更讥讽。在恶性循环之下，我充满强迫与控制的那一面便接管了全部的人格，于是我不断地命令、激怒肯……我现在终于明白肯为什么会坚持，如果没有他人的"介入"，他拒绝和我谈论我们之间的问题，因为我们只会不断地打击对方。当我们在西摩尔的诊疗室中陷入这种下坠的旋涡时，我们三人几乎马上看出这个恶性循环中的第一个症结，立即加以斩断。不过最难的部分还是在踏出诊疗室的大门后，如何在生活中领会其中的诀窍。

经过了四五个月，崔雅和我在西摩尔的协助下，终于将整个局面慢慢扭转过来。1986年初夏，我们到达了一个重要的分水岭。

现在不可能是六月。我一直认为应该是五月。自从我坐在这台电脑前写作，时间就好像停止了一般。我一直在记录我用小字在一张张碎纸片上写的东西，它们都是我在受到启发、经受恐惧、感受到爱和迷惑时写下的感想。哦，我真不知道自己是如何破解这些因一时激动而写下的难以识别的话语。

我很清楚自己现在的感觉。好多了，真的。肯和我似乎合力扭转了一些困境。我们不再争吵，就像回到过去一般，学会了温柔相待。这确实需要一些觉知和努力，才能在当下发现彼此的反应，认清隐藏在底端的恐惧，其中充满着想要伤害对方的欲望。我们努力着，西摩尔也在这方面帮助我们，终于事情有了改变。

举个例子。有一回当我们一起淋浴时，肯问我是否认为我们搬进这间新房子是个正确的决定。我想是的，我说，这里有比较大的空间可以容纳他的书，其他的空间对他的藏书来说都嫌太小了。他的回答却是他现在已经不太在乎这些书了，惟一的希望是尽快恢复修行方面的锻炼。他的回答让我觉得有点受伤，因为他一直为了无法专心写作而责怪我，现在居然说自己不在乎这些书了。整个早上我都觉得愤怒、受伤；但感谢西摩尔，至少我没有将这件事归咎到肯的身上。我什么话也没说，即使脑子里冒出的第一个念头是愤怒与受伤。

随后又有一个念头冒了出来：等一等，这整件事到底是如何开始的？你在护卫自己，对不对？为什么？哦，原来你觉得肯在责怪你，你觉得自己应该要为肯无法专心写作负责。你并没有错，他的话听起来确实像在责怪你。但他为什么要这样呢？哦，也许他不想为自己负责，也许将责任归咎到你身上比较容易一些。但藏在背后的又是什么？也许他真的害怕这确实是他自己的错，也许他不愿意为自己的不写作负起责任。但为什么问题会在这个时候冒出来？啊，因为这里拥有更多的空间可以容纳他的书。他是不是害怕，一旦搬进这幢新房子，人们就会开始对他有所期待，期待他继续写书。没错，我想就是这么回事了。他害怕自己无法满足这些期望，便借着打击你来抵制这些期望，抵制自己对于失败的恐惧。

当第二个念头出现时，我看到冲突背后的恐惧，于是第一个念头的自以为是就减低了。面对肯的"攻击"时，我不再生起自卫的欲望，反而想帮助他度过这个转化期，也不再对他有任何期望。我问自己如果可以重回那一幕景象，我会怎么处理？我想像自己不再退缩于淋浴间的一角，我会对他说："亲爱的，如果你愿意重新练习打坐，那真是太棒了。不论发生什么都很好，我们能搬到一幢可以治疗我俩的新房子真的是很棒的事。"

当天稍晚，我和肯一起检视这个重新改写的脚本，我的态度温和，没有任何责难。他给了我一颗金星作为鼓励。

这份感觉就像是一次真正的胜利，而且，其他方面的改变也逐渐有进展。我的恐惧与不舒服的反应以及自我防卫之间，有了一些空间。以刚才所举的例子，我就能在不当的反应出现之前及时退一步，并解开那个可能会导引出更多冲突的结。当我和西摩尔进行最后一次个别咨询会谈时，也觉得自己更有空间了。无论是对别人或对自己，我都能更温柔、更有慈悲心了。

除了这些改变，个人方面也有一些关键问题被提出来讨论。西摩尔给了我一些掌握焦虑的方法，崔雅也开始面对她的原型问题：存在与做，随缘与掌控，信赖与护卫。

我觉得对自己更有慈悲心、也更加信任了。当我面对自己的批判性时，这个改变最为明显。最后一次与西摩尔处理个人问题的咨询中，我注意到当焦点从夫妻之间的关系转移到我身上时，一股不安的情绪开始生起。我想把自己藏在关系的议题之后，不想让焦点集中在我身上。我说出了这份感觉，说出了我的恐惧。我现在可以比较认清与觉知自己的恐惧，不再那么困窘了。几年前我发现，每当别人想要帮助我看到自己的真相时，我总是回答："我已经很清楚了。"我无法对协助者说："谢谢，这真的很有帮助。"我发现自己很难承认别人给我的协助，这样一来，好像他们可以因此认清我的真相，甚于我对自己的了解，一种任由他们摆布的感觉立即涌上。如果再挖得深一点，我其实是怕他们因看到我的真相而批判我，凌驾于我之上。我不相信他们会因看到我的真相而产生同情，我认为人们只会不断地批判我。

因为我一直在批判自己，天蝎座的自我批判。我要把它放下，我现在就把它放下了。我还有一段路要走，但内心已经有了很大的转变。我觉得释怀了，这样的过程在我的心里已经进展了很长一段时间。有些东西真的改变了，释放了，也被打开了。我觉得自己开始能信任、随缘、不强求,也更能让肯的爱驻进我的心中。这很有趣,因为我写下的第一句有关他的话是,"我相信他胜于我相信这整个宇宙"。这是真的。他的爱与信任一直在那里,即使是情况最糟的时刻。西摩尔说在我们能信任自己以前,必须先学会信任某个人。

西摩尔也协助我去理解自己强迫的作风,他说我因为过于重视繁琐的细节,时间因此被切割了。因为我根本没有时间,但这正是有强迫性倾向的人控制事情的方式,换句话说,他们想要亲自完成每一件事,他们不相信别人也做得来。强迫性的神经症最大的特征就是不信任,即使是最小的细节也要亲自掌控。没错,信任确实是我最大的功课。

崔雅和我企图涵盖治疗的所有层面,包括肉体、情绪、心智与灵性。在肉体方面,我学会的是当内在的病毒发作时,我要保存自己的能量、汇集自己的资源。崔雅持续地做运动、慢跑、健行,而我们也在改善饮食,以预防癌症的食谱为标准(素食、低脂、高纤,以及高复合性的碳水化合物)。我已经扮演厨师的角色很长一段时间了,刚开始是必须靠我做,后来是因为我真的做得很不错。目前我们是以普瑞提金(Pritikin)的食疗为基准,我得花很大的心思把食物做得好吃,还必须摄取高单位的维他命。在情绪与心智的层面,我们透过心理治疗来消化许多尚未解决的问题,学习改写人生脚本。在灵性层面,我们学习宽恕与接纳,并以各种方法重建目睹的能力,以及回到风暴中心,才能在人生永无止境的风暴中保持宁静、稳定。

我到现在还无法恢复打坐。崔雅的基本途径是内观法门(Vipassana),所有形式的佛教都以它为核心和基础,她也很喜欢基督教的神秘体验论,她已经依照《奇迹的课程》练习了两年的时间。虽然我赞同东西方各门派的神秘体验论,但是我发现其中最深奥有力的还是佛教,我自己十五年来一直采用禅的途径——佛法的精髓。此外我也受到藏密的吸引,我认为这是世界上最圆融、完整的灵性体系。另外还有三位来自某个传统，却能超越派别，无法被归类的老师，分别是克里希那穆提、拉马纳尊者，以及解脱的约翰（Da Free John）。

可是崔雅和我始终无法找到一位让我们俩都甘心追随的导师。我很喜欢葛印卡，但总觉得内观法门的涵盖面太窄、太局限了。崔雅喜欢创巴仁波切和解脱的约翰，但又觉得他们的途径太野太疯了。最后我们终于找到一位"共同"的导师——卡卢仁波切（Kalu Rinpoche），他是达到最高成就的藏密法师。崔雅后来就是在卡卢灌顶法会的当晚，做了一个非常惊人的梦，指示她一定要改名为崔雅。这段时间我们一直不停地寻找、参访、拜见各种不同类别的老师，其中包括：比特·葛里芬斯神父（Father Bede Griffiths）、古文·千野禅师（Kobun Chino Roshi）、泰锡度仁波切（Tai Situpa）、蒋贡·康楚仁波切（Jamgon Kontrul）、创巴仁波切（Trungpa Rinpoche）、解脱的约翰、片瞳禅师（Katagiri Roshi）、皮尔·维拉雅·汗（Pir Vilayat Khan），以及托马斯·基廷神父（Father Thomas Keating）……

> 星期六，我们去了一趟"绿峡谷"（属于旧金山禅修中心），我们已经好久没有参访这个地方了。抵达时发现停车场挤满了车，一定是有重要的人物来演讲。结果讲者是片瞳禅师，他是肯以前接触过的一位禅师。我们站在座无虚席的禅堂入口处。我很喜欢片瞳，虽然无法明白他所说的每一句话，但即使这么远的距离，我都可以很清楚地看见，当他微笑时，他脸上的每个细胞都在笑。那真可以说是禅的微笑：要笑，就全心全意地笑！他当然是剃光头的，形状非常有趣而奇特。我从没有见过这样的头型。我最近对人们头发底下的头型深感兴趣。
>
> 后来在问答的时段里，有一位听众抛出一个问题，他的回答使我留下深刻印象。
>
> "如果佛陀今天造访美国，你认为他所强调的教诲会是什么？"

"我想,应该是怎么做一个健全的人吧。"片瞳说,"不是怎么做美国人或日本人,而是怎么做一个健全的人,一个真正的人类。这才是最重要的。"

当时令我感到惊讶的是,对于深受其他文化的灵性导师吸引的美国人来说,这是多么适切的回答。我也有过质疑,特别是最近见到那么多来自西藏的灵性导师。我以前赞同我们应该重视自己的文化,重振自己的传统,而不是无知地一味抬高异国宗教。此刻我对这股潮流却觉得很妥当,因为重点是在怎么做一个健全的人。与一位操着令人担心的英语、带着浓厚日本腔的人学习灵性方面的锻炼,这样的经验与文化的差异其实无关,重要的是我们都想成为一个更健全、更完整的人,也许还能更神圣一些。

那天晚上,肯、我、片瞳以及大卫·哈德维克一起在林迪斯芳中心共进晚餐。肯和片瞳谈起十年前在林肯镇的一次禅七,肯当时因为片瞳说了一句:"观照是自我最后的一站。"竟然有了一次开悟经验。肯补充道:"一次小小的经验。"他们谈到这段时一直大笑。我心想那一定是某个禅宗的笑话吧。

片瞳丝毫没有架子,不愧为铃木禅师(Suznki Roshi)的接棒人。我觉得在禅中心和他学习禅修是很有趣的事。我已经不再追求灵修上的完美主义,能遇到一位自己衷心倾慕的老师固然是很美妙的事,但这是可遇不可求的。谁知道,也许他就坐在我的前面,我只是有眼不识泰山罢了。

第二天晚上,我们与解脱的约翰的追随者共进晚餐。肯曾经为解脱的约翰写过序,并极力推崇他的新作《黎明之马圣约》(*The Dawn Horse Testament*)。很棒的一群人。我往往从资深的学生来观察他们的老师,这些人真的不能再好了。我们一起观赏一卷有关解脱的约翰的录像带,我发现自己对他的喜爱超过了预期,只是献身这条途径令我裹足不前,即使只是"献身"二字我都无法消受。在录像带中他指出,信徒首先要阅读他的教诲(他出了相当多的书),如果了解了教诲的内涵觉得受到感召,再与他建立更进一步的关系。听起来好像一旦变成他的信徒,相信了他的教诲,就完全被他掌控了,我不得不承认我抗拒这样的说法。这也许是我需要对治的神经过敏,但也必须等我准备好了才能做到。

后来阅读《黎明之马圣约》,我发现他理出两条非常清楚的道途,其中一条是信徒或献身者的途径,另一条则是探究者的途径,这其实就是肯所说的他力与自力之分。我很喜欢他在书中所阐述的理念,特别是对关系的解析,他指出私我只是关系的紧缩与逃避。我确实发现私我就是企图逃避关系的各种反应。我发现自己常觉得受到拒绝,然后就会防护自己以抵御外来的羞辱与伤害,进入所谓的"私我的仪式"(egoic ritual),也就是退缩、逃避与私我防卫。我想到他的教诲中所强调的:不要把当时的情况夸大,要停止抗拒,停止各种心理反应,停止惩罚对方。在这种时刻,我不能收回我的爱,不能孤立自己,反倒要让自己去经验那份伤害,他说:"练习安住在爱的伤痛中。"你不可能不受伤,受伤时你要觉察,你要继续去爱,不要退缩。他说:"如果你能安住在那份伤痛中,你会知道自己仍然需要爱,知道自己想要给予爱。"

"请走这条路。"

我怎么也无法辨认清楚身边的这个形体。这个东西正轻轻地拉着我的手肘。如果可以看清楚它是什么东西,也许就能有所反击。于是我将手中的笔型手电筒慢慢地照向那个形体,而光一照到它就消失了,光一进入这个形体它就不见了。但它一定是有形状的,因为它比周遭的一切都要来得暗一些,突然间我想通了,这个形体并不是黑暗的本身,它是光明与黑暗的终结,它看起来似乎存在,但事实上并不在那里。

"听着,我不晓得你是谁,但这是我的房子,如果你能离开,我会很感激你的。"我开始有点神经质地笑了起来。"否则我就打电话报警。"我大笑了起来。报警?

"请走这条路。"

我决定回到屋里去,我想爱迪丝大概再有一个小时左右就到了,我该准备一些午餐,反正松鼠也不见了。崔雅正在塔霍湖整理剩下的东西,好搬到磨坊谷的新房子去。

总而言之,事情的进展颇为顺利,至少在快速改善中。我同意崔雅对西摩尔所说的,有一个弯已经转过来了,其实应该说是很多弯都转过来了。

我做了三明治,倒了杯可乐,坐回前廊。太阳逐渐攀上茂密的红杉林,它们实在太高大了,太阳几乎得到中午才露脸。我非常期待阳光照到脸上的那一刻,它提醒我事情总有新的开始。

我想到崔雅,想到她的美、她的诚实、她无染的心灵,她对生命的那份巨大的爱以及她惊人的毅力。她真是集"真善美"于一身。天啊,我爱这个女人!我怎么能将自己的磨难归咎于她?我怎么能给她带来如此大的痛苦?遇见她是我生命中最好的一件事!从见到她的第一眼开始我就知道,以后无论做什么、去到何处、遭受何种的痛苦,我都会伴随在她的身边、帮助她、扶持她。我居然忘了生命中最深刻的决定,还诿过于她!难怪我会觉得连灵魂都不见了,都是我一手造成的。

我已经原谅了崔雅,也以极缓慢的速度原谅自己。

我想到了崔雅的勇气。她完全拒绝被这一场磨难击倒。生命打击她,她站了起来;生命再打击她,她还是站了起来。去年发生的那些事件使她的韧性大为增加。我认为崔雅的人生第一个阶段的力量是来自战斗意志,第二个阶段的力量则来自臣服。以前她总是准备迎战、肩负起一切,现在的她则开放自己，让一切穿过，这股力量的背后有一个最重要的东西：绝不妥协的诚实。即使处在最糟的情况，我也从未听过她说谎。电话铃响了，我决定让录音机录下对方的留言："喂！泰利吗？这是贝尔克大夫的诊所，请你来一趟好吗？"

"喂！我是肯，发生了什么事？"

"大夫想要和崔雅谈谈检验的结果。"

"没出什么事吧？"

"医生会解释的。"

"好了，女士……"

"医生会解释的。"

11

心理治疗与灵性

"嗨！爱迪丝，请进，可不可以给我几分钟？刚才接到一通怪电话，我马上就来。"我走进浴室，洗了一把脸，照了一下镜子，我记不得当时心里在想些什么，在医生的办公室等候，想必又是另一场噩梦，我只好封闭我的知觉。我在自己的灵魂上罩了一层自制的面具，这样我才能以学者的立场接受采访。我和爱迪丝见面，脸上带着石膏般的笑容。

爱迪丝到底有什么特质？她的年纪大约五十出头，明亮、开朗的脸庞有时几乎是透明的，然而她也是非常坚定、有自信的。不消几分钟就能让人感觉她很诚恳，你觉得她会心甘情愿为你做任何事情。她大部分的时候都在笑，但不勉强，她应该是既坚强又敏感、会在苦中作乐的人。

我的心仍然封锁着，不去设想未来可能发生的事。我惊讶地发现，这是我十五年来头一次接受公开访问。因为拒绝采访，我的周围逐渐形成诡异的光圈。这原本只是一个很简单的决定，没想到却助长了强烈的臆测。人们经常问道：威尔伯这个人到底有没有存在过？爱迪丝投在《时代周刊》的那篇访问稿，劈头便写着：

> 我听说肯·威尔伯是一名不接受采访的隐士，这使我对他更加好奇。到目前为止，我对他的认识都是从阅读中得来的。他的书显示他具有百科全书的知识，他的头脑似乎能处理各种不同的典范，他的写

作风格充满强有力的生动描写、不寻常的组合力和罕见的清晰思维。

我写了一封信给他,没有收到回音,于是我飞往日本参加一个由国际后人本心理学会所举办的会议;根据议程表,威尔伯是其中一名讲者。春季的日本非常优美,日本的文化和宗教传统令人难以忘怀,然而肯·威尔伯还是没有出现。即使没有出现,人们仍然投射了许多希望在他身上。隐居确实是个不错的公关策略——如果你的名字是肯·威尔伯的话。

我询问有谁认识他,学会的会长西塞尔·伯尼回答说:"我们是朋友,他很可亲,一点也不矫情。"

"三十七岁就写了十本书,他是怎么办到的?"

"他非常努力,又是个天才。"西塞尔给了我一个简洁的答案。

透过几名朋友还有他在德国的出版社,我再度说服他接受采访。后来我到了旧金山,他仍然没给我答复。突然他来了一通电话:"好吧,你到我家来吧!"他的客厅放了一套户外用的桌椅,从半敞的门缝中,可以看到地上摆了一张床垫。肯·威尔伯光着脚,衬衫的扣子没扣,这是一个温暖的夏日。他替我倒了一杯果汁,面带笑容地对我说:"我确实是存在的。"

"爱迪丝,我确实是存在的吧!"我笑着对她说,这整件事对我而言是极为可笑的——我想到盖瑞·特鲁多(Garry Trudeau)的名言:"我一直想培养一种不需要现身的生活方式。"

"爱迪丝,我能为你做什么吗?"

"你为什么拒绝接受我的访问?"

我告诉她我所有的理由——最主要的是,访问太分神了,我真正想做的事只有写作。爱迪丝非常专注地聆听,脸上带着微笑,我可以感觉到她的热情。她待人接物的方式带有一份母性,声音里有一种仁慈。不知道为什么，这些特质反而令我更难忘怀内心那些不时浮现的忧愁。

我们谈了好几个小时，内容涵盖许多，爱迪丝自在又机智地与我进行讨论。当她谈到这次访问的主题时，她按下了录音机。

爱迪丝：罗夫和我以及我们的读者，都对心理治疗与宗教的交会感到兴趣。

肯：你所谓的宗教是什么？原教旨主义（Fundamentalism）？神秘体验论（Mysticism）？世俗宗教（Exoteric）还是深奥宗教（Esoteric）？

爱迪丝：嗯，这是一个很好的起头。在《普世的神》这本书里，你为宗教这个名词下了十一个不同的定义，或者应该说"宗教"的字根有十一种不同的用法。

肯：嗯，我的观点是，在我们没有为宗教这个字下好定义之前，便无法讨论科学和宗教、心理治疗和宗教，或者哲学和宗教的议题。我认为现在至少要区辨好什么是世俗宗教，什么是深奥宗教。世俗宗教或物化的宗教，应该被列为神话式的宗教。这种宗教形式非常具象，可以按字面加以理解，譬如，这类宗教相信摩西真的分开了红海，基督真的是一名处女受到圣灵感孕而生的，世界是上帝在六天之内创造出来的，甘露真的从天而降。全世界的世俗宗教都有这类的信仰，印度教认为大地是需要支柱的，因此它坐在一只大象上，大象也需要支柱，因此它坐在乌龟上，乌龟也需要支柱，因此它坐在蛇之上，那么最后一个问题便是："蛇又坐在谁的身上呢？"答案是："让我们换个话题吧！"据说老子生下来的时候已经九百岁了，克里希那曾经和四千名牧牛的少女做爱，而梵天是从宇宙的大蛋中蹦出来的，这就是世俗宗教。它有一连串的信仰结构，企图以神话来解释世界的神秘现象，而不依据实际的体验或佐证来加以诠释。

爱迪丝：这么说，世俗宗教基本上是一种信仰而不是实证。

肯：没错，如果你信仰这些神话，你就得救了；如果你不相信，你就下地狱，而且是不容分说的，这便是所谓原教旨主义的宗教。对这类的宗教我没有什么意见，反正世俗宗教和深奥宗教或实证宗教是毫无关系的，当然我比较感兴趣的是后者。

爱迪丝：深奥宗教的"深奥"二字是什么意思？

肯：它的意思是指内在的或深藏不露的。深奥宗教或神秘体验论并不意味它是秘而不宣的，而是直接的体验和个人的觉察。深奥宗教要求你不要迷信或盲从任何教条；相反，它要你以自己的知觉做实验。如同所有杰出的科学，它是以直接的体验做基础，绝不是靠迷信或愿望。此外它必须被公开检验或被一群亲自做过实验的人认可；这项实验就是静修。

爱迪丝：但静修是纯属个人的经验。

肯：不是的，静修和数学一样都不再是个人的经验了。譬如没有任何感官或外在证据可以证明负一的二次方等于一，这个真理是被某个内在逻辑所证实的。你在外部世界无法找到"负一"这个东西，只能在自己的心里找到它，但这不意味它不是真相，你也不能说它是无法被公开证实的内在知识。它被一群训练有素的数学家证实为一项真理，这群数学家懂得如何在内心进行这项逻辑的实验，因此真或不真便由他们来决定。同样地，静修的知识也是一种内在知识，但这种内在知识可以被一群训练有素的静修高手予以公开证实，因为这些人深谙内观的逻辑。我们不可能随便找一些人来决定毕达哥拉斯定理，而是让那些训练有素的数学家来表决这项真理。同样地，我们在静修上也有一些发现，譬如：如果你很仔细地观察自我的内在真相，你会发现内心与外部世界根本是一体的——但这必须是由你或任何一个关心这件事的人去亲自体验的真理。经过六千多年的实验，我们已经可以充分证实某些结论，立下某些灵性的定理，这些灵性的定理就是长青哲学的精髓。

爱迪丝：但你为什么要说是"隐秘的"呢？

肯：因为如果不亲自做这项实验，你就不知道它是怎么回事，所以你没有权利表决。同样地，如果你不懂数学，你就不能对毕达哥拉斯定理（Pythagorean theorem）说三道四。当然你可以有观点，但神秘体验论对观点是不感兴趣的，它需要的是真正的认识。深奥宗教或神秘体验论对那些不肯亲自体证的人而言就是秘而不显的。

爱迪丝：然而，各种宗教之间的差别仍然很大。

肯：世俗宗教确实有很多类别，但世界上的深奥宗教都是相同的。神秘体验论或深奥体验论从广义来看就是科学，你不可能把化学分成德国的化学或美国的化学，也不可能说这是印度教的神秘科学或伊斯兰教的神秘科学；全世界的深奥宗教对灵魂、大精神以及终极同一性的本质都有基本上的共识，学者们称之为超越世界深奥宗教的一体性。当然它们表面的结构有很大的差别，但深层的结构却是相同的，它们反映出人类灵性的一致性和在现象上所揭露的定律。

爱迪丝：下面这个问题很重要：我想你一定不像约瑟夫·坎伯（Joseph Campell）一样，相信神话式的宗教具备了有效的灵性知识。

肯：你可以随心所欲地诠释世俗宗教，如同坎伯那样，你可以把神话诠释成蕴藏真理的寓言。举例而言，你可以把基督经由无孕受胎出生的意义诠释成基督按照他真实的大我自发地行动。这是我所相信的；然而神话的信奉者并不这么相信。他们认为玛丽亚真的是以处女之身受孕的。神话的信奉者不会把他们的神话当成寓言看待，他们会按照字面的意思加以理解。约瑟夫·坎伯冒渎了神话信念的本质，虽然他一直企图抢救它们；这样的学术态度是无法被接受的。他虽然对那群神话的信奉者说："我知道你真正的意思是什么。"然而那并不是他们真正的意思。依我看，他开始研究的方式就错了。这类神话在六至十二岁的儿童身上经常可以见到；皮亚杰（Piaget）称之为具象运思的心智。世上所有伟大神话的基础，大概都可以从今日的七岁小孩自发的作品中摘录，这是坎伯自己招认的。但下一个阶段的意识结构，也就是所谓的理性阶段一旦出现，神话就被这个孩子放弃了。他不再相信它们，除非他所处的社会鼓励这样的信念。大体而言，理性和具有反思能力的心智只会把神话当做神话来看。这些曾经有用且必要的信念，现在已经不被承认了，譬如，一个有理性能力的人听到圣灵受孕的事，可能只会咧嘴暗笑。一个女人怀孕了，她会对自己的丈夫说："我怀孕了，但是别担心，我并没有和别的男人睡觉，因为孩子的爹不是从我们这个星球来的。"

爱迪丝：（大笑）但是有很多神话的追随者，仍会以隐喻的方式来诠释他们的神话。

肯：没错，这些人应该被称为重视神秘体验者。重视神秘体验者会赋予神话一些奥义。这些奥义是透过灵魂内在的体验和观察而被发现的，它不是从外在的信念系统或神话得来的。换言之，这些人根本不是神话的信奉者，他们是深思的现象学家、深思的重视神秘体验者和深思的科学家。因此怀海德（Alfred North Whitehead）指出，神秘体验论永远站在科学的这一边来对抗教会，因为神秘体验论和科学都依赖直接的证据。牛顿是一名科学家，也是一位杰出的重视神秘体验者，这两者是完全不冲突的。反之，你不可能既是伟大的科学家，又是伟大的神话信奉者。

神秘体验论会赞同其他的宗教，他们的宗教精髓和别的神秘宗教是相同的，"他们给了它许多名称，其实所指的都是同一个。"然而神话的信奉者，譬如一名基督教基本教义派的新教徒，他绝不可能承认佛法也会让人得到彻底的救赎。神话的信奉者坚持他们的信仰才是惟一的道路，因为他们把信仰奠基在表象的神话上，无法领悟那些象征所隐含的一致性；但是重视神秘体验者却能领悟。

爱迪丝：我明白了，这么说你也不赞成荣格所主张的：神话蕴涵了人类的原型（archetype），因此具有神秘的或超越的重要性？

此刻我只有一个念头：这回一定又是癌症，还会是什么呢？医生会解

释的，医生……还不如去跳湖算了。该死！该死！该死！我所需要的否定和压抑跑到哪里去了？

爱迪丝要讨论的不就是否定和压抑吗？我们今天探讨的主题是心理治疗和灵性的关系。我们的做法是深入讨论我所发展出来的概括性的范型；它们联结了这两种有关人类情境的研究途径。

对我和崔雅而言，我们所关心的并不是其中的学问，我们深深投入了自我的治疗，协助我们的有西摩尔和其他的朋友；此外我们都有长期静修的经验。心理治疗和灵性有什么关系？这是崔雅、我和我们的朋友时常讨论的话题。我想我答应接受爱迪丝的采访，其中一个理由便是，这个议题是我目前的人生重心，它既是理论也是实修的经验。

当爱迪丝的问题再度浮现在我的脑海时，我发现我们的讨论已经面临一个不可轻忽的障碍——卡尔·古斯塔夫·荣格。

我知道这个问题一定会被提出来，但是荣格巨大的身形彻底掌控了宗教心理学的领域；坎伯不过是他的追随者之一。如同大多数人一样，我也曾热烈信奉过荣格的主要理念和他在这个领域所付出的开创力。但是多年以后，我认为荣格犯下一些严重的错误，这些错误后来变成后人本心理学领域最大的障碍；更糟的是，这些错误被广泛地宣扬，显然没有任何人提出质疑。有关心理治疗与宗教的讨论根本不可能开始，除非有人提出这个艰难而敏感的话题。首先提出的问题是，我是否赞同荣格的主张——神话是一种原型，因此是神秘的？

肯：荣格发现现代男女都可以在他们的积极想像和自由联想中自发地创造出神话宗教的重要主题，于是他推演出一些最基本的神话形式，称之为原型；这些原型是所有人类共有的，被所有的人继承，并且把它带进了他所说的集体无意识中。接着他又做了一项声明："神秘体验论就是一种原型经验。"

我的看法是，这个观点中有几个严重的错误：第一，人类的心智，即使是现代人的心智，都可以自发地创造和神秘宗教类似的神秘象征。我曾经说过，心智发展的前形式阶段，尤其是具象运思的本质，确实和神话的制造相似。现代男女在童年时都曾经历过这样的发展阶段，因此所有的人很容易进入神话的思维结构，尤其是在睡梦中，心理的原始层面比较容易浮现。

但这个现象丝毫没有神秘色彩，根据荣格的观点，原型基本上是缺乏内容的神话"形式"；然而神秘体验论却是"无形"的觉察，它们根本没有任何关联。

第二，荣格所用的"原型"这个词，基本上是从柏拉图、奥古斯丁这两位重视神秘体验者那里撷取而来的观念，然而荣格用这个词的方式和前两位重视神秘体验者以及全世界的重视神秘体验者截然不同。譬如商羯罗（Shankara）、柏拉图、奥古斯丁、爱克哈特、金刚手（Garab Dorje）等等，这些重视神秘体验者都主张世界从无形的大精神示现时，原型是无中生有的万象中第一种微细的形式，是其他所有示现的模式的基础，希腊又称之为原始模型（arche typon）。这种微细的、后人本的形式可能属于肉体的、生物的、心智的或其他层面。在大部分的神秘体验论的象征中，这些原型总脱离不了光体、明点、音声启示、五光十色的形状、虹光、音声和能量的振动。换句话说，物质世界便是由这些东西凝结而成。

然而荣格所指的原型却是人类集体经验中某些基本的神话结构，譬如智慧老人、妖精、自我、人格面具、母神、阿尼玛（Anima）、阿尼姆斯（Animus），等等……这些都是属于存在而非超越的；它们只是人类日常生活很普遍的经验面。我同意那些神话形式是人类心灵的集体遗产，我也完全同意荣格所说的：我们必须和这些原型和解。

譬如说我有恋母情结，那么我必须明白，这份强烈的情绪不仅来自我个人的母亲，同时也和我的集体无意识中的母神形象有关。也就是说，我们的内心早就潜存了母神的形象，如同早就具备了语言、认知和各种本能的基本形态。如果内心的母神形象被活化了，那么我不仅要处理自己母亲的形象，还要处理人类数千年的经验中与母亲有关的问题。因此母神的形象对我的影响便远远超过了我自己的母亲；和母神形象和解、意识到它的存在并加以区分、研究世界的神话，这些对于处理那个神话形象都是很好的方式。在这一点上我完全赞同荣格的说法，然而这些神话的形象和神秘体验论以及超越性的觉察一点关系都没有。

让我言简意赅地说明一下。我认为荣格最大的错误就是混淆了集体的和后人本的经验。我的心智中遗传了某些集体的形象，并不意味这些形象就是神秘的或后人本的。譬如我们都遗传了十个脚指头，我体验我的脚指头，并不意味那就是一份神秘体验。荣格的"原型"和灵性的、超越性的、神秘的、后人本的觉察没有关系；反之，它们是人类集体意识中基本的、日常的、属于存在面的遭遇——生活、死亡、生产、母亲、父亲、阴影、私我等等，它们一点都不神秘。说它们是集体的，没错！说是后人本的，错了！

集体意识可以划分成集体个人意识和集体后人本意识，荣格并没有做如此清楚的划分。依我看来，这导致他误解了人类灵性发展的整个过程。

因此我虽然赞同荣格所说，我们必须和个人及集体无意识中的神话形象和解，但这两者都和真正的神秘体验论无关。我认为首先要找到超越形象的明光，然后再找到超越明光的空无。

爱迪丝：但是心中如果出现原型经验，已经非常令人震撼了。

肯：没错，它们是集体的，因此力量远远超出个人；它们的背后有数百万年的演化力量。但集体经验绝不是后人本经验，"真正的原型"的力量、后人本的原型的力量直接来自超时间的大精神；荣格所指的原型力量则来自于俗世历史中最古老的形态。

即使是荣格本人也发现，我们必须脱离原型，并且摆脱它们的力量，这个过程他称之为"自性化"（individuation）。在这一点上我也完全赞同他的观点，我们必须和荣格所指的原型分家。

但是我们还要进一步迈向真正的原型，也就是后人本的原型，如此才能将我们的身份彻底地转向后人本的形式。荣格的原型中只有"大我"是真正后人本的，但即使在这一点上，我认为他的探讨都嫌不足，因为他没有提出大我的非二元对立性。

爱迪丝：你讲得非常清楚，我们应该回到原先的主题，我想问的是……

爱迪丝的兴致似乎具有感染性，她的微笑不断浮现，似乎永远不嫌累。她的兴致帮助我暂时忘却心底深处那份令人倍感威胁的担忧。我又倒了一些果汁给她。

爱迪丝：我想问的是：深奥宗教和心理治疗之间到底有什么关系？换句话说，静修和心理治疗之间到底有什么关系？它们都声称自己可以改变意识，治疗人们的灵魂。在《意识的转化》这本书中，你曾经很小心地讨论过这个主题，也许你现在可以概略说明一下。

肯：好的，我想最简单的方式就是解释一下里面的转化图表。这本书的主要观点其实很简单：人类的成长和发展必须通过一连串的阶段和次第，从发展最低的和最不能统合的到发展最高的和最能统合的。这里起码有几十种不同的次第和种类，我选出了其中最重要的九种，它们都被列在"意识基本结构"的那一栏中。

每一个阶段的自我发展，有时可以很好，有时也可以很糟。如果一切都很顺利，那么自我就能正常发展，并晋升到下一个阶段，但如果某个阶段的发展一直很糟，各种病症就会衍生出来。至于是什么类型的神经官能症，必须看问题发生在哪个阶段和次第了。

换句话说，每一个发展的阶段或次第，自我都会面临一些难题；自我如何克服这些难题，可以决定它的结果是更健康还是更混乱。在发展的每一个阶段中，自我首先会认同它所处的阶段，接着它必须通过那个阶段的考验，不管是学习上厕所或学习语言。但为了进入下一个阶段的发展，自我必须摆脱前一个阶段或不再认同它，这样才有空间晋升到更高的阶段。换句话说，它必须能区分高低，认同那个更高的阶段，然后整合这两者。

这个区分和整合的工作，就是所谓的演化点（fulcrum）——指的是一个主要的转捩点或发展中重要的一步。因此在第二栏中就标明了对应演化点。我们一共有九个主要的演化点或转捩点，对应于意识发展的九个主要的次第或阶段。如果某个演化点一直出问题，你就会有属于那个阶段的病症。这九个主要的病症都列在第三栏的"人格演化的阶段性病症"，其中有精神病、神经官能症、存在危机等等。

多年来对治这些病症不同的方法一直在发展，我把这些治疗方法列在第四栏的"治疗形式"中，每一个特殊的问题都有最好的或比较妥当的治疗方法，我把它们都列举出来。我想这就是心理治疗和静修发生关系的地方。

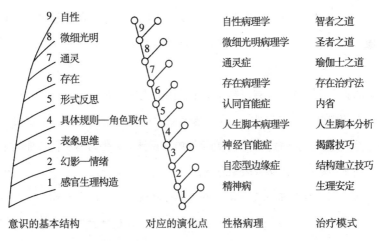

结构、演化点、病理学与治疗的相互关系

爱迪丝：这么小的一张图，挤满了这么大量的资讯，我们何不仔细地逐一讨论。让我们先来解释一下意识的基本结构是什么。

肯：意识的基本结构就是觉知的积木，譬如感觉、意象、冲动、概念等等，我把这些基本的结构分成九层，它们是从长青哲学的"伟大的存在之链"：物质、肉体、心智、灵魂和灵性发展出来的分类法。这九层从上到下分别是：

第一层，感官生理构造：其中包括肉体的物质成分加上感觉和认知，这就是皮亚杰所称的知觉动作的本能阶段；奥罗宾多所谓的生理—知觉阶段；吠檀多（Vedanta）哲学所说的肉身。

第二层幻影—情绪阶段：这是情绪和性欲发展的阶段。这个阶段开始知觉到冲动、欲力、生命力、生物能和气，再加上首次出现的心智形态，也就是意象——阿瑞提（Arieti）称之为"幻影阶段"（phantasmic level），大约七个月大的婴儿开始出现这些意象。

第三层是表象思维，也就是皮亚杰所称的前运思维：其中包括了各种符号（symbols）。两岁到四岁出现各种象征，四岁到七岁出现各种概念。

爱迪丝：意象、符号和概念之间有什么区别？

肯：譬如说，我们对一棵树所产生的意象，看起来和真的树多少有点相像，符号虽然可以代表一个东西，可是看起来不一定像那个东西。这其实是更艰难的工作，譬如"费多"这个字代表了你的狗，但它看起来并不像你的狗，所以你不容易记在脑子里。因此文字是在意象之后产生的。概念代表的则是事物的种类。"狗"这个概念指的是所有的狗，不仅是"费多"。符号没有内在意涵，概念则是有内在意涵的，但符号和概念加起来就是我们所指的前运思维或表象思维。

爱迪丝：接下来就是具体规则—角色取代的阶段。

肯：七至十一岁的年龄开始发展具体规则的心智能力，也就是皮亚杰所称的具体运思的阶段，佛家称之为心意识的活动（manovijñana）。心智在感官经验上具体地运作，我称之为具体规则／角色取代，也就是第四层，因为这是第一个出现由规则来掌握思维的意识状态，譬如数学的乘法或除法。此外，这也是第一个以别人的角度或以不同的观点来思考的阶段。这是一个非常重要的阶段，皮亚杰称之为具象运思阶段，因为它是以非常具体的语文来进行复杂的思维。在这个阶段的心智会认为神话都是很具体和真实的。

第五层我称之为形式反思阶段，这个阶段的心智不但可以思考，还可以反观自己的思想。他有高度的内省力，有能力做假设性的推论，或者尝试做各种提议。皮亚杰称之为形式运思，出现在青春期。自我意识和狂放的理想主义都是被形式运思助长的。奥罗宾多称之为"推理的心"（reasoning mind），吠檀多哲学称之为心意身。

第六层是存在或统观—逻辑的阶段。这个阶段的逻辑是统合的、含纳的、网罗的和联结的，奥罗宾多称之为"高等心智"，佛家称之为末那识。它是非常具有统合力的意识结构，能把身心统合到一个更高的秩序，我称之为"人首马身"（centaur）——象征着身心的统合。

第七层称为通灵阶段，但这不意味通灵的能力，虽然这个阶段很可能会出现这些能力。基本上指的是后人本的灵性或内观的能力开始发展，奥罗宾多称之为"明心"（illumined mind）。

第八层称为微细光明阶段。在这个阶段会出现光明、神圣或神的形象，藏密称为本尊，印度教称为观想本尊（不要和集体意识中第三和第四阶段的神话形象混淆了）。这个阶段会出现个人化的神、真正后人本的原型和更高的自我形象。奥罗宾多称之为"智慧心"（intuitive mind），吠檀多哲学称之为意识身，佛家称之为阿赖耶识。

第九层是自性、大精神或无相的本体，奥罗宾多称之为"超越的心"（overmind），吠檀多哲学称为大乐身。

最后，供我们绘出这图表的纸张，就代表了绝对境界或绝对大精神。

它不是这九层中的任何一层,而是所有意识层的背景,奥罗宾多称这个背景为"至上的心"(supermind),佛家称之为清净识,吠檀多哲学称之为"turiya"。

爱迪丝:因此意识的第一层是物质的,第二层是生理的,第三、四、五层是心智的。

肯:是的,第六层是身心的统合,也就是我所称的人首马身,第七、八层是灵魂的层次,第九层才是绝对的大精神。这虽然只是一个物质、身体、心智、灵魂和灵性的图表,却能结合西方的心理研究。

爱迪丝:所以意识成长的九个阶段中,自我都要面对各种不同的功课。

肯:是的,婴儿从第一阶段开始发展,这个阶段基本上是属于物质或生理的;第二个阶段是属于情绪的,但仍非常粗糙、未开化,他的心智没有象征、概念和原则的能力,最主要的是,他根本无法区分自己和照顾他的人,还有外在的物质世界。因此这个阶段的知觉是无二元对立性的,海洋状的或原形质的。

爱迪丝:有许多理论家主张,这个海洋状的或无区分的状态,就是一种神秘境界。因为这里的主体、客体是合一的,而神秘体验论最后要达到的也就是这种合一的状态,你赞不赞同这样的说法?

松鼠又回来了。它带着无知的狂喜在巨大的红树林中跳进跳出。我心想,你能不能把灵魂卖给一只松鼠而不是魔鬼?!

爱迪丝提出有关婴儿融合期的议题,是后人本心理学界辩论得最热烈的题目。许多理论家追随荣格的理念,认为神秘体验论讲的是主客合一的境界,那么婴儿无分别的融合状态,应该就是一种神秘的合一境界了。早期我也是荣格的追随者,曾经赞同过这样的理论,也写过好几篇论文加以讨论。然而现在这个理论连同荣格的许多理论,我都已经无法苟同,甚至觉得厌烦,因为他竟然把神秘境界归类为退化的状态。诚如荣格派的人所说，这对我来说简直是我的"痛楚"。

肯：只因婴儿无法区分主体与客体，理论家们便认为那个状态就是神秘的合一境界。真相不是如此，婴儿根本无法转化主体与客体，只是不能区分这两者罢了，然而重视神秘体验者却能充分觉察主体与客体的差别，此外他们还觉察到那个更大的背景。

进一步说，神秘的合一境界是存在所有层面的统合，包括肉体的、生物的、心智的和灵性的。然而婴儿融合状态所认同的只有肉体或知觉动作的本能，如同皮亚杰所说："这个阶段的自我只是为了物质的理由而存在。"这样的境界既不神秘，也不是与整体合一的。

爱迪丝：但婴儿的融合状态也是主客合一的。

肯：那不是合一，而是尚未分裂。合一是将两个分开的东西往更高的地方整合，婴儿的融合状态中，根本没有两个分开的东西，而是一种混沌的状态。你不可能统合一个未分裂的状态。即使我们假定婴儿的融合状态是主客合一的境界，我们仍然得考虑到，这里所指的主体只是一个具有知觉动作本能的主体，它和外在的世界尚未产生区分。这个主体还没有整合所有的层面和所有更高的世界结合。换句话说，它甚至连神秘合一境界的原型都够不上；它和神秘境界刚好相反。婴儿的融合状态是我们从高等层次和高等世界分裂出来的最疏离的阶段。

顺便提一下，这也是为什么基督教的神秘体验论认为你生下来就带着原罪或与神分离了；这并不是说你生下来之后做了什么错事才有罪，而是你与生俱来就有了。你只能透过成长和演化，从物质、心智到灵性，才能解决这个原罪。婴儿物化的融合状态是成长的最低点，而不是终极的神秘境界。

爱迪丝：这一点好像和你所谓的"前个人与后人本的观念混淆"有关。

肯：是的，早期的发展称为前个人阶段，在这个阶段里，个人的自我感还没有出现。中期的发展称为个人或私我的阶段，最高的阶段则属于后人本的或超私我的。

我的重点是，人们似乎混淆了前个人（pre）和后人本（trans）的阶段，它们表面上看起来很像，若把婴儿前个人的融合状态与后人本的神秘状态画上等号，就会有两种不同的反应。你可能会把婴儿融合状态提升到它并不俱足的神秘境界，或者全盘否定真正的神秘体验论，声称那只是退化到婴儿自恋期和海洋式的非二元状态。荣格和他的浪漫主义运动，便是属于第一种类型。他们把前私我的、前理性的状态，提升到超私我的和超理性的荣光中，因此他们是"提升派"。弗洛伊德和他的追随者刚好相反，他们把所有的超理性、超私我的神秘境界贬低为前理性及前私我的婴儿状态，因此他们是"贬低派"。这两个阵营对了一半也错了一半；他们都无法区分"前个人"和"后人本"。真正的神秘体验论确实是存在的，这个境界和婴儿期一点关系都没有。把两者混淆在一起，就等于混淆了学龄前和研究院的阶段；这样的态度真是近乎疯狂，他们把事情完全弄混了。

松鼠们已经玩疯了。爱迪丝一直面带微笑，温和地提出各种问题。我不知我对于"神秘体验论就是退化状态"的愤怒有没有表现在脸上。

爱迪丝：现在让我们回到最初的主题，婴儿基本上是处于感官认知的阶段，我们可以假定这个状态不是神秘的境界。如果这个阶段的发展出了问题，我们该怎么办？

肯：因为这个阶段非常原始，任何阻碍都会造成严重的后果。如果一个婴儿无法区分他自己和外在的环境，那么他的私我界限就会向外扩散、渗透，他将无法区分他自己的身体和外面的一张椅子。这是一种内外模糊、梦醒不分的状态，这个状态当然是非二元的，也是精神病的明显征兆，它会严重地影响第一个阶段的存在，发展出严重的病症。如果在婴儿期受到这样的阻碍，就会导致自闭症和共生的心理病症；假设这样的情况持续到成年，便会助长抑郁性的精神病和成年人的精神分裂症。不幸的是，这个阶段所形成的病症只能用药物和监护的方式来治疗。我称之为"生理—镇定的治疗形式"（physiological/pacification）。

爱迪丝： 第二个阶段又会出现什么？

肯： 从一至三岁会进入情绪—幻想的阶段。自我必须区分自己和外在的物质世界，并认同自己的生物性的有感生命体，然后以知觉来统合外在的物质世界。换句话说，自我必须打破没有疆界的存在感，不再认同物质的自我和物质的世界，并建立一个更高的存在感，也就是认知到身体是独立于这个世界的存有。这是第二个演化点，玛格丽特·马勒（Margaret Mahler）称之为"分离—个人化"（separation-individuation）的演化阶段，肉身的自我必须和母亲以及外在世界分离，并且建立自我感。

爱迪丝： 如果这个阶段发生了问题会怎么样？

肯： 那么自我的界限感就会模糊、混淆。外在世界似乎会造成自我情绪上的水灾，自我会变得非常不稳定，这就是所谓的"边缘症"（borderline）。用"边缘"二字是因为它刚好介于前一个阶段的精神病和下个阶段的神经官能症之间，和这个有关的是比较原始的自恋型人格异常，因为自我无法全然区分自己和外在世界，因此把外在世界当成自己的牡蛎壳，其他人只是自己的延伸罢了。它是完全自我中心的，因为它认为外境和自己是同一个东西。

爱迪丝： 这样的病要用什么方法治疗？

肯： 这样的病在以前是无法治疗的，因为太原始了，但近年来马勒、科哈特（Kohut）、肯伯格（Kernberg）以及其他的研究者发展出一系列的治疗方法，他们称之为"结构建立技术"（structure-building techniques），成效十分显著。因为边缘型的人格异常主要问题在于私我的界限感不确定，结构建立技术就是要帮助他们树立清楚的界限感。他们会帮助病人区分自己和别人,他们可能会向病人解说,那些发生在别人身上的事,并不一定会发生在自己身上。譬如不赞同你的母亲,不代表你会死。

我们必须注意,疗治这些"边缘症"的心理治疗方法,并不会企图去挖掘无意识里的东西,因为那是属于下一个阶段的方法。以"边缘症"的情况来看,问题不是出在情绪或驱力所产生的压力,真正的问题是没有建立坚实的私我界限感。因为没有压抑,所以没有无意识里的动力,也就没有什么东西可以挖掘。事实上,"结构建立技术"就是把病人提升到下一个会造成压抑的层次。在目前的这个层次,自我还没有强壮到有能力压抑任何东西。

爱迪丝:这么说自我压抑是发生在第三个阶段啰?

肯:没错!第三个阶段也就是表象思维的阶段。这个阶段是在两岁左右出现的,一直到七岁左右为止。这个阶段会出现各种符号、概念和语言,因此孩子会把自己的存在感从以肉体为基础转向心智的、充满自我感的状态。他不再是被感觉和各种冲动掌控的肉身,他或她开始有名字、身份感以及透过时间发展出的希望和期望。语言是一种具有时间感的工具;透过语言,孩子可以回想昨日,梦想未来。于是他们开始懂得后悔过去、产生罪恶感、担忧未来和焦虑。

如果这个阶段出现的焦虑过于强大,自我就会压抑那些造成焦虑的念头或情绪,这些被压抑的念头和情绪,尤其是性欲、攻击性和权力欲,便构成了无意识中被压抑的动力,我沿用荣格的名词,称之为"阴影"。如果阴影变得过于沉重,就会爆发成一连串痛苦的病症,我们称之为精神神经病,或简称神经官能症。

第三个阶段出现的是心智、自我感、语言能力,并学习区分自己和肉身。但如果"区分"(differentiation)得太严重,其结果就是"解离"(dissociation)和压抑。这个私我无法转化肉体,便排除肉体,与之疏离。这意味着这个肉体的欲望被压抑成了阴影,于是形成神经质的冲突。

爱迪丝：这么说，治疗神经官能症意味着和阴影部分接触以及重新加以整合。

肯：没错，这些治疗的方法被称为"揭露技术"（uncovering techniques），因为它们企图揭开阴影的部分，使问题浮现出来，然后整合。要达到这一点，必须把那些被压抑的障碍加以放松、提升，这些障碍是被语言制造出来，被焦虑和罪恶感所支撑的。举例而言，我们可能鼓励病人说出心中浮现的任何一句话，不管技术是什么，目的是要和阴影面建立友谊，并重新承认它的存在。

爱迪丝：下一个阶段呢？

肯：接下来的第四层是具体规则—角色取代的心智阶段，出现在七至十一岁之间，这个阶段的意识有相当大的转变。如果你把一个处在第三阶段的孩子找来，拿一个一面是绿色一面是红色的球给他看，你把红的面朝向他，绿色的面朝向自己，然后问他：你看到什么颜色，他一定说红色。换句话说，他或她无法以你的角度来看事情。到了第四阶段，因为出现具象运思的能力，这个孩子可以很正确地说出绿色，因为他或她已经能以别人的角度来看事情了。此外，这个阶段的孩子开始有能力依据规则来运用思维，譬如分类、多元性思考、分层思考等等。

换句话说，各种角色和规则一直盘踞着这个孩子的心智，他或她的行为是由人生脚本和语言准则所掌控的，我们可以从一个孩子的道德感中看到这种现象。从第一至第三个阶段，孩子的道德感被称为前保守阶段，因为它不是奠基在心智和社会的准则上，而是以肉体的赏罚、苦乐作为标准，也就是自恋的或自我中心的。但是，当具体规则—角色取代的心智能力出现时，孩子的道德感就从前保守阶段转向保守的形式——他从自我中心转向以社会为中心的状态。

这是非常重要的阶段，因为这个保守的或具体规则—角色取代的心智还没有任何的内省力，它们的学习是为了具体的目的，它们以毋庸置疑的态度来接受这些原则——研究者称之为随俗的阶段。因为它们缺乏内省力，无法独立判断，只能毫无伸缩性地追随世俗的准则与角色。

这些准则和角色虽然对这个阶段是有利的，但其中有一些也许是错误的、矛盾的。有一些我们从父母、社会那里撷取而来的人生脚本根本是神话，既不是真相，甚至会造成误导。然而处在这个阶段的孩子无法评断，他们把每件事都当真，如果这些错误的信念延续到成年，就会有人生脚本的病症。你可能会说，自己不够好、烂透了、上帝会因为你的坏念头而惩罚你、你是不值得爱的、你是一个罪人等等。这时的治疗方法称为认知疗法，治疗者试图把这些神话连根拔起，让他们曝光在证据和推理中，我们又称之为重写人生脚本。这是非常有效的治疗，尤其是对治疗沮丧和低自尊的问题。

爱迪丝：我想你讲得很清楚了，那么第五个阶段呢？

肯：十一至十五岁之间会出现形式运思的能力，另一个不可思议的转化在这里发生了。借着形式运思的能力，个人可以反思社会的规范，判断它们值不值得相信，这助长了科尔伯格（Kohlberge）和吉力根（Gilligan）所称的后保守阶段的道德观。他不再受限于世俗社会的标准或任何一个部落、团体、社会，他会依照宇宙的法则来判断自己的行为——我不再为我的小团体，而是为了更多的人来判断是非。这是很合理的，因为更高的发展永远意味着更高或更宽广的整合，也就是以自我为中心、以社会为中心进展到以世界为中心——我会再加上以大精神为中心。

在这个阶段，人们开始发展强大而持续的反观力，"我是谁"首次变成最炽热的议题。前个阶段随俗的准则和角色不再能保护这个人，因此他们必须替自己再制造一个身份。如果这个阶段出了问题，这个人就会出现艾瑞克森所说的"统合危机"（identity crisis）。这时只有一种治疗方法，就是增加内省力。治疗者这时变成哲学家，他可能以苏格拉底式的对话来治疗病人……

爱迪丝：他会帮他们仔细探索出他们是谁，他们想变成什么样的人。

肯：没错，这个阶段的追寻并不神秘，你并不是在找寻一个后人本的大我，而是在找一个更妥当的小我，就像《麦田捕手》一样。

爱迪丝：这是不是属于存在的阶段？

肯：约翰·布罗顿（John Broughton）、简·洛文杰（Jane Loevinger）和另外几位研究者指出，如果心理成长一直持续，人们可能发展出高度整合的人格，也就是洛文杰所说的"身和心共同经验到一个整合的自我"。这个身心的整合，我称之为"人首马身"。人首马身阶段出现的问题是存在的问题，譬如人的有限性、必毁性、诚直性、真实性、人生的意义。这并不是说其他的阶段就不会出现这样的问题，而是在这个阶段它们主控了一切，解决这些问题的治疗方法称为"存在人本治疗法"，它属于第三势力的人本心理学派（第一势力是精神分析学派，第二势力是行为学派）。

爱迪丝：现在我们要进入更高的发展阶段，让我们先从通灵阶段谈起。

肯：当你继续往后人本的层次演化时，也就是从第七层到第九层，你的存在感会持续扩张。先是超越孤立的身心感进入更广阔的超验和后人本的层次，最后进入存在最广大的巅峰状态——那是一份至高无上的统合感，你的觉知和宇宙合一了——这里指的不只是外在物质宇宙，而且是内心多次元的超凡圣境。

通灵阶段是后人本境界的起点，你可能会乍见宇宙意识，或发展出通灵的能力，或是敏锐、洞悉的直觉。最主要的，你的知觉不再受到身心的局限，你开始直觉地知道，自己的觉察是超越这个有机体的。你开始有能力目睹身心的结果，因为你对它已不再完全认同，而且不再受它们的限制，因此能发展出某种程度的定力。此外你开始有觉照或纯粹看的能力，这份能力可以帮助你进入第九层的意识，直接与大精神认同。

爱迪丝：你把这个阶段的方法称为瑜伽士的途径。

肯：是的。我采用解脱的约翰的说法，把伟大的神秘传统区分为三个等级——瑜伽士、圣人和智者,他们分别进入的是通灵、微细光明和自性的意识层次。瑜伽士控制身心的能量,为的是超越身心的束缚,包括一些无意识的活动都要严格控制,并且把注意力转向后人本的范围。

爱迪丝:我想接下来就该进入微细的光明阶段了。

肯:是的,当注意力不再注意外在世界或身心的内在世界时,意识便开始转化主客的二元对立,二元对立的幻想世界开始呈现出真相——它只不过是大精神的示现罢了。于是外在世界和内在世界都开始超凡入圣,也就是说意识的本身变得光明、神圣和庄严,它似乎能直接和大精神接触、合一。

这就是圣人之道。你有没有发现东西方的圣人头顶都有光环,它象征着直觉和内在的明光。在通灵的阶段你与大精神交流,但在微细光明的阶段,你不只是交流,而是与大精神合一了。

爱迪丝:那么第九层的自性阶段呢?

肯:这时,意识的转化过程完成了,纯粹的看或觉照,开始融入它的源头。与大精神合一变成融入神的源头或那个无形的背景。苏菲智者称之为"至高无上的统合",你领悟了你的存在是情态中的情态,本质上的本质,存在中的存在。因为大精神就是万物构成的条件,所以它与万物是并行不悖的,它就是砍柴、挑水,因为这个理由,到达这个境界的人都很平常,没什么特别之处,这便是智者之道。这些智者因为太智慧了,所以无法注意到他们,他们已经融入现世,一切照常运作。禅宗的"牧牛图"描述的便是解脱道的十个次第,最后一张图画的是一个普通人进入居民区,图上说:"入鄽垂手。"如此而已。

爱迪丝:真令人神往。那么这三个较高的次第有没有什么病症呢?

肯:有的,这是一个很复杂的主题,我不多讲,我想讲的是每一个阶段都会执著于当时的经验,因此形成那个阶段的病症。当然,每个阶段都有疗治的方法,在《意识的转化》这本书中,我已经把它们都列举出来了。

爱迪丝：这意味着你已经回答了我提出的有关心理治疗和静修的问题。你所画出的意识层次图其实已经一一加以说明了。

肯：是的，可以这么说。让我再补充几点，静修不像心理分析，不是一种揭露的技术，它主要的目的，不是在消除被压抑的障碍让阴影的部分浮现。它也可能这么做，我等一下会加以解释。重点是它通常不这么做，因为它主要的目的是要扩大心智—私我的活动，发展超私我或后人本的觉察，然后逐渐引导你去发现自性或纯粹的看。

换句话说，静修和心理治疗针对的是十分不同的心灵层面。譬如禅并不是为了消除神经官能症而设计的，你可能发展出非常强的觉照力，但这些神经官能症仍然健在。透过禅，你学会觉照自己的心病，它能帮助你和这些心病自在地相处，但它不能帮助你把这些心病连根拔除。如果你的骨头断了，禅无法修补它；如果你的情绪瓦解了，禅也不能从根本上加以修复；它本来就不是这样的设计。我可以告诉你一些我个人的苦涩经验，禅确实让我有能力和我的心病生活在一起，但它并不能帮我去除它们。

爱迪丝：那是揭露技巧的工作。

肯：没错。世界上伟大的神秘体验论和宗教文学，几乎都没有真正地论及动力无意识（dynamic unconscious）或被压抑的无意识（repressed unconscious）。这是现代欧洲的一个非常特别的发现和贡献。

爱迪丝：可是在静修的过程中，有时被压抑的东西也会爆发出来。

肯：一点也不错。这样的情况很可能发生；但重点是它也可能不发生。我的观点是这样的：举例而言，以自性层面为目标的静修，譬如禅、内观或参话头（"我是谁？"或"我在逃避关系吗？"之类的问题）。假设你现在开始进行禅的静修，如果你有严重的神经官能症，是第三个演化点上因严重压抑的愤怒而形成的沮丧。如果你只是觉照你的心念活动而不认同它们、不被它们束缚或严重地影响，那么私我的骗局就会瓦解。私我会开始放松,当它完全放松时,就会突然"脱落"——你会突然超越私我变成纯粹的看,或者你会突然瞥见私我的真相。为了达到这样的状态,私我的每一个部分并不需要完全放松,只要你对私我的执著能放掉一段时间,觉照力就会穿透过来。你只需要暂时放下对私我的执著,让觉照力自然出现。但被压抑的障碍可能是你放松的一部分;如果是这样,你可能会觉得沮丧,像愤怒之类的阴影也会戏剧性地爆发出来。这是在禅修时经常发生的事,有时则完全不会发生;因为那些被压抑的障碍可能被避开了,大部分没有得到解决。你放松对私我的执著,使得私我暂时脱落,但还不足以放松私我的全部,譬如那些被压抑的障碍。因为压抑的障碍时常被避开,因此禅的作用不应该只被诠释成一种揭露的技术。

反之,你可以尽量使用揭露的技巧,但是你不会因此得到彻底的解脱。相信我,弗洛伊德不是佛陀;佛陀也不是弗洛伊德。

爱迪丝:(大笑)我明白了。所以你的建议是人们应该将心理治疗和静修结合使用,让它们各自发挥所长?

肯:一点也不错。它们都是针对不同意识层面的有效疗法。这并不表示它们没有共通之处,譬如心理分析疗法必须发展某种程度的觉照力,因为自我联想的先决条件便是保持平均鸟瞰的注意力。除了两者的相似处之外,这两种方法是完全不同的,所追求的也是截然不同层次的觉察。静修可以帮助心理治疗建立觉照的能力,协助修复某些心理问题;心理治疗则能帮助静修释放被压抑的阴影和较低层面的缠结,除此之外,它们的目标、方法和动力完全不一样。

爱迪丝:最后一个问题。

爱迪丝提出的问题我完全没听到,我正在看那些消失于树林深处的松鼠。为什么我自己的觉照力完全不见了?十五年的禅修训练中,我有好几次的"见性",而且是我的老师亲自认证的。这些领悟怎么都离我远去?去年的松鼠跑到哪里去了？

这不正是刚才我告诉爱迪丝的，静修并不一定能治疗阴影的部分。我太习惯利用静修来回避应该解决的情绪问题，我一直都在利用坐禅来回避这些心病，现在我正处在重新纠正的过程中。

爱迪丝：你曾经说过意识的每一个层次都有它独特的世界观，能不能简短说明一下？

肯：如果你只能认知到某个意识的层面，那么你会有什么样的世界观？这九个层次的世界观从下而上分别是：原始的、巫术的、神话的、神话—理性的、理性的、存在的、通灵的、微细光明的和自性的，我会简略地解释一下。

如果你只有第一层的意识结构，这个世界看起来就是混沌一片，它是原始的、神秘的、混沌的、主客未分的。我用"原始"二字是因为它未开化的本质。

第二个阶段会出现意象和早期的象征能力——自我开始和外在世界分离，但仍然紧紧相连。那是一种半混沌的状态，因此它认为光凭想像或希望就能神奇地影响外在世界，最好的例子就是巫毒教的巫术。譬如我按照你的样子做个小人，把针扎在小人身上，就以为可以伤害你了，这是因为我还不能完全区分这个人和这个人的形象。这样的世界观称为巫术的世界观。

到第三个阶段时，自我的主体和其他的客体完全分开了。这时巫术的信仰开始消失，取代的是神话式的信仰，也就是说，我虽然不再能支配这个世界，但神可以，我只要知道怎么取悦神就行了。如果我想让愿望达成，就必须向神祈祷，神会代表我来扭转乾坤，这便是神话式的世界观。

当第四个阶段出现时，自我开始有具象运思或利用仪式的能力。我发现我的祈祷并不是永远有效的，为了取悦众神，我试着去支配大自然，大自然的众神可以帮我扭转乾坤。除了祈祷，我又加上复杂的仪式，一切只为迎神入瓮。在历史上，这个阶段最主要的仪式便是杀人祭祀，全世界各地主要的文明中都有这样的祭祀活动。听起来令人毛骨悚然，但背后的思维远比简单的神话复杂，因此它应该属于神话—理性的阶段。

第五个阶段开始出现形式运思的能力。我开始发现能满足自我奇想的拟人化的神并不是真的。你既不能证明它的存在，它也不可靠。如果我想从大自然得到一些东西，我不会再祈祷、再利用宗教仪式、再牺牲人命来祭祀，我会直接进入大自然。我开始以假设—演绎的推理活动（也就是科学）直接追求我需要的东西。这是一个很大的进步，但也有衰退的一面，因为这么一来，世界就像是一个毫无意义、无价值的物质组合。这便是理性的世界观，通常被称为科学的物质主义。

第六个阶段开始出现统观—逻辑的能力。我看到天地之间，还有我的逻辑推理无法想像的东西，于是透过身心的统合，世界再度迷人，这便是人本存在主义的世界观。

第七个阶段开始出现通灵的能力。我体悟到天地之间有太多东西是我以前梦想不到的，我感觉现象背后有一个神的存在，于是我跟它开始产生交流——这不是神话式的信仰，而是一种内在的经验，此乃通灵的世界观。当自我进入微细光明的阶段时，我直接体认这个神，或者发现自己与神合一了。但我仍然觉得灵魂和神是两个分开的实存。这便是微细光明的世界观——灵魂和后人本的神之间仍然有微细的分别。接下来进入自性阶段时，这个分别就被打破了，你开始体悟至高无上的统合。这便是自性阶段的世界观——"你即是它"。纯粹无二的觉性既然是万物的根基，一切反而变得平常了。

爱迪丝：现在我终于明白你的书里所一直主张的，现代兴起的理性运动花了这么多时间唾弃宗教，然而理性运动的本身就是属于灵性的。

肯：没错，我似乎是研究宗教的社会学者中惟一这么主张的人。依我看来，这些学者们因为没有一个非常详细的意识层次图，自然会哀叹现代理性或科学精神的兴起。现代的理性运动与科学——第五阶段——确实转化了或揭穿了原始的、巫术的、神话的世界观,大部分的学者因此认为科学谋杀了"所有"的宗教。他们似乎不太了解神话式的宗教,所以他们热切希望回到科学未兴之前的神话年代,他们认为那个前理性年代的宗教才是"真正"的宗教。然而神秘体验论却是超理性的,它藏在我们集体的未来而非集体的过去中。如同奥罗宾多与德日进的领悟,神秘体验论是一种进化而不是退化。依我看来,科学剥去了我们幼稚和不成熟的灵性观,也剥除了我们前理性的世界观,这样更高层的超理性洞见才得以发展——也就是脱掉了巫术的、神话的外衣,通灵的、微细光明的境界才能出现。从这个角度来看,科学和理性是人类迈向真正的灵性的成熟的过程中非常健康、进化且非常必要的一步。因此理性运动是从神灵迈向灵性的运动。

这也就是为什么这么多伟大的科学家都是伟大的重视神秘体验者。这两者的结合是非常自然的。外在世界的科学结合内在世界的科学,就是东西方真正的会合。

爱迪丝:这真是一个完美的结尾。

我和爱迪丝道别,有点希望她能见到崔雅,又觉得我可能永远再也见不到她了。我万万没想到,当我们真正需要朋友的时候,她竟然又出现在我们的人生中。

梦真的很奇怪,我一边想着,一边漫步在通往第三个房间的长廊上。"走向第三个房间",这是一个小说的好题目。梦似乎是真的,没错,梦似乎是真的。接着我想到 *Blade Runner* 这部电影的一句话:"醒来!该是死的时候了。"

如果是这样,我要不要醒来?

"你总该有个名字吧?"

崔雅第二天才返家，我和贝尔克医生约在当天下午碰面。"泰利，我想你得了糖尿病。我们还会做更多的检查，但尿液检验的结果已经很清楚了。"

贝尔克医生告诉我和肯，尿液显示我有糖尿病的迹象，我突然想到《远离非洲》这部电影里的一句话。当女主角发现自己得了梅毒时，她很平静地说："我没料到接下来会发生这样的事。"我的感觉也一样。在最恐怖的噩梦中，我怎么也没料到这件事会发生在我身上。

12

一种不同的声音

糖尿病——美国成年人的第三号杀手。大部分的人不会对它投以太多注意,因为心脏病与癌症总是占据了报纸的头条。除了身为第三号杀手之外,糖尿病还会导致视盲与截肢,对我们两人而言,那意味着另一次激烈的生活形态的改变,特别是崔雅,注射胰岛素、严厉而痛苦的饮食管制、不断地测验血糖,只要有一点过高的迹象,就必须马上做胰岛素的治疗。显然我们还需要学习冲过另一波浪潮。我禁不住想到《圣经》里的约伯,他那句属于长青哲学的大问:"为什么是我?"答案似乎是:"为什么不?"

> 我有糖尿病,我有糖尿病。上帝啊,这一切什么时候是个头?
> 就在上个星期我问罗森鲍姆(Rosenbaum)医生(我们地区的肿瘤学家)是否能把我身体里的输液管取出来,因为我觉得不再需要它了。他犹豫了一下,说我们应该把它留在里面。这意味着他还是认为复发的几率很大。就在我开始感觉好起来的时候,感觉有信心的时候。也许我能活得长一点。也许我会拥有完整的人生。肯和我可能会白头偕老。我们甚至还可能有个孩子。我也许还会对这个世界有什么贡献。然而癌症重又向我压来。医生不肯将输液管取出。突然间,我又一次深陷其中。我无处可逃。癌症是一种长期的疾病。
> 在办公室里,我偶尔听到一位护士和一名癌症病人谈话。"我自己从

没有得过癌症,所以我谈论它可能会显得自以为是,但是有些比癌症更糟糕的疾病,如果你早得上的话。"

"比如?"我非常感兴趣地加入他们的谈话。

"哦,比如青光眼或糖尿病。他们会长期地制造那么多糟糕的问题。记得当我被诊断得了青光眼的时候……"

这下可好了,除了其他问题之外,我又得了糖尿病,我真不敢相信这是事实。我觉得自己要崩溃了,彻底崩溃了,面对这个我不了解的疾病,所有的沮丧、愤怒、震惊和恐惧,全都随着咸湿的泪水夺眶而出。我想起几天前发生的一起意外,当时刚过完新年,肯、我与一些朋友在塔霍湖度完周末(我们正准备顺路到市场去),我感觉非常口渴。当我们回到家中时,我向肯提起这件事,他从书桌上抬起头来对我说:"那可能是糖尿病的症状。"我回了一句,"喔!那可有趣了!"然后他继续工作,我们再也没想到这件事。

没有肯我不晓得该怎么办?如果我在面对这个新的震撼时,他刚好因为工作不在我身边,我该如何是好?他抱住我,安慰我,他似乎汲取了我身上大部分的痛苦。在他的搀扶下,我哭着离开诊疗室。现在又有另一个疾病必须去学习、去对付,这个疾病正在威胁着我的生命。我非常难过,对这整件事愤怒极了。

我几乎记不得贝尔克医师与护士告诉我的话,我只是呆坐着一味哭泣。我们必须观察我的糖尿病是否会对佑尔康(glyburide)产生反应。这是一种欧洲发展出来的口服剂,如果无效,就必须做胰岛素治疗。每天早晨我必须做血糖测试,星期六与星期天也不例外,如此才能判定我需要服用多少剂量的口服剂。护士又将这些必须注意的事项复述一回;我希望肯听得比我仔细。在沮丧与被击垮的同时,我感到一股难以遏制的反叛与盛怒,这件事听起来像是我一辈子也甩不掉的梦魇。

护士给了我一份改变饮食的遵守清单,往后的日子里,我将会与它极为亲密。在热量一千两百卡路里的食谱中，牛奶、淀粉类、水果、肉类与脂肪全被换掉了。不过感谢上帝，我还可以随心所欲地吃一些萝卜、中国的包心菜、黄瓜与腌黄瓜。

拿着食物清单，第一站便是去超市。我仍然快快不乐，但是在超市里，我暂时让自己迷失在那些眩惑人的食物商标中。糖，到处都有糖，它躲在面包里，藏在花生酱中，隐匿在沙拉酱、熟食、调制好的食物中，意大利面酱与罐头蔬菜中也有，到处都是！肯和我徘徊在走道间，彼此叫嚷着令人厌恶的发现——"第七条走道，连婴儿食品里也有糖！"偶尔看到我能吃的东西，肯竟然大声嚷嚷："第四条走道有缺装的土，不含糖"当我们走到收银台时，手推车里装满了许多新的东西，像是健怡汽水、量尺、新的量杯、量匙等。这些替代性的食物都得靠量器来拿捏分量，这点我必须学习。

每天，在吃早餐以前，我得先开车到检验所验血糖，星期六和星期天则到海军综合医院。在那里取得另一张识别证，纳入我的珍藏。医院里的人员都是抽血专家，但是当针头插入血管的一刹那，疼痛还是难免。然而，除周末以外，平常去诊所的日子里，每一次我都满心企盼那位仁慈的银发女士来为我抽血，因为她技术神奇，不像护士会把人扎疼，甚至得扎两针才抽出血来。这对我而言是格外重要的一件事，因为我前不久才动过胸部与淋巴手术，所以抽血采样都集中在左手，愈来愈像个有毒瘾家伙的手臂。

此外，每天早上我还得吃五毫克的佑尔康，它是一种治疗糖尿病的"第二代"口服剂。傍晚大约五点左右，再服第二剂。也许我该戴只表，提醒自己别误了吃药的时间。

不仅如此，每天我都得检视那张贴在冰箱上的食疗清单。我心想：我能不能以牛奶交换花生酱？或是以一点淀粉换取蔬菜？再不然，就算在晚餐时多吃点鱼也行？但我只能用量杯量麦片粥，量牛奶，外加两汤匙葡萄干，四分之一杯的农家鲜乳酪。午餐则是一盒沙拉调配食用醋，一点点花生酱（大约两汤匙），香蕉三明治（二分之一小号的）和二分之一杯的青菜。至于晚餐也得仔细斟酌，三盎司的鱼，一整杯的全麦粉，二分之一杯的青菜。就这么一点东西，肯也尽可能地在烹调上变花样。晚上的宵夜则是半杯牛奶加上两片饼干。

我每天都必须做四次的尿液检测——清晨醒来时、午餐前、晚餐前以及晚上吃宵夜前。每天四次，我眼睁睁地看着这支该死的小棒子在我面前变成棕色。原本清澈的液体开始转成绿色，接着周边泛出棕色，然后愈变愈深。一次又一次地看着测试棒在我眼前变成棕色，我终于肯定地告诉自己，我得了糖尿病，我得了糖尿病，我得了糖尿病。

几个星期下来，佑尔康与严格的食疗所引起的反应相当缓慢（然而崔雅服用的药物已经是最大剂量了），这意味着她仍需持续做胰岛素治疗，也许要好几个月，或者好几年，总之是无法避免的。

胰岛素治疗，其实就是注射胰岛素。我仍然牢记儿时探访祖父的情景。我们姊弟都很喜欢造访祖父那幢充满神奇的房子。房子的前面有白色的圆柱，宽大的回廊玄关，如茵的绿草以及一些可以攀爬躲藏的大树。我很清楚地记得他为自己注射的情形：露出苍白的皮肤，再把它挤成一堆，我们全都瞪大了双眼，震惊地看着他把针头扎进自己的皮肤。然后爬上他那张美丽的木床，和他挤在一块儿，再推着他到我们自己的房间。我们爱爷爷，每个人都爱他，他是一个身材高大、虎背熊腰、精神奕奕、充实度日的人。每当他来看我们的时候，总会在口袋或大衣里藏一些糖果和小礼物，或是我们最爱的漫画书。我们喜欢爬在他的身上，四处搜寻藏在他衣袋里的宝物，高高兴兴地坐在他的大腿上享用。即便是现在，我还是很怀念他，我希望他能在我的身边，和我一块儿生活,也很希望肯能认识他。

祖父也有糖尿病,事实上他死于胰脏癌,然而他当时已经八十三岁,生活得充实且多彩多姿。现在我终于明白他为什么那样小心地调理食物。譬如新做的无盐奶油,从鸡舍直接取得的新鲜鸡蛋以及粗糠壳物和豆类。在我的记忆中,祖父是我所认识的人当中最注重食物调理的,直到现在我才明白真正的原因。伯父汉克也是一位糖尿病患者,成年人罹患糖尿病与遗传有相当大的关连,和青少年患者不同。孩童们罹患糖尿病多半不是来自亲属的遗传;根据推测可能是由某种滤过性病毒感染的,但真正的原因为何、如何治愈糖尿病,至今还无人知晓。

胰岛素。该死、该死、该死。我真希望自己的血糖很容易就下降了,最好是借由食疗、运动就能获得改善。我现在整个人有点麻木,我不想让得糖尿病的念头驻进来,它令我恐惧,令我愤怒不已。

一位友人前来向我道贺,因为他认为我的病情控制得不错,这使我觉得非常诡异。我确实在尽力控制,但仍然感觉愤怒、不信任。我用糟糕又苦涩的态度和它开玩笑,我抱怨自己必须紧守食疗的原则。我虽然很确定那对我有益,心里也很感激,但我丝毫不觉得有趣。这当中惟一能让我接受的,是对于存在的真实认知。我是真实存在的,我的愤怒是真实的,我信任自己的愤怒,它令我觉得健康而迫切。我并不打算强装笑脸,除非我能真的从愤怒中走出来,才可能打从内心深处表露出愉悦的情绪。我不晓得接下来会发生什么事,但我确知的是,我现在仍需处在愤怒中,让它演化。

几天前,我和一位友人谈到,随着年龄的增长,人愈来愈需要培养日常生活的小乐趣。糖尿病确实让我更加察觉到吃东西的乐趣,因为那是我仅有的了。你一定无法想像多吃两匙花生酱居然能带来品尝山珍海味的满足感,特别是你也许一辈子都无法再吃到它的时候!我打开冰箱,浏览着每一样食物,心中开始盘算,以这一盎司、两盎司的分量,我要花多久时间才能把它们吃完。我买了一种蛋糕状的无糖健康食品款待自己,结果在一点一滴蚕食的情况下,整整花了一个星期才吃完它。

我的展望就是换上较好的心情。我想糖尿病所产生的结果使我的生活必须消磨在较低的层次。我希望至少家人和朋友会因为我所遭遇的事,更加注意、珍惜自己的健康。

我认为崔雅的糖尿病极可能是化疗引起的。成人罹患糖尿病,遗传可能只是潜藏的因素,心理压力才是真正的病因。对崔雅而言,化疗正是这个致病的外在压力。

当糖尿病开始对这位毫无疑惧的受害者敲起丧钟时,许多令人不悦的事相继发生了。因为胰脏无法产生足够的胰岛素,身体不能利用血液中的葡萄糖,糖分于是累积在血液里,形成一种密度较大如蜂蜜状的物质。这些糖分有些会渗透到尿液中——罗马人通常以蜜蜂来测试,如果尿液附近有成群的蜜蜂盘旋围绕,那就表示这个人罹患了糖尿病。血液因糖分增多变得较为"浓稠",于是从附近的组织中吸收水分,病患因此处在长期口渴的状态,不停地喝水,而且频尿。血液的密度变大,也会造成毛细管的瓦解,这意味着身体中许多毛细管分布的区域,如四肢、肾脏、眼睛的视网膜,等等,都会慢慢毁坏,这也是糖尿病会造成视盲、肾脏病以及截肢的原因。同样的理由,大脑也会开始脱水,继而造成情绪的波动,精神无法集中,还有沮丧消沉等各种情况。随之而来的人为停经、化疗反应,以及我们必须共同面对的种种难关,在在都是导致崔雅沮丧和阴沉的原因。

崔雅的视力已经开始衰退,我们不知原因为何。她整天都得戴着眼镜。

"为什么这里这么暗?"即使是走一小段黑路,也令人觉得永无止境,而且我已经迷失了。我们必须走到第三个房间去,我不记得这条走道有这么长。

"拜托,这里为什么那么暗?"

走道的墙面突然有一个开口,我想那大概是一扇门吧。我们俩都站在那里;这是我的形体和我。

"你看到了什么?"陌生的声音从空无中飘出来,那似乎便是它的来源。

"我看着你的时候,什么都没看到。"

"在里面。"

我望向屋内。这是不是手写的笔迹,象形文字,象征符号,或是什么其他的东西?

"很迷人,真的,但我现在必须走了,我在找某个人,我相信你明白的。"

"你看见了什么?"

在其他的房间里,它似乎随着我眼界所及的每一个方向无限延伸。我愈是靠近地看着房间里的某一点,它就扩展得愈远。如果我凝神注视距离我两尺外的某一点,它便开始向外延伸至数英里,数百英里,甚至数千英里远。悬浮在这个扩展的宇宙中的,是一些象征符号,也许有数百万个,其中有些是我认得的,但绝大多数是我不清楚的。它们并不是写在任何东西上的,而是单纯地悬浮在那里。每一个都有透光的边,仿佛某个癫狂的神在奇幻的魔菇上画下了它们。对于这些象征符号,我有一种极为奇特的感觉,我觉得它们都是真实存在的,而且正默默地注视着我。

当崔雅的血糖渐渐被控制住以后,她的情绪也获得相当大的改善,沮丧与忧郁几乎都消退了。不过最重要的是她内心产生的变化,不仅影响她个人的生活,也影响了她的灵性、她的志业、她的召唤、她的守护神。我钦佩、惊叹，甚至嫉妒地看着眼前所发生的一切。她要耽溺在痛苦、自怜与厌倦中实在太容易了；反之，她却变得更加开朗、更有爱心、更宽容，也更慈悲，显然应验了尼采的那句话："没有摧毁我的，反倒令我更加强壮。"我不晓得崔雅到底从癌症与糖尿病中学会了什么"功课"，但对我来说，这个功课就是崔雅本身。

我有糖尿病。我是个糖尿病患者。该怎么说好呢？第一种说法听起来像是我得了从外入侵我体内的疾病，仿佛是被那个病逮着似的。而另一种说法听起来则像源自我体内的一种东西。正如肯所言，我这副身体现在的转售价值几乎是零。以前我总想死后将全部的器官捐赠出来，现在一定不会有人要了。但至少我还能全尸入土，或者我的骨灰将被撒在康嫩德拉姆山。

肯真是太好了，陪我去看医生，说笑话振奋我的士气，每天早晨带我去验血，替我理清繁琐的食物清单，并且包办所有的烹饪工作。不过最棒的还是我自己的感觉，特别是回家后听见医生告诉我血糖指数已经降至一百一十五，几近正常值（刚开始的时候是三百二十二）。我觉得不对劲已经很久了，最明显的症状便是视力的衰退。难怪我不想运动、无法集中精神、我情绪会有起伏。现在我拥有非常旺盛的精力，对事物有更乐观的看法，也比较好相处了。可怜的肯，当我其实正在走下坡时，他必须耐着性子忍受我。能重拾生命的能量、精神与振奋感，真是一件很棒的事。

改变有一部分来自我对工作、我的职业与我的召唤的新感觉，长久以来的议题一直困扰着我。许多影响造成了这份内在的改变，包括和西摩尔一起进行心理分析、我自己的静修、放弃我的完美主义、学习把心贯注于当下，而不再漫不经心。尽管如此，我仍然想做些事，仍然想有所贡献，但我要我所做的都充满着当下的生命力。此外，我对自己的女性特质也有了不同的感觉，它开展了一些新的可能性，这些可能性是我以前所非难的。我现在愈来愈明了自己继承了多少父亲的价值观，如生产、贡献之类的事，我也领悟到这些价值观不尽然适合我，我觉得女性主义的新方向应该不再是模仿男人，或企图证明我们也能做他们所能做的事，譬如评估、下定义、生产、使女性所做的无形之事变为有形。女性所做的通常是无组织性或目的性的工作。她们喜欢替各种聚会、家庭或社区创造气氛和布置场地，让那些有形的工作因此而兴盛。

有一天我们进行了一场有关女性灵修的讨论，以下是一些比较具体的看法：

- 有关女性灵修的探讨仍是空白的。许多修女所写的文章都遗失了。女人对于灵性追寻的心得着墨不多。女人在大部分的宗教组织中是没有重要地位的。

- 女性的灵修与男性迥然不同，目标导向的色彩较低，这也许能改变我们对于解脱的观念，使我们更具含纳性与包容性；也就是比较无组织性、无目的性。

- 女人的灵修活动很难被认出或界定。它的阶段为何？步骤为何？训练为何？在训练专注与静心上，编织或刺绣是否和静修的效果一样？

- 男女两极的灵修发展形成了一个连续体，男性的发展已经被界定，女性还没有，其中存在着许多差异。这难道是两条无法相交的平行线？

- 长久以来我们一直在讨论吉力根与她所著的《一种不同的声音》(*In a Different Voice*)。她是科尔伯格的学生，也是第一位将人类道德发展分为三大阶段的道德理论家——前保守阶段，在此阶段中，人们认为他所欲求的便是正确的；保守阶段，此阶段的人通常基于社会的需求来做决定；后保守阶段，此阶段的道德决定奠基于道德理性的宇宙准则。这些阶段在许多跨文化的测试中都已获得证实，然而女性的得分似乎一直比男性低。吉力根发现，女人也同样经过这三个阶段，然而她们所采用的推理却与男性大不相同。男性的决策通常奠基在规则、法律，评断和权利之上，女性比较重视感觉、联系与关系。我们不妨这么看，女性在测试中的指数并非较低，只是不同于男性罢了。

我最喜欢吉力根所举的一个例子：一对小男孩和小女孩在一起玩游戏，男孩想要玩"海盗"的游戏，而女孩想玩"家家酒"。于是这个小女孩说："好吧！那你就当那个住在隔壁的海盗好了。"这便是一种联系与关系。

另一个有趣的例子是：当一群小男孩在玩棒球的时候，有一个男孩因为被三振而哭了起来，一位小女孩便说："再给他一次机会嘛！"男孩们却回答她："不行，规则就是规则，他出局了。"吉力根对此的观点是：男孩会越过情感维护规则，女孩会越过规则维护情感。对真实世界而言，两者都非常重要，却是大不同的，我们需要尊重这份歧异，并且从中学习。

- 肯结合了科尔伯格与吉力根的许多主张成为他的模型，但他说，他实在不明白这为什么会影响女性的灵修，因为有关这方面的研究几乎没有任何记录。"这整个领域是空白的，我们需要很多的协助。"

- 那些已经获得解脱的女性——她们是因为追随男性的灵修传统而有所领悟，还是定出了自己的路？她们是如何发现那条路的？过程中有什么冲突与自我怀疑？她们真能找到自己的一片天地吗？

- 芬德霍恩就是一个相当女性与母性的道场。每个人在那里都能找到自己的路，你不必墨守一些严苛或既定的模式。在这个相互扶持的社区与大家庭中，这个途径有什么问题？其步调太缓慢，还是比较有机？是否容易走向歧途？事实上，它的活动与成就之所以不明显，是因为缺乏外在的奖励、文凭，以及灵修的进阶和次第。

- 女神向下落实，男神向上晋升，两者都是必须的，也都相当重要。

然而对女神的研究实在太少。但也有例外,如:奥罗宾多、谭崔(Tantra)、解脱的约翰。

• 我谈起自己正从父亲阳刚的价值观中走出来,进入女人的能量中,一旦我做到了,我也可以成为肯的老师。后来我发现不需要摆脱那些发展得很好的男性能力,只要再加上女性特质就够了。我的心中出现了两者兼具、愈来愈扩大的一个圆形意象。

在进行这些讨论的过程中,我顿悟了一件事,如果我仍想替自己的病痛下定义,也许问题就出在女性特质上。我以前曾经思考过这个问题,但只停留在女人迎合男人的世界有多么困难的层次上。这回我有了新的感觉,我想也许是我结合了太多男性的价值观,所以走错了方向。我没有诚实面对自己身为女人所拥有的才华与兴趣,因此找不到适当的位置。不过与其将自己视为失败者,倒不如承认自己需要时间找寻,才能有今天的领悟。我需要时间去发现,去学习如何评价,或单纯地看那些深藏在我身上的更具女性的价值。

我似乎可以接纳自己了。我可以从事一项无目的性的工作,投入于那些能感动和激励我的各种计划中,学习营造一个可以让事情发生的环境,结合群众,形成网路,沟通,传达理念,敞开自我,并且不强迫自己进入一个形式的、结构的、有专业头衔的职位。

这是一种多么释放又自由的感觉,只要活着就好,存在就好!至于能做什么,已经不重要了。这也是允许自己放下男性沙文主义与超量工作的价值观。我只想为女性灵修尽力,为神的女性面工作,让自己安定下来,再看看事情会如何演变。

第一件有进展的事便是"癌症支援团体"(Cancer Support Community—CSC),那是一个免费为癌症病患提供支持、服务与教育的团体,他们每周服务的对象超过三百五十人,其中还包括病人的家属与支持他们的友人。

我们第一次遇见维琪·威尔斯是在崔雅刚进行乳房切除手术后不久，当时我正步出崔雅的病房，走在医院的回廊上，突然有一位非常显眼的女子和我擦肩而过。她身材高大，轮廓极美，黑发，大红的口红，一身红艳的洋装，跷着黑色的高跟鞋，看起来像法国的时装模特儿，我有点困惑，后来才知道，维琪曾经和她的好友安娜在法国呆了几年，后者是法国导演高达（Jean-Luc Goodard）的太太。

维琪不只有张漂亮的脸孔。回到美国后，她曾经在少数民族的贫民窟中担任过私人探员，做过酒精与毒瘾患者的咨询人员。此外，她也是一名替贫民罪犯争取公平司法权的活跃分子，这些工作她一做便是十年以上，直到她发现自己罹患了乳癌。在经历一连串乳房切除手术、化疗以及几次重建手术以后，她终于明白了一件事：癌症病患与他们的家属、亲友所获得的支持与服务竟是如此贫乏。

于是维琪开始在好几个组织里担任义工，例如"迈向痊愈"这个组织。然而她发现，即使这些组织的服务也是非常不妥的。她心中开始有个模糊的构思，她想成立一个真正合乎理想的中心，就在这个时候，她遇见了崔雅。

她们花了好几个小时，好几个星期，好几个月，事实上是整整两年的时间脑力激荡，筹划成立一个理想中的癌症病患支援中心。她们与许多医生、护士、病人与支持者晤谈会面。珊侬·麦广恩一开始便加入了她们，她也是一位癌症患者，曾经协助哈洛德成立幸福社区，那是第一个免费为癌症病患与家属提供支持与服务的先锋团体。

1985年10月，维琪、珊侬、崔雅和我一同探访幸福社区。我们最大的问题是，到底应该在旧金山成立幸福社区的分部，还是成立一个全新独立的组织。虽然我们对哈洛德本人与他所做的一切留下非常深刻的印象，但是维琪和崔雅都认为，或许不同的途径也会有帮助，而且这和"存在与做事"这个议题有着直接的关系。和一位在索萨利托开业的医师诺米·雷曼讨论过后，事情终于有了一点头绪。

我们和诺米相谈甚欢，我几乎忘了时间。诺米说，她觉得和我、维琪志趣相投，然而接到有关幸福社区的资料时，却觉得不妥，某些想法和我们不太一致。

我告诉她，她的顾虑我们早已察觉，我们所强调的重点和哈洛德的团体不太一样，比较倾向于女性，较少强调对抗癌症或如何从癌症中复原。我们注重的是治疗过程中生命的整体品质。我们并不想让患者觉得，如果癌症仍存在，他在任何一方面都会有损失，而且是个失败者，因为这么一来，便陷入了哈洛德团体的窠臼之中。维琪将我们的资料送给那些住在史蒂芬·勒文隐修所（一间癌症复发或转移病患的隐修中心）的朋友。他们普遍的看法是："我不确定我会喜欢这种调调儿。""如果我的癌症没好，也能去那里吗？""如果我接受了自己的癌症，也不想再对抗它，我还适合住在那里吗？"诺米说，她从哈洛德团体所获得的资料都强调疾病是不好的东西，应该努力对抗它，如果你没有打赢这场仗便是输家。对她而言——她自幼就患有"库恩氏病"*，疾病已经是她必须学习共处的东西了。

身为一名癌症病患，我发现癌症虽然经常被视为难缠的慢性病，但其他人（那些既不是医生也不是患者的人）总想听你说出自己已经痊愈的话。他们并不想听你用医生的口气小心翼翼地诉说自己的身体已经没有癌细胞的迹象，测验结果也相当正常，不过癌症是永远无法确定的，我们只能期望它不要复发。不，他们根本就不想听这些话，他们惟一想

---

* 库恩氏病（Crohn's disease）是一种局部性的回肠炎，一种原因不明的慢性肉芽肿性消化道炎疾病，病变可扩及自口腔到肛门的全部消化道，但以回肠与右半结肠为易发部位，呈圆或纵行溃疡，裂口，并可能形成肠瘘与肠腔狭窄。以腹痛、腹泻、血便、梗阻等消化道症状及发热、关节炎、营养不良等全身症状为临床表现。多见于欧美人。——译注

听的是你很好，完全没问题，而他们可以继续过自己的日子，无需再担心你，因为不再有食人魔躲在树丛后。这也许就是哈洛德给人的印象，也是他们与我们在态度上的不同。于是我们决定不与哈洛德的团体结合，当然，我们衷心期望他一切都好。

与诺米的交谈启动了一些我当时并不清楚的想法。这些想法和她展现的模样有关——她看起来如此美丽、活跃与健康，但你知道她其实身染恶疾。星期一晚上举行的乳癌妇女聚会中有位女性也启发了我的想法。我曾犹豫是否该将自己委身于这份为癌症病人服务的工作，部分的恐惧来自我必须面对所有的病人未来各种的可能性，另一部分的恐惧则单纯来自那些将横陈在我面前、出现在我脑海中的癌症事实。

几天后我终于明白了，这股恐惧之所以会产生，是因为我让这个疾病及它可能对人造成的悲惨后果，如乌云般遮蔽了眼前那些活生生的人。在最后一晚的聚会上，我突然明白了这一点。这些人才是最重要的，才是该摆在第一位。我们在聚会中所谈论的经常不是癌症，那只是附带的话题。这些人深深投入自己的生活、痛苦、胜利、爱与子女中，癌症只是其中的一件事而已。我突然明白我犹豫的原因是，我以为自己将面对一群癌症病患，而不是偶尔才提起癌症的人。我想这促使我逐渐脱离癌症，一步一步地回归自己的生活中。我喜欢和这些即使得了癌症，仍勇于生活的人共修。最重要的就是学习与癌症共存，即使你试图改善它。同时学习将癌症病患视为一群人，而不是一些你必须为他们做点什么的弱势病人。

这种改变第一次戏剧性地出现，是在一个初夏的深夜。当时我们正在塔霍湖的家中，崔雅一直无法入睡。突然间，所有的片断开始串联，她被自己的发现吓了一跳。根据崔雅的说法，这比她迫切追寻的守护神还令她震撼，它虽然羽翼未丰，但已经大声宣告自己的出现——以另一种声音，那种被她长久压抑的声音。

刚到塔霍湖没多久,有一天晚上辗转难眠,我清楚地看见银白色的月光洒在窗外的湖面上,微风轻拂过围绕在房舍四周的松树,随着摇摆的树影发出沙沙的声响,向远处眺望,可以见到"荒芜野地"黑暗的山影。"荒芜野地",如此苍凉的名字,如此幽美的景致。

玻璃的影像、殷红、晕白、湛蓝,浮现在我的脑海中。我感到兴奋极了,丝毫没有睡意,是不是喝了茶的缘故?或许是吧。可是奇怪的事发生了,玻璃、光线、形体、形影、流动的线条,把一些东西组合在一起,看着从空中浮现的影像,看着美在这个具体的世界中成形。多么令人兴奋啊!我静静地躺着,感觉能量在我的体内流动。这就是它吗?这就是我要做的事吗?至少是相当重要的一部分吧?这是不是我曾经失去的碎片?我身上的一个碎片?

我想我已经找到了自己遗失多年的部分。一个用双手工作的女人、艺术家、工匠、制造者。既非行动者也非博学者,而是一个制造者,美好事物的制造者,制造的过程与完成的产品都能带来喜悦。

第二天我觉得自己仿佛经历了一次圣体显现。那好像是一个洞察自我以及未来的重要时刻。我记得以往最令我投入与兴奋的,往往是做手工艺的时刻。譬如绘一张结构丰富的蓝图,在艾奥纳岛上画活泼的钢笔素描,在芬德霍恩做手工蜡烛和盛水的烛台,从空无中创造美妙的模型,在札记中磨练文字的技巧。这些才是我忘却时间、全然投入、浑然忘我、彻底专注的禅定时刻。

第二天我感觉自己重新发现了非常重要的一部分。我似乎从强调心智活动的男性文化中走出了自己的路。学校强调的都是知识、事实、内容、思考与分析。我发现那些事自己已经相当擅长了。那是一种超越他人、赢取赞赏与注意力的方式。除此之外还有什么呢?我已经走过那条平坦、标记清晰的路。

只是我一直觉得不妥。我为什么不继续拿博士学位到某处教书呢？我曾经这么想过，可是内在有股力量驱策我离开那条坦途。我的能力足以胜任，内心却不向往。虽然如此，我还是会批判自己，认为自己太软弱，只会虚度光阴，没有专心在事业上。

现在我才明白为何坦途不适合我。因为我的本质是制造者，而非博学者或行动者。这或许是我在芬德霍恩过得如此快活的原因。在那里，我几乎将所有时间都花在蜡烛与陶艺工作室中。打从孩提时代，我就热爱做东西，但在一般人的价值观里，那是肤浅、不正经、不重要、没有益处、甚至没什么贡献的事情，充其量只能当作一种兴趣罢了。我接受了一般人的价值观，但也阻碍了自己生命中的喜乐、活力与能量。

在我内心扰动的是我未来要做的事情的新标准。我听到心中一直在说，你可以做自己真正想做的事情，而不是那些你必须做的事情。

那么，究竟有哪些事情是我想做的？这么说吧，是那些我偶然发现的事情，它们正从我心中沸涌而出。我从未刻意计划或透过思维来发现它们。现在连写出来都令我紧张。其中一件事就是我在芬德霍恩常做的手拉坯，这是一个让人兴奋、充满魅力的工作。我可以想像自己以不同的方式来看这个世界，脑子里不停地构思一些形状、设计与样式，不管这些灵感是来自艺术或大自然。此外，我也可以想像自己参观各种艺术和手工艺展览，专注地欣赏，并构思着新的创作途径。我觉得非常刺激、朝气蓬勃，我一直都很喜欢动手做东西、塑造一些物品，我觉得这可以帮助我走出思维的活动和真实的世界，做更多的联结。

另一件我将从事的工作是彩绘玻璃的制作，这件事我想了许多年了，只是一直没去做，大概是因为和其他的事比较之下，显得有点微不足道。但写到这里，我感觉心里有一个艺术家使劲地想出来！我要寻求一种属于自己的绘图线条——当然，它们也是自然涌出的灵感，从涂鸦开始，逐渐演变成完整的画面。先观察一些彩绘玻璃的基本模型，再回想过去我曾使用过的针尖设计，我顺着最自然的感觉去做，没有任何人教导，或提供意见。

还有一件事便是写作，磨练文字的技巧。这也是早先我爱做的事，但因为恐惧，而被深深地压抑了，因为它会揭露我心灵深处的真相，我怕自己会被批评成肤浅、孩子气、乏味，等等。然而我还是决定要写这本书，即使永远无法出版也在所不惜。我要重回文字的愉悦中，享受它们的美妙、力量与令人惊喜的能力。我很清楚地记得中学时曾写过一篇深夜独坐床缘阅读的心情报告。我详细地描述自己的感受，温暖晕黄的光线，受灯光吸引而来的飞虫，双腿触及床单的感觉，深夜的静谧，翻动纸张的感觉与其美妙的声响。我依稀记得自己喜爱的段落，特别是劳伦斯·杜瑞尔（Lawrence Durrell）的作品。我常常抄录其中的几个段落，或者只字片语，反复咀嚼个中的意涵，感觉就像在吃糖一样。

此外，我很喜欢和一群人一起工作，就像在芬德霍恩时。我并不想回学校继续研究理论，我真正感兴趣的是以实际的方式去帮助人。癌症支援团体正是我想做的。

这所有的事情，我对它们的热爱，都在很自然的状况下产生，从来没有刻意计划过。它们以前都跑到哪里去了？是怎么走失的？我不确定。但不管过去发生了什么事，它们似乎又回来了。最单纯的快乐来自于存在与制造，而非理解和工作。这种感觉就像是回家一样！这像不像肯发现自己的守护神时的感觉？我的感觉并非灵光乍现，它和心智无关，更不像他的丰功伟业那么显赫。但这就是我认为自己要做的事情，更宁静、更无目的、更阴柔一些。它隐身于背景中，它和身体及大地有更多的联结，对我而言，又显得更真实。

"这便是昨天晚上所发生的事？"

她娓娓道完她的故事，我可以感受她的兴奋，因为那是如此的真实。然而有趣的是，每个遇见崔雅的人，都因为她的睿智而留下深刻的印象；她显然是我所见过的人当中，最聪慧敏锐的。崔雅一旦专注于某个议题，那个议题就可怜了。此刻她竟然发现这方面的能力无法满足自己。她说她可能听信了错误的声音。

和这个内在的改变直接相关的是，我们是否创造了自己的病痛？整个新时代思想强调的就是人类以自己的想法创造了自己的病痛，病痛是人们需要学习的大功课（这与单纯地从疾病中学习是互相对立的看法）。这整个议题随着崔雅罹患糖尿病再度爆发出来，她曾经被许多想要帮她了解自己为何得糖尿病的好心人打击。从理论上来看，这个观点是非常不平衡、偏颇而危险的（原因我会在下一章说明），崔雅加上了另一层看法：这整个途径太过阳刚，太具操控性、攻击性，也太冒渎了。崔雅很快便因为她对疾病采取的更慈悲的看法，而成为全国知名的发言人。因为全美话题的带动者——"欧普拉秀"要求她上节目与鲍尼·席格（Bernie Siegel）对谈。

> 关于疾病是否因我而起的这个话题再度降临我身上。那些将其理论化的人，或是将自己理论化的人，通常都以谴责的态度来看待这个有关责任的议题。"我到底做了什么要遭受这种后果？""为什么是我？""我做错了什么，这种事情为什么会发生在我的身上？""无怪乎我会得癌症，我活该应得的。"
>
> 我有时也把这种"逻辑"强加在自己的身上，朋友们如此对待过我，十八年前当我母亲罹患癌症时，我也以相同的方式对待过她。我猜想她同样觉得被冒渎了。虽然我承认我所做过的事，或某些特定的习惯、某些与世界产生关联的方式以及应付压力的态度，形成了我的癌症和糖尿病，但我不认为这是全部的原因。面对一个令人恐惧的疾病，我和其他人的反应一样，也想找出理由，因恐惧未知而产生防卫的反应，是

自然、可以理解的事。

然而我还是要提出一些解释，我相信疾病是由许多原因造成的——遗传、基因、饮食、环境、生活方式与人格因素等等。若硬要说其中的一项，譬如人格因素是惟一的病因，那就忽略了真正的事实：我们也许可以控制事情发生时自己所产生的反应，但我们无法控制每一件发生在我们身上的事。误以为可以控制每一件发生在自己身上的事的这个幻觉是非常具有破坏力与攻击性的。

此一观点也会衍生罪恶感。假设某些人得了癌症，又认为是自己造成的，那么罪恶感和许多不好的感觉便会由此而生。接着罪恶感的本身又变成问题，阻碍了疗治疾病、朝向更健康、更良好的生活品质迈进。此乃该议题如此敏感的原因，有关责任的议题必须小心地处理，不要将自己潜意识的动机归咎别人。对我来说，如果人们给予我的建议只停留在理论的层次，会让我觉得被冒渎、甚至无助。我们都知道别人加诸我们身上的不平指责多么令人挫折，尤其是这些指责只为了证明他们是对的，而我们是错的。这真是最残酷的心理学了。

大部分病人疗治疾病的心理压力已经够大了，如果还得负起致病的责任，势必会承受更大的压力。这些人的需求应该被尊重，限度也应该被考量。我并不是不相信在适当的时机应该有建设性的对抗，我反对的是当人们把那个理论加在我身上的时候，连问都没问一下我对自己和这个疾病的看法是什么。我不喜欢有人这么对我说："某某人说，癌症是因为憎恨的情绪所引起的。"特别是他的语气已经认定这就是我得癌症的原因了。我也不喜欢听见"糖尿病是因为缺乏爱所引起的"的话，谁知道呢？我比较不介意人们对我说："某某人说，癌症是因憎恨的情绪所引起的，你认为呢？对你来说是真的吗？"

我相信我们可以利用生命中的危机来治疗自己。我知道有些时候我会出现憎恨的情绪，但我无法确定它在我得癌症的过程中扮演了什么角色。我相信如果能利用这个危机来察觉这个可能性，并且医治自己的憎恨，学习宽恕、发展慈悲心，将是非常有益的。

总结以上我所说的——

我得了癌症。因为这个疾病我必须遭受的打击、手术与治疗，已经让我觉得够糟了。我对自己得癌症已经有很深的罪恶感，我不断地自问，我究竟做了什么才遭致这一切。这样的自责对我来说是相当不仁慈的，所以请帮帮我，我不需要你们再给我更多的不仁慈了。我需要的是你们的了解，温柔地帮助我应付这个难题。我不需要你们在我身后的种种臆测与妄言。我需要你们询问我，而不是一味地告诉我。我希望你们能够试着体会这种感受，稍微站在我的立场设想一下，对我仁慈一些，这样我才能仁慈地对待自己。

三月，崔雅和我一同前往波士顿的杰瑟林诊所，那是一间以治疗糖尿病闻名的医院，我们希望我们所面临的新疾病，可以在那里获得较好的控制。此外，我们也打算顺道去香巴拉出版社探望一下山姆。

山姆！多么可爱的人啊！多么杰出的实业家，那么开放、有爱心。我喜欢他与肯彼此开玩笑的方式。在香巴拉出版社的办公室里，他们看了一些有关肯的最新书评。这些书似乎造成相当大的震撼，不仅是美国本土。山姆说，肯在日本已经被视为一派宗师，但是被归为"新时代"，这一点令肯十分不满。在德国，他则是一位真正的主流人物，学院派热衷研究的重要现象。我们开玩笑说威尔伯学派，不久就会变成威尔伯草莓派。每个人都说肯变了，变得比较易感、可亲，不再那么疏离和自大了。

我们与香巴拉出版社的总编辑艾米莉（Emily Hilburn Sell）共进午餐。我很喜欢她，也信任她的判断力。我告诉她我正在写一本有关癌症、心理治疗与灵修的书，我问她是否愿意帮我编辑。"我非常乐意。"

她说。这句话让我更下定决心要将这个计划贯彻到底。

稍晚,我们站在杰瑟林糖尿病诊所的儿童部门前。墙上的布告栏贴满了新闻、剪报、公告、海报以及小孩们的涂鸦画作。其中一个醒目的标题写着:"对一个十岁大的孩子而言,生命是一个保持平衡的动作",内文写的是一群十岁大的糖尿病患者的故事。旁边有一张海报写着:"你知道有谁想要一个患有糖尿病的小孩吗?"海报上有一张小小的脸庞凝视着我。布告栏上还有另一张关于四岁糖尿病患者的剪报,一张诉求如何协助孩童们克服对医院恐惧的海报。看着这些,一时间泪水不由自主地涌出。这些孩子与他们所遭受的一切令我感伤,他们还这么年轻啊!墙上有许多色彩鲜明的蜡笔涂鸦作品,画的都是布林克医师,但其中有一张特别打动我的心,上面写着:"把布林克医师和糖尿病放在一起就像……"图上画的是一杯汽水、一根剥开的香蕉,还有一些巧克力碎片饼干——画中这些食物都是孩子们的最爱,现在却再也沾不得了。他选择这些被全然禁止的食物,作为他所要表达的重点。

第二天,我们在"三位一体教堂"(Triuity Church)度过复活节,这是一间兴建于1834年的教堂,盖得极美,罗马式的拱门建筑,里面缀饰着金色叶片、深绿的暖色调,以及赤褐色的瓷砖。复活节的星期天,教堂里挤满了人,前方的桌上布满了天竺葵,是准备送给来参加礼拜的每个小孩。这幅景象令我有点惊讶,突然想起这本来就是一个基督教国家,我几乎忘记这回事了。这里的每个人都穿着特地为复活节准备的华服,当我们走进教堂时,发现今天早上在人行道上的礼拜是需要穿西装打领带的。波士顿的"华服"在今天倾巢而出。

我们簇拥在这些华服与复活节的礼帽中,好不容易找到视野很好的位置。我们从一位号手的后方向下俯视一个个灰的、棕的、金的、秃的、戴帽子的、没戴帽子的脑袋。教堂四周的金箔,高高矗立的拱门以及圣坛上庄严的十字架,使我们的灵性为之提升,提醒着我们都是属于上帝的儿女。

我喜欢这次礼拜所讲的道,简短、有内容。牧师提到了我们在人世间的苦难,以及那些曾经被苦难试炼的人所坚守的古老信念,他问道:"我们难道不能放弃古老的迷信吗?那些受苦者理当受到苦难的折磨吗?每天晚上,全世界有三分之二的人是在吃不饱、穿不暖、无庇佑之所的情况下就寝的。"他将耶稣所受的苦难与人类的处境结合在一起,我从未听过有人以单纯的人性、而非神圣使命的角度来诠释耶稣所受的苦难。这位牧师也提到我们对意义的需求,并且为我们祈祷,使我们能够在平凡与超凡中觅得个中的意义。上帝一定知道那些话是在对我说,因为我一直对意义有着强烈的渴望。

就在我聆听讲道时,奇妙的改变发生了。突然间,"意义"这两个字给我的感觉和过去迥然不同,不再觉得不愉快、不满足、甚至慌张不安。我想我对自己可能比以前慈悲一些,对生命和人性也更温柔了。而智慧迈进的部分,我和肯曾经讨论过,但是当我与其他人谈到这些内在的变化时,他们无法完全相信那是真的;我是在夸耀吗?还是在期望它是真的?也许我所断言的事实,到头来都不是真的?但是我知道自己并不是在伪饰,因为每当我写到或谈到那些过去曾经困扰我、至今仍未消退的问题时,我心中的抱怨、棱角和苦涩已经不再强而有力,我并不想拿我的进步去说服任何人,因为我仍然坏脾气、爱抱怨与自怜,只是当我提起这些问题时,感受不再那么强烈,甚至有点乏味,这时我知道自己真的有进展了。

接着我们来到南方古教堂——每一个家族都有高墙围绕、属于自己的包厢。强调的是人、神之间的秘密经验,因此与"三位一体"教堂的感觉非常不同,在那里我们可以目睹整个圣会的经过。一位牧师询问我们是否需要他的帮助,他带我们去参观一个包厢。当马萨诸塞州被英国人统治时,这个包厢是属于当时的州长,伊丽莎白女皇造访此地时,也曾坐过那个位子。

之后我们到纪念花园逛了逛,这座花园同样被高耸的砖墙环绕,上面还悬挂着许多匾额,纪念保罗·李维、乔治·华盛顿,以及曾经被人目睹在1798年从钟塔上飞下来的人士。肯开玩笑地说:"他们应该把匾额钉在地上有油的那个点才对。"环顾四周,砖墙在春天的阳光中散发着光芒,有些地方满满地攀爬了厚实的蔓藤,盘根错节地纠缠在一起。我觉得非常幸福,至少当下我是这么想的。

6月2日,我们回到了旧金山——一个红旗飘扬的日子。医生们决定停掉崔雅的利尿剂,哈利路亚!这表示她的循环系统功能已经获得了改善。我们兴奋得有些精神恍惚。停掉利尿剂后,我们到城里大肆庆祝了一番,去他的饮食控制!崔雅活着,精力充沛,神采奕奕地活着。许久以来,这是我第一次可以喘口气,真正地喘口气了。

两个星期以后,崔雅在自己的胸部又发现了一个肿瘤。后来肿瘤被切除了,是恶性的。

13

艾 斯 崔 雅

崔雅发现那个肿瘤的早晨,我正躺在床上,依偎在她的身边。

"亲爱的,你看,就在这里。"一颗小小的如石头般坚硬的肿块,就在她右手臂的内侧。

她非常镇定地说:"你知道的,这很可能又是癌。"

"我也这么想。"

还会是什么呢?更糟的是,在这个节骨眼上复发是格外严重的,这表示它已经开始转移到其他部位了,骨头、脑部或肺叶,这种几率是相当高的。我们两人都非常清楚。

然而在未来数天、数周、数月内,仍持续令我惊讶的是崔雅的反应:既不惊慌、恐惧、愤怒,也没有因此而落泪,一次也没有。眼泪对崔雅来说,是一个泄露心底秘密的迹象;只要有什么不对劲,她的泪水就会毫不隐瞒地透露一切,但这一次崔雅似乎过于平静、放松与开朗,没有批判,没有逃避,没有抱怨,也没有嫌恶,如果有,也只是些微的起伏。她的定力似乎已经到了无法动弹的境界。如果不是亲眼目睹一个人可以在长时间内都如此镇定不移,我也不相信这是事实。

崔雅说她内在的改变在许多方面渐渐攀上了顶点,从做事到存在,从认知到制造,从不安到信任,从阳刚到阴柔,其中最难的便是从掌控到接受。这一切似乎非常简单,直接与具体的方式完整地融合了。

三年来崔雅的确改变了，她能公开地表达对这次复发的感激，因为没有任何东西能让她证实这份内在的改变有多么奥妙。她觉得老旧的自我（泰利）已死，而全新的自我（崔雅）正在诞生。

我现在的感觉如何？基本上很好。今晚上了一堂很棒的苏菲课程，我很喜欢这种修炼的方法，希望能一直持续下去。肯和我打算明天沿着海岸兜风，在任何一个可以发现我们的地方停下过夜。

当天下午我和彼得·理查兹谈过以后，再次确定我的癌症又复发了。他们称之为治疗失败，这话听起来如此不吉利。我自己的感觉倒还好，有个声音悄悄地对我说："你应该忧虑的，为什么你表现得如此镇静，这是不对的，难道你不知道令人恐惧的事正等在你的面前吗？"但这个声音并没有太大的威力。我想它就是我头一回得知自己罹患癌症时所产生的那份恐惧。

那份恐惧曾在半夜把我吓醒。那是一种无知的声音。与其说它能告诉我癌症到底意味着什么，倒不如说它直接为我描绘出了死亡的恐怖画面。它和着那些普通的有关癌症的论调，在我耳朵里大声演奏着不祥的音符。

我读过许多可怕的癌症病例与残酷的疗程，"西方十大致命死因"中所叙述的骇人景象，曾经带给我许多噩梦。然而此时它们却变得相当惨淡，不再像过去那般令人胆战心惊了。

当我第一次发现这个肿块时，除了倒抽一口气之外，并没有特别害怕，虽然内心很清楚它所代表的意义。我没有惊慌失措，没有流泪，也没有强忍泪水。所有的感觉只是：哦，又来了？如此而已。

到彼得的办公室检查，这当然是不可避免的。我们度过了很愉快的时光，我给他看我光头的照片，他的情绪和我一样好。第二天谈话结束前，肯和维琪在等我，他给我讲了一个故事，他的医院有一位医生娶了一个和他约会很久的女人，因为那个女人给他发出了最后通牒——要么结婚，要么分手。经典的爱情故事，我敢保证陪在我们旁边的那位护士一定也非常高兴能听到这个"内部"故事。

肯真是太好了。他对我说我们将一起度过这一切。我非常平静，如果这是生命中无法逃避的噩运，我就坦然接受。这是一份奇妙与祥和的感受，我的饮食很好，运动很规律，我觉得精力旺盛，再度对生命燃起热情。

在今晚的静修中，我觉得自己不再逃避关系，也不再抗拒人生。我想开放自己面对生命的每一个向度，我要冒险，全然地信赖。我不想再利用敏锐的心思替自己的护卫和逃避找借口，我要凭直觉行事，只要心中觉得事情是对的，我就会照做。如果觉得不对劲，即使再合理，我也会尽量避免。我要畅饮生命，充分地体验一切，不再只是浅尝，然后抗拒。我要拥抱一切，含纳一切。我要享受做女人的乐趣。

我立刻联想到，如果不想再做男人，就得停止称呼自己为泰利。我要变成崔雅，崔雅·威尔伯。当天晚上我做了一个令人惊叹、兴奋的梦；梦醒之后我惟一记住的只有："哈啰！我的名字叫崔雅！"

第二天早晨，泰利要求我叫她"崔雅"，我照办了。崔雅，崔雅，崔雅。我和她的朋友开始担心，也许崔雅在某种程度上是在否定自己，因为她太平静、太喜乐、太开朗，也太坦率了。但不久我就发现自己低估了她，因为她真的改变了，非常真实而深刻地改变了。

写作对我来说似乎很合适，特别是当我写下最近一次复发后的感觉有多么不同之时。过去六个月写作使用的磁片已经满了，我开始用全新的空白磁片，所写的内容，刚好是有关自己的改变。

这份感觉像一个新的开始，一种重生。我真的改变了，这份改变是深刻而奥妙的。我们对于那些还没有发生，或认为不会发生的事，似乎是没有恐惧的。然而除非那些令你恐惧的人事真的降临了，否则你很难知道自己怕或不怕。

目前我没有什么恐惧。当然，有一部分的我仍会害怕，毕竟，我只是个凡人，心里还有几个恐惧的小丑，但它们不再是主角，只是舞台上的工作人员，而它们也似乎乐在其中。

没有经历这场复发，我永远也不知道自己的内在可以有如此明显的改变。当我对癌症的复发表示感激时，我是真的发自内心的，因为有些奇妙的事发生了，过去我所背负的恐惧、重担，现在都已离我远去，虽然我不知道它们是在何时、以何种方式离去的。

对于未来，对于这次复发可能导致的无情、甚至死亡的结果，我都不再那么惧怕了。当我望向那条独特的幽巷时，那里还是有吓人的刽子手躲在角落里，但这份内在的改变给了我信心，即使必须通过那条幽巷，我的脚步也会是轻盈的。"做命运的见证者，而非它的牺牲者。"这是肯最喜欢的一句话。我全神贯注地留意着，怀着祥和的喜悦，沉着地穿过这条幽巷。我第一次听到罹患癌症，便一直背在身上的那个象征恐惧与震惊的巨石，现在已经不见了。如果我在沿路禁不起诱惑而拾起卵石，现在也可以把它们放回原处。

我的感觉如何？有一股奇特的兴奋感，就像这是一个绝佳的机会，可以产生完美的动力去探索其他的癌症治疗方法，就好像在研究院上实验的治疗课程一般。我也开始探索一些另类疗法，从代谢治疗、低热量、粗食、加强免疫系统、灵疗到中国的草药，我一直在观察我的生命，到底我错失了哪些曾经享受过的事物，现在我必须努力将这些事物再一次注入我的生命。我要追寻我在手工艺上的守护神，我要继续静修。我不再害怕被谴责或感觉罪恶，我也不再凡事中规中矩、或护卫自己。我只是单纯地对生命感兴趣，难以遏制地感兴趣。我可以如同孩提时的体悟一般，扩大自己和宇宙相融。

医生们所能提供给崔雅的治疗，只有增加放疗的次数，但这个提议马上被崔雅拒绝了，理由很简单，因为复发初期检查出来的五个肿瘤，已经显示她的癌症是抗拒放疗的，这使得崔雅有更自由的空间去探索所有的另类疗法。换成从前的泰利，她或许还会听从医生的指示——他们一定得提供一些疗法，即使已经束手无策，还是得想出办法来，可是现在的她可不买他们的账了。

在疯狂的癌症治疗过程中，我们开始踏上到目前为止最有趣的旅程。这次是到洛杉矶，首先拜访一位专门加强免疫系统的杰出内科大夫，接着到戴马尔（Del Mar），与一位荒唐、狂野、可爱，有时又挺有效的古怪灵疗师克莉斯·哈比（Chris Habib）共度一个星期。

克莉斯所做的一切是否具有确实的疗效，我还不敢说，然而她的确做了非常不可思议的事：她替崭新的崔雅注入一股无法逆转的幽默感，因而将泰利彻底转化成崔雅。

接下来的几天中，我们就像游牧民族般四处迁徙。有一晚住在假日旅馆的五楼，窗子打不开，空调又出故障，但家具蛮豪华的。另一个晚上住在使节旅馆，它只有一层楼，还算舒适，旁边有一间相当受欢迎的咖啡厅，总是坐满出游的美国家庭，吃着标准的美国食物、派和蛋糕。还有一个晚上则是住在经济汽车旅馆，地毯不怎么干净，可以清楚地听见三楼的人（就在你的头顶上）闲聊与整理行李的声音，浴室里还贴了一张告示，上面写着：如果毛巾遗失了你得赔钱。那天晚上我们在一间叫"五尺"的餐厅享受了一顿很棒的晚餐，是一间由中国人经营的欧洲餐厅。为什么要取那样的店名？没人晓得。肯的猜测是：大概餐厅里服务生的平均身高都在五尺上下！

戴马尔真是一个可爱的地方，阳光和海水将它晒洗得非常洁白，令人觉得极为放松（人们在这样的地方如何能工作？）。于是我们决定在此度一天假，在海滩旁的一间旅馆内尽情挥霍。这趟原本以汽车旅馆为考量的旅程，突然变成了海滩探险、安静享受美食和在潮声中入眠的高级享受。我们吃过晚餐，逛完街，买了一些蔬菜和鲜鱼。宽广的沙滩上有一条河注入海洋，海边有人在起火，火舌猛烈地蹿上夜空，几个身影在金色火光边走动着，我想像自己闻到了烤热狗和软糖的香味，他们是正在庆祝的夫妇或情侣，微弱的火光与浩瀚的夜空形成了明显的对比。

这天下午我去看了一位灵疗师。疗程结束时，我开了一张三百七十五元的支票，我觉得那是我的癌症疗程中最值得花的一笔钱，只是我不敢把这件事告诉我的主流医生们。你竟然会选择灵疗，而不再做放疗？多么颠覆啊！然而这个决定带给我的感觉是完全健康与肯定的，最重要的还是在另类疗法的过程中维持清楚的觉察。每个人都同意信念在治疗中占有重要的地位，我已经不再相信放疗与化疗对我的疾病会有什么帮助了。

我决定尝试一些不同的方法，单纯地看着所发生的一切，不带任何价值判断。

下午三点，我走进了"整体健康中心"（Holistic Health Center）。一位容貌英俊的年轻人来带路，他告诉我他是乔治·罗尔斯医师，这个中心的主任，我们穿过候诊室，进入克莉斯的诊疗室，一位年纪稍长的男士躺在沙发上，克莉斯正在为他进行治疗。她的儿子也在诊疗室里，还有另一位男子在旁边。乔治坐了下来，很自然地与我们交谈。那位年纪稍长的男士比尔，罹患了无法开刀的脑瘤，他先前还发现过两个肿瘤，但在克莉斯的治疗之下明显地萎缩了，可是后来又冒出了目前的肿瘤。上个星期他是被人用轮床从医院推来的，现在已经可以下床走动了。克莉斯无视当事人的存在，与我们讨论他的病情，后来他的弟弟也加入。克莉斯以左手托住他的后脑，右手按在他的身侧。她说她可以感觉有一个地方凉凉的，比尔也感受到了。克莉斯温柔地说："你应该先说出来的，难道每一次都要我自己去猜吗?"

接着轮到我躺在那张沙发上。乔治和肯寒暄了几句便先行离去。当克莉斯的右手按住我的前胸时,我觉得有一股凉意,她说如果我感到任何凉意,一定要十分确定地告诉她。然后她的手缓缓移动,我觉得胸部内侧的肋骨区域,有一股阴凉的感觉不停地冒出来。接着她的手在我的腹部停留了几分钟,胰脏的部位突然出现某种奇特的感觉。她忽然开口对我说:"哦,我忘了告诉你,我也有糖尿病。"她继续在那个部位治疗了大约二十分钟之久,再逐渐将她的左手移到我胸骨正中央,右手则一直停留在那个令我感到凉意的肋骨部位。她提到癌症是由病毒引起的,即使医生说它们已经不见了,它们仍有可能藏在某处。她说目前要做的便是阻止这些病毒移往别的地方。她把一只手放在我胸骨的下方,另一只手则继续在肋骨与胰脏间移动,其中有个地方令我感到凉意,另一个地方则不会。当她的手逐渐移至我的左侧时,我仍然可以清楚地感受到胰脏部位的凉意,我想起我的祖父也是死于胰脏癌。

她把左手放在我的右侧,右手放在癌细胞复发的地方。我说我并没有感觉任何的凉意,过了一会儿,她的右手移到义乳的上方,我建议将它取下,克莉斯说没有必要,因为她的能量可以轻易地穿透它。这所有的过程,都在她的儿子与那位男士的旁观下进行。

克莉斯在二十三岁时便察觉自己得了癌症,先是胸部出现一个肿瘤,接着不到三年的时间,癌细胞扩散到全身。她对我说,那是她治疗工作的开始。她在意大利与一位生化学家研习了好一阵子,有一次因为替一位患有白血病的小孩治疗而遭到逮捕。"你能想像吗?"她说,"如果这是一项罪行的话……"这位生化学家是一位特异疗法的信奉者,他说他第一眼见到克莉斯的时候,就知道她有能力灵疗。

她的梦想是去第三世界的国家,传授这种治疗方法。她到第三世界的国家,因为这种形式的疗法在美国是不允许的。虽然有些人天生比其他人具有这方面的禀赋，但根据她的说法，灵疗还是非常有逻辑的，而且很容易教授。她说，疾病存在的层次有十种，癌症属于第五个层次，糖尿病属于第四个层次。要治疗，必须先在正确的层次上唤起震动，这种震动能适合某一类型的癌症，然后学习在你的大脑中运用适切的情绪压力。以现在为例，她说，她正在对我施以十三个单位的压力，而我所能接受的压力是介于十至二十五个单位。

第二天我们又回到克莉斯诊疗室。肯一直待在室外，这样他所抱持的怀疑心态才不致影响我的疗效。

我发现自己愈来愈喜欢她，她究竟有什么样的魔力？今天她告诉我，她的癌症曾经复发了七次（三次危及心脏），其中两次还被宣判为末期。她的先生（她十五岁就结婚了）在她满三十岁的某天突然说要和她分手，为了那位一个月前雇用的女秘书。没有预兆，没有其他的解释，事情就这么发生了，当时他们育有三名子女和两名收养的小孩。她说，在那一整个月中，癌细胞几乎布满全身，癌症复发是因为她的心碎了，整个人都被掏空了；她一直没有关心自己的需求。她的继父在她八岁大的时候便弃家不顾，身为长女的她，必须照顾家中的每一个人，包括体弱多病的母亲（她已经罹患了十九年的心脏病），以及比她小一岁的智障妹妹。有一天，她那位木匠继父居然开肠剖肚地走进屋里；他被电动的圆形锯割伤，他要她母亲打电话叫救护车，可是母亲当场昏了过去，克莉斯只好自己去叫救护车，还要协助她父亲躺下，处理他身上的伤口。她说在她完全被治愈以前，她必须先学习照顾自己。

接着，她开始谈起我体内四处游走的病毒，她告诉我如何追踪它们，以确保这些病毒不会藏匿我体内的任何一个角落。当她开始运功时，有病毒存在的地方就会产生寒意。她可以从这份寒意来确定病毒所在的位置。这份寒意也能杀死那些病毒，因为病毒不喜欢寒冷。当她为我进行治疗时，双手不停地在我身体的各部位移动；有时她会问我某处是否有寒冷的感觉，或是否有气在体内流动。有时她会主动说出她对我的某个部位有特殊的感觉，问我是否有同感。通常那种寒冷感比一般的凉意要再冷一些，但不会令人打颤。"很好，"她说，"没有那份强冷的感觉对你来说是件好事，否则就麻烦了。"我问她，对那些因手术或放疗而丧失感觉的人来说，这种疗法是否难以达到效果。她说不会，因为她可以感觉得到。然而就治疗的本身来说，如果一个人可以很清楚地感觉到，还是相当重要的，这样他们便可以了解发生的事。当她把手放在有寒冷感的部位时，她会对我说："我们不允许这个病毒藏在身体的角落里，对不对？"

后来她在我身上放了两颗石头，一颗是奇怪的萤石水晶，放在我的腹部，另一颗是非常美丽平滑的金属石，放在我的心脏部位。我无法明确地说出这两颗石头给了我什么感觉，但是整个治疗过程中，可以很清楚地感觉我的体内有许多能量在流动，特别是在腿和脚的部位。

这一天的治疗过程中，只有我们两人单独相处，她和我谈了许多这种疗法在美国推行的难处。譬如某位稽查员才刚来过，他看了一下克莉斯的诊疗室，什么仪器也没瞧见。他想要确认她只做徒手运功的治疗，她向稽查员再三保证这一点。很显然的，她一直被监视着。

她对我说，某回有几个人带来一位患白血病的小女孩，他们尝试了各种方法，遍访所有的名医，克莉斯是他们最后的希望了。当他们将小女孩带进诊疗室时，顺道带了满满一袋的维他命、草药与各种特别的食物。克莉斯忍不住大笑起来，将这些人赶出去，她建议到麦当劳替那位小女孩买一个大汉堡。听见克莉斯这么说，小女孩的脸马上露出愉快的笑容，但其他人都吓呆了。虽然如此，他们还是照做了。那位小女孩在克莉斯为她做过四次疗程后完全康复。她喜欢和孩子们相处，因为他们单纯、轻松，不像大人总是背着许多丢不掉的包袱。

她说十八岁大的儿子今天早上给她上了一课。"妈，"他说，"你应该穿得更专业一点,而且口齿要再清晰一些,要言简意赅。"克莉斯觉得她必须照自己的方式工作,譬如偶尔说个黄色笑话来纾解一下气氛。

她说:"我会试着让病人放松,人们因为背负太多的重担而过分认真,笑话是很有帮助的。我的身边不断充斥着疾病、苦难与死亡,因此我不再把生命看得过于严肃,这种态度对病人是有益的。我的家庭作业是,每天带一则不同的笑话进来。"

她为什么如此讨人喜欢?我对她所做与所想要教授的一切都相当有信心,她不是个贪婪的人,这点是非常肯定的。我喜欢待在她的身边,我期盼回到这里来,她有一股旺盛的、丰富的、充满母性特质的能量。我希望她能照顾好自己,因为我常听她说,这几年她是如何在照顾别人,为别人付出的,然而她的内心是空虚的,她不知道该如何善待自己、为自己付出。

克莉斯长得相当漂亮,有一种历尽风霜的感觉。如果你相信她曾经得了七次癌症,那么她看起来饱经风霜就是很自然的事了。崔雅要我忠于自己,保持质疑的态度,但我们之间的气氛却变得很糟,这是过去相当罕见的情况,我们不断地向周遭的朋友吐苦水。当天晚上,这种紧张气氛终于爆发了,在温柔的海浪声中,我们展开了一场尖锐的讨论。

"听着,"火苗由我开始点燃,"对一般的信心疗法或这类的徒手运功我并不怀疑。我也相信这些现象有时是非常真实的。"

崔雅插嘴了:"你和我一样清楚它背后的理论,人体内有一股奇妙的能量,俗称气,针灸术或拙火瑜伽想要引发的也是这股能量。我确信那些所谓的灵疗者,可以有意地在他们自己的体内和其他人的身上运用那些能量。"

"我也相信,我也相信。"事实上,我为爱迪丝所绘制的图形中,这股能量归类为第二个层次,也就是情感—生物能层次,这个层次在身、心、灵的联结上扮演了重要的角色。我相信无论是透过瑜伽、运动、针灸或徒手运功来支配这些能量，都是治疗身体疾病重要的因素，因为较高的层次会影响较低的层次，也就是所谓的"上能影响下的因果律"。

"那么你为什么会怀疑克莉斯呢？我可以从你充满讥讽的语气中听出来你并不赞同她。"

"不，不全然如此。依照我的经验来看，治疗者或灵疗师通常不十分了解自己所做的事或他们是如何办到的，却歪打正着地产生了功效，于是他们开始对自己所做的一切捏造故事或理论。我并不怀疑他们的功力，而是质疑他们编造的理论和故事。有时这些故事听起来相当有趣，而他们也经常以半生不熟的物理学论调来支持自己的说法，对这类的事，我实在不能不反应。"

那天傍晚，我走进诊疗室去看克莉斯的治疗工作。诚如我所说的：我并不怀疑有某种真实的东西正在运行，她真的在运功，但要相信她所说的每一个字却很难。我这辈子从未听过这么多荒诞不经的故事，然而无可讳言的，这正是她的魅力所在。如同崔雅，我也觉得她非常可爱，你会很想待在她的身边，听她说这些神奇的故事。后来我发现，这正是她的治疗工作中非常关键的部分，但这不意味着我必须相信她说的一切。柏拉图曾经说过，要成为一名好医生，其中三分之一的条件必须具备所谓的"魅力"，从这个角度来看，克莉斯绝对是一位好医生。

然而崔雅却把我对克莉斯的故事的质疑，当成我对她的疗效的怀疑，这两者她都不想接受。"我现在不需要听这些。"她不断地说着。我仍然在学习如何成为一位好的支持者。我在这件事上学到的功课是：如果你真的对某一种疗法有所怀疑，应该在当事者决定接受这种疗法之前提出来。但当事人如果已经决定要接受，你就要收敛怀疑，百分之百地支持他，因为那时你的怀疑会变得残酷、不公、且具有伤害性。

反正，克莉斯的魅力对崔雅产生了非常惊人的效果。这份"魅力"在白人医师的正统医疗中是找不到的,如果有的话,也会被那个消过毒的字眼"安慰剂"给冲淡了。然而你是希望被"真实"的医疗治愈,还是被"魅力"的医疗治愈?你真的在乎吗?

过去崔雅颇信任我的幽默感,但有时也会认为我的幽默感不恰当。克莉斯却让我发现自己的幽默感有点贫血。她没有什么是不能开玩笑的,也没有任何设限,而这正是我和崔雅从疯狂的克莉斯·哈比身上所学到的,放轻松!一切不过是个笑话罢了。

沿着海滩跑步,那条返回旅馆的路径完全笼罩在昏黄的暮色中,我想着自己有多渴望改变,甚至改变得更多一点。我要以轻松的态度来看待事情,我要多笑、多玩,别老想危机,我要把身上的压力除去,也要除去附加在他人身上的压力。"我要轻松地掌握生命"——这是我的新座右铭。

第四次的治疗。"许多人都不愿意学习自我治疗,"克莉斯说:"他们总希望把这件事交给别人。有时候我也必须成为他们爱的对象。我曾经治疗过一位男士,他是一位可以令每个女人坠入情网的英俊男子,他经营了五家公司,在卡维第有个老婆,但他竟然替十七个女人付了十七次堕胎费。他来找我的时候才二十二岁,得了癌症。他很快地爱上了我,不停地回来找我,对我说他有多么爱我。'你并不爱我,'我对他说,'你爱的只是这股能量。你其实也有这股可以医治自己的能量,为什么不替自己找些水晶来,我会教你怎么做,这样你就不必天天往这里跑了。'于是他去买了一个水晶,发现自己可以处理那些发寒的部位。昨天是我在八个月后第一次见到他,他告诉我,只要他一觉得有什么不对劲,就立刻使用水晶来治疗。现在他的寒冷感减少了许多,他觉得自己可以运用它了。"

就在这时,肯走了进来。自从谈开后,我们的关系与疗程的进展就顺利多了。这一次轮到他躺上诊疗台。他真的很喜欢克莉斯，也认为她是个相当不错的提神剂。克莉斯的双手开始在他的身上移动，但没有感觉任何寒冷的部位。他自己也没有什么感觉。接着，她开始在肯的头部运动。这实在非常奇怪，她说，每个人大脑的左右两侧各有十条经络，绝大多数的人只有两到三条是通的，最多不过四条。她说自己左右两侧的十条经络全都是通的，但这是因为她曾接受许多伟大的治疗师运过功才有如此的成果。根据她的说法，像她这样十条经络全部通畅的人，大约两千年才会出现一个，在她之前只有佛陀一人而已。但她说，肯脑部有一侧的十条经络是全部通的，另一侧也通了七条。她从未见过这种人。既然他脑部的经络通了这么多条，她认为自己有办法把剩下的三条也打通。理论上是没问题的，只是这种人两千年才出现一个，这个房间里竟然有两个人拥有如此的禀赋；肯开始歇斯底里地狂笑起来，他一点都不相信这种事；至于我，也不晓得该高兴还是愤怒！

克莉斯问我是否愿意学习自我治疗，我的回答当然是十分肯定的，于是她开始教我练习，而肯对此也颇感兴趣。"想像你正在量自己灵体的重量。想像你正站在一个量表上，指针的刻度从一到十。现在这个从一到十的量表与先前所说的大脑的十条经络是不同的。现在看看指针停在哪里？"

首先闪入我脑海的似乎是思维而非画面。我试着将心智集中在那个画面上，我看见指针在四点五到五的刻度中摆荡。"好，"她说。"五代表着你正处在平衡的状态，现在开始将指针往五的地方拨去，试着在那里停一会儿。接着再把指针往十的刻度拨去，你一边做一边注意心中所发生的一切。"我专注地想像着这样的移动，感觉内在受到阻碍，我必须将指针推过头才行。"你感觉心中发生了什么？内在的能量是否也跟着移向一侧？"没错。接着她要我把能量移到刻度一，仔细看看会发生什么事。我的注意力开始朝大脑的左侧移动。"从现在开始，我要你练习尽量把指针定在五的刻度上,如果你可以将指针定在那里三十五分钟,你就上轨道了。以后只要时常检查一下指针是否落在五的刻度上便可;如果偏了,就把它移回来。"

在疗程剩下的时间里,我不停地检查着,指针始终定在五,偶尔会偏往四点五。很好,她对我说:"我已经感觉不到你身体里有任何寒意,病毒消失了,你已经好了。"

她拿了一个很美丽的水晶给我,告诉我,只要我觉得身体有什么不对劲,就把水晶放在那个部位上,直到寒意消失为止,她还说:"注意肯,他现在已经能做我所能做的一切,如果你还需要帮助,他可以帮你。"

"你真的办得到吗?"我们俩步出整体健康中心的大门,崔雅立刻问我:"还有,你那个时候为什么笑个不停?"

"亲爱的,我没有办法,因为我不是佛陀,这是你我都很清楚的事,我希望自己可以像她一样运功,但我就是办不到。"

"当她在对你运功的时候,你感觉到什么吗?"

"我只感觉有能量在移动,最诡异的是,在她开口问我之前,我的确闻到一股气味。就像我跟你说的,我认为这些具有天赋的治疗师确实有特异功能,我只是不相信他们的诠释罢了。"

但不管事实如何,克莉斯真的给了我们很多能量,我们都感到生气盎然、敏锐、快乐。那些不可思议的故事让我和崔雅以较轻松的心情来看待每一件事:在克莉斯的身边,事实是没有什么意义的,是真是假,是夸张是实际都不重要。我认为这是克莉斯想要我们认清的惟一观点。

"你明白了什么?"这声音非常坚定地问道。

我决定不再反抗它了,因为似乎没有任何意义。我试着从眼前成千上万的字、符号和句子中,挑出少数我可以理解的,开始大声地朗诵。这些字句和符号仿佛看着我，而我也看着它们。

"反观自己，我们所熟知的世界是建构在可以反观自己的秩序之上的，这是我们无法逃避的事实。为了做到这一点，必须先将自身分割成两半，一个是能观的，另一个是被观的。在这个残缺不全的状态中，不管它看到什么，都只是部分的自己。只要我们把自己当成一个客体来看，毫无疑问地我们都会脱离自己，成为一个虚假的自我。在这情况下，它永远有一部分是在逃避自己的。"

"继续念。"那个声音说。我发现有另一段文字在眼前浮现。

"每一件来自永恒的事都发生在天堂与人间，神的生命与所有时间的功业，其实那是神性要了解自我、发现自我、成为自我、进而联结自我所做的努力；它是疏远的、分离的，但惟有如此才能发现自我、回归自我。"

"又来了。"

"它并不强调统治者恺撒、残酷的道德家或是无法动摇的行动者，它只是寄住在世上最温柔的元素中，借着爱缓慢而安静地运作着；它在与俗世无关的当下王国中找到了目的。如此一来坚持的渴望就被合理化了，这份对存在（生存）的热切渴望，被永不褪色的当下行动所更新。它就这样不断地消逝而复生。"

"你明白这里面的意思了吗？"从虚无中传来的声音如此问道。

回到湾区的漫长归途中，崔雅大声地对我念着精神分析师费德瑞克·李文森（Frederick Levenson）所写的《癌症的病因与预防》（*The Causes and Prevention of Cancer*）中的一段，这是少数她觉得可以贴切地反映出癌症心理的书。她目前正在努力研究"癌症蛋糕"上的那个"精神切片"，我们都认为这个切片只占到整幅画面的20%。不是整幅画面，但它却是非常重要的成分。

"他的理论是，那些很难与人产生联结的成年人，比较容易罹患绝症。他们通常都会有过度个人主义的倾向、过分自制、从不求助他人、凡事总想靠自己来达成，因此所有的压力都会累积在自己身上，又因为无法向他人求助，或允许自己依赖他人而获得纾解。这股积聚的压力无处可去，若再具有癌症的遗传基因，压力便很自然地转化为癌爆发出来。"

"你觉得这种说法非常适用你吗？"我问。

"十分肯定。我这辈子最喜欢说的一些话就是：'哦不，谢谢，我可以处理的。''我可以自己来。''哦，不麻烦了，我可以的。'求助对我来说是一件非常困难的事。"

"也许这是因为你是长女，又是个过于坚强的女人。"

"我想是这样。只要想想我是多么频繁地说这些话，我就会觉得尴尬。一生中我一遍又一遍地说，'我可以自己搞定。''我能处理。''不，谢谢。'"

"我知道隐藏在背后的因素是什么，恐惧、害怕成为依赖者；如果求助，我怕会被人拒绝；如果我表现出自己的需要，又怕被驳回，也怕自己变成需索无度的人。我还记得自己在童年有多么安静、乖巧、不烦人、不会抱怨。我从没有太多的要求，在学校里也不会向同学透露自己的问题，我只是静静地待在房间里念我的书，独自一人，非常沉静，非常自制。真丢脸，因为我害怕被批评，无时无刻地想像来自各方的负面批评。当我与妹妹、弟弟玩耍时，也经常感觉孤独。

"这就是李文森的理论，"她继续说着。"你听：'处于前癌症期的人，由于缺乏情绪上的一致性、自洽性，无法与他人融合，自身的苦恼也无法驱散，只有在照顾别人时才能体验到亲密感，因为这是安全的。然而被爱和被照顾，却会导致他情绪上的不适感，这是很容易察觉的。'"

"那就是我。你是第一个能够真正与我融合的人，你还记不记得我在列出自己致癌因素的清单时，有一条写的是'因为没有早一点遇见肯'？

看来李文森也同意这一点。他指出'自己动手做'就是致癌的因素,我这一生都是如此,这是我很深的业,一个我向来就有的问题。"

"把它丢到阴沟里好吗?你现在已经是崔雅,不是泰利了。这个弯已经转过去了,不是吗?现在让我们来谈一谈融合的问题,对我而言这意味着我们要好好地拥抱一番,这一点我是绝对可以胜任的。"

"我想,我只是在自怨为什么我们不早点开始。"

"在这辆车里不准有自怨存在。"

"好吧。那么你呢?你主要的问题是什么?我的问题是试着去接受爱,不要太过自信或自以为能处理一切,并且接受身边可以有许多人陪着我、爱我的事实。你的问题又是什么?"

"我犯了和你相反的错误,我认为每个人都应该爱我,当我发现有人并非如此时,就会开始紧张。因此,在我小的时候,我不断地企图平衡自己。我当班长、代表毕业生致辞,甚至在足球队里也要当队长。我疯狂地希望被人接纳,想要让身边的每个人都爱我。"

"其实我和你的问题一样是恐惧——害怕被拒绝。但你是自我封闭而太过内向,我则是太开朗而过分外向。所有的一切都导源于焦虑、企图去取悦别人、表现自己,典型的焦虑神经官能症。"

"这就是你所谓的 F_3 症病状。"

"第三号支撑点病状 (Fulcrum Three Pathology),没错。我这一生绝大多数的时间都处在焦虑的状态,这就是我和罗杰、弗朗西丝、西摩尔一起处理的课题,它非常难以驾驭,或者该说我本身就是一个很难驾驭的家伙。然而我不认为那是我最主要的问题,因为我一向还能处理,但是如果我不能诚实面对自己的内在声音或我的守护神,那麻烦就大了。"

"你不写作就是在弃绝它吗?"

"不,应该说我不写作,又将不写作的原因归咎他人时,便是在弃绝它了。那是一个谎言,来自你的灵魂,而非你的肉体。F_3 的焦虑只是某种较低的身体能量,那些不让它升起的侵略性情绪。守护神则是你不让它下降的更微细的能量。这股能量一旦受到阻碍,就会引发无法自持的焦虑,这股焦虑会使我彻底瓦解。因此,如果我能诚实面对我的守护神,就能处理 F_3 的焦虑;反之,我就会有 F_7 或 F_8 的病症,一种灵魂的病症,这两者加起来足以使我毁灭。这就是在塔霍湖发生的事。天啊,我真的非常抱歉,那时我总是将一切罪过推到你身上。"

这是我首次以如此自由而开放的态度坦承我曾经诿过于她,虽然彼此心里都很清楚,但能够将如此困难的问题弄清楚真好,特别是我们去戴马尔时相处得并不好。自从见过西摩尔以后,我们已经停止争吵了(我们两人都认为西摩尔挽救了我们的婚姻)。然而战火又因为我对她最近所选择的治疗方式抱持怀疑而被重新燃起,一开始我们都以为这只是一个困难的争吵回合,其实刚好相反,它是婚姻冲突中最低、最困难的状态,但也是一个好的状态。从那时候起,我们就不再争吵了,至少能暂缓一下。也许从克莉斯的身上我们学到:一切不过是个笑话罢了。

回到旧金山,我们听说卡卢仁波切将在博尔德举行时轮金刚法会,山姆打算去参加,并鼓励我们一同前往。几个月后,我们与一千六百个来自各地的人一起坐在科罗拉多大学的礼堂中,参加持续四天的佛教最高法会。当时我们并不清楚,但这场法会确实是"崔雅"最后的催生剂。一个月后,在她四十岁的生日当天做了正式的宣告。这一切的因缘是那么地适度,只看了卡卢仁波一眼,我们就知道我们已经找到老师了。

嗨,朋友们,11月16日是我的四十岁生日,就在这一天我改名叫崔雅。从今以后我不再是你们所熟悉的泰利·吉兰或泰利·吉兰·威尔伯,而是崔雅·威尔伯或崔雅·吉兰·威尔伯。

七年前,当我还住在芬德霍恩时,我做了一个非常清楚、在某种程度上相当重要的梦。我梦到自己的名字应该叫艾斯崔雅(Estrella),

也就是西班牙文的"星星"之意。当我醒来想起这个梦时,我觉得这个名字应该被改成崔雅(许多人都不晓得西班牙文中的"ll"应该发成"Y"的音)。然而我并没有真的去做,因为我向来对那些突然改名的人存疑。当时,改名字对我来说是一件非常窘的事;我自己的批判阻碍了我"追随自己的梦"。

或许是时候未到,或许我需要七年的时间与这个名字合一。毫无疑问,这些年是我生命中最戏剧性、也最具挑战性的岁月,特别是后三年。我先是认识了肯,四个月后与他结婚,婚后的第十天发现自己得了乳癌,开刀、放疗;八个月后复发,再度开刀;六个月的化疗,头发掉光;八个月后发现自己罹患糖尿病,今年的六月癌症又复发了。

面对最近一次的复发,我的反应连自己都吓了一跳。前两回合与癌症奋战,最显著的反应就是恐惧,这一次却非常平静。当然,恐惧还是有,经过了这段时间,我对癌症当然不会掉以轻心,但我平静的程度与实事求是的态度,令我发现自己和这个疾病的关系已经全然改变。如果没有这次的复发,我永远也无法彻底认识这份内在的改变。

在我得知切片检查结果后的某个晚上,我在日记里写下了有关这次复发的事。我随兴记录了这件事对我的意义以及我的感受。我发现自己写了一些我在阴阳特质中找到的平衡感,也表白我终于可以不再做父亲眼中的长子。我发现自己写的是:"崔雅……我的名字现在应该改为崔雅了。泰利这个名字十分的阳刚、独立、不苟言笑、不装腔作势,而且非常地率真,是我一直想达到的境界。但崔雅是一个更温柔,更具女性特质、更仁慈、更敏锐细致,而且有一点神秘的名字——也是我目前想要成为的那种人。更像我自己。"

但我仍然觉得改名字很无聊,没错,这正是泰利可能抱持的态度:一点意义都没有。然而崔雅,崔雅会理解、会鼓励并支持这样的改变。去年夏天，我又做了两个更鲜明的梦，其中一个是有关癌症复发的，这两个梦提醒我："别再瞎兜圈子，是改名字的时候了，你的名字叫崔雅。"

上个月我和肯参加了由卡卢仁波切所主持的时轮金刚法会，星期六的晚上，每个人都必须睡在由苦分（kuahi）草编成的席子上（据说佛陀在证悟时就是坐在这种草席上），还要记住自己的梦，这些梦被认为是特别重要的。那天晚上我梦见肯和我正在找一个住的地方，那是一种要"回家"的感觉。在海边的一幢屋子里，我看见地上有一支很大的黑色自来水笔，我将它拾了起来，我想试试看好不好写，便取下草帽，很清楚地写了"崔雅"这个名字。

因此我决定在四十岁生日的这一天改换自己的名字；不仅如此，生日这天，还是个月圆之日，非常有女神的意味！

除了改名之外，我还做了一些自己真正想做的事，譬如彩绘玻璃以及一些我迫不及待想拾回或梦想已久的事。这都是一些崭新的事，并非来自过去或任何人的鼓励。这回我是真正摆脱了过去，开始做我感兴趣的事。

我不再苛求、批评人，不再以"保守"或"成功"之类的标准来衡量。我有一位从事编织的朋友，她先生是一位政治上的激进分子，我不再认为她所做的事与她先生相较是多么微不足道了。我变得更加宽容，并开始对人们不同的生活方式感到兴趣，评断人的话也不再脱口而出。我开始把生命视为一场游戏，不再肩负沉重的使命感。生活变得更有趣，更轻松自在。

我以前那份女寝室长的心态，那份喜欢检视他人生活的倾向渐渐地消退。我不再以自己的方式去看待别人，不再想控制那么多，不再假设人们的生活应该怎么样才是"正确"的，因此我对于愤怒的反应开始缓和下来。我只是单纯地看着自己和别人，不再有丝毫的批判。

此外，我更加信任自己，对自己也更仁慈了，我相信有种智慧在引导我的生命，而我的生命不一定要和其他人的生命一样美好，甚至成功。

这些改变像滚雪球般愈滚愈大，终于在我的生日这一天整合了。从许多方面来看，我真的重生了。摆脱过去的我，迎向一个真正属于我的未来，没有过去的牵制，朝向一个真正属于自己的方向前进。

祝福所有改了名字的人，我现在的名字是崔雅·吉兰·威尔伯。

爱你们的崔雅

1986年11月25日

1983年11月26日在圣弗朗西斯科我们举行的婚礼上。

崔雅和父亲瑞德,摄于1967年,于圣安东尼奥。

崔雅和肯恩,摄于接受治疗期间,于磨坊谷。

摄于1985年春天

14

什么才是真正的帮助

卡卢仁波切是一位彻底超凡的导师，他被视为当今西藏最伟大的法师之一。年轻的时候，卡卢便决定全心追求解脱道，因此放弃了俗世的生活，在各大山脉的洞窟中静修。他整整花了十三年的时间离群自修，不久这位超凡圣者的声名开始在西藏传开。当时被视为"教系"的大宝法王（Karmapa）把他找了出来，验证他的领悟，并宣布卡卢在静修上的成就等同于密勒日巴（Milarepa）。他要求卡卢将佛法带到西方世界，卡卢不得已只好放弃独居生活，开始在西方各地成立静修中心。直到1989年辞世为止，他已经在世界各处成立了超过三百个以上的静修中心，是历史中将最多西方人带进佛法的大师。

在时轮金刚灌顶法会期间，也就是崔雅做了那个"崔雅"梦的同一个晚上，我梦见卡卢给了我一本含藏了宇宙所有秘密的书。时轮金刚法会结束后不久，我和崔雅又参加了在洛杉矶外大熊山所举行的，同样由卡卢主持为期十天的智慧传授闭关。

我曾经说过，我并不认为佛教是最佳或惟一的途径，也不认定自己是佛教徒；因为我与吠檀多哲学、基督教神秘体验论以及其他的宗教都有密切的关联。但如果一个人真想修行，就必须选定一条路，而我的路一直都是佛教的解脱道。所以我以切斯特顿（Chesterton）的讽语来作为总结："所有的宗教都是相同的，特别是佛教。"

我的确认为佛教是涵盖最完整的宗教。它有许多特定的方法，可以帮助人往更高的层次进展，通灵、微细光明、自性、绝对境界。它在修行上有很清楚的次第，可以一步步引导你通过这些阶段，除非你自己的成长与转化能力不足才会受限。

智慧传授闭关要介绍的便是这些阶段与修行的方法。这次的闭关对崔雅而言格外重要，因为它彻底改变了崔雅日后静修的方式。

藏传佛教将解脱道分为三大阶段（每一个大阶段中包括了好几个次阶段），那就是：小乘（Hinayana）、大乘（Mahayana）以及金刚乘（Vajrayana）。

小乘是根本的练习，是所有佛教派别共有的基础与核心训练。此一阶段的重心便是默观练习或内观法门，这种方式的静修，崔雅持续了大约十年之久。在练习默观时，你只要维持舒服的坐姿（莲花或半莲花坐，盘腿或不盘腿均可），赤裸地注意着内心与外部世界所发生的任何事情，不去评断它、指责它、追踪它、避开它或欲求它，只要单纯地、毫不遗漏地注视着一切，然后任其来去。这个练习的主要目的是要明了分裂出来的私我并不是一个真实的、坚固的实体，只是一连串无常而短暂的觉受罢了。如果一个人明白了私我竟然是这么的"空无"（empty），就会停止认同它、护卫它、担忧它，如此一来，我们就解脱了长久以来的痛苦和不快乐。正如为无为（Wei Wu Wei）所言：

你为什么不快乐？
因为你所想或所做的事，
百分之九十九点九都是为了自己，
然而那个私我却是不存在的。

智慧传授闭关的头几天，我们全神贯注地做这种基本的练习，参与的人都长期做过这项练习,后来卡卢又额外加以指导。

虽然这次练习非常殊胜,但仍嫌不足,因为纯然觉察或注视的本身,仍然有微细的二元对立性,解释这一点有很多种方式,其中最简单的是:小乘最主要的目的在于私我的解脱,而忽略了别人的解脱,这似乎显示了仍有私我存在的迹象。

因此小乘强调的是个人的解脱,而大乘强调的是众生的解脱。大乘修行最重要的就是培养慈悲心。这并不是一种昌论,而是要透过实修让你的心中真的发展出慈悲心。

在这些修行中,最重要的便是"tonglen",意思是"自他交换"[1]。一个人一旦在默观上奠定了坚固的基础,接下来便要步向自他交换的练习。这种练习极具威力与变化的效果,在西藏一直属于秘密修行,直到近年来才被公开。这个练习开始深入崔雅的心中。方法如下:

在静修时观想一个你所爱的人正在经历许多苦难,如病痛、损失、沮丧、痛苦、焦虑、恐惧,等等。当你吸气时,想像这个人的痛苦如同浓烟般的乌云进入你的鼻孔,然后深入你的内心。让那份苦难在你的心中停留一会儿,安静地体会一下;接着在呼气时,呼出你所有的祥和、自由、健康、良善与美德给那个人。想像这些好的品质如同治疗和解脱的光明进入那个人的身体,那个人因此感受到彻底的解脱、释放与快乐。以此方式连续呼吸几次。再想像那个人所居住的城镇。吸气时吸入这个城镇所遭受的所有苦难,呼气时把你的健康与快乐吐给其中的每一个居民。接着把观想的对象扩大到整个州、整个国家、整个星球、整个宇宙。你将每个地方所有生命的苦难全都吸入,再将你的健康、快乐与良善反吐给他们。

当人们第一次接触这种练习时,反应通常十分强烈。我的感觉就是如此。将这些乌漆麻黑的东西吸入体内?开什么玩笑?!如果我因此生病了怎

---

[1] 又称"施受法"。——译注

么办？这是多么疯狂又危险的事！当卡卢第一次教我们自他交换的练习时，上百名的与会者之中，有一位女士突然站了起来，问了一个令在场的人都深有同感的问题："如果我观想的对象是个患有重病的人，而他的病气上了我的身怎么办？"

卡卢毫不迟疑地回答："你应该这么想，哦，太好了！这个观想发生功效了。"

这就是整个重点所在。我们这群号称"无我"的佛教徒，马上露出了私我的马脚。我们来这里修行只是为了个人的解脱和减轻自己的痛苦，要我们承受别人的苦，即使只是想像也免谈。

自他交换的练习正是为了斩断那个私我的自我关切、自我助长和自我防卫。自他交换能深刻地去除主、客的二元对立，让我们逐渐认清我们最恐惧的是：让自己受伤。这个练习不只要我们对别人的苦难产生慈悲心，更要心甘情愿地吸入别人的痛苦，把好的品质吐给他们。这才是真正的大乘慈悲解脱之道。这一点和基督的作为是相同的：承受世人的罪，并因此转化了他们（以及你自己）。

这个观点其实很简单：自、他是很容易交换的，因为这两者是相等的，对真我而言并没有什么不同。相反地，如果自、他无法交换，我们便会封锁真我的知觉，也就是纯然非二元的知觉。如果我们不愿意承受他人的苦难，就会被自己的苦难封锁。诚如威廉·布雷克（William Blake）所说："当最后的审判来临时，如果我发现自己并没有毁灭，我就会被自己的自我紧紧地掳攫。"

如果一个人长期练习自他交换，奇怪的事会开始发生。首先没有人因此真的得病。尽管我们当中有许多人以恐惧为借口而拒绝做这项练习，但我发现没有任何人因为练习它而生病；反之，你发觉自己不再逃避痛苦，不管这痛苦是你的还是他人的。除了不再逃避痛苦之外，你还发现因为你愿意将痛苦吸入自己体内再释放出来，而有能力转化它。你的心中产生真正的改变是因为你不再企图保护自己了。接着你会放松自我和他人之间的紧张,你领悟到那个在受苦或享受成功滋味的,根本是同一个大我。如果宇宙里只有一个共通的我在享受成功,何需羡慕别人呢?自他交换的正面价值是:我为他人的美德感到快乐,在非二元的觉察中,他们和我是无别的。一种伟大的"平等意识"因而发展,它一方面去除了骄傲与自尊,另一方面也斩断了恐惧与嫉妒。

建立了大乘的慈悲心,在某种程度上领悟了自他交换的本质,接下来所要学习的便是金刚乘的解脱道。金刚乘奠基于一个不妥协的原则之上:存在于宇宙的只有共通的佛性。如果一名行者继续不断地去除自己的二元对立,就会逐渐发现高低、圣凡都是完全佛性的展现。整个宇宙都是那空无、明澈、无碍、自发的觉性所示现的游戏三昧。当然我们发展觉知并不是为了游戏,因为存在的只有觉性罢了。金刚乘的修行就是觉知、能量与光明的游戏三昧,它反映了长青哲学的智慧:宇宙就是神性的游戏,而所有的众生都是神圣的。

金刚乘有三部主要的密续。第一部是"外密"。你观想本尊在你的前方或头顶,向你洒下治疗的能量或光明,并赐予你祝福和智慧。这就是我所谓的第七个层次——通灵层次,人们在这个层次开始与神建立起内心的交流。

第二部是"内密"。你观想自己就是本尊,并且不断地诵持本尊的咒语。这就是我所谓的第八个层次,微细光明层次,人们在这个层次与神合而为一。第三部是"秘密",这时你和本尊都融入纯粹的空性中,也就是我所谓的自性阶段。这个阶段的行者无需再观想、持咒或专注禅定,你只需要领悟自己本来便俱足佛性,而且从来就是解脱的。既然众生早已俱足佛性,就没有"成佛"这件事了。存在于十方的只有佛性或神性,你只需安住在心的本然中。所有生起的现象,都是你本觉的点缀罢了。所有示现的或未示现的,也就是无论空或有,都在你不二的觉性中展现着游戏三昧。

闭关时替卡卢仁波切担任翻译的是肯·迈克李欧（Ken Mcleod）。他是追随卡卢许久的优秀学生，后来与我和崔雅结为好友。顺道一提的是，肯·迈克李欧译了一本有关自他交换练习的西藏经典——《伟大的觉醒之道》(The Great Path of Awakening)，如果你对这方面的练习有兴趣的话，我大力推荐这本书。

后来崔雅在卡卢的引导与肯的协助下，不但练习默观，也做自他交换和本尊瑜伽的观想（观想她自己就是观世音，一位充满慈悲心的菩萨）。我也做了同样的练习。她开始以我在塔霍湖那年遭受的痛苦与磨难来进行自他交换的练习；我也以她所受的苦来做相同的练习，然后我们逐渐将其扩展到所有的众生。未来的几年，这都是我们最主要的观想练习。

自他交换比其他任何练习更加深了崔雅的慈悲心。她说因为众生都在受苦，她觉得自己与众生深深相连。自他交换的练习救赎了她罹患癌症的苦难。一旦熟稔了自他交换的练习，每当你感到痛苦、焦虑或沮丧，吸气时很自然便想到："让我把所有的苦难吸进来。"呼气时再把它释放出去，结果是你支持了自己的痛苦，你进入了其中。面对苦难时，你不再退缩，反而可以利用它与众生的痛苦联结。你拥抱它，并且以全宇宙的血脉转化了它。你和你的痛苦不再孤立无援，反而借此机会和其他受苦的人建立了联结。你领悟到"在我弟兄身上发生的，也同样在我的身上发生了。"透过简单而慈悲的自他交换练习，崔雅发现她大部分的苦难都被救赎了，还被赋予了意义、使她与众生的血脉相连；让她得以从"自己"孤立的愁苦中跳脱出来，进入众生的体性中，不再感到孤独。

最重要的是，它帮助她（同时也帮助了我）不再批判疾病或苦难，不管是属于我们的还是他人的。自他交换使你不再让自己与苦难（你的或他人的）保持距离；你以一种简单、直接而充满慈悲心的方式与它产生关联。你不再袖手旁观地编织一些理论，或企图分析某人"为什么要创造某种疾病"、"它到底有什么意义"。这样的理论对别人的痛苦并没有什么帮助,不管你认为你的理论有多么大的助益,它只不过在暗示,"不要碰我!"

自他交换的练习使崔雅以更慈悲的心情与苦难相连,于是她写了一篇《什么才是真正的帮助》的文章,投在《后人本心理学期刊》中,后来又被《新时代杂志》转载,而且获得了巨大的回响,同时也使她受到"欧普拉秀"的注意(崔雅很委婉地拒绝了——因为他们只想要我和鲍尼·席格辩论)。相较于新时代"你创造了自己的病痛"的理论,《新时代杂志》的编辑称这篇文章为"对疾病更慈悲的观点"。以下便是其中的一些摘要:

什么才是真正的帮助

五年前的某一天,我坐在厨房的餐桌旁与一位老友喝茶,他告诉我数月前得知自己罹患了甲状腺癌。我告诉他我母亲在十五年前动了结肠癌的手术,到现在还活得好好的。接着我又对他描述了我与姊妹们讨论母亲之所以得癌症的各种原因。我们最喜欢的理论是,她一直都在扮演妻子的角色,而没有扮演自己。我们猜想,如果她不嫁给牧场的主人,可能会变成素食主义者,也许就可以避免摄取导致结肠癌的油脂。此外我们还有一个比较高明的理论,她家族的不易表达情感,可能也是她罹患癌症的原因之一。然而我的朋友显然对癌症有过更深的思考,他后来说了一些话,深深地震撼了我。

"你们难道不明白自己在做什么吗?"他问道,"你们把自己的母亲当成一个物品,滔滔不绝地谈论着有关她的理论。别人在你身上所加诸的理论,感觉上就像是一种冒渎。我明白这一点是因为在我的例子里,许多朋友对于我罹患癌症所提出的各种看法,都让我觉得是负担和包袱。他们似乎不是真的关心我,在这样困难的时刻也不尊重我。我觉得他们的'说法',只是为了交差了事,而不是真的想帮助我。我罹患癌症这个事实,一定对他们产生了相当大的冲击,以至于他们必须替它找些理由、解说或意义。这些说法是在帮助他们而不是在帮助我,它们只会带给我许多痛苦。"

我感到极为震惊。我从未看过那些理论背后的真相,也未仔细想过我的理论可能带给母亲什么样的感觉。虽然我们姊妹并没有将这些想法告诉母亲,但我知道她感觉到了。那样的气氛不可能让人产生信赖、开放与求助之心。我突然领悟到,我在母亲最危难的时候,竟然没有给她一点帮助。

我的朋友为我打开了一扇门。我开始以更慈悲的心情面对那些生病的人,以更友善的态度来接触他们,对自己的观点也更加谦卑。我开始看到我的理论背后除了批判之外,还有更深的恐惧。我不但没有说:"我真的很关心你;有什么事是我能帮忙的?"反倒不断地质问:"你做错了什么?你在何处犯了错?你是怎么失败的?"其实,我真正想表达的是,"我该如何保护自己?"

我看见了无知及隐藏的恐惧,它刺激我、强迫我去编一些理论,这些理论让我对这个宇宙所发生的事,有了一份自圆其说的掌控感。

这些年来,我曾经和许许多多罹患癌症的病人交谈,其中有一些人是最近才被诊断出来的。起初我实在不知道该说些什么。身为一名癌症病人,谈论自己的经验总是比较容易,但我很快就认清,那个人并不想听你说这些话。我发现惟一可以帮助人的方法便是倾听,只有认真倾听他们说话,才能体会他们的需要是什么、他们面临的问题是什么,在某个特定的时刻什么才是真正的帮助。因为人们在生病时会经历许多不同的阶段,尤其像癌症这类持续又难以预测的疾病,专心地倾听他们的需求是非常重要的事。

特别是当他们必须选择治疗的方式时,会需要一些资讯,也许要我提供一些另类的疗法，或是协助他们对传统治疗做一些评估。一旦他们选定了自己的治疗方法后，就不再需要任何的资讯了。此时的他们只需要支持，不需要再听他们所选的放疗、化疗或其他疗法的危险性在哪里。如果我在这种时候还不断提出新的建议，只会将他们推回困惑之中，让他们感觉我在怀疑这份选择，徒增他们的疑惧……

我自己在做决定（有关癌症的治疗方法）时也不是很容易的；我知道对某些人来说，那可能是这辈子最难下决定的时刻。我逐渐认清，如果我是别人，我永远也无法预知自己会做什么样的选择。这个认知让我愿意真正去支持别人的选择。我有一位好友（她在我头发掉光时还让我觉得自己很美）最近对我说："你的选择和我可能做的选择不太一样，但这一点都没关系。"我非常感激她在我生命中最艰难的时刻，没有让不同的选择造成彼此间的阻碍。后来我对她说："但是你也不知道你会做什么选择；我没有选择你认为你可能会做的选择，也没有选择我认为自己可能会做的选择。"

我从没想到自己会同意接受化疗，我对于把毒物注射到体内有着相当大的恐惧，更害怕它对我的免疫系统造成永久的影响。我一直抗拒，直到最后才做了这项决定，即使它有很多的缺点，但它仍然是我最佳的治愈机会……

我很清楚我无意识地造成自己的疾病，也很清楚我有意识地努力使自己痊愈。我试着将注意力集中在自己能做的事上，尽量摆脱过去自责的习惯。那份习惯只会阻碍我做健康、清醒的选择。同时，我非常清楚还有许多其他的因素存在于我有意无意的掌控欲背后。值得感谢的是，我们全都是更大整体中的一部分，我很高兴能知觉到这一点，尽管这表示我并不具有太多的掌控力。我们全都息息相关，不管是人与人之间，还是人与环境之间。生命实在太复杂了，哪里是"你创造你的实相"这么简单的一句话可以涵盖的。如果我深信，我创造了或掌控着自己的实相,我就切断了生命中更丰富、更复杂而神秘的血脉。这样的理论奉掌控之名,否定了那个每日滋养着我们、众生一体的血脉。

我们以前误认自己是被一个更大的力量所摆布,疾病是由外在因素所造成的。"你创造你的实相"这个理论在更正上述的误解上,是非常重要而必要的。但它是一个过于简单且反应过度的理论。我愈来愈觉得,我们愈是相信这个理论,就愈否定了它的助益,因为我们在运用这个理论时的心态是狭隘、自恋、疏离的和危险的。我认为我们对这个理论应该有比较成熟的看法了。诚如史蒂芬·勒文所说:"这个理论只说出了一半的真相,所以是危险的。"其实更正确的说法应该是:我们"影响"了自己的实相。这样的说法比较接近完整的真相,包容了个人行为的影响力和生命更丰富的神秘性。

如果有人问我:"你为什么要选择得癌症?"这个问题给人一种自以为是的感觉,好像发问者是健康无恙的,而我是病恹恹的。这样的问题并不会引发建设性的内省。那些对于情况的复杂性比较敏感的人,也许会提出比较有助益的问题,例如:"你要如何运用癌症来成长?"对我来说,这样的问题是比较令人振奋的;它帮助我认清自己目前所能做的事,使我得到支持和助力,感觉也更具挑战性。一个人会提出这种问题,表示他不认为我得病是因为犯了错而自作自受的。反之,他使我觉得困境也是成长的契机,我自然也会以同样的方式来看待这件事。

在我们的犹太—基督教文化里,由于太强调原罪与罪恶,使得人们很容易将疾病看成是犯错所遭到的惩罚。这方面我比较偏向佛教的看法,他们认为每件事的发生都可以增加慈悲心和服务他人的机会。我不再把那些发生在我身上的"坏"事,看做是过去行为的处罚,反而当成消除业障的机会。这样的态度帮助我更专注于眼前的处境。

我发现这样的态度非常有益。依新时代的观点,我也许会问那些罹病的人:"你做错了什么事?"然而从佛家的观点,我可能会对那些饱受疾病之苦的人说:"恭喜你了,你显然很有勇气承受这一切,并且愿意从中学习成长,我很佩服你。"

当我和那些刚被诊断出罹患癌症、最近又复发,或与癌症对抗得筋疲力竭的人交谈时,我常提醒自己不必给什么具体的建议,因为倾听便是帮助,倾听便是给予。我试着在情感上更贴近他们,克服自己的恐惧去接触他们,与他们联结。我发现只要我们允许自己恐惧,就能以谈笑的心情来看待我们所恐惧的事。我也试着排除那些对他人武断施加的意图,即使是为你的生命奋战、改变自己或清醒地进入死亡之类的话语,我都不再脱口而出。此外我尽量不强迫别人依照我的方式做选择。我试着安住在自己的恐惧中,因为有一天,我可能会处在与别人完全相同的情境中。我必须学习与疾病为友,不要把它看做失败,试着利用自己的挫折、软弱与疾病,来发展对他人与自己的慈悲心,同时记住不要再把那些严重的事看得太严重。我试着在非常真实的痛苦中保持觉察,并将其视为心理与灵性的治疗契机。

15

新 时 代

崔雅和我决定搬到博尔德。就在那年夏天（1987年），崔雅做了一连串具有威胁性的梦。在三年的抗癌历程中，她从未做过如此不祥、预感如此鲜明的梦。虽然距离最后一次的复发已经有好几个月，当时的医疗检验也没有显示疾病的迹象，但她的梦境似乎道出了不同的说法。其中有两个梦特别清楚。

> 我做的第一个梦中，有一只豪猪连在我左侧的身体，它看起来又像是一条鱼。这个扁平黝黑的形体连着我的身体，高度从小腿中央直达肩膀。凯蒂帮我拉开他时拔下了一些猪毛。这些猪毛的末梢都带钩，感觉上好像有某种毒物注入了我的体内，一直停留在里面。
>
> 第二个梦境中有位女医师，她非常关心我乳房切除与接受放射治疗的部位。她说那个部位的肤色显示里面有不好的东西。虽然没说出是癌症，但那显然就是她的暗示。

我同意梦境是一条通往潜意识的途径——通常都和神秘的过去有关（个人的或集体的），而且我认为梦境有时也可以预测未来——属于通灵和微细的层次；但在日常生活中，我并不太注重它们，因为所有的诠释都很容易自欺欺人，偏偏我们又禁不住被这些梦境的预兆所影响。

其他的迹象都很乐观，崔雅只需继续自己的治疗程序：静修、观想、严格的饮食控制、运动、刺激免疫系统的注射（例如胸腺萃取）、高单位的维他命治疗，以及持续写日记。大体来说，我们相信崔雅正朝着康复迈进。带着愉悦的心情，我们度过了一个非常棒的夏天，这是我们三年来第一次感觉每件事都很顺利。

崔雅将自己投身在艺术创作的工作中，特别是彩绘玻璃，她愉悦地从事设计，许多人都为她作品的美感与原创性所震惊。我们把她的作品拿给几位专业人士欣赏，他们都说："这些作品太精致了，你一定做了几年了。""实际上只有几个月而已。"

我又开始写作了！在一个半月的时间里，我日以继夜疯狂地工作，完成了一本八百页厚的书，暂名为《伟大的存在之链：长青哲学与神秘体验论传统的当代导论》(*The Great Chain of Being：A Modern Introduction to the Perennial Philosophy and the World's Great Mystical Traditions*)。三年来我的守护神一直受困在我的谎言中，透过于崔雅，现在又爆发出充沛的能量与动力。天啊！我真是欣喜若狂！崔雅对这本书也有相当大的贡献，她仔细地阅读每一个刚从印表机里出炉的章节，给我许多宝贵的指正，甚至建议我修改整个段落。

我终于决定要有孩子了，也许该生两个，这个念头令崔雅大吃一惊，我已经认清"不要小孩显示了我对人生与关系的逃避"。过去几年我一直觉得受伤，我本该敞开胸怀投入生活，然而我却放弃了良机，退缩到恐惧之中。我们在阿斯彭度过了美好的一个月，崔雅活跃地投入风中之星与落基山学会的工作。我们是接受朋友的邀约而来的，约翰·布洛克曼、卡婷卡·梅特森、派翠西亚与丹尼尔·艾斯伯格夫妇，还有米契与艾伦·卡伯夫妇以及他们的小儿子亚当，米契·卡伯是莲花社的发起人，也是我的老友。看到米契和亚当的相处情况，使我兴起了生孩子的念头。后来与山姆及杰克谈过之后，更坚定了我的想法。

但真正的原因其实是崔雅和我历经诸多磨难之后，终于在各个层面又有了联结。那份感觉就像初次相遇一般，也许更好一些。

说到肯……打从我们结婚到现在，这是他第一次向我表达想要孩子！他与杰克森、米契及山姆共处的那几天，真的影响了他。显然他问过他们有关生孩子的事（山姆有两个，杰克有三个，米契有一个），他们全都异口同声地说，没问题，别想太多，尽管去生。这真是人生最奇妙的经验，你的生活将因此改观，他们会以你无法想像的各种方式围着你转，那种感觉真是奇妙极了。所以我们现在所能做的事就是花一年的时间观察我的健康情况！

在决定要有孩子以前，肯已经有了很大的改变。他变得非常温柔，充满着爱心。他坐在电脑前工作的模样十分可爱，他用各种香料做实验，烹调大餐时也十分逗趣，即使是做我的健康餐也不例外！这就是他在饱经磨难前的模样吗？他比我记忆中的样子要可爱多了！

我还记得自己秃顶的那段日子，心里常怀疑我们是否还能回到过去。我十分重视初识时那份亲密感和对彼此的渴望。现在我们又重拾那份感觉，而且似乎更上一层楼。这么说也许有点矫情，但这是最贴切的形容。现在最大的不同是，我对他的需求和执著不再那么强烈，虽然我很怀念那份感觉，但我知道这表示我已经成长了。他满足了我内心那份深刻、古老而空虚的渴求，我只想和他在一起。我现在仍然喜欢和他在一起，这是无人能替代的，但那份强烈的需求感已经消失了，那个大洞有一大部分被填满了。我们重拾在一起的那份单纯的快乐，和他所做的一些特别的小事引起的喜悦。我们又回到从前温柔相待、彼此嬉戏的相处方式。除此之外，我们比以前更能觉察对方敏感的地方，愿意以幽默的方式去呵护彼此的弱点。我学会鼓励他，给予他正面的回馈，这种方式在我的家庭里是不存在的。我想他也认清了尖酸刻薄对我造成的伤害。当某个问题出现时,我们能立刻觉察,并且判断要退一步,还是以温和的方式解决。大体来说,家里的气氛比以前要温和、柔软许多。我很喜欢这种温柔相待的互动。

看着肯以清晰易懂的方式把自己的观点写出来已经很令我欣喜了,他还把每一份从印表机列出的章节给我过目,询问我的意见,他似乎很珍惜我的看法,其中有许多都整合在他的作品中。此外,我也很高兴见到许多我们过去的对话,例如在男女差异上的各种讨论,也都出现在他的著作中。能够对他的工作有所贡献,协助他建立他的理念,的确是一件令人欣慰的事。不管我提出的意见有无可用之处,最重要的是,我觉得自己真正参与了这项工作。光是阅读存在到灵魂的部分(从意识的表层到第七、第八层),便足以回答我现在面临的许多问题。我真的很高兴他写这本书!

当然,我也热爱自己的艺术工作!我把自己的抽象素描作为设计的蓝图,然后将其转绘到仔细切割的玻璃上,聚合成三到四层的深度,创造出属于我自己的作品。我将这聚合的玻璃片放入火窟中,虽然在许多书中看过这种做法,却没有一个像我的设计一样。人们很喜欢,对这些作品的评价也很高。我真是太爱做这件事了!!我迫不及待地想回去工作。

此外,旧金山的癌症支援团体也愈来愈上轨道。我们从某个重要的基金会那里获得两万五千美元的财力支援,而且人们开始敲我们的大门了。我听说(我很遗憾自己无法腾出更多的时间去参与这件有意义的事),许多人因为参与了我们的团体而获益。有一位罹患转移性癌症的男病人说,这是惟一令他感受到支持的组织,他再也不惧怕了。另外有位参加乳癌团体的独居老妇,觉得自己又有了四个女儿(团体中较年轻的四名妇女)。即使那些刚参加过一两次聚会的人,也对他们的医生表示,他们在团体中得到非常大的帮助,不再感到孤独。维琪现在全权负责这

个团体,她做得相当出色!昨天我写了一篇文章给维琪的母亲:

我想和您谈一谈癌症支援团体比较特别的事。这个癌症支援团体和幸福社区(我们原先想参照的模式),以及目前在丹佛的一个相似组织"优质人生"之间有很大的差异。我很推崇这两个团体所做的努力,但我发现癌症支援团体最不同的地方是,它是由癌症病患建立的组织。虽然其他团体也希望在最艰难的时刻援助这些病人,但它们重视的却是方法与效果,并企图证明自己的主张是正确的。以幸福社区为例,它们在自己出版的手册中写着:"让我们一起对抗癌症"。这些团体总觉得它们有某些具体的东西要教给病人,譬如观想的方法和它们的功效。

癌症支援团体注重的却是"我们是一体的"感觉,我们更有兴趣和这些人的真实处境交会,满足他们的要求比证明自己的方法有效来得重要。事实上我们所办的一切课程与活动,只不过是将那些需要帮助的人聚集在一起。我罹患癌症时,很难和朋友们相处,我必须花很多时间去照顾他们、为他们解说、处理他们在我身上投射的惧怕,以及隐藏在内心的恐惧。然而我发现和其他的癌症病患相处,却是一大解放。这些人在一起就像一个大家庭,透过自己的经验,大家对癌症都有较深的了解。我认为癌症支援团体要做的就是提供一个场地给这些大家庭的成员聚会,让大家能分享友谊,分享讯息,分享彼此的恐惧,并能一起讨论自杀、生离死别或掉光头发的痛苦感受。

我们必须更慈悲地对待彼此。譬如,我们不该把那些刚罹患癌症的病人介绍给那些转移性的癌症病患(其他的组织通常会将病人混在一起,使他们在毫无心理准备的情况下受到惊吓)。我们已经认清健康的定义不该局限在肉体的层面,更重要的是如何去生活。我们尽量提供一些建议,为病人打开大门,让他们知道不论选择什么,不论是否接受我们的建议,我们永远支持他们。我们知道这些事,因为我们经历过相同的处境,这就是癌症支援团体与其他组织的不同之处。

我喜欢肯想要小孩的念头,但天知道我的身体是否允许?然而不论发生什么事,我都会把癌症支援团体当做我的孩子。它真的很特别,我就像溺爱孩子的父母一样以它为荣。这是我第一次对于要不要小孩这个问题感到平静。

这段时间,我孜孜不倦地埋首写书的工作。其中的一个章节"健康、圆满与治疗",伴随着崔雅所写的文章《是我们让自己生病的吗?》发表在《新时代杂志》中。我不再复述其中的细节,仅列出一些大纲,因为它代表了我和崔雅在过去三年艰苦生活中的思想精华。

1. 长青哲学的争论是,男人与女人都扎根于伟大的存在之链,因此我们都拥有相同的本质,那就是物质、身、心、灵魂与灵性。

2. 不论是哪一种疾病,最重要的是先决定这个疾病源起于哪一个层面:是肉体的、情绪的、心智的或灵性的。

3. 因此,从"相同的层面"着手治疗,是相当重要的一件事。如果是身体的疾病就要从生理上调整;如果是情绪失衡,就要用情绪疗法;如果是灵性上的危机,就要用灵性的疗法;如果原因有很多种,那么就要混合使用各个层面的治疗方法。

4. 上述的观点是很重要的,如果你误认疾病源于较高的层面,你可能会助长罪恶感;如果你误认疾病源于较低的层面,你可能会助长绝望感,任何一种情况都不会有效,甚至会加重病人的罪恶感或绝望感。

譬如你被车子撞断了一条腿,这是必须以生理疗法来对抗身上的病:

你得先把腿固定，打上石膏，这便是从"相同的层面"着手治疗。你不可能坐在大街上，默念自己的腿逐渐复原，这种属于心智层面的方法并不适用于生理层面的问题。更离谱的是，如果你身边的人告知你，你的思想才是引起这场意外的肇因，因此光凭念力就可以把自己的腿治好；这么一来，你只会陷入自责、罪恶感和低自尊之中。这就是误用了不适合的层面来进行治疗。

反之，如果你因为内化了某个人生脚本而造成自我贬抑，这是属于心智层面的问题，你必须以观想或自我肯定来治疗（重写人生脚本，这是认知治疗所运用的方法）。这时如果你用生理层面的治疗，譬如服用高单位的维他命或改变你的饮食，是不可能有明显效果的（除非你的问题真的是因为维他命的失衡所引起的）。如果你只试图利用物理层面的治疗方法，你将最终陷入绝望，因为这种治疗方法来自错误的层面，他们根本就不管用。

我认为任何一种疾病都应该从底层往上探索。先要研究生理方面的病因，尽你所能地彻底研究，再提升到情绪的因素，接着再往心智与灵性的层面进行研究。

这是非常重要的，因为有许多疾病过去都被认为源自灵性或心理的因素，现在我们才知道主要是肉体或遗传基因的问题。例如气喘，过去被认为是"使人窒息的母亲"所造成的，现在则很清楚地知道是由生物物理的因素造成。肺结核的致病因素曾被认为是"纵欲型人格"造成的；痛风则是因为道德上的弱点所引起的，另外也有许多人相信所谓的"关节炎倾向人格"，但都经不起时间的考验。这些观念只将罪恶感灌输给病人。治疗之所以无效，纯粹是因为着手的层面错了。

然而，我们不能断定其他层面的治疗没有辅佐的功效。以断腿这个例子来看，放松、观想、自我肯定、静修、心理治疗，等等，都可以营造和谐的气氛，使生理的治疗更有效。

但你不能因为这些心理与灵性的治疗非常有效，就把断腿的原因也归咎于心理与灵性的层面。同理,任何一个有重病的人可能因此而成长改变;可是你不能将其引申为他们得病是因为改变得不够。这就好比发烧可以服用阿斯匹林来退烧,因此发烧的原因就是阿斯匹林不足所引起的。

现在我们已经知道了,绝大多数的疾病都不是单一或某个独立的层面所引发的,不管是哪一个层面发生问题,或多或少都会影响到其他层面。一个人的情绪、心智与灵性的特质,都会对生理的病痛与治疗产生明显的影响,如同生理的病痛会强烈反弹到较高的层面一样。断腿一定会影响你的情绪与心理,依系统理论来说,这便是"向上的作用力"——较低的层面对较高层面所造成的影响。相反的,"向下的作用力"指的则是较高层面对较低层面所造成的影响。

接下来的问题就是:"向下的作用力",也就是心智(我们的思想与情绪)会对生理的疾病造成多大的影响?答案似乎是:比过去所认为的要大,但又不像新时代人类想像的那么大。

新的精神神经免疫学发现了很明确的佐证,证明我们的思维与情绪确实会对免疫系统产生直接的影响。其中的原理正如我们所预料的,在某种程度上,每一个层面都会影响到其他层面。但医学完全是从生理层面发展出来的科学,它忽略了其他较高层面对生理所产生的影响,精神神经免疫学正好提出必要的修正,也提供了更平衡的观点。心智的确会对身体造成微小但不可轻忽的影响。

在心智对肉体和免疫系统"微小但不可轻忽"的影响中,意象与观想是最重要的成分。为什么是意象?如果我们把"伟大的存在之链"展开来看,从物质、感觉、认知、冲动、意象、符号、概念,等等,意象是心智中最低、最原始的部分,它和身体的最高部分产生联系。换句话说,意象是心智与身体最直接的联结——这里指的是身体的情绪、冲动与它的生物能量。此外,我们较高的思维与概念可以向下转化成简单的意象,而这些意象显然会对身体的系统造成轻微的影响。

因此，心理的情绪在每一种疾病中都扮演了某种角色，我们应该彻底研究它的成分。若以不公开的票选为例，这个成分也许足以被当成衡量一个人健康与否的标准，但它却无法填满整个投票箱。

例如史蒂芬·洛克（Steven Locke）与道格拉斯·卡勒根（Douglas Colligan）在《内心的治疗者》（*The Healer Within*）一书中曾经写过，每一种疾病都受到心理因素的影响，每一个治疗的过程也都受到心理因素的影响。他们指出，问题出在人们混淆了"心身性"（psychosomatic）与"心因性"（psychogenic）这两个词。"心身性"，指的是生理疾病的过程可能受到心理因素的影响；"心因性"，指的则是某种疾病完全是因为心理因素而形成的。作者写道："就字面上的正确含义来看，其实每一种疾病都可以说是心身性；但现在也许该让这个名词隐退了。因为不论是一般大众或是医师，都将心身性（表示心智可以影响身体的健康）与心因性（心智会造成生理的疾病）这两个名词交替使用。他们对于心身性疾病的真正意涵并不清楚。正如罗伯特·阿德（Robert Ader）所建议的，'我们所说的不仅是疾病的肇因，而是心理社会事件、因应的方式与生物先决条件之间的互动关系。'"

上述两位作者认为，影响疾病的因素有遗传、生活形态、药物、居住地、职业、年龄与人格，我还要再加上存在与灵性方面的因素，这些所有的层面都会影响肉体疾病的成因与过程，只取其一而忽略其他，就未免太过狂妄与简化了。

新时代思潮中所提出的心智是致病与治愈疾病的所有原因，这样的观念到底从何而来？他们宣称这种说法奠基在世界伟大的神秘、灵性与超越性的传统。我却认为他们的基础非常不稳。《治疗中使用的意象》（*Imagery in Healing*）一书的作者珍妮·艾特柏格（Jeanne Achterberg）指出，这个主张的历史可以回溯到新思维派或玄学学派，这些学派是以新英格兰超验主义者的思想（应该说是建立在曲解基础上）而创立的，这些超验主义者包含艾默森（Ralph Waldo Emerson）与梭罗（Henry David Thoreau），他们的理念大多是从东方神秘体验论衍生而来。这些学派中最著名的是基督教科学学派,它把"神创造了一切"的正确主张误解为"因为我与神合一,因此我创造了一切"的主张。

这种看法有两种错误,我相信即使艾默森和梭罗也会强烈反对。第一个错误,神除了公正如实之外,还是宇宙司仲裁的父母。第二个错误,你的私我一旦与这位父母神合一,自然有能力干预或指挥宇宙。我在神秘体验论的传统中完全找不到这样的主张。

那些新时代思想的支持者宣称,他们的理念是基于"业"的定律而建立的,这表示你现在的人生情境完全肇因于前世的思想与行动。根据印度教与佛教,这种说法只是部分的真相,即使是全部,我认为这些新时代人也忽略了一个重要的事实:根据这些传统,你现在所处的情境是"前某世"的思想与行动的结果,会影响你的下一世,而非这一世的生活。佛家认为,在你的现世中,你只是在读一本由你的前世所写成的书;至于你现在所做的一切,要到下一世才会显现出结果。因此,你现在的思想并不会创造出你现在的实相。

我个人并不相信轮回,因为它是比较原始的概念,高等的佛家学派已经加以修正,大量删减。他们认为,并非每一件发生在你身上的事,都是你过去行为的结果。红教的老师南开·诺布(Namkhai Norbu,他被视为藏密的至上导师)如此解释:"有些疾病的确源自业或个人前世的情境,有些疾病则来自外在的能量,有些疾病是由暂时性的理由引发的,如食物或其他的综合因素。当然某些疾病也可能因意外而起,另外有些疾病是与环境有关的。"我的重点是,不论是原始的业报之说或是进化的教诲,都不支持新时代"你创造你的实相"这个观念。

那么,这个观念到底从何而来?在这一点上我要和崔雅分道扬镳,我准备在信奉这个观念的人的身上,把我最得意的理论一吐为快。我不准备以慈悲的态度来面对这个观点所造成的痛苦。我要将它归类,并提出各种学理来检讨它。因为我认为这个观点是有危险性的，应该把它束之高阁。不为别的理由，只为了防止更多的痛苦。我的讨论并不针对那些相信这个观点的一般大众，他们是天真的和无恶意的。我的探讨主要是针对那些全国知名的新时代运动领导人，那些以"你创造你的实相"开班、授课的人，那些告诉别人癌症完全是因为怨恨而引起的人，那些教导别人贫穷是自作自受或自我压抑所造成的后果的人。这是一群意图良善却十分危险的人，因为他们把人们的注意力从真实的层面，如生理的、环境的、法律的、道德的与社会经济的转移开了。那些层面尚有许多工作需要努力完成。

就我的观点来看，这些信念，特别是你创造你的实相，都是第二阶段意识的信念。它们具有婴儿期的所有标记，还有自我陶醉人格障碍的神奇世界观，譬如：夸大、全能与自我陶醉。思想不只影响实相，还能创造实相，这个概念其实来自第二阶段意识，因为这个阶段仍无法完全区分私我的界线。思想和外在的物体尚未清楚地划分，因此操纵思想，便是全能地、神奇地操纵外在的物体。

我认为美国的高度个人主义文化是在"自我的十年"中达至巅峰的，它导致人们退化到神奇与自恋的层次。我认为社会凝聚结构的瓦解，令个人必须转而依靠自己，这也助长了自恋的倾向。此外，我和一些临床的心理学家们都认为，潜藏在自恋之下的其实是愤怒，特别是："我不想伤害你，我爱你；但如果你不同意我，你就会生病，就会没命。同意我，同意'你创造你的实相'，你就会好转，会继续活下去。"这样的信念在世界伟大的神秘传统中是找不到的；但在自恋症和"边缘症"中却可以看到。

我在《新时代杂志》上发表的文章引起了许多回响，新时代的理念对无知大众所造成的戕害，引起了许多读者的共鸣。但那些信奉新时代理念的死硬派却愤怒地回应我们：假设这些真的是我和崔雅的想法，那么崔雅是活该得癌症的，因为这个病就是她的想法造成的。

这并不是对"整个"新时代运动以偏概全的非难。这个运动的某些层面的确扎根于某些神秘与后人本的定律（譬如直觉的重要性和宇宙意识的存在）。任何一种后人本的运动总会吸引许多"前"个人分子，因为这两者都是"非"个人。"前"与"后"之间所造成的困惑是新世纪运动中最主要的问题。这是我的看法。

这里有一个观察研究的具体实例。在伯克利反越战的暴动期间，有一组研究员用科尔伯格的测验对学生们进行一次道德发展的抽样调查。学生们宣称，他们之所以反战是因为战争是"不道德"的，然而，这些学生的道德发展又处在什么阶段呢？

研究者发现，大约有百分之二十的学生，其道德的发展确实处于后"保守阶段"（或"超"保守阶段）。他们的反抗是基于宇宙法则中的是与非，而不是基于某个特定的社会标准或个人一时兴起的念头。他们对战争的信念也许是对的，也可能是错的，然而他们的道德理性却是高度发展的。另外有百分之八十的学生是属于"前"保守阶段，这意味着他们的道德理性是基于个人、甚至自私的动机。他们之所以反战，不是因为战争是不道德的，也不是真的关切越南人民，而是他们不要任何人告诉他们该做什么，他们的动机既非宇宙的或社会的法则，而是纯粹自私的。此外，正如我们所预期的，几乎没有学生是处于保守阶段，也就是"不论对错，它都是我的国家"的阶段（这类学生没有任何理由反战）。换句话说，这个反战活动是由一小撮"后"或"超"保守阶段的学生发起的，他们吸引了一大群"前"保守的典型学生，因为这两者都处在"非"保守的状态。

相同地，在新时代运动中，我认为少数真的具有神秘、后人本或超理性经验的分子和他们的意识（第七至第九层意识），吸引了一大群属于前个人、神奇的前理性阶段的分子（第一至第四层意识）。原因很简单，因为双方都是非理性、非保守与非正统的（第五至第六层意识）。这些前个人与前理性分子宣称，如同那些前保守阶段的学生一样，他们拥有"更高"的境界和权威的支持,我却认为他们只不过是在替自我合理化罢了。如同杰克·英格勒所指出的,他们被后人本的神秘体验论吸引,为的是使自己的前个人倾向合理化。这是典型的"前/后人本的观念混淆"。

我和威廉·艾温·汤姆森(William Irwin Thompson)都认为,百分之二十的新时代运动是后人本的(超越性的和神秘的);然而有百分之八十却是前个人的(魔幻的与自恋的)。你可以发现有些后人本分子并不喜欢称自己为"新时代人",因为他们并无"新意",他们是长青的。

在后人本心理学的领域中,我们小心地处理一些前个人的趋势,因为它们会替这个学术领域带来"轻薄"或"愚蠢"的名声。我们并不反对前个人的信念,只是很难视为后人本的境界。

那些"轻薄"的朋友们似乎对我们相当愤怒,他们以为这个世界只有两个阵营:理性和非理性的,所以我们应该加入他们,一起去"对抗"理性主义者的阵营。然而事实上,这个世界有三个阵营:前理性的、理性的与超理性的,我们比较属于理性主义者,而非前理性主义者。高层意识可以转化并包容低层意识。大精神是超逻辑而非反逻辑的,它拥抱逻辑,并且超越,而不是从一开始就拒绝了逻辑。每个后人本主义者都必须禁得起逻辑的检验,还要以更深的洞见来超越逻辑。佛教是一个极为理性的系统,并以直观的觉察来补足理性,而某些"轻薄"的趋势不但没有超越理性,反而是在理性之下。

因此我们正在尝试将神秘发展中真实的、宇宙性的和经过化验的成分与那些特异的、魔幻的和自恋的倾向区分开来。这是一项非常艰难且吊诡的工作,我们无法做得很好。

让我再一次强调我原始的论点:在治疗任何一种疾病时,首先要很仔细地确认这个疾病中的各种成分到底属于哪一个层面,以相同层面的疗法来治疗它们。如果你判定的层面愈精确,治愈的机会就愈高;如果你的判断错误,只会助长罪恶感和绝望。

"它们真的很美,对不对?我指的是那些意象和理念,它们似乎都是活生生的,对不对?"我正在问那个"身形"一个问题。

"请往这边走。"

"等等,我难道不能走进那间屋子?这真是诡异,我所有问题的解答似乎都在那间屋子里。我的意思是,仔细地看看它们,那些理念都是活生生的。拜托,我可是个哲学家耶!"我知道这话听起来真的很蠢。

"好吧,"我继续说道,"反正这是个绝无仅有的机会,如果我真的在梦境中迷失了,你就让我好好地玩玩吧!"我真的这么说吗?真的要进去吗?那些理念看起来如此诱人,如此愿意合作。你必须承认,那些理念不是在任何地方都能找到的。

"你在寻找艾斯崔雅,对不对?"

"崔雅?你怎么会知道崔雅?你见过她吗?"

"请往这边走。"

"除非你告诉我这到底是怎么一回事,否则我哪里也不去。"

"拜托,请你务必要跟我来。"

当时间迫近崔雅下一次的体检时,我想我们都有点担忧,主要是因为那些不祥的梦境。崔雅做了骨头的扫描……一点问题都没有!

我拿到了年度的体检报告,这是我头一次在一整年中都没有复发的迹象。真是太高兴了!这段期间我已不再将注意力集中于生理的层次,如果我只以这种方式来定义健康,万一再复发的话,我该如何是好?我又得再当一名失败者吗?

事实上,我感觉非常圆满与健康,充分受到祝福,有肯为伴,与土地再次接触,在我的小花园中工作,从事玻璃盘创作,像新生儿般的纯净,而我最欢喜的部分仍然是崔雅,那位艺术家,她平静而踏实。我的根现在已经扎得很深了……

我持续练习着爱的观想,有时一天会练习好几次。我想像着自己被许多爱我的人包围,并吸入他们的爱。刚开始的时候很难办到,后来就愈来愈容易了,两天前我做了一个梦,这是到目前为止我做过的梦中,自我意象最正面的一个。我梦到一些朋友为我开了一个很盛大的派对,每个人不断地赞美我,而我自己在面对这些赞美时,也毫无困难地全盘接受了,没有过于谦虚的反应,内心也没有声音在说:即使他们这么认为,我也无法接受。我把这些话全听进了心中。

有时候当我进行爱的观想时,我会将环绕在我身边的爱想像成一道金光。曾经有一次,我的观想中真的出现一道非常耀眼的金光,环绕在身体的四周。接着我又看见一条薄纱般的蓝光贴在身体周围,我明白那层蓝色的薄光代表的是我和肯在共渡难关时的沮丧与忧虑。突然间这两道光芒交融在一起,结合成一道非常明亮的、绿色的、充满活力如电流般的强光,一时间我仿佛沐浴在治疗的明光中,感觉内心充满着爱,好像这一切将永远地伴随着我。

我有好几种自我肯定的观想方法。目前所用的是:"宇宙完美地在我的面前展开。"我的问题一直是不信任、喜欢掌控。这种观想同时也协助我不再执著于那些我想做而未做的事,因为我已经从一些终身难忘的教训中学会一些东西。

我称这一切为灵性的免疫系统。这个系统中的T淋巴细胞、B淋巴细胞与白血球就是积极思考、静修、自我肯定、僧伽、佛法、慈悲与仁爱。如果这些因子在生理疾病的过程中占了百分之二十的成分,那么这百分之二十我都要。

另一个我正在练习的静修是自他交换。刚开始练习大约是在一年前,第一个浮现眼前的便是与肯住在塔霍湖的情景。我原来以为自己会觉得沮丧、生气或痛苦,可是相反的,我只感到同情与慈悲,对于肯与我在那段时期共同经历的争斗、挣扎与恐惧则产生出了巨大的悲悯。能够对那两名饱受创伤、充满惊恐、已经尽力而为的人生出悲悯与温柔的感受,连我自己都觉得惊讶。自他交换似乎能将所有的苦涩一扫而空。现在当我在练习时,它令我感到自己与众生之间有着很深的联结。我不再觉得被孤立,或被排除在外。内心的恐惧已经被一种深深的祥和与宁静所取代。

有时候我只是安住在一种禅境,感觉自己正向天空开展,最后总是会回到铃木禅师的途径——对我而言,静修是自我表达的方式,静修时我所付出的时间和注意力,令我产生自我肯定的感觉,我觉得我在对一个更大的力量献礼。这份感觉带给我不可名状的满足。禅坐时任何身心的变化我都不追踪,也不回顾。如果没有任何进展也没什么关系。

那么,我现在对癌症的感觉是什么呢?我偶尔还是会想像再次住院的情景,"会不会又要做化疗?"之类的念头还是会浮现,但我已经不再被搅扰。癌症变成了背景,我甚至连这样的改变都不再认为是什么进步的"征兆"了。我已经听过太多人说他五年都没有复发,但后来竟然转成骨癌。不管怎样,它不再是一个不祥之兆总是好事。

体检后的几个月,崔雅和我开始觉得我们的生活真的有可能恢复正常了。我们让心中的希望缓缓升起,并以此迎接未来,除了写信之外,我也开始打坐。我结合了禅宗的训练,以及卡卢仁波切所教的自他交换和本尊瑜伽。

由于自他交换的练习,我不再害怕自己的焦虑、沮丧和恐惧。每一次当痛苦和恐惧生起时,我就深深地吸入"让我把所有的恐惧吸进来"这个念头,呼气时再吐出去。我开始能安住在自己的情境中,不再退缩到恐惧、愤怒或烦恼中。其实就是,我开始能消化自己的痛苦,那些累积了三年无法消化的经验。

崔雅和我在拉雷多度过圣诞。过去四年也是如此。大家都很快乐，因为崔雅可能在新的一年重拾健康。

回到博尔德以后，崔雅发现她左眼持续出现波浪形的干扰。这个现象已经来来去去一个月左右，现在愈来愈显著了。

我们到丹佛找我们的肿瘤科医师，他为崔雅安排了一个高密度的脑部电脑扫描。当医生走进来的时候，我正坐在等候室里，他把我拉到一旁。

"看起来有两三个肿瘤在她的脑部，其中一个相当大，大约有三公分。待会儿还要对她的肺部进行扫描。"

"你告诉崔雅了吗？"震惊尚未开始，我觉得是在谈论别人，而不是崔雅。

"还没有，等肺部检查结果出来再说。"

我坐了下来，望着空中发呆。脑瘤？脑瘤？脑瘤是……很严重的。

"她的两片肺叶里也都布满了肿瘤，算一算大概有一打左右。我和你一样震惊，明天早上你们最好到我的诊疗室来，让我好好地对她说。我要把所有的资料都准备妥当，再让她知道。"

我整个人震惊得不知所措，我原本以为自己会这么说："嘿！等等！我们从不这么做的，我要马上告诉她，我们从不隐瞒对方的。"可是没有，我只是麻木地点点头。

回程的路上气氛僵得吓人。

"我觉得自己很干净，很好，真的。我想那大概和糖尿病有关吧，亲爱的，我们有一段好日子等着，别愁眉苦脸的。你在想什么？"

我在想什么？我在想我要宰了那个大夫，我要把事情的真相告诉崔雅，但现在已经来不及了。一想到这件事可能对她产生的影响，和她将要忍受的一切，我就开始反胃。如果自他交换真的有效，我就是拼了命也要把她吸入我的体内，然后带着那该死的病一起消失在宇宙中。我对崔雅的爱与对那个医生的恨同时在体内无限地扩张，但我嘴里只是不断地喃喃自语："我想一切都会没事的。"

一回到家，我马上冲进浴室狠狠地吐了一顿。那天晚上我们一起去看了一场电影"致命的吸引力"。回到家后，崔雅打了一通电话给医生，知道了所有的事。

> 我第一个反应是愤怒，难以抑制的愤怒！怎么会这样?！我已经尽力而为了，怎么还会发生这种事呢?！该死！该死！该死！该死！然而我并不感到恐惧，也不特别害怕这个结果所代表的意义，我只是火透了。我开始猛踢厨房里的柜子，扔东西，大吼大叫，我不想放下我的愤怒，因为那是正当的反应，我火透了，我要抗争！我观想里的白衣骑士，现在已经变成一群凶残的食人鱼。

我们打电话给家人和朋友，第二天崔雅和我疯狂地四处寻找任何可能的治疗方法，只要可以控制这个嚣张的病情，我们一定前去求医。崔雅非常认真地考虑了近乎二十种治疗方法。其中包括伯金斯基疗法、雷维奇疗法 (Revici)、伯顿疗法、杨克诊所 (Jander Klinik)、凯利／冈札勒斯酵素疗法 (Kelley/Gonzales)、美国的生化疗法、利文斯顿惠勒中心、汉斯·尼泊疗法 (Hans Nieper)、斯坦纳·路克斯诊所 (Steiner Lucas Clinic)，以及泽森食疗。

> 盛怒之后，我经历了一段放弃与沮丧的日子，我无法自制地缩在肯的怀里哭泣，我完全跌入了谷底，遗憾、悔恨与自责，我已经尽力了，难道还不够吗？我想到会怀念的事：艺术、滑雪、与家人及朋友共度余生、肯、肯的孩子。我多么希望和我的密友们共度余生。我不喜欢把这件事写下来——我永远也无法拥有肯的小孩。肯——我希望能一辈子陪

在他的身边，我不想离弃他。我还想跟他厮磨好几年。我走了，他会变得很孤独，他还会再找别人吗？也许他会参加卡卢的三年闭关，这会让我好过一些。

我觉得自己才刚重生，但现在我好像又不该在这里了。

治疗方法只剩几个选择：标准的美式疗法，也就是服用更大剂量的阿德利亚霉素；激进的美国疗法，是布鲁门欣推荐的极激进疗法，由德国的杨克诊所提供。其中一个治疗项目是由迪克·科恩选出来的，他是维琪与癌症支援团体的好友，这项治疗必须长期服用低剂量的阿德利亚霉素，平均来说，十四个月后如果无效，就可停止治疗。崔雅已经不想再服用阿德利亚霉素，不是因为她承受不了，而是她觉得这项治疗对癌症根本起不了作用。

杨克诊所是以短期、高剂量的化疗闻名，这个疗法非常激烈，一些承受不住的病人，就必须佐以生命支持的治疗方法。杨克诊所因为替鲍勃·马尔利（Bob Marley）与尤·伯连纳（Yul Brynner）等名人治疗而常被媒体报道。一些公开的报告（非科学性的）也指出，杨克诊所把癌症症状减轻百分之七十，因而吸引了许多慕名者前往，他们认为这是最后的希望。然而许多美国医生却表示，这种把痛苦减轻的现象是极为短暂的，一旦癌症再度复发，会在很短的时间内死亡。

布鲁门欣又给崔雅一连串的建议，这些疗法连中美洲的独裁者都会觉得残酷。他最后说："我求求你，亲爱的，别到德国去。"他依惯例给崔雅一些冷酷的统计数据：也许还能再活一年吧，如果运气好的话。

16

听鸟儿歌唱

"爱迪丝，嗨，我是肯·威尔伯。"

"肯！你好吗？真高兴听见你的声音。"

"爱迪丝，崔雅的癌症又复发了，这一次是在肺部和脑部。"

"喔，太可怕了，我真的很遗憾。"

"爱迪丝，你一定猜不到我是从哪里打电话给你的，还有，我们可能需要一点帮助。"

真不敢相信住进医院已经十天，还没开始化疗。我们在星期一抵达波恩，晚上出去吃晚餐。星期二一大早，我觉得不对劲，下午就住进了"诊所"（Klinik）。我得了严重的感冒、发烧（39摄氏度）。除非我能度过这场感冒，否则无法进行化疗，因为可能会并发肺炎。这意味着一切都得往后延两个星期。

住进这里的第一晚，与两位女士同病房，都是德国人，态度很友善，不会说英语。其中一位整夜都在打鼾，另一位似乎认为只要她对我多说些德文，我就会听得懂，于是她一整晚都以德文和我话家常，有时候还自言自语。

"诊所"的所长奚弗大夫设法让我住进一间单人房（这种病房在"诊所"里只有两三间）。房间小得不得了，我却觉得像住在七重天。

我非常惊讶这里居然没有几个护士会英文，少数几位会说一点，但都不算流利。我向他们解释自己会说一点法语和西班牙语，聊表不懂德文的歉意。

第一个晚上和我同病房喜欢说话的那位德国女士，带肯和我到餐厅吃饭；晚餐供应的时间是从四点四十五分到五点半。食物糟透了。早餐与晚餐供应的大部分是冷食——起司片、火腿片、肉片、香肠片、外加各种全麦面包，这些对糖尿病人全是禁品。中餐偶尔会提供热食，像是炖肉或煮洋芋，这已经是最极限的菜色变化，但对于必须严格管制饮食的我来说，没有一样是能吃的。"真搞不懂医院里的食物到底是怎么回事？"肯不禁大声地感叹，"究竟是谁让这么多人命丧黄泉，医生还是医院里的厨师？"

第一天在餐厅里看到一位非常吸引人的年轻女郎，戴着一顶很漂亮的假发和软帽。她会说一点英语，于是我向她打听有关假发的事，因为很快就要用上了。我问她癌症的德文要怎么说，否则我连最起码的沟通能力都没有。她告诉我癌症的德文是"Mütze"。我问她："这里的每个人是不是都得了'Mütze'？"她回答说："是的"，还伸手指了一下在餐厅吃饭的每一个病人。我问她："你得的是哪一种癌症？"她回答说："我有一个蓝的，还有一个白的。"我傻住了，怎么也想不透她是什么意思。第二天才弄明白，原来"Mütze"是帽子，癌症的德文应该是"Krebs"才对。

我们以为波恩是一个沉闷、肮脏且非常工业化的都市。然而，它惟一令人觉得阴沉的只有天气，从其他方面来看，它是个相当可爱、美丽的城市——德国的外交中心，有一间建于1928年的大教堂，一所壮观、令人印象深刻的大学，一处非常巨大的闹区购物中心，差不多有三十条街这么大（完全禁止车辆进入），再走几步路就是壮丽的莱茵河了。

火车站距离"诊所"只有一条街远，医院到我所住的位于购物中心旁的帝侯饭店，也差不多是一条街的距离。购物中心的中央是个市场，当地的农夫每天都把最鲜美的蔬菜和水果带到这个宽阔的红砖区来卖。购物中心的末端是一幢建于1720年的房子，据说是贝多芬的出生地，另一端是火车总站，"诊所"和帝侯饭店，介于其中是许多令人目不暇接的餐厅、酒吧、健康食品店、一整条街长的四楼层百货、运动用品店、博物馆和各种纪念馆、服饰店、艺廊、药局以及情趣商品店（德国的色情文化一直是欧洲人所羡慕的）。从莱茵河到我住的旅馆只要走一段路。

接下来的四个月，我天天都在这条红砖道上散步，这里每位会说点英文的司机、女侍和店东都成了我的朋友。他们关切崔雅，每一次我经过都会问："你亲爱的崔雅还好吗？"许多人甚至带着鲜花、糖果到"诊所"去探望她。崔雅说，大概波恩半数以上的人都在关心她的进展。

在波恩的这段时间，我面临了接受崔雅情况与身为支援者的最后危机。我已经竭尽所能地从西摩尔那和自他交换来消化、通过和接纳每一段考验。但我还有一些较深的、尚待解决的问题，包括我自己该做的选择、信心不足以及不再否认崔雅可能会死的事实。这所有的东西在短短的三天内全灌入我的脑中，我好像快要裂开了。我的心碎了，为崔雅，也为我自己。

眼前最紧迫的问题是崔雅的感冒。"诊所"的专长是同时对病人做放疗与化疗，他们相信这会给癌细胞带来致命的重击，但是感冒会阻碍化疗的进行，因为可能会并发肺炎。在美国时，医生告诉过崔雅，如果不设法医治脑瘤，她顶多剩下六个月的寿命。因此"诊所"必须想办法，最后他们决定先做放疗，等高烧退了，白血球的指数上升后，再做其他的治疗。

> 我头昏脑涨地闲逛了三天，因为高烧一直不退。他们开始让我用磺胺剂（sulfamide），但效果非常缓慢。肯扶着我在走廊来来回回地散步，

在房间里煮东西给我吃，为我解决所有的困难。每天早晨他都到市场采购最新鲜的蔬菜。他弄来了一个电炉、一只咖啡壶（煮汤用的），最棒的是还有一辆健身用的脚踏车。他为我带了一些植物、鲜花和放在供桌上的十字架。虽然我非常虚弱，内心却很满足。

从奚弗大夫那里得知，我还得继续进行发热疗法与脑部的放疗，这种疗法无痛，每天大约半小时左右。高剂量的化疗一旦开始就要持续五天之久。第八天或第九天，我身体的状况可能会跌到谷底，如果血球数量低于一千，就得继续呆在"诊所"里；低于一百，我就得注射骨髓了。第十五天，他们将以电脑断层扫描与核磁共振检查我的脑部和肺部的肿瘤。每一次治疗完毕，我可以休息两至三个星期，一共要进行三次治疗。

在高烧与感冒的压力之下，崔雅的胰脏已经完全停止分泌胰岛素。

肯和我慢慢地、慢慢地往大厅走，因为我实在太虚弱了，体温很高，血糖的指数也一直上升。这五天，我不顾肯的反对，企图利用踩脚踏车来控制血糖，但一点效果也没有。我足足瘦了八磅，我早就没有本钱再瘦了。躺在床上实在令我痛苦不堪，臀部快成皮包骨了。这里的每件事都进行得很慢，肯不得不再度兴风作浪一番，最后他们才肯为我注射胰岛素。我开始进食，试着把体重"吃回来"。

当我正要适应胰岛素的时候，出现了第一次的反应：心跳加速、身体颤抖，检查血糖表，指数竟然是五十，如果降到二十五，就可能晕倒或全身抽搐。感谢上帝，还好，肯在旁边，因为不怎么能和护士沟通，他只好冲进餐厅拿了一些方糖回来，我又检查了一次血糖，指数是三十三，二十分钟后升到五十，然后又升到九十七。二二八号病房的起伏真是大啊……

日子一天拖过一天，等待着感冒解除，但是我脑子里一直有个隐忧，那就是未来还得面对"化疗杀手"。现在只能想像而无法立刻面对，情况似乎更不祥，有点像洛夫克雷夫特（H. P. Lovecraft）小说中的气氛，怪兽永远不露面，只是名字一再被提到。幸好凯蒂及时赶来，舒解了紧张的气氛。有了凯蒂的协助，我和崔雅的心情终于恢复平静，偶尔还有点幽默感。

爱迪丝也出现了。我在"诊所"门前的台阶上遇见她，立刻把她带到二二八号病房。我认为她们绝对是一见钟情，我和崔雅都不见得这么快投缘。不过这种事我见多了，不止一次，我发现自己最好的朋友一个个都爱上了崔雅，我几乎立刻退居幕后。那种感觉有点像："我是她的先生，也是她的好友，如果你想认识她的话，我可以替你们安排一顿晚餐。"

我们和爱迪丝及她的先生罗夫相处得非常愉快。罗夫是一位相当著名的政论家，道地的欧洲绅士：有修养、机智、才气横溢、涉猎广泛、非常有说服力，态度谦和有礼。可是令事情有所改善的还是爱迪丝。只要一见到她，我们立刻放松下来，不再忧虑在德国可能遇难，有爱迪丝在就行了！

我被轻轻拖往大厅，朝着第四个房间走去。我忍不住怀疑这个形体为什么能拉住我的手臂，因为无论怎么看，它都是个不存在、空的东西。一个不存在的东西如何能拉住有形的东西呢？除非……这个想法令我吃了一惊——

"你看见了什么？"

"什么？我？我看见了什么？"我慢慢地往房里瞧，我知道自己可能会看见一些奇怪的东西。然而，我看见的不只是奇怪而已，简直是令人惊心动魄。我像个孩子一般呆立了几分钟。

"我们要进去了，可以吗？"

仍然没有进行化疗。我只是躺在病床上等，也没有足够时间写信、看小说、读灵性的书籍（现在读的是史蒂芬·勒文所写的《生与死的治疗》Healing into Life and Death），没有时间静修、踩脚踏车、回信、写日记、和肯、凯蒂以及爱迪丝聊天，也没有时间看望其他的美国人、欣赏艺术创作。这实在有点荒谬，我只是在证明时间不够用罢了。当我这么想时，心中生起奇怪的感觉，因为我这一生的时间显然是不够用的。有时我觉得非常积极，有时又很怕自己一年内就会死了。

我走出病房，遇见一群眼眶含泪、掩面哭泣的人。不知道他们听到了什么。一位年轻人拥着一个女子，很可能是他的妻子或女友，两个人都红肿着双眼。另一个坐在桌边的女人环抱着穿绿袍子的女子，她们也在哭。另外坐在桌边的三个人，眼睛也是红肿的。佛陀四圣谛中的第一圣谛：人生就是一场苦难。

我刚读完《新闻周刊》上一篇讨论病人有权利选择死亡的文章，这是我一直深感兴趣的主题，甚至早在罹患癌症以前就注意到了。花费那么多的时间、金钱，又让病人受那么多苦，只为了证明医学已经伟大到可以拖延病人的寿命，那种存活的方式值不值得，没有人关心。我希望自己的大限来临时，可以选择比较尊严的死法，而不是靠一大堆的急救设施来控制病痛。我对肯说，过几天或许会向奚弗大夫要些药丸摆着，只要知道它们在那里就够了。

我希望自己活下去的意志够坚强，能尽量利用时间，我需要彻底专注、保持清晰的思维和正精进，同时不执著于结果。痛苦不是惩罚，死亡不是失败，活着也不是一项奖赏。

收到丽蒂亚寄来一封信，她说了一句令我非常感动的话："如果主在召唤你，如果你的大限真的到了，我知道你会走得非常有尊严的。"我也希望如此，有时候我觉得周围的人似乎会以我能活多久来评断我的成败、活着的品质如何，当然我也想活得久一点，但是如果活不久，我不希望人们就此认为我失败了。

  我一天至少进行两次静修,早上做内观和自他交换,下午练习观音法门,我做这些练习,只是为了证明自己不懒,为了更长远的收获,不在意结果,只是单纯地强化对自己的信心、对自己的忠诚以及付出应有的努力。

  抵达波恩后的这个星期,虽然有许多困难,崔雅仍然保持稳定、喜悦,这是医生、护士和其他访客经常发出的感言。人们喜欢待在她的房里,感染一下她的欢愉。有时候我甚至很难找到与她单独相处的机会!

  没想到我能这么快就从这些坏消息中走出来,我已经准备好面对一切的真相。毫无疑问,这是静修的功效。得知这个坏消息的第一个星期我跌入了谷底。我让所有的感觉涌上,愤怒、恐惧、盛怒、沮丧。它们贯穿我之后就消失了,于是我又回去面对一切的真相。事情是怎么样,就怎么样了。那份感觉像是接受而不是放弃,但是谁能如此肯定呢?我是在自欺吗?好像还有一个很小的声音在说:"崔雅,你应该担忧才对。"那个微弱的声音虽然存在,可是没有听众。
  我觉得自己受到太多的祝福,来自我的家庭、我的先生、我的好友们。我无法相信自己的生命如此完美!除了这个该死的癌症之外。
  我对肯说我实在弄不懂这到底是怎么回事,因为我的心情极好、精神极佳,我完全享受人生,我喜欢听窗外的鸟儿歌唱,我喜欢"诊所"里的每个人。好像时间永远不够用,我期盼每一天的到来,一点也不希望它结束。我知道自己可能活不过一年,但我只想听那些鸟儿歌唱!

  我们终于得到消息,星期一要进行化疗了。化疗的那一天,我尴尬地坐在脚踏车上,凯蒂缩在角落里,崔雅则相当放松。黄色的液体慢慢滴入她的手臂。十分钟过去了，没事；二十分钟过去了，没事；三十分钟过去了，还是没事。我不晓得我们究竟在预期什么，也许她会爆发一些情绪或什么的。一星期前开始有人打电话来道别，几乎所有人都认为这项治疗会要了她的命。事实上这的确是非常激进而强烈的治疗方法，它可能会让病人的白血球指数降到零！但"诊所"已经发展出相当有效的"解药"，可以缓和大部分的问题，当然，我们的美国医生忘了告诉我们这件事。崔雅发现这项治疗没什么大不了，于是开始平静地享用她的午餐。

现在距离第一次治疗已经过了几小时，我的感觉还不错！抗恶心剂令我有点昏昏欲睡，这一次的药比起阿德利亚霉素好过多了，我竟然可以边吃饭边接受化疗……

今天是第二次治疗，我仍然觉得很好，还骑了十五分钟的脚踏车。我觉得他们应该继续使用这种解药。万岁！万岁！万万岁！美国那些医生对这种治疗一无所知，竟把它说成了虐待狂，啊！反正一切都很顺利就好了。

亲爱的朋友们：

收到你们那些令人惊叹、充满创意的卡片、信件和电话……很抱歉我无法一一向你们致谢，能够得到这样的支持实在是很棒，就像漂浮在温暖舒适的海洋一般。

我有许多主要的支持来源。其中之一是肯，他一直是"完美的支持者"——这绝对不是容易的差事。他替我办所有的杂事，在一旁握我的手替我打气，甚至还要想办法给我助兴，我们常有很棒的对谈，我们还是在热恋中。另一个则是我的家庭，他们的爱与支持也是无法比拟的。来德国之前，医生为我进行骨髓采集（以防将来在治疗中需要用到），我的父母还到旧金山来探望我们，妹妹凯蒂在德国待了十天,帮助我们适应这里的环境,我的父母目前也到了德国,准备在我的情况稳定后,开车带我去旅游。另一个妹妹崔西与妹夫迈克将在巴黎与我们会合,然后再带我回波恩进行第二阶段的治疗。当然还有肯的父母,他们也非常支持我、爱我。此外还有癌症支援中心的朋友,特别是维琪,她很有效率地到处采集骨髓、收集这方面的资料。然后是阿斯彭、博尔德以及芬德霍恩的友人……我觉得非常非常幸福。

刚到这里的时候不是很顺利,我感冒,而且很不幸地拖了三个星期之久。那段时间我每天在医院里做放疗,不能离开医院,因为一旦放弃这间病房,就再也找不到合适的了。现在难关已过,我们很信赖杨克诊所的院长奚弗大夫。他是个精力旺盛、开朗而又愉悦的人;我觉得他就像个年轻的圣诞老人(他留着椒盐色的络腮胡),红色皮箱里总是装满了抗癌的礼物。不像大多数的美国医生,因为受食品药物管理局的限制,皮箱的尺寸比较小。有时这些太过专业的明文规定,反而使许多有效的治疗方法受到局限,例如奚弗最常用的药是 ifosfamide;它是美国现在最常用的 cytoxan 或 cyclofosfamide 的表亲,这个药是奚弗大夫率先研发出来的。他使用这种药有十年了,直到去年,美国食品药物管理局才通过,但只能用来治疗肉瘤(事实上许多癌症它都能治),而且被许可的剂量也远远低于奚弗大夫的认定。因此,在美国我是不可能以这种药来进行治疗的。

一二月份与许多医师会商,他们都建议我采用阿德利亚霉素,如果按照设计好的疗程来进行,我大概到死以前都得服用这个药。这个药的时效大概可以维持十四个月,可以想见的是,它可能带给我的痛苦与折磨。我妹妹曾经问我服这种药会有什么副作用,我列举了一堆症状,听起来并不怎么吓人,但我马上想到,过去服用它时经常对肯说的那句话:"我可以活动,也可以做事,但这个药最可怕的是它会伤到我的灵魂。"你们可以想像当我听说又要接受这种治疗时,心里有多么恐惧了。我逼问医生,如果接受这种化疗还可以活多久?他们回答我,如果这个药对我还有效的话,我大概有百分之二十五到三十的机会可以再活六个月到一年。这等于只给我一点零钱嘛!我回答得很不客气,然后就决定找别的出路了。

根据我所罹患的癌症类型以及第一次手术后复发两次来看,癌细胞转移的几率是非常非常高的。1月19日被告知真正的病情以后,我历经了不少心理转折,刚开始是盛怒,我认为这种事会发生在自己身上,必定也会发生在所有人的身上。我的战斗意志彻底被激起,发现"诊所"的存在后,精神变得更好。说真的,最难过的还是在做治疗抉择的时刻。

除了愤怒,我还常常感到烦忧,但生活的忙碌与混乱令我无暇沮丧(我必须列出一连串的电话号码,一一询问之后才能做决定)。一开始有好几天,我极为脆弱、恐惧,哭个不停,非常地焦虑不安,接近崩溃边缘……后来我想到这个星球上此刻有多少人和我一样在受苦,过去又有多少人曾经受过苦,心情突然平静了下来。我不再感到寂寞、孤立;相反地,我觉得自己与众生有一种不可思议的联结,仿佛我们都是一个大家庭中的成员。我想到那些罹患癌症的孩子,想到那些在车祸中意外丧生的青年,想到那些饱受精神折磨的人,想到第三世界中正在挨饿的人们,还有那些即使活下来也会因为营养不良而有生理缺陷的孩子们。我想到那些丧子的父母,想到那些年纪只有我一半大,却死在越南战场的年轻人,更想到那些惨遭私刑折磨的受害人。我觉得他们都是我的家人,想到佛陀四圣谛中的苦谛,我的心才稍感安慰。这个世界就是一场苦难,一个无法逃避的事实。

这段期间我所接受的佛教训练令我满怀感恩,特别是内观法门与自他交换。此外,我也重新受到基督教的吸引,她的音乐、仪式,还有宏伟的教堂都令我神往。它们比佛教仪式更能感动我,但是在神学上却不能吸引我。基督教重视的是垂直与神圣的面向,佛教强调的则是平心静气地接纳事物的真相,以自心来熄灭苦恼。这两者在我的身上逐渐融合为一体。

我住进来不久,一群护士挤进我的病房,好像店铺开张一样地热闹。她们相当害羞地问我:"你的宗教信仰到底是什么?"难怪她们会感到困惑,因为我在自己的房间里设了一个供桌,上面摆了各式各样的神像,有佛陀,有肯送我的圣母玛丽亚、一块耀眼的水晶石,这是一群住在阳光峡谷的朋友送的、一个圣母怀抱着圣婴的雕像,是我小姑给的、还有维琪送我的圣安妮像,她说这个雕像曾经给过她治疗的能量;此外还摆了一尊观音、一张肯送我的绿度母唐卡、一幅崔西画的图、一小瓶曾铺洒在创巴仁波切遗体旁的盐,这是从他的衣钵传人摄政(Regent)那儿得来的(我身上还带了其他人的舍利子,我衷心感激他们)、一张卡卢仁波切的照片,还有创巴仁波切和摄政的照片,其他的照片则是来自不同的朋友:拉马纳尊者、赛巴巴和教宗,还有一幅古老的墨西哥金属图片,上面画的是一位具有治疗力的神祇、一个亲戚送的十字架和阿姨给的祈祷书、芬德霍恩的创始人艾琳所写的祈祷文、许多癌症支援中心的朋友送我的礼物、一本玫瑰经以及我参加卡卢仁波切的智慧闭关时得到的念珠……难怪那些护士被搞得糊里糊涂!但是对我而言这么做很舒服。我一向是普世运动的拥护者,我的供桌只不过把这个理想具体化罢了!

我对于基督教与佛教都有哲学上的问题,但当疑问生起时,我会让它们消失于无形。因为每当陷入哲思时,我就会忆起佛陀的训诫,对于那些无解的事,我们不需要苦苦思索。因此我从不费力去融合这两者,这显然是不可能的事,但我还是会陷入毫无助益的基督教哲思中,譬如:为什么这件事会发生在我身上?为什么会发生在任何人身上,是神在处罚我吗,还是我做错了什么?我该如何做才能让一切好转起来,孩子们也遭遇这样的苦难实在太不公平了!为什么这些事会发生在好人身上?为什么神会让这些事在世上横行……纵使如此,寂静的教堂、风琴伴奏的赞美诗和平静喜悦的圣诞歌曲,还是令我深深感动。

当事情恶化时,佛教确实能带来安慰。它不会让我产生愤怒,也不会激起我想要改造的欲望,反而帮助我接纳眼前的一切。这并不是消极的心态,因为它强调的是一边解脱贪、嗔、痴,一边还要保持正精进(on right effort)。事实上因为我不再执著于结果,反而能看到事情的真相,能量也不再消耗于设定的目标、汲汲营营于达成它或因失败而失望。

例如,我的左眼仍然有波状的障碍物——这是脑部有肿瘤的一种症状(长在我的右侧枕叶),后来又发现了肺部的肿瘤。我已经完成脑部的放疗,当然希望能有一点改善,因此每当我注意到这些波状物,自然会生起排斥的反应——反感、恐惧与失望,等等。但突然我的感觉转化了,波状物只是一个可以注意、检查与目睹的东西,一个不可改变的事实罢了。以这样的态度面对一切,我发现恐惧开始戏剧化地消退。即使恐惧又出现了,我也能单纯地看着它,而不再惧上加惧。例如当我的白血球下降或温度升高时,我只把它看做眼前发生的事实,我看着它、看着自己的反应、看着生起的恐惧,直到它们都消退,而我也恢复平静为止。

回到治疗上的问题。我目前注射两种药物,ifosfamide 和卡氮芥(BCNU,一种抗肿瘤药)。整个疗程有五天,ifosfamide 每天都必须加在点滴里,卡氮芥则是星期一、三、五才注射。他们已经研发出许多解救与支援的产品,来减低短期或长期治疗所产生的副作用。有一种叫做 mesna 的药,在治疗的过程中每天要注射四次,用来保护肾脏。还有一种"抗毒菌"(antifungal),在治疗中与治疗后都要注射,特别是当白血球降到一千以下时，更要注射双倍的剂量。此外他们还在化疗中加入止吐剂与栓剂，除了让人有点昏昏欲睡之外，并没有任何副作用，效果极好。他们也预备了更强的药，以防不时之需。我还记得自己在接受阿德利亚霉素治疗时，必须服用以胶囊包装的THC（一种镇静剂）帮我撑过极为恐怖的反应。回想起来，那仍然不是愉快的回忆。这一次的治疗轻松多了，令我难以置信！我对奚弗大夫提及这份差异，他说："啊，现在用的药比以前要强得多了。"

不只如此，这里根本没有所谓长期进行的化疗。这里采用的是高剂量的短期化疗，只有三个疗程，时间大约一个月。大致的疗程如下：先是连续进行五天化疗，接着是十至十四天的住院观察，看看白血球降低和上升的情形（这里有一位美国病人曾经在治疗后降至两百）。在适段期间内，他们会给你一些辅助的药物，追踪你的体温，并提醒你每次进食都要用一种味道很恐怖的药水漱口。当你的白血球数量上升到一千五百时，就可以离开医院，如果指数上升到一千八百，就可以趁着空隙做一次短期旅游。通常你可以要求两至三个礼拜的假期。他们希望你的白血球指数在下个疗程开始前能恢复到两千五百至三千。

有一件事令我颇为遗憾，那就是我不能从别的病人身上获得宝贵的资讯，因为不会说德语，这里除了我以外，只剩下另一位美国病人鲍勃·多蒂；他和肯很快便结成好友。他正在接受第二阶段的治疗（以八至十天的化疗来对抗一种相当罕见的肿瘤），我从他的身上学到了很多东西。我正在整理一些资料，为往后来这里的英语系病人介绍一下疗程、摄氏与华氏的换算（体温）、公斤与磅的换算、他们的药名与美国药名的不同，如何安排空隙期以及平时的药单，等等。

与我关系最密切，也是我最喜欢的两个人，爸和妈终于出现了，他们真是救星！肯也有同感。我们将利用两周时间和他们一起开车横越整个德国，然后到瑞士，最后在巴黎落脚五天。此行还有一个特别的意义，这是肯第一次的欧洲之旅！到目前为止，他只见识了波恩和附近的环境……我迫不及待想带他去巴黎看看！他是在城市长大的，我最想带他看的就是开车时沿途的风景、丘陵、狭窄的山谷、高耸的山峦、湖泊、草原、河流、小村庄，以及变幻多端的农田和地理风貌。凯蒂、肯和我趁着星期天的空隙开车去兜风。土地曾经是我灵魂的安慰和灵性的根，我一直对它有一份深深的爱。

我希望自己不要执著生病的附带好处！过去我一直都是属于"自己动手做"那一种类型的人，现在几乎都得让别人来代劳了。我应该觉得值得被帮助，不要存有强烈的回报念头，就像我必须接受别人的赞美。我坐在医院的病床上，让肯或其他的人为我采买食物、处理杂务、带杂志给我，有时还要为我做饭。

哦，该谈谈天气了。这里的天气很糟，潮湿、多云、阴沉。雪雨已经变成了雨，太阳难得露脸，能出现十分钟便相当稀奇了。雨一直下个不停，莱茵河的水位竟然升到八年来的最高点。天气并不能困扰到我这个二二八病房的女皇；十三天前我开始接受治疗以后，就再也没踏出医院的大门一步。好天气大概也睡午觉去了！

有一位很可爱的女孩每周两次到这里来教艺术课程，她启发了我对压克力（acrylics）画的兴趣，这与我过去所画的铅笔素描和玻璃创作截然不同。我才刚入门，还在学习如何调色、混色，如何从背景到主体组成一幅画面（画铅笔画时，我通常会从主体着手）。很难相信我可以自得其乐地在病房里待这么久。

至于奚弗大夫，我开始相信他可以在水上行走了。肯觉得奚弗是他所见过的人当中心思"最缜密、最快速"的人。他每星期二的巡房，来去犹如一阵疾风，我已经学会掌握有限的时间和他预约。但即使定好了约会，在正式踏进他的诊疗室前，我们还得再等两至四小时左右。

每一次碰面我都会录音,因为我的笔无法巨细靡遗地记下他所说的那些真相、故事、意见与笑话!他读过两本肯的德文版著作,很喜欢治疗这么出名的病人。我们在他的书架上发现伊塞尔疗法(Issels's therapy)、伯金斯基疗法、泽森疗法、凯利疗法的书籍;我心想美国医生的书架上能找到这些书吗?听说奚弗大夫曾经不辞辛苦地到处收集各种癌症的疗法,并亲身实验,加以改良。他有惊人的活力与能量,我对他很有信心。他是最先进的癌症研究者,他所采用的方法从干扰素一直到酵素治疗。我不但信任他的判断力,也相信只要是对我有益的方法,他一定会采用。

星期一和奚弗大夫会谈之后,我再来完成这封信。到时候我就会知道电脑扫描脑瘤的结果了。

于杨克诊所
1988年3月26日

"你喜欢吃甘草软糖吗?"这是他开口对我说的第一句话。

"甘草软糖?那是我的最爱。"从那一刻起,我们每一次和奚弗大夫碰面时,都会先谈一谈我在哪里吃过最棒的甘草软糖。

不只是甘草软糖,还有啤酒。奚弗在医院里摆放着一台啤酒的自动销售机,两罐"Kolsch"啤酒五马克。离开塔霍湖的那一天起,我就戒掉了伏特加,只准自己喝啤酒。奚弗一天要喝十到十五罐啤酒(德国真不愧是全世界啤酒消耗量最高的国家)。但他也患了糖尿病,只能以甘草软糖取代。我很快就变成那台自动销售机的好友。"啤酒,"奚弗似乎在鼓励我,"是惟一喝进多少就排出多少的酒。"因此他对所有的病人都不加以管制。

有一回我问他（我时常问其他的医生同样一个问题）："你会不会建议你的妻子采用这种特别的疗法？"

"永远别问医生会不会建议他的太太去做某种治疗，因为你不晓得他们感情好不好。最好问他会不会对自己的女儿采取相同的方法！"他一边说着，一边笑了起来。

"那么，你会不会如此建议你的女儿呢？"崔雅问。她记得对肾上腺的抑制有助于乳癌的治疗。

"我们不会这么做的，这里的生活品质已经够低了。别忘记，"他说，"环绕着这个肿瘤的是人的身体啊！"就在这个时刻，我爱上了奚弗大夫。

我们也问了一些在美国盛行的其他疗法。

"不，我们也不会这么做的。"

"为什么？"

"因为，"他直截了当地说，"这么做会伤到人们的灵魂。"

眼前的这个人是以极为激进的化疗闻名于世的，他之所以不愿采用某些疗法，原因是它们会伤到人们的灵魂。

癌症已经普遍被认定是由心理因素引起的，他的想法呢？

"有些人说乳癌是一种心理问题：和先生、孩子、甚至家里养的狗有关。然而在战争期间的集中营里，虽然充满各种问题以及极大的压力，乳癌的罹患率是最低的，主要的原因是他们的食物里没有油脂。德国在1940至1951年之间的癌症罹病率最低，然而那是一段充满高压的日子。所以请问心理问题如何会致癌？"

"维他命呢？"我问道，"我是受过训练的生化学者，从我做过的研究来看，大量服用高单位的维他命不但能抗癌，甚至会抑制化疗药剂。美国的医生都同意这两个观点。"

"你说得没错，尤其是维他命 C 特别具有抗癌效果，但如果进行化疗时也服用它,就会对'ifosfamide'与大部分的化疗药剂产生抑制作用。曾经有一位德国医师宣称,他因为在进行化疗时让病人同时服用大量维他命C,所以病人不掉头发,当然癌细胞也没除掉。为了证明这一点——"在这里必须先声明一下,欧洲学者型的医生通常都有神农尝百草的传统精神。"我在许多位医师的见证之下,先为自己注射致命的'ifosfamide',接着服用二十克的维他命C。结果我到现在还好端端地活着。因此这位医生给病人注射的不是真的'ifosfamide'点滴,他给的是一剂无关痛痒的药。"

假设从医学院毕业之后可以成为像奚弗这样的大夫,我想我就不会离开杜克大学了。美国大部分的医学院只教会你把黑死病的骷髅头对准病人:"死亡也不能免除你付账的义务。"

有一天我在人行道上遇见奚弗,我问他:"这附近到底有没有好餐厅?"

他笑着说:"朝那个方向走两百英里,一越过法国边界就有了。"

星期一做了电脑断层扫描,星期三我们和奚弗大夫碰面。他说扫描的结果"出奇的好"……脑部的肿瘤几乎完全消失,只剩下边缘,形状有一点像新月。放疗显然有效,当然我还有两次的化疗要做,这意味着我仍然有复原的机会。万岁!(在第二次治疗以前,他们并不打算检查我的肺部。)这真是令人振奋,我的父母也比较安心了。

惟一令人失望的是,我的血液指数并没有上升,虽然这只是暂时的现象,但是它们得恢复到一千五百以上,我才能与爸妈、肯去度假。七天以来,我的白血球指数一直在四百—六百之间徘徊,血红蛋白更低。这一点都不令人意外,因为我到德国以前所做的骨髓采集,已经抽掉了半数的骨髓。奚弗大夫说这意味着我的"母细胞"比较少,骨髓中的年轻细胞群比较多,一旦它们成熟了,血液指数自然会升高。鲍勃·多蒂的指数也曾经从两百升到四百再跌回两百,但是当指数升到八百，隔天便攀升至一千三百，再隔一天就到了两千。这正是我所期待的进展……

今天是耶稣受难日，他们本来不打算为我检查白血球的数量，但这么一来，我就走不了。于是肯再次出去兴风作浪了一番，他说现在每个人都讨厌死他了。我很高兴研究结果所显示的，那些比较难缠、要求比较多的癌症病人复原得比较好。我母亲说，他们在安德森医院遇到的医师也持相同看法：不收过于被动的病人，因为主动而积极的病人复原的几率比较大。我暗自期望这里的护士也能读一读这些研究报告！我有一部分的人格时常害怕提出要求或怕要求会令人生厌，这份报告使我的恐惧和缓了不少，对我产生了很有趣的影响——我好像已经得到许可，不必表现得太友善，只要提出自己的需求就够了。如果换了别的研究报告，我可能会怀疑自己是否应该要有不同的表现。举例来说，当我又开始进行佛教的静修练习时，很自然会思考正精进、接纳与安住在事物真相之类的道理。这时，"打倒癌症"的战斗意志和愤怒就会消失。这种改变对我而言是很好的，可是我又记得某些研究报告显示，具有战斗意志和愤怒的病人的治疗效果比较好。我是不是丧失了"战斗意志"？这样不好吗？这又是个"做"与"存在"的古老议题。

很巧的，昨天晚上我在《纽约时报》(1987年9月17日)读到一篇丹尼尔·高曼的文章。一位名叫珊卓·李维的医师对三十六名严重的乳癌患者做了一次对比的研究，那些具有战斗意志与愤怒的病人和被动的、态度友善的病人所产生的结果如下：

七年以后，三十六名妇女中有二十四位过世了。出乎李维医师的预料之外，她发现经过一年之后，愤怒对于病患的存活率并没有什么影响。这七年的观察显示，真正具有影响力的心理因素似乎是生之喜悦。

她发现可以预测存活率的主要因素,其实都已经完备地包含在肿瘤学中了:在第一次治疗过后,某些病人许久不再复发的次要原因其实是"喜悦",这是透过标准的纸上测验所得的结论,一旦癌细胞开始扩散,要想预测病人的存活率,观察其心情是否喜悦,远比癌细胞转移到哪里要重要得多。她完全没有预料到喜悦竟然那么强有力地决定了病人的存活。

真高兴知道这件事,我虽然一直被困在医院里,但心情非常快乐。我很乐于以我的愤怒来交换喜悦,谢谢你!可是我马上又联想到,如果我感到沮丧或不快乐,这份报告又会让我产生什么感觉呢?这些新发表的论文、新的研究、新的实验结果、新的预测,等等,将会引发永无止境的摇摇球反应,因此我必须培养平等心与定力,安住在事物的真相中,只观察而不企图改变,这份训练对我的帮助实在太大了。

今天是耶稣受难日,医院很安静,没有太多的活动。鸟儿在我的窗外歌唱。有一只鸟的歌声带着抖音,另外一只则持续地发着单音,前者是后者的配乐,就这样一、二、三、四、停,一、二、三、四、停地演唱着,真是天籁。

六条街远的波恩大教堂一整天断断续续地敲着钟,与鸟儿的歌声汇合成交响曲,我在这首乐曲中慢慢醒来。肯每天都到教堂点燃一根蜡烛,他说有些时候还会在那里"小泣"片刻。前几天他带我的父母一同前往,他们也为我点燃了三根祈福的蜡烛。

从我的窗口望出去是一个紧邻其他建筑物的开放空间。外面的树尚未吐出新芽,我想当它们冒出来的时候,我一定还在这里,到时候观赏它们感觉一定很棒。

明天就是复活节了。今天早晨我是被太阳晒醒的，自从来到这里，这还是第一个阳光灿烂的日子。我坐在病房里享用早餐，脑子想着鸟儿悦耳的歌声，突然有一只红头鸟飞到我的窗台上歇息。那儿有一块已经摆了好几天的黑麦饼，我看着它被雨淋湿了又干，干了又湿。打从我住进这个房间，没有一只鸟儿肯接近它一步。今天早晨突然飞来这只红头鸟，凝神地注视着我；我静静地不敢动弹，免得把它给吓跑了。接着又飞来一只头上有斑点的鸟，盯着我瞧了几分钟以后，也开始啄食那块饼干，一直到啄尽之后才离去。它们接受了我偶然的供养，仿佛领圣饼一般。

我觉得心中有很多的爱想分给你们每一个人。我感触到了你们所给我的爱和支持，这使我产生了非常大的改变。就像我替窗台上的那一排植物浇水施肥那样，你们的爱与支持滋养着我的心灵，帮助我保有喜悦的心情与生命的活力。我觉得自己受到相当大的祝福，因为有爱我的家人、先生与朋友。

心中充满爱的崔雅
于4月1日

P.S. 我的白血球指数已经回升到一千了，看样子我们的巴黎之行不久就要实现了！

17

春天是我现在最喜爱的季节

"肯,别让那个意外扫了你的游兴,巴黎真是个美丽的城市。"

瑞德刚才在巴黎郊外撞上了一辆车——这是他七十七年来发生的第一起车祸。他已经连开了好几天,我担任的是领航员的角色,身边都是地图,苏与崔雅坐在后面。我们横越德国,穿过瑞士,来到巴黎。关在斗室一个多月以后,崔雅终于可以吸一吸乡间的空气了。

我们正跻身于前往巴黎的车阵中。瑞德才向后探了一眼,便撞上前面的一辆车,那辆车又撞上前面的车。虽然无人受伤,场面却很壮观;当地的人全都跑出来看这场秀,兴奋地指指点点,叽里咕噜地说个不停。还好,崔雅会说流利的法语,接下来的三个小时,她很有耐性地和被波及的人协谈。她站在那里,帽子遮住了她完美的秃头,终于,我们顺利地摆脱了困境。

离开波恩的那天是复活节,一个阳光灿烂、空气清新的早晨。车子不停地往前开,老爸掌方向盘,肯则负责引导我们进入每一条风光明媚的小径。我们经过许多小镇,看见当地人为了复活节穿着盛装走出教堂,父亲们牵着女儿的手,祖父母们尾随于后,一起走进餐厅,四周是盎然的绿意。有个小镇看起来像滨海的度假村,挤满了前来赏花、做日光浴的游客。这里至少有三十间餐厅设有户外的餐桌,坐在外面用餐可以鸟瞰河面的景致,因此几乎都坐满了人。宽广的步道上也挤满了度假的游客,河边的公园里有各种年龄层的人,悠然地闲逛。我们开车离去时,还塞了一整排车子,准备进入这个市镇。

车子一路往前开,我贪婪地浏览着窗外的景致:柠檬绿的草坪、河边冒出新叶的树木、如惊叹号般遍布四处的黄色连翘、开满花朵的樱桃树、布满山坡与河床的葡萄园。我们从一个河谷驶向另一个河谷,从德国前往巴黎,沿途的美景尽收眼底。我长期困在医院的双眼与灵魂,迫不及待地将美景深深地"一饮而尽"。我没有丝毫的倦怠感,目不转睛地看着这春天的美景。你能想像吗?秋天一直是我最钟爱的季节,现在和煦的春天已经取代了秋的地位。

巴黎真的很美,我们享受了一生难有的奢华款待:瑞德和苏安排大家住进豪华的丽池饭店。光是简单的牛角面包与咖啡,一份早餐就要四十法郎。右边拐角处是著名的"哈利的纽约酒吧"(Harry's New York Bar),据说是海明威、费兹杰罗德(Fitzgerald)以及所谓失落的一代最喜欢停留之处,也是巴黎少数几处英语人活动的地方。酒馆楼下的房间现在还摆着格什温(Gershwin)的钢琴,"一个在巴黎的美国人"(An American in Paris)就是利用它谱成的曲子。哈利宣称他们是第一个调出血腥玛丽与马车的酒馆;姑且不论真假,他们的血腥玛丽真的很令人难忘,这是大家一致公认的事实。

不过真正令崔雅和我感动得落泪的,还是圣母院大教堂,癌症、疾病、贫穷、饥荒与苦恼的凡俗世界,都被挡在了庄严的大门外,四处可见早已失传的神圣图案。崔雅和我参加了当天的弥撒,我们紧紧地握住对方的手,仿佛全能的上帝这一次真的会降临,奇迹般地消除她身上的肿瘤,只因这个神圣的空间隔开了它的子民所染指的尘世,连它都被激起了有所行动的兴致。由彩绘玻璃穿透进来的阳光似乎也有治疗的效果;我们怀着敬畏之心在那里坐了好几个小时。

崔西和迈克来了，我们向瑞德和苏告别，开车前往左岸。崔西是一位颇有才华的艺术家，崔雅是一位工艺家，迈可和我则是具有欣赏力的旁观者。我们随着人群在奥赛美术馆（Musée d'Orsay）前，准备欣赏梵高的画作。叔本华曾经提出一个艺术理论：坏的艺术模仿，好的艺术创造，最好的艺术超越。所谓的"超越"，他的定义是"超越主客的二元对立"。他说所有杰出的艺术品都有一个共通性——可以让一位敏锐的欣赏者脱离自己而进入作品中，令那份孤立的自我感完全消失；换句话说，伟大的艺术品不管其内容如何，都是神秘的。在见到梵高的作品以前，我一直不相信这个论调，现在我真的被震慑住了，屏住呼吸、超脱自我似乎在顷刻间发生了。

离开巴黎返回德国的途中，迈克开车，崔西领航，肯与我则懒散地横靠在后座。又回到了乡间，我最喜爱的旅游点。我们在维特镇（Vittel）逗留了一晚，这是个水源地，很难分辨它到底是已经过气的观光小镇，还是尚未从凛冽的冬季中醒来。但是我一点都不在乎，因为我们的房间对面就是一个充满阳光、绿意盎然的公园。我拉了一张小椅子坐在阳台上，心里十分满足。

沿着曲折的小径，我们回到乡间的公路，在溪流旁野餐完，攀上较高的一座丘陵时，竟然发现一座滑雪场，里面有缆车，有人正在滑雪，已经是下午四点了，否则我可能会说服身边的人让我滑几个回合，我多么想到雪地里一边滑雪一边享受阳光。我想起奚弗大夫提过一个小男孩，他在白血球指数降到四百的时候仍执意要去滑雪，最后死于肺炎。我能体会那股强烈想要冒险的欲望。

科尔马（Colmar）是我们最喜欢的小镇，老旧的半木造小屋一间挨着一间，仿佛相互扶持了数个世纪之久，房子有的向前弯，有的向下垂，有的倾斜，有的摇晃，有的蹲伏，有的凸出，每间都有独特的个性。譬如某一间是风干的橙红色，旁边那间是斑驳的乳白色，接下来的一间是纹理清晰的蓝色，最后两间则呈现出龟裂的灰色与皲裂的灰褐色。到处都是卵石铺成的巷道，窄小而弯曲，只适合步行，巷道两侧的农舍好似满脸风霜的邻人倚着栏杆，互相交换村子里的绯闻与闲话。楼下的巷道挤满了观光客，络绎不绝地看着橱窗里的东西，点亮教室的香烛。

科尔马有一幅举世闻名的祭坛画作（Retable d'Issenheim，1515），看起来有点阴森，那个时期的生活可能也有点阴森——被钉在十字架上的耶稣肖像，头上箍着荆棘，血从铁钉中淌出，全身上下到处是伤口。崔西说，当时的欧洲梅毒正猖獗，因此，艺术家把这个苦难的标记也画在耶稣的身上。刚开始我觉得这幅画太强调基督的受难，接着我联想到许多佛教僧侣也喜欢在坟墓打坐。生活在16世纪同样充满苦难，这幅画要提醒我们的就是这一点。我吸了一口气，看着自己对这幅画的反应，看着自己不愿意了解从古到今这样的事情一直仍在发生，也想到自己与他人的苦难时，不禁起了寒战。我看着这些强烈的反应，又深深地吸了一口气，感觉一股悲悯与善意从心中生起。

在萨尔茨堡（Salzburg）停留的那段时间，我们喝了点阿尔萨斯酒，吃了一些蛙腿，买了几块印有农庄图样的桌巾，还参观了教堂。为我们服务的女侍开心地对我们说，下一次我们要去巴黎的时候，她可以陪我们一同前往，因为巴黎的食物"très cher et pas bonne"——既贵又难吃。

回到德国，我们继续往波恩的方向行驶，沿途在巴登巴登（Baden-Baden）落脚，这是一个非常有名的温泉小镇。在这个地方，崔雅经历一件十分困扰她的事，也让我们朝着不可思议的方向联想。

第二天我们去洗了一次罗马—爱尔兰式的温泉浴，非常舒服的经历。我们被带到十个不同的温泉浴池，每一处的温度略有不同，这一连串的浴池温度全是经过精密计算的，因此可以产生最大的放松效果，然而那天晚上我发现自己的五角星项链竟然不见了！我们找遍每个角落，询问每一个可以求助的人，还是不见它的踪影。这是我的护身符，是我父母在我和肯离开旧金山前往德国的那一天给我的礼物。它是按照我画的一个图，请我们的好友罗塞尔用手工打造的。它对我有很特别的意义。在德国的头一个月，日子过得黑暗无光，好几次从睡梦中醒来，我发现自己牢牢地握着这颗星，因为它，我不再孤独。我非常惊讶怎么会把它给弄丢了？一点迹象都没有，就这么凭空消失了。我迷信的那一面，很自然地随着这个意外增长：难道我从此以后没有好运了吗？这是否意味着将有不好的事要降临？这是否象征着我的"守护星"陨落了？

一整晚崔西、迈克和肯不停地安慰我。突然我想到了卡卢仁波切教我的观音菩萨观想法门。他要我观想诸佛菩萨都出现在我的面前，我把全世界最美好的东西，供养给它们；她们非常喜悦，把祝福如华雨般遍洒全宇宙。我也忆起了自他交换的观想。我把别人的苦难吸入体内，再把自己的善业吐出给别人。

以下是我用来去除执著之苦的观想练习：我把这颗五角星的美与幸运供养给众生。当我这么练习时，我可以感觉自己强烈的执著，执著于父母、那位打造项链的朋友，执著于得到项链时的情境和幸运的概念，执著于"艾斯崔雅"的原始意义。从这事件，我清楚地看到自己强烈的执著心，又因为它是一件颇值钱的饰物，执著就更强烈了。

我一遍又一遍地观想着自己把它供养给众生，它的美、好运与治疗的功效，让每一个人都能获益。每当我因失去它而感到痛苦，或不自觉地伸手摸它而发现它不见时，都会做上述的观想。有时在餐厅里吃饭，我会想像它在每一个人的脖子上闪闪发光，走在路上我也会想像它在每一个行人的头上放光。我甚至会把它化成数百万颗星星，遍布整个宇宙，在阳光中缓缓降落地面，照亮每个人的人生。

这个练习让我非常清晰地察觉其他形式的执著或自私，譬如想要得到野餐中的最后一片起司，最后一口美酒，视野最好的房间，等等。因为这颗星的遗失，映照出这些细微的反应和这些随时会出现的执著与欲望。借着这项练习，我可以将任何我所渴望的东西都变成礼物分送给他人。这实在是非常有趣的经验。

透过这次练习，我看到一些并不想看到的真相，对于自己的执著，我察觉的速度也不是顶快，更不能做到放下一切。当我察觉自己想得到最好的美酒，或察觉自己有恶毒的念头或看到自己本来是善意的，说出来的话却不太友善，一股心知肚明的微笑就会浮现，我希望自己在看到这些真相时能有更多的仁慈。肯曾经提到圣保罗所说的一句话："我所愿意的善，我不去行；我所不愿意的恶，我反倒做了。"这句话让我知道自己并不是在困境中孤军奋斗的人，也让我对人性生起更大的悲悯。

弄丢了父母的礼物，罗塞尔亲手做的礼物，偶尔还会感到心痛，但是我对肯说，"你知道，仅仅只有三天而已，我觉得自己已经从丢项链的糟糕情绪中走出来了"。我知道这些话听起来有点过度乐观，但是这次练习真的对我非常有帮助，当我在做上述的观想时，我觉得这颗星好像还在我心中，永远不可能遗失。我对于它的消失所产生的迷信也逐渐退去，原来强烈的执著减轻不少。我真的很享受这项观想的练习，能时常送朋友一些礼物是很开心的事。

"只要抬起你的脚向前踏出一步，其他的事就会水到渠成了。"

"但那只是一个空无一物的空间。"我抱怨着。"一个黝黑、看不到尽头的空间。"

"拜托，你一定要这么做。"

"搞什么鬼?!"我向前踏了一步,发现自己掉入一个开放的空间,一直往下掉到一处看似山顶或小丘顶的地方,那个形体就在我的身旁。当我向上仰望时,我看见了数百万颗星星,分布在四面八方,点亮了整个宇宙。

"这些星星象征的是崔雅,对不对?艾斯崔雅?这实在太明显了,先生。"

"这些星星并不意味着艾斯崔雅。"

"不是?好,我认输了。这些星星到底意味什么?"

"它们并不是星星。"

"好吧,那么,这些不是星星的东西代表什么意思?"

"你真的不知道它们代表什么意思吗?"

"不,我什么也不知道。"

回到波恩,依依不舍地道别了迈克和崔西,看着他们离去,心里真的很难过,有些难关仍然等在前面,我可以清楚地感觉到。奚弗大夫在看崔雅最近的检验报告,嘴里讲着德文,到现在我还弄不懂他的意思。崔雅身上并发的疾病非常复杂,肺部感染、糖尿病、肿大的双腿、耗竭的骨髓,更别提那要命的癌症——原本两个月可以结束的疗程可能被迫延至四个月。日子一天天地拖着,恐惧之中增添了乏味,一种怪异的组合。

"诺伯特?是你吗?"

"是的,肯,我能为你做什么吗?"

诺伯特和他的妻子乌蒂共同经营帝侯饭店。在我即将在那里度过的几个月中,诺伯特为我们担当了(《鲁滨孙漂流记》中)"星期五"的角色,一次又一次贡献他自己的宝贵时间为我们服务。他是一个相当慧黠的人,幽默中略带病态,跟我很像(他说他认识一个不怎么有能力的大夫。这位大夫只有在预测过去时,具有百分之九十的准确度);我觉得他像个律师,也可以当个大夫什么的,他自己却比较喜欢门房的差事。我刚到这里的第一天，诺伯特便为我做了几张 3×5 的卡片，上面写的都是德文。他告诉我："这是奚弗大夫要我做的。"有了这些卡片，我才能顺利地进出"诊所"（譬如崔雅产生胰岛素反应的那一天，因为有这些卡片，我才能火速地冲进餐厅，抓了些方糖回来救急）。少了它，我什么事也行不通。

"诺伯特，今天的天气如何？"

"晚上再问我吧。"

"好，告诉你我为什么要问这个问题，崔雅刚做完血液检查，指数还是过低，无法进行下个阶段的化疗。她有点沮丧，不只是因为想赶快完成这些治疗，更因为每一次的延后，即使是一天，都显示治疗的效果降低了。现在可能还得拖上一个星期，上一次的治疗整整延后了两周。情况不怎么乐观。诺伯特，'该死'的德文要怎么说？"

"哦，肯，我很遗憾，有什么是我能帮得上忙的吗？"

"我需要订一间小巧的汽车旅馆，不要太贵，靠河边三十公里左右，还需要一辆计程车和一位会说英语的司机、去柯尼希斯温特（Königswinter）的指示图、莱茵河渡船的时刻表、德拉亨山（Drachenfels）的开放时间，还有柯尼希斯温特是否有供应素食的餐厅……"

> 天气，终于不再阴霾。有时万里无云，有时飘来几缕白云。有人说冬天的气候如果特别糟，开春之后就会特别好，看来是真的。肯和我在巴特戈德斯贝格（Bad Godesberg）与柯尼希斯温特度过了一个很棒的周末，我们住在莱茵河畔的一间旅馆里，浪漫极了。春天是我最喜爱的季节，我喜欢看着它的景致变化，然后把它带回医院去。当我闭上双眼时，所有的景象历历如绘：在阳光下特别鲜明的白樱树冒出的新叶，绿色的草原上点缀着白色的小雏菊与鲜黄的蒲公英。
>
> 现在我又回到医院，回到治癌的琐事上，一个星期后才能接受化疗。有点出乎意料之外，再等一个星期，化疗的效果又会降低一些。但这

次感觉却很轻松，食欲有点降低，睡眠增加了一些，有时需要服用安眠药，还有一点头晕，比阿德利亚霉素要轻松多了。如果医生早一点采用这些化疗的药剂，我想我会应付得更好。阿德利亚霉素会伤我的灵魂，好像费尽千辛万苦，才能感到一点愉悦，而眼前这种治疗却不会阻碍我的快乐。

啊，德国人，他们真是既仁慈、和蔼又乐于助人，肯比我有更多的时间和他们接触。他常去吃饭的那家餐厅的女服务生，前几天带着花来探望我，另外还有许多司机先生、店东以及女服务生都十分关心我。

"点亮莱茵河"是这个周末一项盛大的庆祝活动，沿岸所有的城堡都燃起火炬，还有放烟火的表演。维琪来看望我们，肯陪她一起到河边看烟火，河边挤满了人群，各种年龄层都有，大部分是孩子，非常壮观。肯和维琪边看边发出惊叹声，他们闹了一阵子，突然发现周围鸦雀无声，连小孩都安安静静地，气氛非常怪异。肯后来问柜台的服务人员，因为美国人看烟火的时候一定会呜哇地大叫，服务员说也许美国人的啤酒喝得比较多。肯笑着说："怎么可能，你们是全世界啤酒喝得最凶的国家，这才不是真正的理由呢！"服务员说："在德国，大家看烟火的时候从不呜哇，我们只会嘘……"

在波恩总会碰上令人捧腹的场面，颇能振奋我们的精神。有一次我们坐在一家露天咖啡馆，维琪点了卡布其诺，我为自己叫了 Kolsh 啤酒。闲谈之间，一位侍者走到我们的桌边："你是肯·威尔伯吗？我的胃里有个洞，急需要你的帮助。"

他的胃里有个洞？我们俩都被吓呆了，以为他有胃癌，他可能看见我的光头，以为我也得了癌症，我赶紧站起来送那位侍者到"诊所"去。

他在一家书店看过我的书，认出我就是作者，他毫无避讳地谈起自己的问题,特别是女友刚离开所造成的影响与困扰。"我的胃里有个洞",其实他真正想表达的是,"我的心中觉得非常空虚。"他已经沮丧得顾不了那些客人了。他足足花了一个多小时描述自己胃里那个可怕的洞。

  我忍不住和维琪及肯说,我真希望自己能早点发现这个地方。我提到一些过去犯的"错误"——我应该一开始就把整个肿瘤切除,继续接受三苯氧胺(tamoxifin)的治疗,每一位癌症复发的患者都觉得自己做得不够,也都能举出一两件足以延缓复发却被自己疏漏的方法。

  对我来说,最重要的是别陷在自责的情绪中(即使有时还是会滑落悔恨的险坡),戴上后见之明的眼镜来看待目前的处境。我发现许多过去所做的选择都是出自怠惰,一种"快刀斩乱麻"的治疗方式,因而轻忽了重要的后续医疗(继续食疗,服用大量的维他命、运动与观想等等)。我一直认为已经动手术,做了放疗与化疗,难道付出这些代价还不够吗?我只想回归原来的生活,哪儿也不去,不去看其他的大夫,不再做任何医疗的抉择。我瘦了好多,也吃了许多苦,难道还不足以让情况好转吗?反正处在这个模糊地带,本来就很难决定该做什么其他选择。

  同时我又明白自己很自然地往最好的方向想,受到积极思考运动的影响,这股欲望有时膨胀得有点离谱:非常努力地想像癌症已经去除了,充满信心地告诉自己"我是健康的",提防出现再度住院或癌细胞还躲藏在身体的某个角落的念头,因为消极思想的存在会有一种不可思议的力量使癌症复发。

  我发现亲友们也都倾向于积极思考,我很理解没有人愿意往坏处想,但是癌症病人的恐惧并不是虚而不实的,也不只是负面思考,希望亲友们能学习和这份恐惧相处,毕竟它有时也能有正面的作用。

  我发现过度简单的积极思考不但会让人否认自己的恐惧,更会在化疗结束后消除再接受其他治疗的动力。选择其他的治疗时需要高度的激励，因为做这些抉择是十分困难的，更别提到很远的地方就医所花费的时间与金钱了。当你没病时，看到报上刊登的治疗方法，只会觉得有趣，但是生病时接受这些治疗可就大费周折了。如果你一味地运用积极思考，可能会失去必要的动力。

我把注意力转回当下，小心翼翼地调整架在鼻梁上的这副后见之明的眼镜，再一次地，我看到自己想要依赖奚弗大夫"快刀斩乱麻"的治疗背后的急惰，还有，以为凭着积极思考就能把癌症治好；但是这副眼镜的焦距点是清晰的，让我很清楚地看到我应该继续寻找长期的辅佐方法。一旦决定采用综合的治疗方法，我知道自己一定会贯彻到底。我知道自己的急惰与想要过正常生活的欲望，会让我一听到别人的建议或他人的经验时，就会对自己所做的选择产生疑虑。但是我会保有那些急惰与欲望，让它们帮我拨云见日。我希望我写的这些东西能帮助别人在起起伏伏的癌症生涯中，维持高度的治愈动力。

我会提醒自己，我所做的一切努力对于疾病的发展或结果，也许只是极小的影响，甚至完全没有。我提醒自己深呼吸和放松。由自责所促成的动机只会伤害到自己。每当我紧抓着某样东西不放时，我会提醒自己放下，对自己温柔一点，学习与未知相处。试着去体会没有努力的努力、没有选择的选择、没有动机的动机。努力不一定能达成目标。

崔雅进行第二次化疗时，观想的主题再度浮现，此刻的她应该观想化疗打败了癌症才对。但是她无法决定该采用主动或被动的观点。她觉得两者都很重要，这又是"做"与"存在"之间的平衡。这一阵子大部分的癌症病人采用的都是积极思考的观想，但是崔雅觉得应该佐以更开放、更无目标的观想方法。她时常与爱迪丝一起练习，爱迪丝本人也是后人本心理学派的治疗师，比较倾向罗杰派。崔雅将她的观察写成一篇报告，在美国各地的癌症中心广泛地流传（你可以向癌症支援中心索取影印本）。

"肯？肯？你在吗？看看这个。"

"开什么玩笑，它是从哪儿冒出来的？"

有一天我坐在病房里和爱迪丝聊天，肯走了进来。当时我正告诉爱迪丝关于遗失五角星项链的事，我说我努力学习透过观想把它分送给每个人，从这个事件中我读出了许多意义，我的名字艾斯崔雅就是"星星"的意思。肯开始取笑我古怪而迷信的这一面，他说我对正面预兆的信心不及我对负面预兆的信心。我马上回应一句，"不，这句话不对，正面预兆也同样深具意义。"他说："哦，好，既然你真的相信正面的预兆，看看这是什么？"说完就从口袋掏出那条五角星的项链。我愣住了，已经这么久了，它是从哪里冒出来的？！肯一直不肯回答我，最后才说："我只是要你好好想一想，如果丢一样东西可以被你诠释成坏的兆头，那么失而复得是不是该被诠释成好的兆头。"

旅馆洗衣妇在我裤子后面的口袋里发现它，我根本就忘了那个口袋的存在。那天洗澡时，我一定是怕放在柜子里会被拿走，才放在裤子口袋里，扣好后就忘了。我好高兴重新拾回这条项链，希望它能带给我好运。奇怪的是，它不在的时候对我影响更大，我仍然继续观想把它分送给别人，观想它在别人的脖子上，观想它深入别人的内心，这仍然是很好的练习。但是，当我失去它而仍然渴望它的时候，这项练习反而更具挑战性。如果它一直不再被拾回，这项练习可能就会随着记忆模糊而被淡化，可是现在这颗星星又回到了我脖子上，于是它成了一个持续的提醒，这项练习也将继续下去。

另一天的傍晚，当我和爱迪丝在林间散步时，对这个"给予"的观想，突然有了很大的领悟。我以前总觉得善待自己就意味着对别人不善。以最后的一口美酒来说——如果我为了善待自己而喝了那口酒，其他人就喝不到了。

我觉得有很大的冲突，突然间"我是谁?"这句话冒了出来。我发现善待别人与善待自己的冲突，其实是不存在的。如果我在"我是谁?"这句话上下足了功夫，那么我与他人之间的界线就会渐渐淡化，因此，这并不是二选一的问题：要不就善待自己，要不就善待别人。当人我的界线淡化以后，以前被我视为善待别人的行动，其实就是善待自己，所以我非常乐意将最后一口美酒留给他人，甚至是全部也可以。

这对我来说是相当重要的一件事。我已经以这颗星星做了很久的观想练习，在此之前，是自他交换的练习。现在运用"我是谁"的话头把人我的界分感连根拔起，则是在道途上更往前跨了一步。每当我执著于最后一片起司时，我都会问："喔，是谁在执著？是谁在感觉损失？"然后我会十分乐意地把它送出去。正如肯所说的，宇宙里只有一个大我在享受它。因此我过去的障碍和不能善待自己的原因，就是出在过于强烈，也过于快速的人我之分。因为被锁在这样的分别心中，我才会觉得善待别人就亏待自己，善待自己就亏待了别人。现在放掉分别心，享受给予，善待自己也善待别人，似乎容易多了。当然这个道理我早就知道了，但现在的领悟才是具体而实在的。

当崔雅在第二次化疗后渐渐地恢复时，她的肺部却感染了。不太严重，医师这么向我们保证；但是为了预防从外面带进来一些污染，他们还是剥夺了我几天的探视权。崔雅与我只能以电话联系；她忙着做她的艺术创作、静修、写作、参究"我是谁?"这个话头、写日记，一切都很顺利。

我完全相反。有些不好的感觉在内心生起，但是我无法理解是什么，感觉糟透了。

"诺伯特，我打算回到德拉亨山去，我会从柯尼希斯温特打电话给你，你有爱迪丝家的电话号码，对不对?"

"有。肯，你还好吗?"

"我不晓得,诺伯特,我真的不晓得。"

我走向莱茵河,搭上渡轮来到柯尼希斯温特。那里有许多路线的台车可以登上山顶,登上极美的德拉亨山,这是欧洲最受欢迎的山景之一,是距离莱茵河两百英里的一处要塞。就像任何一个奇景一样,德拉亨山有令人窒息的遗迹,也有为了吸引观光客而建立的寒酸建筑物。

从塔楼的顶端向下鸟瞰,方圆一百英里的景物尽收眼底,我将视线扫向右侧:巴特戈德斯贝格大教堂的塔楼,再向北七十公里则是宏伟的科隆大教堂。仰头向上望:天堂;低头向下看:大地。天与地,天与地;我不禁想起崔雅,在过去的几年间,她将自己的根重新扎回大地之中,回到她对自然的爱,回到身体、回到她的制造,回到她阴柔的女性特质,也回到她开朗、信任与关怀的基石之上。我仍然停留在自己想要待、让自己舒服的地方,一个自我的家乡——天堂,然而它并不是大精神的世界,而是由理论、逻辑、概念与符号组合而成的理念的阿波罗世界。天堂和心智有关,大地与身体相连。我把感觉拿来说明理念,崔雅则把理念拿来说明感觉。我总是从个人经验转向宇宙;崔雅总是从宇宙转向个人经验。我喜欢思考,她热爱制作;我喜欢文化,她钟爱自然。我喜欢关窗聆听巴赫的音乐;她却宁愿关掉巴赫的音乐,倾听外面的鸟鸣。

按照传统,大精神既不在"天"也不在"地",而是在"心中";心总是被视为天与地的会合。地是天的根基,天是地的提升,单凭天或地都无法领会大精神;只有在内心取得两者的平衡之后,才能通往那扇超越死亡与痛苦的神秘之门。

这正是崔雅对我的贡献,也是我们对彼此的贡献:指出了一条通往内心的路。当我们彼此拥抱时,天与地便结合了,巴哈与鸟儿同声一齐鸣奏,视线所及尽是快乐。一开始相处时,我们会因为彼此的不同而感到不适,我这个心不在焉的教授喜欢翱翔在理念中,在最简单的事情上编织一些理论;崔雅则喜欢拥抱大地,在没有妥善安排计划之前,她拒绝翱翔。

我们确实是不同的，或许这一点也可以适用于许多男女身上。分开来的我们绝非完整而自在的个体，只能算是半个人，一个是天，一个是地，这本来就是我们的真相。我们逐渐学会欣赏、尊重彼此的差异，也学会感谢。理念永远令我感到舒服，大自然也永远令崔雅感到自在，但是当我们内心交会时，我们就完整了。缺少了彼此，我们永远无法体会这份合一感。我们把柏拉图的一句话改成了："男人与女人本来是一体的，却被分裂为二。所谓的爱就是对这份一体感的追求。"

天与地的结合。我的眼睛看着天也看着地，心里一直在想，自从有了崔雅，我才开始找到自己的心。

但是崔雅就快死了，这个念头令我禁不住放声大哭，有几位德国人很关心地问候我；我真希望自己能有一张德文卡，上面写着："是奚弗大夫特别准许我这么做的。"

我不知道自己什么时候开始意识到崔雅会死的事实，也许是医生告诉我她的脑部与肺部都有肿瘤、叫我不要声张的那一天，也许是美国的医师答应让她半年无需治疗的那一天，也许是我亲眼看到电脑断层扫描的那一天。不管是哪一天，我只知道一切都要瓦解了，多年来被我排除在外的思想，现在全涌了上来。脑瘤的症状也许会减轻；至于肺瘤，奚弗大夫也只能担保百分之四十的减轻几率。我的脑子里出现恐怖的画面：崔雅极为痛苦，呼吸十分困难，点滴瓶里的吗啡不断地输进她的体内；家人和朋友在医院的走廊上徘徊，焦急地静待着呼吸器终止的那一刻。我用双手抱住自己的身体，前后不停地摇动，口里言语："不，不，不，不，不，不，不……"

我搭第一班台车下山，从当地的酒馆打电话给诺伯特。

"崔雅很好，肯，你呢？"

"不要为我等门了，诺伯特。"

我坐在酒馆内，开始喝起伏特加，喝了很多很多。那些骇人想像的事情一直盘踞在我脑中,还有一股无法止息的自怜偷袭着我。可怜的我,可怜的我,不断地把"Korn"摔在地上:"可恶的德国人仿造的伏特加。"即使在塔霍湖,我也从未如此烂醉过,今天我决定让自己大醉一场。

当我回到帝侯饭店时(怎么回去的,我一点都记不得了),诺伯特将我拖上床,留了一罐维他命 B 在床头柜上。第二天清晨还派了清扫房间的女侍来盯着我吞下它们。我打了通电话到崔雅的病房。

"嗨,亲爱的,你好吗?"

"我还好。今天是星期天,没什么事。我的烧退了,过几天应该就没事了。我们星期三和奚弗大夫有约,他要告诉我们最后一次治疗的结果。"

想到这件事,我感到一阵强烈的恶心,我知道他要说什么,至少我是这么认为的。

"你需要什么吗?"

"没有,我正在进行观想,不能和你谈太久。"

"没问题。我打算出去走走,如果你有什么需要,就打电话给诺伯特或爱迪丝,好吗?"

"好,祝你玩得愉快。"

我搭电梯到一楼柜台,诺伯特正在那里。

"肯,你不应该让自己喝得这么醉,你应该为了崔雅坚强起来。"

"哦,天啊,诺伯特,我厌倦了坚强,我要让自己脆弱一阵子,这会让我好过一点的。我要出去透透气,我会打电话回来的。"

"别做傻事啊,肯。"

德国的商家星期天是不营业的,我走在戈德斯贝格的后街上,愈来愈自怜。此刻我心里想的不是崔雅而是我自己。我他妈的这一生已经毁了,我的一切都给了崔雅,而崔雅,我真想杀了她,她竟然要死了。

我悻悻然地走着,一路抱怨竟没有半家酒馆开门营业,突然我听见几条街远的地方传来波卡舞曲的音乐。那一定是酒吧，我心里这么想；就算是星期天，你也无法让德国人远离"Kolsch"和"Piers"啤酒的。我尾随着音乐，来到一间距离市中心有六条街远的小酒馆，里头有十来个人，大都是六十多岁的老先生，他们的脸颊似乎打从"Kolsch"上市的那一天起就泛着红晕。音乐非常生动，不像美国人所想像的那种劳伦斯·威尔克式的滥情波卡舞曲，而是当地的蓝草音乐；我很喜欢这种音乐。酒馆里有半数的男人（没有女人，也没有年轻人）围成半圆，随着音乐起舞，彼此勾肩搭背，踢着腿，跳着类似希腊左巴的舞蹈。

我在吧台前坐了下来，把头深深地埋在手臂中。一瓶"Kolsch"出现在我的面前，我不假思索地一饮而尽。接着又递来一瓶，我再度一饮而尽。

灌了四瓶啤酒后，我忍不住哭了起来，虽然极力想掩饰，就是无法停止。我不记得自己曾经这么放肆地哭过，当我有两分醉意时，朝我方向跳舞的几位男士，示意我加入他们。"不，谢谢你们。"我挥着手婉拒。但他们不放弃，其中一位很友善地拉我加入他们的阵容。

"Ich spreche kein Deutsch"（我不会说德文），这是我惟一能记住的德文。他们微笑地对我表露关切，好像真的很想帮我。我想夺门而出，但钱还没有付。我把手搭在左右两边的男士肩上，开始前后舞动，还不时踢踢腿。我忍不住大笑，接着大哭，就这样哭了又笑，笑了又哭。大约有十五分钟，我的情绪完全失控，恐惧、惊慌失措、自怜、狂喜、为自己感到遗憾，也为自己高兴，我觉得窘极了，但是他们不断地点头微笑，好像在对我说："没关系，年轻人，一切都会没事的，尽管跳吧，年轻人，只要跳就对了。你看，就像这样……"

我在酒馆里大约待了两个小时，跳舞，喝啤酒，一点也不想离开。不知怎地，所有的感觉和思想突然涌上来，洗刷了我的一切系统，它们全暴露出来，也都被接受了，虽然不是全盘被接受，至少我的内心开始平静下来，让我能继续走下去。我终于站起来，向酒馆里的男士道别，他们对我挥了挥手，继续跳舞。从头到尾没有一个人要我付酒钱。

后来我告诉爱迪丝这件事，"你现在总算了解真正的德国人是怎么回事了吧！"

我想说明的是，我终于开始接纳崔雅可能会死的事实，也愿意放弃个人的兴趣，以支持她为首要的工作。我很想宣称这是由于禅坐的电光石火和瞬间的洞见，使我生起足够的勇气重新投入这场战斗，或者是因为某种超验的显现让我清醒。但真相却是在一间小酒馆里，和一群不知名也不懂他们语言的老男人共处了两个小时而开悟的。

回到波恩，我与崔雅最深的恐惧开始示现。第一，脑瘤没有完全消失。事实上，在这种治疗下百分之八十与之相似的病人，脑瘤都消失了。最严重的是，崔雅所接受的脑部放射线已经快到极限。第二，虽然肺部的大肿瘤已经萎缩，但有两个新的瘤正在形成。第三，超音波显示她的肝脏又出现了两个肿块。

我们回到病房，崔雅的情绪开始崩溃，我把她搂进怀里，紧紧地抱着她，深深地吸入她的痛苦。我发觉之前在小酒馆里所流的眼泪，就是为了现在，为了眼前这一刻。

"我觉得自己好像被判了死刑。我站在窗前看着外面的美景，这是我最喜欢的季节。但是这可能是我最后的一个春天了。"

崔雅提笔写信给她的朋友，一字一句小心地斟酌着：

> 和转移性的癌症共同生活，就像在坐云霄飞车，不知何时会有好消息、何时会掉落悬崖、何时会心惊胆战、何时恐惧会突袭全身。他们上个星期为我做了肝脏超音波扫描；我躺在手术台上，操作员从各个角度一遍又一遍地在我的全身扫描，然后把一位女士叫了进来，用

德文讨论了一些事后，又重复进行一次扫描。他们只对我说"深呼吸——停住——自然呼吸"几句话。我起身时看见荧屏上有两个小点，我很确定那就是肝癌。回到病房，我整个人开始崩溃，心想可能活不过今年了；我必须有这份心理准备。

然而要如何在不伤害"求生意志"的情况下，做好死亡的心理准备呢？当我还在为生命搏斗时，如何让自己坦然面对这件事？我真的不知道，甚至不能确定这个问题是否成立；有时我觉得可以坦然接纳，因为这两者也许没有冲突。刚发现有肝癌时，那份悲伤实在是太巨大了，后来做过深呼吸之后，我逐渐能接受这个事实，虽然还有些不情愿。事情如果要发生，就让它发生吧！到时候再应付，现在我不想胶着在上面。即使被困在医院里，窗台上的花也令我喜悦。我觉得自己已决心尽力而为，即使有肝癌，不一定会导致死亡，还有其他的治疗方法。奇迹可能发生。

云霄飞车的另一次急速俯冲是——我的免疫力没有回升到大夫预期的理想状态，因此他为我注射高剂量的优质化类固醇（八星期的剂量集中在四天打完）。还有一个令人反胃的俯冲是——奚弗大夫对脑瘤没有完全消失感到相当失望，他原本以为脑部的肿瘤经过放射线放射与第一阶段的化疗后，可以全部消失，如果第三次化疗后仍然没有完全消失，他就会用"cis-platinum"来治疗，剂量与时间仍未知。

肯和我决定在第三阶段的治疗开始以前先回美国一趟，我的身体得等一段时间才能再接受治疗。我迫不及待想回去，回到那块说英语的土地！在波恩时，我们学会以更敏锐的眼光来看国内的初选、毒品以及游民，等等问题。我非常惊讶，去年发生在洛杉矶的帮派械斗案件竟比欧洲全年度的总数还多。但是我仍然热爱这块土地，我真的很想回家。

送给你们每一个人爱与拥抱，你们的信、电话、祈祷与祝福，让我们在这里的日子快乐许多。我们现在好比是放长线钓大鱼。肯一再地重新投入这场艰苦的奋斗，令我感恩不尽——感谢你们长久以来的陪伴。

心中充满爱的崔雅

我要以开放的心情面对痛苦与恐惧，勇敢地拥抱它，接纳它的存在——这就是事实，这就是眼前所发生的现象，是我们都很清楚的无常之苦。领悟它，生命就会有惊喜。我真的可以感受这份惊喜，尤其当我听到屋外的鸟鸣，或在乡间开车时，我的心洋溢着喜悦，它使我的灵魂充分滋养。我并不想打败我的疾病，我要顺受，原谅它。如同史蒂芬·勒文所说的："以恐惧面对痛苦所产生的感觉就是自怜，它令你想要改变当下的真相。但是如果以爱来面对痛苦，把心安住其中，不以恐惧或嗔恨，而是以仁慈来面对它，那便是真正的悲悯了。"

最近我觉得对肯有一股特别的爱意，度过危机之后，他相当坦然与专注。我想，不管身体是否能痊愈，这才是最重要的：让我的心保持柔软，保持开放，这才是重点，不是吗？这才是真正的重点！

凝视着窗外，我再一次明白自己现在为什么如此热爱春天。我会永远喜欢秋的金黄，但春天更能深入我的心髓，也许我暗自期望我的人生还能出现一个崭新的春天！

我要努力让一切好转！这不是一场战斗，也不是充满怒气的抗争。我要继续走下去，不带丝毫的嗔意与苦涩，而是无比的决心与喜乐。

18

可是我还没死

崔雅和我终于回到博尔德,回到我们的房子、狗儿和朋友当中。对于崔雅目前的情况,我有一种奇怪的平静感,混杂着真实的接受与忧伤的宽容。崔雅非常明白病情的严重性,但是,她的镇定与对生命抱持的喜乐似乎与日增长,她很高兴自己还能活着!去他的明天!我看到她兴高采烈地与狗儿玩耍,愉快地在花园里栽种植物,带着微笑从事玻璃画创作。我发现有股类似的平静与喜悦悄悄地爬进我的灵魂,让我也能享受宝贵的当下,我很高兴能拥有眼前的这一刻,这比以前拥有无限的当下要快乐多了,因为以前的快乐是会被时间冲淡的。这是我看着崔雅每天与死亡共处所学会的功课。

亲友们也都察觉到崔雅的生活充满欢愉。风中之星举办了一场为期四天的洞察与探究的闭关,崔雅很想参加,但因感冒未愈而作罢。在闭关中的某一时刻,与会的三十多人,必须一一说出一句最能形容自己的话,譬如愤怒、爱、美丽、有能力等等,再对团体中的每个人说:"我是——"如果这样的形容被接受了,所有的成员就会起立表示赞同;如果不被接受,就得再选其他的词汇,一次又一次,直到每个人都赞同为止。凯西站起来时说:"有个人因为生病无法参与,我要替她发言。"每个人都晓得她指的就是崔雅。凯西大声地说:"我是喜乐的!"一说完这句话,所有的人都大声地欢呼喝彩。他们献给崔雅的卷轴上写着"我是喜乐的"几个大字,每个人都在上面签了名。

对于崔雅可能会死这个事实，我和她很快有了共识：她能够撑过今年的胜算是很小的。我们在波恩就心里有数了，之后我们试着把它放下，以比较实际的态度来面对，譬如如何写遗嘱，她死后我该怎么办，她需要我替她处理哪些后事，等等。然后我们认真地面对每一个当下，不再投射未来。

朋友和家人时常怀疑她是不是不能面对现实，难道她不会担忧、烦躁或不快乐吗？但就是因为活在当下，拒绝期望未来，她开始清醒地与死亡生活在一起。想想看：死亡其实是一种没有未来的状态，活在当下意味着不再有明天，她并不是在忽视死亡，而是活出了死亡。现在我也在做同样的努力，我不禁想到艾默森曾经说过一段很美的话：

> 这些开在我窗下的玫瑰，和以往的玫瑰或其他更美的玫瑰一律无关；它们长什么样就是什么样；它们与今日的上帝同在。它们没有时间的概念，只是单纯的玫瑰，存在的每一刻都是最完美的。然而人类不是延续便是回忆；他不活在当下，回顾的眼睛总是悲叹过去，轻忽周遭种种的富饶，他总是踮起脚尖望向未来。除非他能超越时间活在当下的自然中，否则他不可能快乐、坚强。

这就是崔雅目前所做的事。如果有一天死亡真的来临，她会在当下加以处置。曾经有一个伟大的禅宗公案：

某位学生前来询问禅师："我们死后会发生什么事？"

禅师回答："我不知道。"

学生非常诧异地说："你不知道？！你可是禅师呀！"

"没错，可是我还没死。"

这当然不是说我们已经放弃一切，放弃也是一种对未来的投射，而不是安住在眼前。目前崔雅仍然在考虑一些尚未经验过的另类疗法，其中尤以凯利／冈札勒斯的生化酵素疗法最吸引人，这种疗法在和崔雅一样严重的病患身上，都显示了相当的成效。我们计划在波恩最后一次化疗结束的回程中，先到纽约停留一阵子。

目前她正专注地对付感冒。

在家里休息的这段期间，治好我在二月时染上的感冒是主力目标，它让我的化疗延迟了三个星期。这个甩不掉的感冒让我一直处在焦虑的边缘，担心它又会阻碍第三次化疗，我要将这份压力逐出我的生命。最近我发现自己采用各种不同的方法似乎奏效了，但不知道是哪一项特别有效，也许感冒本来就该好了。

我去找了一位针灸医生，他以针灸、药茶和指压为我进行治疗，是这些方法产生了疗效吗？我把每天服用的维他命 C 剂量提高到十二克，还是因此而使情况好转的？此外，我还服用一种棘刺科的药草，据说它可以提高免疫力，真的这么有效吗？另一方面我尽可能地多休息，或许这也是重要的因素之一吧？每天我都会腾出一段时间把注意力放在胸中最不舒服的地方，我只是单纯地留意它，与它交谈，如果有什么信息出现，就照着那个指示去做，有一回它指示我要大声尖叫，于是我把自己关在浴室里，开了水龙头，在水声的掩护下大声尖叫了好久。难道是这个方法释放了心结吗？我也请教了我的指导玛丽与山中老者，还照他们的话去做了，会不会这才是感冒好转的关键？

谁知道?!不管是感冒还是癌症，谁敢明确地说出转折点到底是什么。我很清楚地察觉到我无法完全明白这些情况的"真相"，于是我学习以游戏的心情来面对我的"理论"，对事情不要太执著，要看到自己总是偏向某些解释，要记住自己所编造的那些强迫性或用来自娱的故事，是很难从其中看到真相的。

我打算在回程中去纽约见一位冈札勒斯医生，他采用了一位曾罹患胰脏癌的牙科医师凯利所发展出来的"新陈代谢生态学"（metabolic ecology）疗法。我知道这个疗法已经好几年了，家里还有两本他的书的影印本，我一直被它所吸引，它的食疗规定其实非常严苛，但是依个人情况而定，有的人百分之七十的饮食是生食与素食，有的人则是三餐都吃肉。我真正感兴趣的是，它认为癌症与酵素的缺乏有关。如果体内的胰脏酵素不足，大部分的酵素就会被用来消化食物，而没有足够的量留在血液循环里，就无法有效地抑制癌细胞。因为糖尿病，我的胰脏一直无法顺利发挥血液循环功能，所以做完最后一次化疗，下一步就使用凯利／冈札勒斯的疗法。

崔雅和我最近都在打坐，很勤。我每天清晨五点起床，静修两三个小时之后，才开始一天的支援工作。我似乎已经有了内心真正的宁静，因为过去的苦涩与嫌恶感都消失了，原因为何我不知道，也许我发现为了自己的情况而怪罪于癌症、崔雅或人生，都只是自欺罢了。在静修的过程中，目睹的能力缓慢而坚定地逐渐恢复。至少某些时刻会出现真正的宁静与平等心，不论善恶、生死或苦乐，基本上都是同一种滋味；无论出现的是什么状态都是完美的。

崔雅一直持续地练习内观与自他交换的观想，特别是后者愈来愈动人且具有转化力。即使不是正式练习，她也能自发地进入：对于一个孤立的人来说，治疗是没有任何意义的。除非众生都治疗，否则没有人是真正痊愈的。解脱是为了众生与自己，不只是为了自己。

我最近陪一位也罹患癌症的朋友参加一个治疗团体，这个由一群独特的女性所组成的团体，为我们带来丰富且充满治疗效果的经验。我对于自己的身体自在多了，少了一个乳房使我看起来比较瘦，但我却很喜欢目前苗条又结实的身体，肯也有同感；我躺在她们围成的圆圈，有一位女士为我祷告，希望我能完全治愈。我觉得她好勇敢，尤其是听过医生们的说法，我已经准备接受最坏的结果了（当然也掺杂着希望得到最好的结果的预期心情）。我想到得知癌症复发的那一天所做的梦，梦快要结束时我对一位朋友说："我相信奇迹会发生！"我深深地吸了一口气，让那种可能性充满我体内，醒来后，放松的感觉仍旧存在。

接着我思考着，为什么是我呢？那些同样受苦的人呢？如果我真的能痊愈或是活得久一点，我当然会非常高兴，但一想到那些同样被癌症或其他苦难折磨的人，凭什么我比这些兄弟姊妹们幸运？我们为什么不能全都治愈？当家中的其他成员仍然在受苦时，我凭什么要求自己的苦难结束？每当我觉察到自己的苦，就能体会别人的苦，我的心因此更能对苦难开放。佛陀的第一圣谛：人生就是苦。自他交换的观想：对苦难要怀抱悲悯之心。

不论结果是什么，癌症的经验让我永远觉知我与其他处于苦难的人之间的联结。如果我还能多活一些时候，我要以自己学到的东西来帮助其他人度过癌症，无论他们是步向健康或死亡。这是我写这本书的目的，也是我对癌症支援中心深感骄傲的原因。有时不管我们怎么努力找寻，生命是没有意义的，我们只能温柔、不带批判地彼此帮助。有一些罹患癌症的友人最近对我和肯说，癌症让他们很清楚地看到人生是不公平的，我们并不会因为良善的行为而得到奖赏。某些"新时代"的信念曾经诱使我们相信事情的发生都是有原因的，每一个人的不幸遭遇背后都有更大的目的和功课需要学习。只是我们这群得癌症的人是以更辛苦的方式领悟到，我们并不明白人生到底是怎么回事。活在"什么都不知道的土地"上，确实不是容易的事，然而我们办到了。

我想起昨晚读到拉马纳尊者自传中的一段话，他回答一位信众："神的创造、维持、毁灭、撤回与救赎的行动，从来都没有任何的欲望和目的。"像我这样对意义与目的上瘾了一辈子的人,要领会这句话的意涵是很辛苦的。幸好佛法在这方面给了我很大的帮助,让我不再想弄明白每一件事,只是让事情如实地存在。拉马纳尊者继续说道:"当众生依神的律法而得到果报时,责任就在他们的身上,而不在神的身上了。"没错,我必须认清我的选择、人生的无常、前世遗留下来的果报都会让我产生各种反应,我必须对这些反应负起责任,但不是以批判或英雄式的苦行,而是以仁慈、理解的方式来面对。

拉马纳尊者曾经说过:"你们时常为那些发生在自己身上的好事而感谢上帝,却不会为了降临在自己身上的坏事而感谢它,这正是你们所犯的错误。"(这恰巧也是"新时代运动"所犯的错误。)上帝并不是一个拟人化的父神,在那里赏罚自我的各种倾向,它是完整的实相与如实示现的万物。就像《圣经》中的先知以赛亚所领悟的:"我让光明平等地照在善与恶之上,主所做的就是这些。"只要我们被善与恶、苦与乐、健康与疾病以及生与死等二元对立所束缚,就会被锁在非二元与至高的本体之外,无法体悟宇宙的"一味"(one taste)。拉马纳尊者强调,惟有以友善的态度来面对我们所遭遇的苦难、疾病和痛苦,才能和更大、更慈悲的神性合一。罗摩纳说,尤其要和死亡为友,因为它是最后的导师。

在那一次的治疗团体中,有一位友人表示,她最大的挑战就是在如此接近我们的同时,还要保持高度的觉察与活力,以免自己也病倒了。我完全知道她在说什么。突然我生起了一个念头,如果我的身体处在长期的健康状态,还能不能拥有眼前这份利如刀锋的觉知和集中于一点的专注力?其他人和我都发现,在癌症的压力之下,原有的限制反而有了突破,新的创造力也被激发了。我很不愿意失去……但我又立刻领悟到死亡向来近在咫尺。不论我剩下的是一个月、一星期、一天还是一分钟,死亡就在不远处。这是一份奇特的了悟，我将一直带着这根钉子，这根马刺，这根荆棘，提醒我时刻保持"清醒"。这种感觉就像身边有位禅师，随时准备给你当头棒喝一般。

这让我想起了《狗脸的岁月》（*My Life as a Dog*）这部电影，我觉得它对癌症病患会有很大的助益，癌症支援中心应该有这部片子。它带给我们很大的冲击，所以我和肯最近又租了录影带。电影讲述的是一名可爱的十二岁小男孩，如何面对他生命中起起伏伏的各种挫折——他久病的母亲死了，他深爱的狗儿被带走了，他被迫离开自己的家园。"还不算太糟，"他说，"因为可能还有更糟的事，譬如那个刚做完肾脏移植手术的人，他很有名，你在电视新闻上可以看到他。但他还是死了。"他总是想到莱卡，那只在太空中挨饿的苏联太空狗，他说，"你必须常常和类似的事情做比较，才能分出情况的好坏。"譬如泰山影片中那名抓着高压电线来回摆荡的男主角，"他当场就死了。"当他在描述一起伤亡惨重的火车意外时，还不忘搬出他的名言："情况可能更糟，你一定要记得这一点。"他甚至改编电视上的新闻，"其实和许多人比较之下，我算是非常幸运了。"有一位名摩托车选手想要跃过许多辆车，为的是打破世界纪录，他的评论是："他就差一个车身了。"他在报上看到另一位男士因为在运动会中抄近路，横越操场时不幸被标枪射中，他的结论竟然是："他一定非常地惊讶。"小男孩说："你必须做比较，想想莱卡，他们知道它终究会死，还是把它杀了。"每一句话都是出自十二岁小男孩的口，他抱着"有可能会更糟"的哲学，来面对人生中的起起伏伏，因为领悟到死亡就在不远处，他是如此的敏锐与充满活力。

我们整理好房子，准备再次前往波恩，那儿有一些非常令人惊讶的消息正等着我们。

今天早上我带着狗儿最后一次散步。蚱蜢全跑出来了,凯洛斯——我们的埃及猎犬似乎下定决心非逮着一只不可,它在草地上笨拙而滑稽地弹跳,却又很优雅地指出猎物所在。它困惑、不知该到哪里去找它们,如何逮到它们,为什么它们还是逃跑了。在一阵手足无措之后,它仰起头,竖起耳朵,仔细地聆听最细微的声音,接着它将鼻尖凑到地面,在草地上闻来闻去地搜寻着,好像所有的感官都亮起了红灯。突然它上前一个猛扑,差一点成功。接着它将鼻尖埋进草丛中,再度悄悄地潜近,就快到了,差一点就被它逮到了……可是又逃跑了。它抬起头,困惑地四处瞧了一下,这场狩猎在它一脸错愕的表情中暂告结束。忽然……另一个警讯又出现了,它奋力一跳,跃入草丛中——狩猎又开始了!我不厌其烦地观赏了许久,这真是我见过最有趣的一件事,也是临行前最佳的礼物。

"到了,去摸摸它。"那个形体说。

"摸星星?你怎么可能摸得到星星?!"

"它们不是星星。来,伸出手去摸一下。"

"怎么个摸法?"

"用手指向那颗最吸引你的星星,然后用念力来推动你的手。"

非常奇怪的指示,但我还是照做了。那颗"星星"突然变成一个五角的几何圆形,看起来的确很像星星。环绕在它周围的是一个圆圈,圆圈的外围是黄色的,内圈则是蓝色的。至于圆圈的中心,也是星星的中心点,则是纯白色的。

"现在开始用念力去推动这个中心点。"

我照做了,"星星"竟然变成许多我看不懂的教学符号。我推得用力一点,这些符号就变成了蛇。我推得更用力一点,这些蛇就变成了水晶。

"你知道这是什么意思吗?"

"不晓得。"

"想不想认识艾斯崔雅?"

又回到波恩了……哦,放心,我们会撑过去的。在家里待了三个星期,我觉得好多了,不再受困于癌症的魔茧中。在飞机上我穿了一件很久没碰的夹克,右边的口袋里有一个还没打开的签条写着:"你计划的结果,会令你满意的。"不是很明确,但是去波恩接受化疗的前夕,这句话也算是个好兆头了!我们抵达时才知道诺伯特度假去了。医院和旅馆都没有预期我们会来,一时腾不出房间,不过最后还是搞定了。肯住进一间身体无法站直的小阁楼,等有空房时再搬进去。这是对支援者的考验与磨难!

现在刚过午夜,我在波恩的后街独行。在这里很难打坐,只好以走路来替代,每天清晨或深夜,我都要走好几个小时,与我为伴的只有灵光乍现的觉照。

我经过一幢建筑物,巨大的招牌上写着"夜总会"几个大字。我在好几个地方都见过类似的招牌,只是不晓得它们葫芦里卖什么药。经过了一间又一间,似乎在波恩的深夜里,这是惟一开门的地方。我心想波恩一定有不可思议的夜生活,搞不好可以抢劫到外交官之类的政官,一转念,自己难道不会被抢劫吗?愈想愈可笑,我忍不住笑出声来。

当我经过第四幢挂着"夜总会"招牌的营业所时,我决定进去看看里面到底搞什么鬼。里面传出非常刺耳的音乐声。门旁有个小铃,我按了铃,一扇小窗打开了,露出男人的浓眉,浓眉下的眼睛一直盯着我打量。一声铃响,门开了。

我简直不相信自己看到的景象。这个地方像是喧哗的20年代的地下酒店,也许是吉卜赛同性恋者关于致幻剂做的装饰。墙上贴满了俗丽的紫色天鹅绒,中央有一座舞池,天花板垂吊着缓慢旋转的玻璃球,大大小小的光点洒在每个人的脸上。室内的光线非常暗,隐约可见六名男子围坐在舞池边,看起来都很邋遢,坐在他们身边的却是相当亮眼的女子,我心想德国女人真他妈的太容易满足了。

我一进门,所有的人全停止交谈,我慢慢地走向吧台。这吧台至少有约 12 米长,大约二十张高凳上竟然没有一个人。坐垫和墙面都是令人窒息的紫鹅绒。我挑了一张靠近中央的高脚凳坐下来,那只恶心的旋转球所反射的光点刚好洒到我脸上。

"嗨,愿意请我喝杯酒吗?"

"我知道了!这里是妓院,对不对?一定是的……哦,抱歉,你会说英语吗?"一位相当漂亮的女子挤到我身边跟我搭讪,她显然不是找不到位子坐,于是我脱口说出那一句话。

"嗯,我会说一点英语。"

"听着,我不是故意要冒犯,但这是一间妓院吧,对不对?你知道妓院是什么吗?"

"我知道妓院是什么,但这里不是妓院。"

"不是?"我被弄糊涂了。我四下看看是不是有一扇门或入口可以通往密室,让这些女子和她们的恩客"私下交谈"。

"你到底请不请我喝酒嘛?"

"请你喝酒?啊,当然可以请你喝杯酒。"这里有舞池,但没有人跳舞,这里看起来像妓院,但没有人行动。紫红交错的旋转光点射出一个个的光洞,看起来像是被天鹅绒包围的诡异靶场。究竟是什么样的鬼地方需要按门铃才能进入。

两杯酒送来了,像是掺了水的香槟。"听好,我既不是警察也不是什么调查人员,嗯,你知道 cop(俚俉:警察。)是什么吧?"

"我知道。"

"我不是警察,你确定自己不是阻街女郎吗?你知道阻街女郎是什么吗?"

"你不用一直问我知不知道,我不是阻街女郎,我真的不是。"

"咦,我实在很抱歉。"我被搞得一头雾水。"我晓得,"我试着要理出一点头绪,"这里是舞厅吧?对不对?你知道的,就是男人——"我瞥了一眼与我有着相同性别的那些人,"男人到这里来,花钱请你们这些美丽的小姐陪他们跳舞,对不对?"我觉得自己真是荒谬极了。

"如果你想要跳舞,我乐意奉陪,但这里不是舞厅。这是一家夜总会,我只要觉得无聊,就会到这里来。我叫蒂娜。"

"是夜总会。哦,嗨,蒂娜,我叫肯。"我们握了握手,才喝一口掺水的香槟,头就开始痛起来。

"你知道吗?我最近很不好过。我的老婆,崔雅,正待在杨克诊所,你晓得'诊所'吗?"

"嗯。"

不晓得为什么,我竟然对素昧平生的蒂娜一五一十地道出所有,包括崔雅的情况、我们为何千里迢迢到这里来、未来的困难以及我有多么在乎我的老婆和她的病情。蒂娜静静地聆听。我说了将近一个小时。蒂娜告诉我她来自三十公里远的科隆;每当无聊时,就到波恩的夜总会来混一混。真想不透,这么漂亮的小姐居然会大老远地来这种地方?我一直注视着那些男士,他们笼罩在天鹅绒反射出的紫色光晕中,和身边漂亮的紫色女郎低声交谈着,没有人移动,没有人跳舞,也没有什么浪漫的举动,什么都没有。

"蒂娜,你真的很好,帮我卸掉许多重担。可是我必须走了,现在已经凌晨两点了。"

"你想到楼上去吗?"

啊哈!我就知道,我就知道。"楼上?"

"没错,楼上比较安静,我不喜欢楼下。"

"好吧,蒂娜,我们上楼去。"

"要到楼上,我们得先买一瓶香槟。"

"香槟?当然,当然,就买一瓶香槟吧!"香槟送来了,我瞄了一眼标签,酒精含量百分之三点二。没错,就像美国的妓院一样,给的明明是苹果汁,收的却是威士忌的钱。如此一来,那些女士才不至于喝醉。我知道自己猜得没错。我把那瓶"香槟"留在柜台。

蒂娜起身带我穿过舞池,与那群紫人擦身而过。我们转过一个拐角,嗯,就是这里:藏在吧台后面的楼梯,一个可以通往楼上的回旋梯。

蒂娜走在前面,我尾随于后。往上看的时候有点尴尬,但我知道她一点都不在乎。上楼之后大约有六间小寝室,门是开的,门帘以同样的天鹅绒做成。每一间小寝室中有一张长椅与一叠毛巾。音乐非常柔和,是法兰克·辛纳屈的歌,蒂娜问我想听什么。

"你们有 U_2 的歌吗?"

"当然有。"

我们在第一间寝室中的长椅上坐了下来,波诺(Bono)的歌声充满整个房间。我发现地上有个洞,可以很清楚地看见楼下的舞池。

"蒂娜,地板上有个洞。"

"这样楼下的女孩跳舞我们才看得见。"

"什么时候跳舞?那些女孩会跳舞?"

"脱衣舞。梦娜再过几分钟就要上场了,我们可以欣赏欣赏。"

"蒂娜,你为什么跟我说这里不是妓院?你骗我。"

"肯,这里真的不是你所谓的妓院。因为不准性交,那是违法的,给我们多少钱我们都不做的。"

"那你到底做什么?我知道自己很无知,但我肯定这里不是看手相的地方。"

回旋梯传来一阵脚步声,一名相当亮眼的女子把我们的香槟搁在长椅前的小茶几上。

"六十元美金，你可以在楼下结账。祝你玩得愉快。"

"什么？六十元美金！天哪，蒂娜，我不知道这么贵！"

"哦，你看，肯，梦娜要开始跳舞了。"那是一场狂野而充满活力的脱衣舞，她紫色的胴体充满着诱惑力。

"听着，蒂娜……"蒂娜突然站了起来，以很快但很平静的方式脱去了身上所有的衣服，然后挨着我坐了下来。

"你喜欢什么样的服务，肯？"

我什么话也没说，只是盯着她的身体。

"肯？"

我目不转睛地看着她。不晓得为什么，我只是目不转睛地看着她。后来我明白了，这是我近三年来第一次见到女人身上两个完整的乳房。我看着蒂娜，低下头去；然后我看着蒂娜，又低下头去。一股强烈的矛盾情绪排山倒海地向我袭来。

"蒂娜，你什么都不必做，让我们在这里坐一会儿，好吗？"

我的心迷失在一个肉体与情欲的世界里，到底它的意义是什么，癌症又对它造成了什么影响？坐在这里，我面对的是两个截然不同的世界，性在癌症中是个很冒险的事，特别是对患了乳癌而乳房又被切除的女人。第一个出现的问题是这个女人要如何面对她那"不成形"的身体。在我们所处的社会里，乳房是女性最明显、最受重视的性征，不论失去一个或两个，都是饱受蹂躏的感觉。我一直非常讶异崔雅竟然可以把这个难题处理得这么好。她当然很想念她的乳房，偶尔也对我和她的朋友抱怨那是一段很难熬的时期。大部分的时候她会说："我想，我会没事的。"得乳癌的妇女最大的难题就是失去乳房等于摧毁了她的自我形象，使她的性欲消失，因为她常会怀疑自己"引不起男人的欲望"。

如果她正在进行化疗或放疗，情况会更严重。她常觉得疲倦、没有体力，没有任何的性欲，然后她会对身边的男人产生罪恶感。

她生活中的男人反应，足以让情况好转或恶化，几乎半数的先生会在妻子接受乳房切除手术后的半年内离去。因为他们觉得眼前的货已经受损了，无法有性的冲动。

"你想念它吗？"手术后崔雅常问这个问题。

"想。"

"它真有这么重要吗？"

"没那么重要。"事实上它确实没这么重要，应该说是比重的问题。我认为崔雅对我的性吸引力大概"下降"了百分之十；单单从触感来说，两个当然比一个好。但其他百分之九十的吸引力实在太大了，所以对我而言没那么重要。崔雅知道我是诚实的，所以她很容易接受了自己的形象。那剩下的百分之九十仍然是我见过最美、最有吸引力的女人。

在塔霍湖的那一年，我们差一点分手，当时我们没有性生活，崔雅的反应是可以理解的，她认为原因出在她残缺不全的身体已经不再有吸引力了。然而事实上我当时不喜欢的是她的人，不是她的身体，这种感觉很自然会转移到性关系上。

那些伴随着癌症病患的男人，最常出现的感觉便是恐惧。他们害怕与伴侣发生性关系时会伤害到她们。在癌症支援中心的男性支援团体中，大部分的男人求援，都是向妇产科大夫或专家提出他们所需要的一些简单的资讯，譬如可以使阴道润滑的雌激素乳液，这类的东西可以大大地帮助他们减轻恐惧。

有时你可以慢慢地进行性爱的动作，有时也可以完全不动。男人得知道，"爱抚"在任何情况下都是最好的"性"，更何况爱抚是完全被允许的。崔雅和我是这方面的能手，我们可以持续很长的时间。

内华达州有三十五家合法的妓院，其中最著名的是"野马农场"，从斜坡村开车过去大约四十分钟。我们住在斜坡村时，崔雅不是在接受化疗,便是在等待复原,有一回她建议我去看看"野马农场"。

"你是说真的?"

"有何不可?我不想因为这个愚蠢的化疗而让你失去性生活。如果你有外遇,我会受伤,因为那牵涉到真正的情感。但是我对'野马农场'没有意见。二十分钟只要二十元,不是吗?"

"大概是吧。"我认为妓女是一份高贵的职业(如果是自由选择的),可惜不符合我的作风。我对崔雅一向忠贞不贰,更没打算改变。我想这是每个男人必须为自己做的决定。但纯就理论而言,我颇为没去过"野马农场"后悔,只是想经验一下罢了。

当然,我不能否认有时我真的非常想念那失去的百分之十,想念那一对完整乳房的丰实感与均衡感。

所以我两眼盯着蒂娜,什么也没看见,只看见那失去的百分之十。我伸出手爱抚着她的乳房,亲吻着它们——两边都亲吻。我为自己如此怀念这份均衡感而震惊不已,这对乳房摸上去有说不出的情欲感,这一定和手的触觉有关,我坐在蒂娜身边,看着她匀称的身体、完整的双乳和脸上甜蜜的表情,心里却非常哀伤。

"肯?肯?"

"听着,蒂娜,我真的得离开了。这次的经验很棒,只是,我真的该走了。"

"但是我们还没有办完事啊!"

"蒂娜,你到底要做什么?"

"口交之类的事。"

"所以没有性交就表示你不是妓女,对吗?"

"没错。"

"我要走了,这很难解释,但是,我已经看到我想看的东西。你对我的帮助远远超过你的想像,蒂娜,你明白吗?"

我走下回旋梯，进入紫色的光晕与昏天暗地的人群中，我付了香槟的钱，再度踏上波恩凄冷的街道。

几天后，我把这段经历告诉了崔雅，她大笑着对我说："你应该让她做完所有的服务。"

胡扯！

"哈罗，弗瑞杰夫。"

"肯？我真不敢相信！你在这里做什么？"

我大概是弗瑞杰夫·卡普拉最料想不到会坐在"诊所"阶梯上的人。自从我们的婚礼以后，我们再也没见过面了。虽然弗瑞杰夫和我有某些理念上的差异，但我还是很喜欢他。

"崔雅正在'诊所'接受治疗，癌细胞已经侵入脑部和肺部了。"

"哦，我真的很遗憾。我一直都不晓得这件事，我这些年都在四处旅行演讲。这是我母亲，她也在'诊所'接受治疗。"

弗瑞杰夫和我约定稍后碰面，卡普拉女士自己找到了崔雅的病房。身为知名作家，她写诗、自传，也写舞台剧，就像爱迪丝一样，似乎集合欧洲博大的智慧于一身，她可以闲话家常地谈论艺术、科学、人性以及人类所有的渴望。

她和崔雅见了面，再一次的，她们又是一见钟情。

> 卡普拉女士到这里来治疗初期的乳癌。我很喜欢她。她会看手相，昨天她替肯和我看了手相。肯有一条很长的生命线，几乎一直通到手掌的根部。她很清楚地指出我目前所面临的"健康危机"，但是她预言这个危机很快就会解除，我可以活到八十岁。谁知道是真是假，不过我的内心确实有股强烈的欲望想要活到八十岁。这次复发，我几乎被医生那些吓人的预言所淹没，当时我心想，如果能多活八年而非短短的两年，我便心满意足了。今天肯念了一封朋友寄来的信，信中写到他的母亲五十

三岁时因乳癌过世。一个月前我可能会这么想，五十三减去四十一（我的年纪），我还有十二年可以活，听起来蛮不错的。可是今天我心里却想，太年轻了，我要活到八十岁，看看这个世界会怎么改变，我想贡献我的力量，看着朋友们的孩子成长。接着我又问自己，这是不是一厢情愿的想法？还是对未来过度乐观的幻想？这是不是一种执著与渴望？是想要战胜环境活下去的意志力，或是忽略真实情况一味只想活下去的意志力？我不知道，不知道明年会如何，后年、大后年……

或许是因为那一次无害而动人的手相经验，或许我们又再度落入否认与抗拒之中，或许我们一点也不在乎了，但我们两人的确是抱着乐观的态度，等待奚弗医师对崔雅目前状况的检查报告。然而，他所说的一切，只让我们更觉苦恼。

又是一次云霄飞车的俯冲……奚弗大夫宣告的消息完全不是我们所预期的。我肺部的肿瘤对化疗几乎完全不起反应。一个解释是，化学药剂已经到达每一个活跃的癌细胞，因此残余的肿瘤呈现出隐伏与稳定的状态。报告显示某部分仍然有肿大的现象，医生打算以核磁共振显像来检查，看看是不是还有活跃的癌细胞存在。"最危险的是，"他说，"过度的治疗。医生通常要累积长久的经验才看得出来。"过度治疗可能会让情况变得更糟。根据他的说法，如果百分之八十到九十的残余癌细胞不再成长，那么第三次的化疗就有机会杀死百分之十到二十正在成长的癌细胞。但化疗同时也会抑制免疫系统，因此会让那百分之八十到九十目前正处于隐伏状态的癌细胞开始成长，因而让情况恶化。

我们知道病情变得很严重，因为有一些新的黑点开始出现在崔雅的肺脏和肝脏。奚弗大夫原本计划在第三次化疗中，以"cis-platinum"替代原先的"ifosfamide"，现在他却说，这种药也不尽然有帮助，甚至会造成伤害。要是换作美国的医生，也许明知不可能有帮助还是建议我们做更多的化疗。但这不是奚弗大夫的作风，他认为更多的化疗只会"伤到她的灵魂"。

无论如何，奚弗大夫已经打算放弃我们了，虽然他不愿意这样表明。他对凯利／冈札勒斯的治疗方法相当乐观，他已经对这些顽强的癌细胞使出了杀手锏，但是它们仍然健在，他也只好寄望于别的方法了。

为了稳住我的情况（让肿瘤维持在目前的状况，不再恶化），奚弗大夫开始为我注射"aminoglutethimide"，这是一种新研发出来的抗癌药，比三苯氧胺使用得还要广泛。他另外还开了三种非特效的处方——胸腺萃取剂（一天一小栓剂，一周两安瓿）、乳状维他命A（一天十滴，约十五万个免疫单位，为期三个月，肝脏可以储存数个月之久），以及"Wobe Mugos"酵素。其中胸腺萃取剂在美国是禁品，它是一种非特效的促进免疫系统的药，目前只在动物实验上获得一些成效。研究人员发现，在百分之五十的接种动物身上，必须有十二万个癌细胞才会引发肺癌，若是注射高剂量的维他命A，则需要一百万个癌细胞才会引发癌症。但如果注射胸腺萃取剂的话，大概需要六百万个癌细胞才会引发癌症！它实在有非常高的保护作用……

我对奚弗大夫提到自己即将进行凯利的生化酵素治疗，他毫不犹疑地说："很好，很好。"

肯问道："你会把自己的女儿送到那里去吗?!"

奚弗大夫微笑地说："绝对会的。"

我很高兴还有凯利的方法可以依恃。

我们问他我的预后状况如何。

"还不坏，因为你的身体把这些肿瘤控制在稳定的状态，让你有能力去应付新的疗法。我惟一担心的是，如果得了感冒或肺炎，你的身体就没有能力与癌症搏斗了。"他说我应该接着进行凯利疗法，还建议我去找伯金斯基医师。这些治疗都是无毒的，不会造成什么伤害。"你一定要辨认有毒与无毒的差异。"他说凯利和伯金斯基都是有诚信的医师，但某些另类疗法的癌症治疗师并不是真的有料。

我们把一个崔雅使用过的葡萄糖量器送给奚弗大夫——一个糖尿病患者送给另一个糖尿病患者的礼物。伤感地和他道别之后，我回到帝侯饭店收拾行李，崔雅则利用这一空隙出去走一走。

离开医院时的心情相当低落，有点担忧奚弗大夫所说的话。自从我们回来之后，天气一直非常怪异，见不到一丝阳光，只有乌云和绵绵的细雨，比五月离开时更冷，令人十分沮丧。我开始沿着波朋海默亚勒街（Poppenheimerallee）散步，这是一条很美的街道，中央有一个植满绿树、如公园般的游乐场。我看着右手边的建筑物，突然好奇起来，不晓得它们是哪个年代盖的，1800年后期？波恩有一些很可爱的房子，每一幢都漆上不同的颜色，各有不同形状与角度的阳台，还有华丽的石膏雕饰、三角、柱头、壁柱边条，以及不同的装饰图案。眼前是一幢淡蓝的房子，沿着白色的边条，二楼阳台种了三色紫罗兰，极为雅致；旁边有一幢红褐色的房子，雕着灰褐色的边条，二楼与四楼阳台开满了红色的康乃馨；接着是深黄、鲜绿、米白与淡灰褐色的房子，每一幢都有一扇帅气的大门、细致的窗台、雕工精密的屋檐和栏杆。有些简单大方，有些古典高雅，有些则非常华丽，充满巴洛克风味。每一幢房子都整齐地排列在林荫大道旁。真是一条美丽的街道。街的另一侧是好几幢现代化的公寓：平板的外观，未经修饰的方形窗户，巨大的比例以及灰色的水泥漆，相比之下，对面的房子和林荫大道抢眼多了。喜悦的情绪慢慢地从心底升起，微风驱走了我的沮丧。

感觉好多了。是我的想像吗？还是天空中的云层变得稀薄了？这是不是意味着我的道途上还有阴影等着？我继续走向大道尽头一幢可爱的旧式办公大楼，这幢建筑物漆着鲜亮的黄色，外加深褐色的边条。我看到一群小女孩，约八九岁，每个人都穿着芭蕾舞短裙，头上戴着奇怪的小白帽，还有几个也穿着芭蕾舞衣、年纪稍长的女孩以及一些扛着摄影机的成年人。啊，我显然错过了一场精彩的表演，但我仍然开心地看着这场落幕之后的演出。

太阳要出来了。我发现自己走到一排围篱旁，围篱内是充满绿意的植物园。以前散步时，从未发现，走进去才知道是波恩大学的植物园。一条水道与几池水塘蜿蜒在高雅的古木之间，野鸭悠游其中。没错，太阳露脸了。植物被小心翼翼地照顾着，而且都标上了名称。这里有一大片草地，草坪中央有一座玫瑰花园，粉红色的玫瑰似乎是最先绽放的，现在已经开始凋零了，红玫瑰还盛开着。我逛遍了花园的每一条小径，回到帝侯饭店时心情非常好。

我提醒自己还有其他的治疗选择。我必须做观想与静修，肿瘤最近似乎相当平静，我感觉不到它们的声音、影像或感受，直到踏进植物园，才对目前的处境感到平静。事情的演变总是这样，我们只能尽好本分，等候结果到来，既没办法预测，也没办法掌控，对结果抱持热切的渴望或激烈的反感都是没有用的，那只会引导人步向苦难。我的人生还是相当不错的，至少有肯，还有那耀眼的玫瑰！

离开波恩的途中，我们在科隆和亚琛（Aachen）停留，参观当地的大教堂。这可能是我们最后一回的欧洲之旅了。心中有一股郁郁不乐的感觉。

我们在亚琛没有太多事情可做，因为是星期六，德国的商店下午两点就打烊了（每个月的第一个周六例外）。由于没有进一步的医疗计划，我们一心急着回家去。无聊的情绪开始冒出来，眼前的食物让它更加恶化。我们俩已经厌倦了不停地走，不停地看着橱窗。我常怀疑人生到底是为了什么，尤其是这么专注于治疗的时刻，还有这么多的空闲要打发。那股想要好好活着的驱力仍然十分深切，它好像发自我的每一个细胞，偶尔出现的低潮，并不能否定它的存在。在科隆大教堂的圣母像前，我们点燃了一些蜡烛，我突然想到我对生命的热爱时常出其不意地反弹回来，譬如看到满园的玫瑰，或者听到鸟儿竞相鸣唱。稍早的时候我还对肯说，我们可能比有小孩的人更容易碰到这种低潮期，因为孩子可以不断地把你拉回生活中，以他们无穷的可能性和对未来的希望充实着你的人生。

此刻我跪在教堂里，面对着柔和的烛光，惟一能想到让生命有意义的事就是帮助他人，换言之就是去"服务"。灵性成长或解脱都只是一种概念，而个人潜能的完全开发，也显得平庸与自我中心，除非它能带来解决苦难的新方法或新理论。至于美、我的艺术创作和创造力，以我今天的心情来看这些事情，似乎不怎么重要，除非我的艺术创作能用来装饰这么神圣的大教堂。但是人与人的关系、人与人的联结、生命与生命之间温柔的爱才是最重要的。打开我的心，一直是我最大的挑战，我应该放下自我保护的欲望，让我的心有勇气去体验痛苦，如此一来，喜乐才有可能进入。这是否意味着我必须减少艺术创作，多花些时间去帮助那些罹患癌症的人？我目前撰写的这本书中有一些信息，也许可以帮助面临相同困境的人，这件事似乎要比玻璃盘创作有意义得多。我想像着自己已经找到平衡点，心里面拥有更多的空间来容纳喜悦与美，乌云与低潮因此而……

在前往机场的高速火车上，我们享受了一次舒适又奢华的旅程。这是我们第五次沿着莱茵河行进，我终于拿到有关这些城堡的旅游指南，河两岸的古堡很多，书中提到了二十七座；这些古堡为山岬戴上了皇冠，也守护着这条河的通道。德拉亨山是欧洲人最常去的一座山,它的核心地带曾经因为采砂石而崩塌,现在已经被山泥牢牢地封住;法尔兹爵官(Der Pfalzgrafenstein)兴建于1327年,是一座河中小岛上的城堡;爱荣博瑞古堡(Ehrenbreitstein)兴建于西元10世纪,镇守着莱茵河与莫塞尔河(Mosel)的交汇处;莱茵河比较狭窄的地段就在罗雷莱石(Lorelei Rock)附近,那是传说中女巫的家;古腾岩堡(Burg Gutenfels)耸立在一千两百尺高的地方,有险峻的岬岸、梯状的葡萄园以及垂直的断崖。

顺着莱茵河而下是非常愉快的旅程。我最喜欢欣赏铁道两旁的花园,有时会出现一两片,有时则出现一大片的,再划分成三十几块小花圃,上面有仓库、工作室或是凉亭,外面还摆了几张晒太阳的椅子。有的种了不知名的蔬菜,有的则种满鲜艳的花朵。我真希望这是星期六而不是星期二,那样我就可以看到人们忙着种菜的样子。这些花圃看起来像是覆盖在大地之上的拼被。

经过德拉亨山时,我从靠走道的位置换到靠窗的座位。我看着山上的古堡,直到它消失在地平线下,竟花了十分钟的时间。

19

热情的静定

　　凯利／冈札勒斯疗法的基本理念很简单，那就是消化酵素会分解一切的有机组织，包括肿瘤在内。口服的高剂量酵素具有分解肿瘤的效果。这方面的科学资料很多。多年来，专治运动损伤的医师们利用酵素来分解遭受疾病侵害而受伤的组织。凯利疗法的重点是大量服用胰脏酵素药丸，一天六次。酵素摄取必须利用两餐间的空腹期，否则只会停留在胃里分解食物。

　　凯利疗法现在的主治者是纽约的尼古拉斯·冈札勒斯医师，就我们所知，他是一位智商极高、博学多闻的内科大夫。他先在哥伦比亚大学取得学位，后来在斯隆—凯特林医院受训。他在研究各种不同的癌症治疗法时，曾经与凯利共事。凯利是一位牙医，以胰脏酵素结合食疗、维他命、咖啡灌肠以及另类的健身运动，治好了自己的癌症和两千五百位癌症病患。但是凯利疗法真正与众不同之处还是胰脏酵素的疗效。

　　听说凯利后来变得有点神经兮兮，依我看是妄想型的精神分裂症，我们得到的消息是，凯利目前仍在某个地方与外星人沟通。这个讯息并没有造成我和崔雅的困扰，反而更有信心，毕竟所有正常人发明的医疗方法我们都试过了。

　　冈札勒斯从凯利那儿收集了数千个病历，再筛除资料不齐的个案，从剩余的病历中挑选五十个拥有严格医学证据的个案，将这份结果发表在斯隆—凯特林医院的医学期刊上，其中有的结果相当令人震惊，例如，像崔雅这类转移性乳癌的病患，通常存活五年的几率为零，然而在这五十名个案中竟然有三名是五年以上的存活者，其中一位还活了十七年！冈札勒斯对这些医疗成果留下了极深的印象，便趁着凯利医生的神智还算清醒时，跟着他研究他的治疗方法。直到我们第一次见到他的八个月前，冈札勒斯才以凯利医生的理念为基础，开设自己的诊所。我想要强调的是，这并不是一间缺乏诚信的墨西哥式医院。冈札勒斯是一位受过完备训练的内科大夫，他所尝试的是非常值得信赖的癌症另类疗法，完全符合美国医药法规定。

冈札勒斯主要的诊断方式是血液分析，借以诊断出体内不同癌症的罹患部位，以及活跃的程度。在我们与冈札勒斯见面时，并未告诉他有关崔雅的病情，这项血液分析却明确地指出肿瘤在她脑部与肺部的活跃程度，也推测出癌细胞可能已经侵入淋巴与肝脏。

我们刚从德国回来，正准备开始凯利／冈札勒斯的疗法，那时丹佛医院所做的各种正统检验显示：崔雅的肺部大约有四十个肿瘤，脑部有三个，肝脏至少有两个，淋巴系统可能也有了。

根据冈札勒斯的观察，肿瘤活跃的危险指数可能从零至五十。他认为指数在四十五以上便无药可救。崔雅的指数是三十八，虽然很高，但还在可能产生疗效的范围以内，病情甚至可能减轻。

惟一令人担忧的是，当凯利／冈札勒斯的治疗产生作用时，会在人体内造成一些改变，那是连一般医学也无法理解的癌细胞增长现象。例如：当酵素攻击肿瘤并且开始分解它们时，肿瘤会被激怒——一种标准的组织胺反应，这种被激怒的现象在电脑断层扫描下，看起来就像肿瘤在增长。主流医学没有任何方法可以测出肿瘤到底是在增长，还是死亡之前的回光返照。

因此，我们踏上最令人胆战心惊、焦虑不安的治疗之旅。当酵素开始产生作用时，电脑断层显示肿瘤的确在快速增长，但是冈札勒斯的血液分析结果却是，崔雅整体的癌症指数毫无疑问地在下降！要相信谁呢？在这种情况下，崔雅要不好得很快，要不死得很快，谁也无法预测结果。

我们只好在家里遵循严格的治疗规定，静待其变。

这段期间，崔雅有了另一次的内在转变，可以说是从泰利转变成崔雅的后续变化。这次的变化不像上一次那么明显，可是崔雅觉得更深刻。如往常一样，这里面包含"存在"与"做"的问题。崔雅一向与"做"的那一面有很好的联结；第一次的改变是重新发现自己的"存在"面——女性特质、身体、地球、艺术家的那一面（这是她的观点）。最近的改变是统合了"存在"与"做"，并使它们更和谐地展现出来。她称之为"热情的静定"。

> 我最近一直在思考天主教卡默尔修会（Carmelite）所强调的热情，以及佛家所看重的静定或平等心。东西方长久以来的无神论与有神论之争，对我没有太大的意义，倒是上述的议题令我很感兴趣，它使我领悟到，我们对热情的认识都只限于执著、想要得到某人或某样东西，但是又害怕失去他们，以及强烈的占有欲等等。如果你没有执著，没有其他那些东西，只有纯粹的热情，你会怎么样？其中的意义又是什么？我想到有时打坐时，突然感觉心开意解，混杂着奇妙的心疼感，那一股巨大的热情是没有对象的。如果把两个词组合便可以比较完整地形容那种状态——热情的静定，意思是对人生的每一个面向都充满热情，对每一个生命都有最深的关怀，但是没有丝毫的执著。这份感觉是充实的、圆满的、完整的，而且充满挑战性。
>
> 我觉得这两个词的组合非常恰当，非常深刻，也是我长久以来灵修的核心精神。感觉上我的前半生好像在学习热情，得了癌症之后学习的是静定的功夫，现在则是把它们结合在一起。这实在太重要了！它们非

常缓慢而坚定地渗进我生命的每一个层面,我们仍然有一段路要走,但感觉上我已经很清楚地看到这段"没有目的地的旅程"了。

我目前的功课就是热情地工作而不执著于结果。热情的静定,热情的静定,听起来是多么的恰当啊!

崔雅所指的平静的热忱,其实就是禅所说的劈柴、挑水。我们全神贯注于日常的琐事和极为严格的凯利／冈札勒斯疗法。我们正在等待测验的结果,以便规划未来的治疗方向。

亲爱的朋友们:

我们已经从德国回来一阵子了,目前正享受着落基山多变的天气,和逗趣的狗儿、近在咫尺的亲友团聚。

尽可能地医治自己是我目前的当务之急,我结合了凯利新陈代谢生物学的疗法(补充养分、胰脏酵素,食疗以及各种不同的体内净化方法),静修、观想,阅读灵性的书籍,接受一位来自台湾的中医师的针灸治疗(他主张不痛则无效),与住在旧金山的专家迈克尔·布罗夫曼(Michael Broffman)讨论中国与美国的疗法,与当地的肿瘤专家探讨、接受检验,做运动,尽量待在户外,我开始寻找本地的心理专家为我做咨询,也做一点瑜伽练习。

我每天的例行公事就是这些治疗。肯早上五点左右起床,打坐一两个小时以后才开始一天的支援工作——打扫、洗衣、买日用品以及打一大堆蔬菜汁!我通常会睡到九点半或十点(我很难在十二点以前上床),接着开始进行早晨的例行公事,大部分是凯利疗法所规定的事项。我必须在凌晨三点半与清晨七点服用两剂胰脏酵素(一天要服七次,每次六颗胶囊)。起床后马上服用治疗糖尿病和甲状腺的药,然后吃早餐,否则无法服用酵素。用餐时必须补充一些药丸(三十多颗)。早餐要生吃十四种的谷粉（这些谷粉在前一晚必须先磨好，再浸泡一整夜），肯会为我煮一两个蛋，好搭配那整把药丸。此外我必须煮好咖啡，等它凉，作为早上的咖啡灌肠剂；一天只可以喝一杯咖啡，因为它有利于我的新陈代谢（真是开始得太慢了！）我必须承认我很盼望这一杯……

我一边吃早餐，一边闻着咖啡的香味，望着山谷中苍郁的树林。最近阅读的书有贝克（Becker）写的《对死亡的否认》(Denial of Death)、托马斯·基廷神父的《思想的开放，情感的开放：从深思的层面看福音书》(Open Mind, Open Heart: The Contemplative Dimension of the Gospel)、奥斯本（Osborne）眼中的《拉马纳尊者与自我认识之道》(Ramana Maharshi and the Path of Self-Knowledge) 以及《拉玛纳尊者的教诲》(The Teachings of Ramana Maharshi)。每当我过度执著于身体的感觉，如眼中的闪光、脚上的麻木感等，便很庆幸能有这么多不同方向的提醒。把这么多的能量倾吐于治疗是需要留意的，因为求生之火一旦被煽起，就很难不执著于生命，很难不认同这个由细胞聚合而成的所谓的"我"。

阅读结束后，我会先做瑜伽，再开始静修。我把静修当做是对大精神的供养和加强我对某种无法言传的东西的信心。这样的静修方式，可以让我不落入过于目的取向的陷阱。

这令我想起了托马斯·基廷神父所说的一段话："意志最主要的行动并不是努力，而是一种允许（consent）……以意志的力量去完成一些事实是在加强假我……但是当内心愈来愈自由，意志随着这自由的阶梯往上攀登时，它的行动逐渐变成一种允许，允许神的来临和恩宠的流入。"我通常以"大精神"替代"神"这个字，因为后者暗示了太多拟人化的父神形象，统驭、批判与界分感都太强，"大精神"比较像是超越形式、包容一切的虚空，我可以观想自己完全融入其中。我很喜欢基廷强调的接纳、开放与允许，而不是去努力奋斗。他说："试着去稀释接纳之中的倾向，这对于深思的祈祷是有助益的。接纳并不是不行动，而是真正的行动，其中没有努力的成分。那是一种静待终极奥秘的态度。你并不知道那奥秘是什么，如果你的信心被净化，你甚至不想知道那是什么。"这种"活跃的不行动"就是我所谓的"热情的静定"。肯告诉我，道家称这种状态为"为无为"，常被诠释成"不费力的努力"。

基廷建议我们采用五到九个音节"活跃的祈祷"，有一点像咒语。我最喜欢的一句祈祷文是"允许大精神出现"。"允许"这两个字每次都让我吃惊，令我觉醒，因为我是这么容易就落入努力的状态。"允许"让我在行动中放缓脚步，在我身边低语着"放松"和"温柔"，然后从那状态中再出发。白天我仍然采用"唵嘛呢叭弥吽"这句观音菩萨的六字大明咒。我很高兴基廷神父给我们这句英文的咒语，我的左腕上现在还戴着那串从雪山修道院带回来的木质念珠。每当我的心想要追赶什么的时候，我都会停下来，轻柔地把心放下，如果有不耐烦产生，就去留意它，在心里默念"允许大精神出现"，它会为我的心带来寂静和空间。

静修结束后便是咖啡灌肠的时间，这是帮助肝脏与胆囊排毒的方法。许多另类疗法都采用，包括泽森疗法在内。这个灌肠法已经被安全地使用了一百多年。对我而言，感觉还不错。几年前我被肿瘤科大夫吓得不敢尝试，即使它能帮我消除化疗后直肠组织所产生的痛苦。那位肿瘤大夫认为这个方法会造成体内电解质的不平衡。后来我发现他也许不熟悉这项治疗，因为通常一天得替病人灌二十二次肠才能证实它的效果，所以是非常负责的疗法。

灌肠大约得耗掉三十分钟，我通常利用这段时间观想，放一卷葛印卡老师以巴利语吟咏的祈祷文。观想的方式依照当天的感觉走，我可能采取非常目标导向的观想，想像肿瘤被杀死、溶解和完全清除。

有时我觉得应该开放、质疑与探索，就会开始和肿瘤对谈，提出问题，看看它有什么话要说。

如果是第一种情况，我会想像酵素在体内打败肿瘤（我从脑部的肿瘤开始观想，再转到肺部的大肿瘤）。我想像这些肿瘤被酵素软化，想像坏细胞逐渐被分解，想像我的免疫系统也在协助歼灭这些癌细胞。我观想这些肿瘤从中心最黑的部分开始坏死，周围肿大的部分也慢慢萎缩，有时我也观想肿瘤被杀死的坏细胞累积得愈来愈多，最后被清除得一干二净。

如果是与肿瘤对谈，则是截然不同的感觉。我会先检查从上次到现在它们是否有任何变化，接着问这些肿瘤是否有话要对我说，譬如肯定我所做的事，或提出不同的意见。这些肿瘤曾经说过类似这样的话："别担心，一切都会没事的。"或"如果你有一些奇怪的症状也不用担心，我这个部分一定会有改善，肿瘤的形状可能会改变或压迫其他部位，但那并不意味什么，别担心。"几个星期前，脑部的肿瘤曾心怀歉意地告诉我，它不是有意要伤害我，也不想害死我，它很高兴我正在尝试生化酵素的疗法，因为它是无法被放射线或化疗杀死的，它认为自己可能会被酵素分解。它要求我给这项治疗一个机会，至少持续三个月！

我是以很轻松的态度来看待这一切。我不晓得自己在这种观想上所得到的信息与建议是否具有客观的真实性，但是我发现与这些内在的声音接触是很有帮助的，它让我了解比日常意识更深的层面。有好几次，这些肿瘤格外沉默，或是难以接触，这时我会向圣母玛丽亚与山中老者（他看起来很像我在机场买的一个德国玩偶——一脸的大胡子，身穿绿色外套，背着一个布袋）求救，他们是我道途中的指导灵，也是我的朋友和最大的安慰。童年时，我没有足够的创造力像一般的孩子那样想像出一些玩伴，现在我终于把他们创造出来了！

咖啡灌肠结束后,要服用第三剂酵素(必须与用餐时间隔一个小时以上,否则它们会很高兴地去分解食物,而不会追到我的血液里)。接着我带狗儿去散步,做点家事,准备享受肯快速料理出来的晚餐。我对于冈札勒斯医生所规划的食疗很意外,比起我过去所采用的半长寿食疗法要宽松多了,这对我来说是一大解放,在毛发分析与血液测试之下,我被归类为适度的素食新陈代谢者,这是十种新陈代谢类型中的一种,表示我可以顺利吸收植物性蛋白质(从1972年起我便是只吃鱼的素食主义者),但更能吸收动物性蛋白质(譬如蛋、起司、鱼、家禽肉、偶尔也可以吃一点红肉)。到目前为止(我已经进行十二天了)我只犯了一个规,那就是没有吃红肉!我不晓得现在吃起牛肉会是什么滋味,当然我那位牧场主人的父亲听到这个消息一定很高兴!

这项食疗有百分之六十是生食(实在很难做到),一天至少要吃四餐青菜,每天都必须喝新鲜的蔬菜汁(非糖尿病患者则以胡萝卜汁代替),一星期吃五次粗糠谷物,这些谷物加起来有十四种之多,而鸡蛋、乳类制品(我这类型的病人没有胆固醇的顾虑,但我仍设法避免黄起司),一星期可以吃两次核果与豆类以及家禽肉,至于红肉只能每周一次,一天可以吃三次水果,但除非注射胰岛素,必须避免喝酒,特别是前三个月,不过偶尔喝一点红酒是无伤大雅的。果糖也在禁止之列,然而一点点的代糖(因为是糖尿病患者,水果和蜂蜜都是被禁止的)是没有问题的。我实在无法解释为什么小包的代糖会对我一天的生活造成那么大的不同……

伴随着午餐一起入口的还有一大把药丸,有时实在很难下咽,但我没有其他的选择,我曾经试过一口气吞下一大把,好惨,我再也不这么做了。现在不是一颗颗地吞,就是一次两颗,视心情而定。没什么事比凌晨三点半起床吃药更烦人的了,特别是吞下猪的胰脏酵素这类"美味"的菜。不论是吃药或灌肠,我都只能喝经过逆渗透处理的过滤水和蒸馏水。

午餐后一个小时,我必须服用第四剂的酵素,两小时后再服第五剂(同样地,任何点心都不许吃),再等一个小时才喝晚餐前的蔬菜汁。接着便是晚餐时间了,肯会煮一些很棒的食物,如可口的蔬菜脆皮比萨饼、素辣椒、熏鸡和泰式鱼(他现在仍在研究怎么煮红肉)。吃过晚餐后,我们通常在沙发上相拥看录像带,狗儿子们也陪在身旁。

肯真是全能的帮手,每当我需要他的时候,他总是在我的身边。晚上我们紧紧地依偎在一起,思考着生命中发生的每件事。我们甚至把遗嘱都写好了,以防万一。我们为发生在我们身上的事感到盛怒烦乱,但同时也学习深呼吸、如何接纳生命的真相(至少某些时刻可以办到),如实享受人生,感谢每一刻的联结与喜悦,利用这个恐怖的经验来打开我们的心,增长我们的悲悯。

我们买了一辆六年保证期的吉普车,我怀疑保证书到期时,我还会不会活在世上,就如我不想延后整理花园的工作,也许明年就没办法再享受这种乐趣了。听到朋友描述他们的尼泊尔之旅,感觉也很怪,因为我这辈子可能永远去不了,途中如果感染什么疾病,我的免疫系统就会忙着与它奋战,而顾不得肿瘤。我去过不少地方,但从未去过尼泊尔,肯常说我动得太多,现在有机会住得离家近一点,看看会带来什么变化。

我一星期要做三次的针灸治疗,每一次大约两个小时。第六剂在晚餐一个小时后服用,然后花四十五至六十分钟踩脚踏车,上床睡觉前还要服第七剂酵素,并做一小段静修。上床以后还得再吞一些睡前该吃的药(包括反雌激素的药),把闹钟设定在凌晨三点半。

这种日子一连持续十天,才能换得五天不必服用维他命与酵素的休息日（但我还是得在餐间服酵素和 HCI）。这种十天服药、五天休息的循环是医疗的指定形式，趁着休息的空隙，身体才能清除"因生理重建而累积的毒素"。在第一次的五天休息期间，我进行了体内大扫除，每天服用三次高剂量的车前子（psyllinm）与白土奶（bentonite）。车前子会在大小肠内起作用，清除卡在肠壁或缝隙中的宿便，白土奶则会吸收肠内的毒素。这次大扫除目前正进行到第三天。下一个阶段的休息期间，我打算进行肝脏的冲洗计划，非糖尿病患大多使用苹果汁，我却得把正磷酸（ortho-phosphoric acid）溶解于清水中，一天喝四杯，然后再服用泻盐（Epsom salts，一种灌肠剂，含盐量极高），接着——痛快啊！我可以在晚餐大吃水果了，最后上床前再喝些橄榄油。正磷酸可以清除动脉中的钙与油脂，并软化分解胆结石，泻盐则能松弛胆囊的括约肌，疏通胆汁导管，好让结石顺利排出。橄榄油的功效是在促进胆囊与肝脏的收缩，迫使其中的废物、胆汁与结石顺利进入小肠。多么不可思议的疗程……令人期待！

肯和我都很喜欢冈札勒斯医生，他的诊所距离我阿姨在纽约的公寓不远。他指出百分之七十到七十五的病人，对这项治疗都有不错的反应，也就是说有的人真的被治好了，有的则稳住病情准备长期抗战。虽然我的体内仍有许多肿瘤，但是他说我有百分之五十的机会产生良好的反应，我的毅力与决心，加上对这种治疗的理解，机会可能比预期还高。

透过一项特别的血液检查，他们可以测出不同的器官与身体系统的强度，借以辨别是否有癌细胞的存在，这次检查可以显示身体的弱点，帮助医生拿捏维他命与器官萃取物的剂量。我的检查结果与癌症实际存在的部位完全一致，与化疗的预期效果也相去不远；这都是在医师还没见到我或读过我的资料前的判断。此外，他们也为体内的癌症病况确定出一个危险指数，这个指数是他们后来设计疗程的指标。

冈札勒斯医生说大部分的病人指数都在十八到二十五之间，一旦超过四十五到五十就无法挽救了。我的指数是三十八，相当高，但还有机会产生良好的治疗反应。他说曾经有指数只有十五的病人没有产生什么反应，而指数高达三十多的病人接受治疗以后，却很有效地击败了肿瘤。他表示治疗一个月以后，就可以确定我的机会有多少了，届时他可能再做一次血液检查，我自己也会有感觉对这项治疗的反应为何。冈札勒斯医生说某些病人在情况好转之前会非常痛苦，好像要死了似的。因此每当我抱怨身体疲累时，肯就大叫"好啊"——真是一点同情心都没有。到目前为止，我还是处在疲累状态，这表示我的运动时间必须缩短，而且得开始服用胰岛素了。

如果从头到尾所有的治疗选择都是我自己决定的，不论未来如何我都会相当平静。譬如奚弗与凯利疗法都是我的选择，但是在发病的初期实在受到太多医师的影响；如果能倾听自己的声音，我可能会选择乳房切除手术，然后到利文斯顿—惠勒诊所去接受治疗。我们当然要对医师的话保持警觉（他们通常对自己太过自信，对另类治疗则相当封闭），但也要腾出时间安静地思考自己想要什么，直觉上被哪一些疗法吸引，然后做出真正属于自己的选择，一个不论结果如何你都承担得起的选择。如果我死了，我也必须清楚地知道这是我的选择。

我刚完成一些玻璃盘的设计，很满意，我想我现在可以在自己的职业栏填上"艺术家"这三个字了！

我最近开始将觉察与臣服纳入静修练习，这是把佛教与基督教的静修方法混在一起、成为我自己的一种途径。最近参加那洛巴学院举办的基督教与佛教静修方法研讨会，我觉得很有意思。那洛巴是位于博尔德的一所静修学院，由一群创巴仁波切的学生兴办，肯也是董事之一。他们设计了一些非常有趣又创新的课程，强调的是心理学、艺术、写作、诗歌以及佛法的研究。

那几场研讨会对我最大的影响是，过去我对基督教词汇里的负面暗示颇为反感，譬如上帝、基督、原罪或臣服，等等，现在我比较能体会其中的神秘意涵。我发现自己已经把"允许大精神出现"的基督教咒语改成"臣服于上帝"。臣服与上帝两个词汇对我来说曾经是非常刺眼的，现在却爱上了它们！因为它们可以唤醒我。每当我反复诵念这句话时，我发现自己立刻能放下心中的执著，知觉开始向外扩张，意识到周遭的能量与美涌入我的心中，再向外延伸到无限的虚空。"上帝"不再令我联想到父神，而是虚空、能力、永恒与圆满。

我目前的情况蛮好的，晨间静修的习惯为我带来安适感，并且不断地提醒我——虽然我很注意身体的情况，但我并不是这副身体。我喜欢有人提醒我是"无条件的、绝对的生命体"，虽然我距离这样的体悟还很遥远。我希望有人提醒我"所有的努力都是为了解开我们是被轮回（现世的）所困的错误认知"。我喜欢听拉马纳尊者所说的"信赖神"，他说："所谓的臣服指的是接受神的旨意，不为那些发生在你身上的不悦之事哀叹。"我也喜欢有人提醒我"你会为那些发生在你身上的好事而感谢神，却从不为那些看似不好的事而感谢神；这就是你最大的错误。"我的一位朋友曾经说过："得了癌症，我的人生才真的被启动。"我也有同感。另外一位罹患癌症的朋友拿他的艺术创作给我看，我被这件作品的力与美深深震撼，他对我说："你知道吗，要不是因为癌症，我不知道自己的生命还有这么深的东西。"

我不知道未来是什么，可能轻松一些，也可能更艰难。我发现到目前为止，还没有真正经历过身体的巨大痛苦或功能的受损，不知道未来如果面临这样的情况，能有多大的勇气，多大的接纳力、定力与对神的感恩。

我没想到会持续不断地写这些信，其实我只是懒得写给每一个想保持联系的朋友。现在它们已经活出了自己的生命,即使没有任何人读它们,我还是会继续地写。我之所以巨细靡遗地描述这些检验、令人困惑的结果、相互冲突的意见与困难的抉择,并不是因为这些数字、结果或抉择非常重要,而是这些与癌症共处的生活细节,让人活生生地感受到病患共通的心声,譬如"与癌症共同生活就像坐情绪的云霄飞车一样","选择治疗的方法是非常困难的事","我们无法预先做下个星期的计划"以及"这一切都会持续下去,直到结束的那一天为止"。别的病患的故事可能在数据、细节、步调与结果上有所不同,但感觉上没有多大差异。这确实是一条不平坦的路。

我时常质疑这一切是否值得、生命是否真的如此美好,值得奋战不懈,我是否该在它变得更困难之前赶紧放弃(我真的常常出现这样的想法),这时有一件事会支持我,让我继续走下去,甚至做更深的探究,那就是可以将我所经验到、所学到的一切写下来。肯几天前才问过我,如果情况转坏,我是否还要继续写这些信?我不假思索地回答当然要,而且我早已思考过,写信可能会让我面临真正的痛苦与死亡时不至于轻生,甚至认为活着的每一天都有它的意义与价值。因此我还是会试着让你们知道我的近况,用我的经验去激发你们的希望,也许有一天,它会真的对某人有帮助也说不定。

暂且搁笔,下封信中再谈!我必须为自己无法逐一回信与回电话致歉,但我确信你们每个人都会理解。肯和我每一天都从你们那里得到了各种不同的支持!

心中充满爱的崔雅于博尔德
1988 年 7 月

路又开始颠簸了,真正的颠簸。互相冲突的检验结果直接地推了出来，正统的医学检验显示肿瘤在崔雅的体内正快速成长。但是，这些检验报告与我们所预期的使用酵素来分解肿瘤的想像不谋而合。

昨天过得有点恐怖，这也是夜晚无法安眠的原因。丹佛的医生打电话告诉我检查的结果——癌胚抗原检定（CEA）可以测出血液循环中癌细胞的蛋白质数量，然后就能知道体内有多少活跃的癌细胞。我在一月份所做的检验结果是七点七（二至五被认为是正常），在德国接受第一次治疗以后升到十三，五月离开前的指数是十六点七。这些指数告诉我们肿瘤一直在成长，最近一次的检查结果是二十一，这是否意味它们再度活跃起来了，本来应该维持两三年稳定状态的脑瘤，正不断成长中？也许该考虑再继续做一个月的化疗？我才享受了两个星期的家庭生活，拜托，多给我一点喘息的时间吧！

很幸运的，肯和我今天早上及时联络到冈札勒斯医生，他要我们别太在意。"我有一些病人的指数高达八百至一千三百，现在都还活得很好，除非到达七百，否则我不会太介意的。"他警告我在酵素治疗的过程中，当癌细胞被瓦解时，释放出来的蛋白质会在检验中显现更高的指数。"这并没什么大不了的，"他说，"它可能会在短短的两周内由七百升到一千三百，那些正统医师要是看到这种情况，铁定会抓狂。二十一的指数确实有点活跃，但并不算高。"你可以想像我释放出来的能量有多大。此外，我也很高兴得知酵素已经跨越了脑血管的障碍，在脑部产生了作用（我最近发现那些我持保留态度的治疗——肿瘤坏死因素、伯金斯基的反肿瘤增生以及单克隆化疗都没有发生效用，唉！）冈札勒斯医生的语气听起来相当有信心，我觉得好过多了，我希望他是对的，这项治疗真能发生效果。至少我现在觉得比较有安全感了，特别是我们下个星期要去见正统医师，看更多的检查报告，听更多的谏言。

根据正统医生的建议，在这种情况下一定要马上接受最高剂量的化疗（剂量高到可以杀死骨髓），然后再接受骨髓移植（这整个过程被视为最残酷而严厉的治疗）。我们忧心忡忡地等待来自冈札勒斯的血液分析报告。根据他的说法，这项特殊的检查具有决定性的影响，可以评断到底肿瘤是在增长，还是被分解了。

> 酵素似乎真的产生了作用，万岁！这是长久以来我们听见的第一个好消息。我在治疗了一个月之后又送了一些毛发与血液的样本去分析，结果我的癌症危险指数由三十八降到三十三，就连冈札勒斯本人也表示，他从未见过一位病人在短短一个月的时间里，就有如此明显的改变。治疗时我也服用了反雌激素，有些效果可能源自于此（我最近才和一位女士谈过，她说自己做了卵巢切除手术之后，肺部的肿块便完全消失了）。肯和我都因为冈札勒斯带来的好消息而雀跃不已！
>
> 然而，我的热情因出现在右手臂上的新症状顿时消退，这个新症状可能意味肿瘤移到新的地方。我记得在静修中曾经告诉自己，如果有奇怪的症状发生也不要忧虑，因为那也许是肿瘤被吞噬所产生的改变。我们对这些内在的信息仍然非常乐观，"我会没事的"感觉也不断浮现。这并不是一种积极思考，没有强迫的感觉或意图，它们是自发的。这些信息是很乐观的，即使与正统医学的检查结果并不一致！

整个情况简直快令人发狂了。到底该相信谁呢？那天我带着狗儿出去散步时，脑子出现以下的想法：

我是个受过训练的生化学者，根据我所学的去判断冈札勒斯的结论似乎是合理的。因为当肿瘤在分解时，的确会释放与肿瘤成长时所产生的相同物质；正统医学的检验可能无法轻易地辨别它们。即使是训练有素的放射线专家，也无法以组织胺剧增来判别到底是癌症的增长、"hastamine"反应或是伤疤组织。

如果他真的是在误导我们,想让我们觉得好过一些呢?但他为什么要这么做?我们的正统肿瘤科医生认为他的目的是为了钱,不过这种说法实在太荒谬了。冈札勒斯是事先统一收费的,不管崔雅是死是活,他都已经收了钱。

如果是为了让我们好过一些,他应该知道我们很快就会察觉,而且很可能演变成违法的欺诈事件。崔雅甚至还问过他:"如果你的判断错误,而我们因为你的错误拒绝了正统医疗的途径,结果把我害死了,你该怎么办?我的家人可以告你吗?"他回答说:"可以的,他们当然可以,只不过这种疗法在美国是合法的,而且有很高的成功率。如果不是这样,我和所有治疗过的病人早就死了!"

此外冈札勒斯也必须考虑自己的名声;如果他的病人没有起色,他会立刻建议他们采用正统疗法。他希望崔雅和其他人活得一样久,他对崔雅深具信心,认为她会很快好转。

因此他不是误诊,便是在撒谎。但他应该不会撒谎才对——那个损失太大了。那么他是误判了检验的结果吗?他为什么如此深具信心?我知道他这种检验已经做过数百次了,以实验的角度来看,他一定是发现这项检验具有相当高的正确性,虽不是百分之百,也足以让他挂牌行医,此外他还结合了其他的检验。如果这项检验没有那么精确,他也应该会发现,并算出其中的误差,然后告诉病人。我们实在不该怀疑他,如果他是错的,他自己一定也知道!

而且从外面的消息(他的档案都是对研究人员开放的),大约有百分之七十的病人不是好转就是稳住病情。从每一个案例来判断,他们的血液分析与病情都非常符合。

我逐渐理出一些头绪,心想这个疯狂的疗法,也许真的产生了一些功效。

做了决定的崔雅，似乎也感觉这个疗法真的生效了。但是在这个节骨眼上，我们俩都不想太笃定。我们仍然假设她只有不到一年的寿命，如果希望太大，到时候岂不更失望?!虽然如此，乐观的期望还是慢慢从心底生起，所以我们决定在崔雅热爱的阿斯彭待一个月，我们现在有车，只要花四小时就到了。

可以在阿斯彭待一个月！尽情享受生命一个月，不必打电话给医生排定检查或诊疗，躲开有关癌症的所有事项，花一个月的时间健行、听音乐会、见老朋友、做户外活动，与家人相聚……万岁！

就在我们出发前往阿斯彭的最后一刻，肯发现一个为期两周的佛教禅修，闭关地点在加拿大的北部，他很想参加。我也很高兴，因为他说自从我一月份复发以来，这是他第一次对一件事如此兴奋。这一整年对于肯来说想必极为难挨，毕竟他是我惟一的支持者，此外他还得面对我未来的死亡和遗嘱问题等等。而我可以趁机和父母、妹妹与狗儿们共度一段时间。能离开博尔德休息一阵子真是件好事，我发现自己开始失去应付治疗琐事的战斗力了。

真的是酵素发生作用了吗？冈札勒斯是对的吗，还是那些正统医师？我不晓得。在阿斯彭我有太多复杂的感觉，这已经不是单纯的度假了。经过独立隘口时，我为它壮丽的景观而落泪，第二天去我的静修小屋，也为白杨树透过来的阳光而潸然落泪。如果不是意识到明天可能就看不到这些景物，也不会有那么强烈的反应。这里的美令我对生命深深赞叹，我只想要更多、更多的美！你很难不执著，如果在你周围的是水晶般清澈的溪水所发出的冲刷声，微风中轻柔摆动的白杨树，抬头仰望赫然发现的万点繁星。没错，有时我真的对生命依依不舍，尤其是在阿斯彭。

在这里我不只看到自己的执著，也察觉自己的局限。听到朋友提起他们的异国之旅,或是肯告诉我加德满都要举办闭关,我立刻联想到细菌、肮脏的馊水和感冒。我体内的免疫大军已经全部武装起来对付癌症,没有剩余的军备再去对付感冒,更别提那些具有异国风味的病毒了,我恐怕从此以后无法再放心地去旅行了。

我每一次出门都得带胰岛素、水、药丸和甜点(在血糖突然降低时服用),还要随身带着保暖的外套。这些安排都会助长我执著的一面。我发现打坐最容易生起以下的念头:凌晨的酵素到底吃了没?……让我想想,如果在十二点吞药丸,那么一点以前我就得吃点心,因为胰岛素……如果我没有早一点服用那些药丸,如何能挤进其他的药丸……去阿斯彭之前,我一定要记得购足胰岛素,还要将两种反雌激素的药罐都装满……要去一趟医院多要几份检查报告的副本寄给安德森……也许我该更改一下今晚的胰岛素剂量,因为空腹时的血糖指数太高了,等等,等等。这都是垃圾,这些筹划的念头侵犯了我的时间,真是心猿意马,心猿意马啊!

我去参加闭关是近三年来和崔雅第一次小别——密宗大圆满(Dzogchen)的禅修闭关。结束后我回到阿斯彭陪伴崔雅。我们仍设法不要太相信那些酵素的功效。虽然崔雅大声质疑自己是否还能见到下一个春天,她的喜悦与热情的静定还是时而浮现,我也因为一些开心的想法有点疯癫。

在阿斯彭的这段日子里发生了好多奇妙的事。其中之一是约翰·丹佛与卡桑德拉的婚礼,肯和我都认为她的澳洲腔实在很有趣。婚礼是在史塔伍德(Starwood)的高原举行,落日的余晖照亮了四周锯齿状的群山。

另外一件美好的事就是肯回来了,加拿大的闭关令他充满了能量。他临行前还对我说他不知道为什么要去参加。这是我第一次看到他凭直觉去做一件事。后来他才知道这个由贝诺法王(Dema Norbu Rinpoche)

所主持的闭关是佛教最高的智慧传递法会。西方总共举办了两次，全世界只有极少数的老师有资格教导。闭关的过程似乎相当难挨，短短的两周内，肯接受了十二次以上的灌顶，或者智慧传递。他回来之后改变很大，整个人变得更轻松、更平和了。

其他的美好时光都是与家人共度的，大家一起消磨时间，我享受他们为我做的每一件事。这次风中之星基金会一年一度的座谈会是在音乐节营区举行的，充满了启发与快乐。

风中之星的创办人汤姆以《我们星球的状况》(State of Our Planet)为题进行讨论，最后一次的主题是观点的改变，有六个人分享了观点的改变如何帮助他们度过生命的挑战。

汤姆邀请我担任其中一名发言者。我知道自己必须接受这份邀请。我在静修时与我的肿瘤交谈，肺部的肿瘤不断地告诉我要勇于开口讲话，特别是说出这段与癌症共处的经历，同时传出的另一个声音却非常害怕。它必须透过我的经验和行动来证明说出真相并不是一件恐怖的事。因此我心怀恐惧地接受邀约。

每个人的谈话被限定在三到四分钟，可是我足足讲了九分钟，在场的人都起立鼓掌。我讲完后，约翰开始高唱"我要活下去"这首很美的歌谣，唱完之后他对我说："这首歌是献给你的。"整个过程真是美极了！

会后，我们与约翰以及卡桑德拉共进晚餐。肯与约翰非常投缘。回到博尔德以后，卡桑德拉前来拜访我们，与我们在阳台上吃午餐，并且带来令人惊喜的消息：她怀孕了！虽然这对我而言是个永远无法达成的心愿，但我还是为卡桑德拉与约翰高兴！啊，生命不断地延续着……

回到博尔德，我们又送了一份血液采样给冈札勒斯医生做另一次分析。崔雅的指数竟意外地下降了五点！就连冈札勒斯本人也难以置信，于是要求实验室重新分析一次，结果还是一样。他将这项成果归因于崔雅对这项治疗所抱持的"稳定而热忱"（热情的静定）的态度。他开始将崔雅的例子介绍给其他的病人，告诉他们如何做才正确。于是我们接到许多同样在接受这项治疗的病患打来的电话，我们很乐意能协助他们。

> 你也许会怀疑这些酵素到底产生了多大的功效？根据冈札勒斯那份"可笑的小检验"（这是他对这份报告的称呼），酵素发挥的功效非常好。从刚开始的三十八指数（他通常不接受指数超过四十的病人），一直降到现在的二十八，一共花了两个半月的时间！
>
> 但是我们不打算就此燃起希望。毫不执著地努力！这是我的座右铭。但是偶尔幻想自己可能活到很老，与肯、家人、好友们共度未来的美好时刻，也是很棒的事。我也许真能活得比吉普车的保证期更久一些！

崔雅的家人来拜访我们，当他们正要离去时，我在他们身后大声喊着："你们知道吗，我刚才在想她或许会好转！我真的这么想！"

> 我探头到房里，"崔雅？"
> "肯？"
> "崔雅！老天，你去哪里了？我到处找你！你去哪里了？"
> "就在这里啊！"她温柔地看着我。
> "你还好吗？"
> "啊，当然好。"我们亲吻、拥抱，紧握着对方的手。
> "我看见你带他来。"
> "哦？我觉得好像是他在带我。"
> "仔细地听好。"那个形体说。

20

支 持 者

当酵素治疗持续发生效用时,检验结果的争论之战也达到了顶点。冈札勒斯医生这方的说法是:从治疗的第三个月起,病人会特别疲倦;许多人觉得自己就像快死了似的。这是因为酵素开始在瓦解组织,包括肿瘤,于是有毒的废物不断地在系统中累积,咖啡灌肠、泻盐和其他的方法就是用来排毒的。这时肿瘤增生的情况格外活跃,电脑断层扫描的结果,肿瘤可能比以前还要大一些。

如果治疗产生了效果,这是"必然"会发生的事;实际上每一位接受凯利疗法的病患在好转前都必须渡过这一关,所以这一切症状当然也会出现在崔雅身上。根据那些指数和特别的血液分析,冈札勒斯医生估计崔雅大约有百分之七十好转的机会——无论是病况获得稳定或是减轻。

然而,正统的肿瘤科医师们却认为她只剩下两到四个月的寿命。

这实在令人难以忍受。随着时间的消逝,检查的结果愈来愈戏剧化,双方的诠释也愈来愈对立。我发现自己陷入分裂,一半相信冈札勒斯,另一半则相信那些肿瘤科大夫。我无法得到令人信服的证据来证明哪一方完全对或完全错。崔雅也一样。

这真像是阴阳交界:在未来的几个月内,要不就愈来愈好,甚至恢复健康,要不就一步步迈向死亡。

这些酵素令崔雅觉得筋疲力竭,但除此之外,其他方面倒还好。事实上她看起来很好，非常美丽。一些主要的症状她都没有——没有咳嗽，没有头痛，也没有视力的问题。

整个情况是如此荒谬，崔雅常常觉得很滑稽。

> 我该怎么办？拔光头发，连一根都不留？我坐在地板上，入迷地望着屋外的景致，狗儿们的嬉戏，给我的生命填补了至乐。我感到非常幸福，每一次的呼吸是那么不可思议，那么令人愉悦，那么宝贵。我错过了什么？有什么地方不对劲吗？

崔雅只是单纯地向前走，像个走钢索的人，一次一步，拒绝往下看。我虽然想跟随她，但是我害怕自己会忍不住往下看。

她所做的第一件事就是在风中之星基金会的年会上分享她的经验，这是整个年会中被投票选为最有意义的一项活动。我们将过程录下来，反复看了好几遍，这段分享中最令我震撼的是，崔雅把她五年的抗癌历程所学到的每一件事都加以浓缩整理，在短短的数分钟内阐述得极为完整。这段分享摘要了她的灵修观点、静修练习、自他交换以及所有的事，却没有提到"静修"、"自他交换"、"上帝"或"佛陀"之类的字眼。在看这卷录像带时，我们俩都注意到，当崔雅说"我的医师预估我只能活两至四年……"时，她的眼神有点呆滞，因为她在说谎，事实上医生认为她只剩下两至四个月的寿命。她不想吓倒在座的亲友，才决定将这件事保留，成为我们俩的秘密。

她能做这样的分享，我也非常讶异。她的肺部有四十个肿瘤，脑部有四个，肝脏还有好几个转移性的肿瘤；电脑断层扫描显示，她最大的肿瘤又长大了百分之三十（像一颗大李子一般）；主治大夫才刚告诉她，如果幸运的话，她还有四个月的寿命。

还让我震撼的是，崔雅所展现的活力与旺盛的生命力。她照亮了整个讲台，每个人都看到，也感觉到了。我心里一直在想：从第一天见到她，我就爱上了她这一部分。这个女人就是生命的本身，她整个人充满了生命力。这是人们觉得她吸引人的原因，这股能量让人们因她的存在而受到鼓舞，想围在她的身边看着她，与她交谈，和她在一起。

当她步下讲台时，所有的观众都被她照亮了，我心里不断地想：崔雅，好一瓶年代久远的美酒啊！

哈罗，我的名字是崔雅·吉兰·威尔伯。你们在座的许多人都知道我过去的名字叫"泰利"，我在风中之星基金会的草创期便加入了这个组织。

五年前的这个时候，也就是1983年的8月，我遇见了肯·威尔伯。我们坠入情网。我喜欢称之为一触钟情。四个月后我们结婚了，婚礼才过十天，我就被诊断出罹患第二期的乳癌，我们的蜜月都是在医院度过的。

过去这五年，我经历了两次复发，接受许多不同形式的治疗，包括正统与另类的疗法。今年一月，我们发现癌症已经扩散到我的脑部与肺部，我的主治大夫估计我只剩下两至四年的寿命。

因此当汤米要我来谈谈这件事时，我闪过的第一个念头就是，我还在生病呢！而晚上要分享经验的其他人多少都已经克服了他们生命中的障碍，或透过挑战而有了具体的创造——譬如米雪刚才告诉各位的故事，她是我十五年的老友，也是我仰慕的人。

好吧，既然我还在生病，那就看看得了癌症之后，我的生命到底发生了什么事。

我曾经和数百位癌症病患做过咨询。我和友人在旧金山创立了癌症支援中心，每周提供数百位癌症病人各种不同的免费服务与聚会活动。此外我尽可能忠实地将自己的经验与内在探索记录下来，看过的人都觉得很有帮助,我希望能很快地集结出书。

然而完成这些事后,我突然发现自己落入一个古老的陷阱,因为我把成功、赢得身体的健康与外在的具体成就视为同一件事了。后来我才感觉到,我们今晚在这里所表扬的观念上的改变以及更高的选择,其实是一种内在的改变与内在的选择。要谈论与理解外在世界的事是很容易的,但更令我兴奋的是发觉到自己内在的改变,借着每一天的灵修,将自己对健康的认知从肉体提升到灵性的层次。

一旦轻忽这份内心的工作,我发现自己充满危机的人生情境立刻变得恐怖、沮丧,甚至乏味。内心的工作如果一直在进行(我采取折衷的态度,吸纳各门各派的方法),我就能感受到生命的挑战、振奋和深刻的参与感。我发现自己乘坐的这辆癌症的情绪云霄飞车,是我对生命热情逐渐增长时练习静定的好机会。

学习与癌症为友,学习与提早来临的死亡和痛苦为友,从其中我学会了接纳自己的真相和人生的本然。

我知道有很多事是我无法改变的,我不能迫使生命有意义或变得公平。我愈是能接受生命的本然,包括所有的哀伤、痛苦、磨难与悲剧,愈是能得到内心的安宁。我发现自己开始和受苦的众生有了非常真实的联结。一股开阔的悲悯之情不断从心中涌现,我想尽我所能持之以恒地提供帮助。

有一句老话在癌症病患当中相当流行:"人生随时都是终点。"如果以这个角度来看,我其实是很幸运的。我常常会注意到那些亡故者的年龄,读报时也注意到那些年纪轻轻就葬身意外的人;我习惯把这些消息剪下来提醒自己。我很幸运能事先得到警讯,因为如此一来,我才有足够的时间机警地过活,我觉得非常感恩。

因为不能再忽视死亡,于是我更加用心地活下去。

会场中有数百人,当她的分享结束时,我环顾一下四周,几乎所有的人都起立为她鼓掌,人们的脸上挂满了泪水大声地为她喝彩,就连摄影师也甩下手中的摄影机。我想如果人的生命是可以赠予的,那么所有人想分给她的生命已经足够她多活好几个世纪了。

就在这段期间,我决定写一封与崔雅相辅相成的信,一封给正处在炼狱的支持者的信。以下是浓缩的版本。

亲爱的朋友们:

身为一名支持者,我发现我们有一个隐藏的问题。这个问题会在照顾工作进行两三个月后渐渐浮现。其实外在的肉体以及显而易见的照顾工作是比较容易的,你只要重新安排自己的工作表,学习煮饭、洗衣、打扫或其他支持者必须为爱人做的事:带他们去医院,陪他们治疗等等。虽然这些事不见得容易,但解决的方式是可以看得到的——你可以自己多做一些,也可以找人来分担。

对支持者来说,更困难、更险恶的是那些来自情绪与心理层面的烦忧。它可以分成两方面,一是私下的,一是公开的。在私下这方面,不管你个人的问题有多少,一旦与患有癌症或是重病的人相比,一切都显得微不足道了。在照顾他们几星期或几个月后,你不再谈论自己的问题,因为不想让心爱的人烦恼,不想让情况变得更糟,你不断地对自己说:"至少我没有得癌症,我自己的问题不至于那么糟。"

但是经过几个月以后(我想这是因人而异的),有一个问题冒出来了:虽然自己的问题与癌症相比是微不足道的,可是它们并没有消失,甚至更糟,因为你不能表达出来或解决它们。问题因此逐渐扩大,你将塞子塞得愈紧,它们的反弹力愈大。你开始变得有点诡异,如果是内向的人,身体可能会抽搐,呼吸有窒息感,焦虑也会开始浮现,你会笑得太狂,无意识地借酒浇愁。如果是外向的人,你会开始在不适当的时刻发脾气,性情暴躁;你火冒三丈,到处摔东西,猛灌啤酒。内向的人常常兴起自杀的念头;外向的人会有置人于死的欲望。不论处在何种情况,死亡都吊在半空中;愤怒、憎恨、苦涩随时爬上心头,然后又生起一股矛盾的罪恶感。

这些感觉与情绪在那样的情况下是自然且正常的。如果支持者没有经历过这些感觉,我反而比较忧虑。处理这些感觉最有效的方法,就是去讨论它们,我认为这是惟一的解决办法。

接着支持者开始进入第二个情感与心理上的难关,也就是公开的面向。一旦决定说出来,眼前的问题就是:找谁谈呢?你所深爱的那个人很可能不是谈论你个人问题的最佳人选,因为他本身就是你的问题,他带给你非常沉重的负担,而你又不愿意让他们产生罪恶感,不论你对他"罹病的事实"有多么生气,你还是不忍心归咎于他。

能让你谈论这些问题的最佳场所大概就是与你有同样情况的人所组成的支援团体了。此外个人心理咨询也是非常重要的,或许可以夫妻一起接受治疗。等一下我会谈一谈"专业辅导"的重要性,因为一般人,包括我在内,通常不会善加利用这个媒介,除非情况到了不可收拾的地步。一般人很自然会去找家人、朋友或同事倾诉,这么做往往令他们跌入第二个面向的问题,也就是问题被公开了。

诚如维琪所言:"没有人会对慢性病感兴趣的。"我带着问题来找你,我需要一些建议、一些咨询。我们谈了,你表现得非常仁慈、体贴而有助益,我感觉好多了,而你也觉得自己很有用。但是,第二天我深爱的人仍然受癌症的困扰,情况基本上没有改善,也许更糟。我的感觉糟透了,于是我又跑去找你,你问我好不好,如果我说了实话,我们又开始交谈。而你会再一次地表现出你的仁慈、体贴,于是我又觉得舒服一些……过了几天,我发现她还是饱受癌症的摧残,日复一日,情况没有丝毫起色。不久你会发现,如果你不停地谈论你的问题，没有相同经验的人会开始觉得乏味或被干扰。你的好友也很有技巧地躲开你，因为癌症就像乌云，随时会降下大雨，破坏了人们的嘉年华会。于是你变成一个长期发牢骚的人，没有人喜欢听别人一而再再而三地抱怨。

回到我刚才所说的，讨论你的问题的最佳场所，就是支持者所设立的支援团体。如果你仔细聆听这些团体中的人所说的，你就会发现他们几乎都在抱怨自己所深爱的人，例如"他以为他是谁啊，竟然可以这样命令我？""她凭什么认为自己这么特别，就因为她有病，我也有自己的问题啊！""我觉得自己的生活已经完全失控。""我真希望那个混蛋赶快死掉。"这些话一般人都不愿意在公开场合说出来，当然，更不会对心爱的人说。

在这些黑暗的感觉、愤怒与憎恶的情绪之下，其实是藏着非常巨大的爱意，否则他早已出走了。但是愤怒、憎恨与苦涩挡住了出口，让爱无法自由地涌出。纪伯伦说过："恨就是对爱的饥渴。"在这些支援团体中确实有许多恨意被表达出来，只因为底端还有那么多的爱，一份充满渴望的爱，否则你不会去恨一个人，你只会对他毫不在乎。我和大部分的支持者都发现并不是我们没有得到足够的爱，而是很难在如此艰难的情况下仍然记得付出爱。根据我个人的经验，要想真正付出具有治愈效果的爱，支持者必须设法清除那些堵在路口的障碍，包括愤怒、憎恨、苦涩以及嫉妒与羡慕（我就常嫉妒崔雅能有一个像我这样的人，随时陪伴在身边）。

这种支援团体是相当可贵的，另外我还要推荐个人的心理咨询，不仅对支持者本身，也对他心爱的人非常有帮助。你很快就会察觉，有一些事情是无法与心爱的人一起讨论的；相对地，有些事也是你心爱的人不该与你探讨的。我们这个年纪的人都相信"诚实才是上策"这句名言，所以配偶之间不该有秘密，每一件大小事都应该提出来商讨。这其实是个不当的想法，开诚布公固然重要、有益，但不尽然都是如此。某些时候开诚布公反倒变成武器，一种恶意中伤他人的方法——"我只不过是实话实说罢了。"崔雅的癌症曾把我们两人推入一个充满愤怒与憎恨的情境，但是把一切都归咎于崔雅，对我来说一点好处也没有。崔雅对这个情况的恨意并不下于我，可是又不是她的错。因此你不能将这些情绪与心爱的人"分享"，也不能归咎于他们，所以最好花钱找个心理医师，把所有的垃圾都倒给他们。

这样一来，彼此都有空间可以相处，支持者不再隐藏愤怒和憎恨，所爱的人也不再怀着罪恶感与羞耻感，因为你已经把大部分的重担都丢给团体或心理医生了。此外你也从团体中学会如何说出"慈悲的小谎言"，不再以自恋的态度说出伤人的"真话"。有些时候你会对自己照料者的身份感到厌倦，如果你所爱的人问起"你今天好吗？"你会不假思索地脱口而出："我觉得好像活在地狱；我的生命已经不是自己的，你干脆跳河算了。"这虽然很真实，却糟透了。你可以试着这么回答："我今天很累，亲爱的，可是我还是会待在你身边的。"然后赶紧去参加支援团体或是去找心理医生，把所有的烦扰吐出来。把这些情绪一味地倒在你所爱的人身上是一点用都没有的，不管你有多么"诚实"……

要成为一名够格的支持者，必须学会使自己变成一块情绪的海绵。大部分的人都以为自己的工作应该是给予意见，帮助所爱的人解决问题，让自己变得有用，随时给予协助，学着做晚餐以及载他们到他们想去的地方等等。但这所有的工作仍比不上做一块情绪的海绵来得重要。这个可能会致命的疾病，一定会带给你的爱人情绪上的巨大起伏；有时他们会被恐惧、愤怒、歇斯底里以及痛苦的感觉淹没。那时你的工作就是去稳住他们，陪伴他们，并尽你所能地吸取这些情绪。你什么都不必说（任凭你说什么都是没有用的），也不需要提供任何意见（这更不会有帮助），只要静静地陪着他们，一句话也不要说。用心去吸取他们的痛苦、恐惧或所受到的伤害，就像一块海绵一样。

当崔雅开始生病的时候，我认为自己一定可以使情况好转，说些适宜的话，以及为她做正确的医疗选择等等。那些都很有帮助，但都不是重点。譬如她知道一个很糟的消息——癌细胞转移了，伤心地落泪，我会马上说出类似的话："这个消息还不能确定，我们需要做更多的检查，没有证据显示你必须改变治疗的方式。"这些话并不是崔雅所要的，她需要的是有人陪她一起落泪，于是我试着去感受她的感觉，帮她驱散这些情绪。我认为这时的帮助应该是身体层面的，当然，你想说话也可以。

当心爱的人面对恐怖的消息时，我们最本能的反应就是尽力让他们好过一些，但那是错误的反应。最重要的是你必须理会他们的感觉，陪在他们的身旁，不要害怕他们的恐惧、痛苦与愤怒；让一切顺其自然地浮现，不要想借着帮助对方去除那些痛苦的感觉，或以劝说的方式来消除他们的担忧。在我自己的例子里，只有当我不想面对崔雅和我的感觉时，这种"帮助"的态度才会出现，因为我不想直截了当地面对它们；我只想脱离那个状态，不想成为一块海绵，而只想当一名成就者，让所有的情况好转。我不想面对未知中的无助感，我其实和崔雅一样恐惧。

做一块海绵，会让你觉得自己是无助、无用的，因为不能做任何事，只能静静地待在那里。许多人发现这是最难学会的一件事，我自己也是如此，几乎花了一整年才学会不要去修整任何事，也不要尝试去改善什么，当崔雅伤心难过时，只要安静地陪在她身边就够了。如果朋友们认为应该做点什么来帮助你，却又发现所做的一切都产生不了功效，就会感觉失落：我能做什么？什么也不能做，只能待在那里……

如果有人问我在家里做了什么，而我又没心情和他们闲聊时，我通常会说："我是一个日本主妇。"这句话令他们非常困惑。我的重点其实是，身为一名支持者，你应该保持沉默，顺着你的配偶的意愿行事——你应该要当一位"好妻子"。

男人通常会觉得这是最难办到的事；至少我是这么感觉的。两年前我才停止怨恨崔雅拿出癌症这面金牌。不论任何的争执或需要做决定时，崔雅总是占上风，我只有顺服的份儿，就像一名小妻子般跟在后头。

我现在已经不太在意了。第一，我并不完全顺着崔雅的决定来行事，如果我认为她的判断是错误的。以前我会顺着她，因为她是那么渴望我支持她的决定。现在我们处理的方式则是，如果崔雅正在做一项重要的决定，譬如要不要尝试新的疗法，我会先强烈地向她表达自己的意见，直到她做了决定为止。之后，我会全力支持她，不再质疑她的选择，因为她的问题已经多得无法再分神去怀疑自己了。

第二，涉及日常生活的琐事时，我已经不太在乎扮演小妻子的角色。我煮饭、打扫、洗碟子、洗衣服、到超级市场购物，崔雅则忙着写她那些动人的信，做咖啡灌肠，每两个小时吞一大堆药丸。

你必须肯定自己所做的选择，这点存在主义者说得没错。也就是说你应该支持那些促成你基本命运的选择；正如存在主义者所言："我们就是我们的选择。"无法肯定自我的选择被称为"错误的信念"，它会导致"不真实的存在"。

我对这件事的解释很简单：在这个煎熬的过程中，我随时可以出走，没有人把我囚禁在医院的病房中，没有人威胁我，也没有人束缚得了我。最主要的原因是我已经决定，不论发生什么事，我都要忠贞不渝地守在她的身边，陪她渡过这个难关。可是到了第二年，我就忘了自己的选择，现在我仍然在这个选择中，否则早离开了。所以我展现的是错误的信念与不真实的存在。我掉进责难与不断自怜的状态。现在我已经可以很清楚地看到真相了。

要肯定自己的选择并非易事，因为情况不会自动好转。我把它想像成自愿从军，然后不幸中弹，上战场也许是自愿的，但是我可没选择挨子弹。因此我觉得有一点受伤，也有不悦：然而我是自愿接受这项任务的，这是我的选择。我已经完全清楚其中的状况，要我选择，我还是会自愿承担这项任务。

因此，我每天都在确认着自己的选择。每天又再选择一次。这种情况抑制了日渐增长的责难，延缓了遗憾或耻辱的积累。这是很简单的事情，但事实上，最简单的东西在现实生活中，也通常会很艰难。

除了慢慢恢复写作之外，我也重拾静修的练习，它的重点就是要学习如何死亡（解除分裂的自我感），至于崔雅所面对的致命疾病，却是激发她的觉知力的大好机会。哲人们曾说，如果你能维持这份没有选择的觉知，以及赤裸的目睹，那么死亡就像人生的其他时刻一样单纯，因为你已经养成简单而直接的应对方式。你不再贪生怕死，它们都是会消逝的人生经验罢了。

此外，佛家所言的"空"也给了我相当大的帮助。空并不是空白一片或空洞，而是畅然无阻、无障碍、自发或自然的状态；也可以说是无常的同义词。佛家主张实相就是空——没有什么东西是永恒或不变的，也没有什么东西是可以执著的或让你安全的，金刚经说："一切有为法，如梦幻泡影，如露亦如电，应作如是观。"这句话的重点就是要我们放下，不执著于梦幻泡影。所以崔雅的癌症不断地提醒我们，死亡就是彻底放下，你不必等到肉体死亡才放下此刻的执著。

现在让我们回到自家的生活中。重视神秘体验者认为，一个人如果真的依循无选择的觉察来过日子，他的行动就是没有自我或超越自我中心的。如果你想熄灭自我感,就必须实践无私的服务。你必须服务他人,但不是为了自己或希望受到赞美;而只是单纯地去爱、去服务——就像德蕾莎修女所说的:"要爱到心疼为止。"

换句话说,你要变成一名好妻子。

别误会我的意思,我现在离德蕾莎修女的境界仍然很远,但是我逐渐把支持者的工作视为一种无私的服务、灵性的成长,一种动中禅和悲悯。但这不代表我已晋升到完美的境界;我仍旧会怨叹、愤怒、责难外境;崔雅和我仍旧半开玩笑地说:我们应该手拉着手,一起从桥上跳入这个巨大的笑话中。

心中充满爱的肯于博尔德

1988 年 7 月 27 日

这封信被刊登在《后人本心理学期刊》(*Journal of Transpersonal Psychology*) 上,获得相当大的回响,令我们有点受宠若惊。这样的回响反映出有太多与我处境相同的绝望支持者,都在"默默地被浪费"中,因为他们不是"病人",不会有人认为他们有什么问题。身兼病患与支持者的维琪说得最中肯,我想这段话是每一位支持者都应该仔细聆听的:

我一直活在两个世界中——我身患癌症,但也是崔雅和其他病友们的支持者。我想说的是,扮演支持者的角色比病人要困难多了,至少对我而言。当我在对治自己的癌症时,的确有许多时刻是明澈的、美的、充满恩宠的。可是我认为支持者很难拥有这些,癌症病人毫无选择地必须与疾病共处,支持者却必须选择永远陪伴在患者的身边。他们必须克服哀伤,克服那份小心翼翼伺候病人的恐惧,还要与他们所选择的治疗方式共处。我常常思考自己到底该做什么?应该如何支援她？我该不该对自己的感觉诚实？这所有的起伏就像在坐云霄飞车似的。但最后我总是回到爱，只有爱才是最重要的。

崔雅在阿斯彭分享完她的经验后，我们又在旧金山短暂停留，为了与彼得·理查兹及迪克·科恩讨论一些事。这段时间里，崔雅也在癌症支援中心发表了一场演说。演说的当天，人群从癌症支援中心一直挤到大街上。维琪说："他们都为她倾倒，她的诚实与勇气令我们敬畏。"

"我知道那种感觉，维琪，我们两个是排在这条长龙最前端的人。"

我们回到博尔德和每日例行的苦工中。在这之前，我已经深深地投入大圆满的修行，我的指导上师是贝诺法王。大圆满的精髓是极为简单的，与世界其他的最高智慧传统是一致的，特别是印度教的吠檀多哲学与佛教的禅。简而言之：

如果大精神具有任何意义，它一定是无所不在、遍布四方与包容一切的，大精神一定在你当下、此时、此地的觉知中。也就是说，你当下的觉知既不需要修正，也不需要调整，它本来就是完整的、圆满的，充满了大精神。

更进一步说，你并不需要解脱才看到大精神，也不是说你已经与大精神同在，只是不自知而已，因为这还是暗示了某些地方大精神是不存在的。根据大圆满的观点，你和大精神根本是一体的，圆满的觉性就是当下这一刻，你的每一个觉知的活动就是大精神的展现。没有任何一个地方不存在大精神，或者说大精神不可能是有限的。

如果大精神具有任何意义，它应该是永恒的，或是没有起点的，也是没有终点的。如果大精神有起点，它就是暂时的，而非无时间性与永恒的。这意味着你无法变成或是达到解脱的状态。如果你能达到解脱的状态，这种状态就是有起点的，也就不是真正的解脱了。

反之，大精神和解脱其实就是你当下正在觉知的状态。当我在接受这些教诲时，我想到星期天的报纸登出的谜题，上面画了一张风景画，标题写着："二十位名人的脸就藏在这幅风景画里，你能分辨得出来吗？"这些名人的脸可能包括沃尔特·克朗凯特（Walter Cronkite）、约翰·甘乃迪等知名人士。但重点是你正在看这些人的脸，你不必再多看什么，因为他们就在你的视觉领域内，你只是没认出他们罢了。如果你还是看不出来，就会有某个人前来为你指点迷津，将他们一一指给你看。

我认为大精神与解脱也是如此，我们已经在看着大精神，只是还没认出它而已，我们也都拥有这份必要的认知力，但是没有领悟力。这也是大圆满的教导并不特别推荐静修的理由。静修在其他方面是有用途的，但是目的是要改变认知、改变觉知。从大圆满的角度来看，那些是不必要的，也是偏离重心的。你目前所拥有的觉知已经完全俱足了大精神；没有任何东西是需要改变的。任何想要改变的企图都好像是在那幅风景画上添加油彩，而不是单纯地认出那些面孔。

因此，大圆满的核心教诲并非静修，因为静修着重在意识状态的改变，但解脱并不是意识状态的改变，而是对任何现存状态的自然认知。实际上，大圆满有许多的教诲都说明了为什么静修无法产生功效，解脱是无法获取的，因为它已经存在当下了。想要得到解脱就如同画蛇添足一般。大圆满的第一个原则是：要想拥有根本的觉知，你既不能做什么，也不能不做什么，因为它已经本自俱足了。

大圆满不采用静修，而是用"直指"的方式。上师先简单地和你交谈、然后指出你已经俱足的大精神或觉性，这份觉性在父母未生你之前，你已经本自俱足了，它是永恒的，也是没有起点的。换句话说，如同指出那幅风景画中的脸孔一样，你不需要解谜题也不需要重组谜题，只要认出你正在看的是什么就够了。静修为的是重组这个谜题；大圆满则什么也不更动。通常上师直指你本自俱足的觉性时会说："既不去改正，也不去修整你当下的觉知……"

我不能真的教你什么，因为那是大圆满上师的职责，但我可以提供你印度教吠檀多哲学的观点，因为它们已经被撰写出版，特别是在拉马纳尊者的著作中。以下是我的引述：

我们恒久以来早已觉知的就是知觉的本身，我们早已俱足了本觉，它能目睹任何一个生起的现象。一位老禅师曾说过："你听见鸟叫了吗？你看见太阳了吗？谁没有解脱呢？"我们无法想像有人是没有本觉的，因为就连这份想像我们都能知觉得到。即使在梦境中我们也能知觉。此外这些教诲还主张，觉知不该划分成解脱的与无明的，存在的只有觉知，不需要更正或修整，它的本身就是大精神。

这些教诲就是要你认出自己的本觉和目睹的本能，然后安住在那个状态中，任何想要获得觉察的企图都偏离重点。你可能会说："可是我看不见大精神啊！""但是你能知觉自己看不到大精神，这知觉的本身就是大精神！"

注意力是可以训练的，因为你可能会忘记，但是本觉无法训练，因为它是自来就俱足的。在训练注意力的时候，你把注意力集中在当下这一刻，但是本觉却是在你尚未做任何努力之前的觉知状态。你其实已经在觉知，也已经解脱了。你也许不能永远保持注意力，但你永远已经是解脱的。

这种"直指"的教诲大概是这样进行的：有时候几分钟、几小时，有时候几天，直到你"领悟"，直到你发现自己的真面目，那个父母未生你以前的面孔（超越时间的、永恒的、没有生死的），这是一种领悟而不是认知，有点像看着百货公司的玻璃橱窗时，发现有一个模糊而熟悉的脸孔正看着自己，你再集中于焦点看，才发现那竟然是自己脸孔的反映。这整个世界都是你的真我的反映。

根据这些教诲，本觉并不难达到，甚至根本不可能避开。而所谓的方法对于真我而言其实是障碍。只要你执著于方法，它们反而会阻碍你对于

本觉的领悟。存在的只有真我,只有神。拉马纳尊者是这么说的:

> 既没有创造,也没有毁灭,
> 既没有命运,也没有自由意志,
> 既没有途径,也没有成就;
> 这就是最终的真理。

我应该提醒一下,虽然大圆满本身并不强调静修,但是当你被传授大圆满的教诲时,应该已经完成前面八个阶段的静修练习。静修仍然被视为非常重要的训练,它可以增进心智的美德、专注力、注意力和洞见,但是它和解脱是无关的。任何一种能达到的解脱都不是真的解脱。静修是一种训练,大圆满则指出训练其实从一开始就脱离了当下的本觉。

我的上师时常与学生们面谈,学生们有时会说:"我刚才有一段最奇妙的经验,我的自我突然消失与万物合一,连时间感也不见了,真是奇妙极了!"

上师回答:"那很好,请你告诉我,那个经验有没有时间的起点?"

"呀?昨天发生的,我只是在打坐,它突然就出现了。"

"只要有开始,就不是真的。在你认出之前,它早存在了,而且不是一种经验,因为既没有起点,它是你早已觉知的东西,你领悟到无始的状态再来找我吧!"

学生一旦有了领悟,就可以借由静修来稳定这份领悟,把它带到生活中的每一个面向,这其实是最难的部分。大圆满中有句话是这么说的:"要领悟你的真实面目是比较容易的;但活出它来就很困难了。"我目前就是在练习活出它来。

崔雅自己的练习也让她产生了类似的理解,她大部分都追随拉马纳尊者的教诲,拉马纳尊者也是我个人最偏爱的导师。更重要的是,崔雅开始能体悟她在十三岁时所经历的一次神秘体验（她称之为"我生命中的指引象征"），其实就是对于真我的一瞥，那是一种与空性合一的经验。那个经验发生在她十三岁那一年的静修状态中——她其实只是在排演自己的死亡。

> 我喜欢在静修时融入虚空，融入那无垠的空间。今天早上肯说，在静修练习中，只有一件事真正吸引他，那就是与无限的空间认同，这也是最吸引我的一件事。我立即联想到十三岁的经验，我发现它在我面临死亡的这段期间，带给我很大的帮助，因为那不是学来或别人告诉我的事，而是亲身的体验，且是自发的。我认为它可以帮助我真正地放下，当时我看见自己扩大到和宇宙的每一个原子及分子完全合一了，我领悟到那就是我真正的本质。在静修时也发生过同样的情形，但那个原始的经验因为没有接受任何暗示，所以我比较信任它。

冈札勒斯医生警告我们，崔雅肺部的肿瘤因为开始分解了，会产生呼吸困难，可能需要携带型的氧气筒来帮助呼吸。他说某些接受这项酵素治疗的病人曾经咳出坏死或被分解的肿瘤。鲍勃·多蒂（我们在"杨克诊所"交的朋友，也因为癌症复发而开始接受凯利疗法）打电话告诉我们，他咳出了一大块像肝一样的东西，令他的医生大吃一惊。

正统医生告诉她，她可能即将死于肺癌，必须开始携带氧气筒了。

10月底崔雅开始使用氧气筒，她不怎么喜欢这个安排，但是她因此泄气了吗？每天早晨我打坐完以后，总会经过她的走路机，我看见她背上绑着氧气筒，每天至少走三英里路，脸上写满了热情的静定与喜悦。

她的正统医生询问她对死亡的恐惧感，他们认为她是完全否认了死亡，才会接受凯利疗法，而拒绝他们的建议（在逼问之下，他们承认自己建议的方法根本是无效的）。我清楚地记得这段对话的过程。

"崔雅，你怕死吗？"

"我不怕死，但是我怕痛，我不想痛死。"

"这一点我们一定有办法处理。现在的痛感测量水准很高，长久以来已经没有病人在疼痛中死亡，我保证绝对不会让你发生这种情况。但是，你真的不怕死吗？"

"不怕。"

"为什么？"

"因为我觉得我和自己以及每个人都是联结的，当我死的时候，我只是融入了一切万有，没有什么好怕的。"

这就是她真实的状况，医生最后终于相信她了。他有点激动，情况相当感人。

"我相信你，崔雅。你知道吗？我从没看过像你这样的病人，你不自怜，一点都没有，能为你治病是我的荣幸。"

崔雅上前拥抱他，脸上带着灿烂的笑容，"谢谢你。"

"你看过其他的房间吗？"我问道，"它们真是美极了！其中一间有令人惊叹的水晶和山脉，还有一个丛林。哦，你看见星星了吗？我认为它们应该是星星。反正——喂，你上哪里去了？当我在游览的时候，你在哪里啊？"

"就在这里。我很高兴你也在这里，你总是对我保证：你一定会找到我的，所以我开始有点担心……"

"你到底进去泡了什么茶，居然要那么久的时间，如果是一整壶那还得了！"

"他是谁？"

"不晓得，我还以为他是你的朋友呢！"

"我什么东西也看不见，"她说，"外面有人吗？"

"我不确定。不过我倒有个理论,我认为这是一场梦,我们都在对方的梦里,有可能吗?我刚才一直跟他在一起,也不知道他是个什么东西。我只是照他的话去做,蛮好玩的,真的。"

"仔细地听我说,"那个形体开口了,"我要你们手牵着手往这边走。"

"怎么走?"我问,"我的意思是,你从刚才到现在一直在下指令——譬如用你的念力向前推进这一类的指令。告诉我现在怎么做?"

"只要手牵着手往这边走。"

崔雅和我对看了一会儿。

"相信我,"它说,"你们要相信我。"

"为什么?"

"因为那些看起来像星星的东西并不是星星,这个梦也不是一场梦。你们听得懂我在说什么吗?"

"我告诉你,我一点都不知道你在说什么,所以为什么你不……"

"我知道它在说什么。"崔雅说,"来吧,把你的手给我。"

21

恩宠与勇气

亲爱的朋友们：

　　屋外的风正在肆虐，相当强劲；离我们家不远的左侧峡谷，不幸有一场大火正在燃烧。最新的报道说有七十六户人家被迫撤离。因为风势太强，消防人员无法喷洒灭火剂，从我们的屋顶可以看见熊熊的火光，恐怕迟早我们也得撤离。睡前我们将一些必备的用品收进车里，以防半夜接到催我们离开的电话。黄石公园的这场大火，不知要到什么时候才会熄灭？

　　这次火灾让我看到我已经不再像从前那么强烈地被所谓的"坏"事所干扰了。得癌症到现在五年了，我不断地和好消息、坏消息以及不确定的未来搏斗。从中我学会随波而流，不抵抗，允许事情以原貌呈现，然后静观其变。如果我们必须撤离，就撤离。现在我只是静静地看着远方黑夜中的火焰，为那些被迫撤离的人祝福。

　　肯总喜欢说，我们在自己身上所下的功夫，无论是心理或灵性上的，都不是要设法除去生命之海的波浪，而是要学习如何冲浪。在饱受威胁的情况下，我学会许多冲浪的技巧，这点是可以肯定的。上个月在阿斯彭，我想起以往每件事对我而言似乎都很重要，我曾经深染"意义与目的"的毒瘾，努力想把每件事都搞清楚；新时代的观点是那么明确地强调每件事都是有目的、安排好的和有意义的。我记得在芬德霍恩有一个很流行的祈祷文是这么结尾的："让爱与光的计划实现"。佛法与癌症却教我如何与那些"未知"生活在一起，而不去掌控生命的洪流。让每件事维持原貌，并且透过放下来体会失望与烦恼中的平安。以往我是那么喜欢做事，我的自我价值感都取决于自己所做的事，我一直忙个不停，每一刻都得被填满。

参与风中之星年会的那几天，我一直想起自己曾经举办一次学生暑期活动。我有点后悔当时为那些学生安排了太多的活动，好像他们愈忙，我们的活动就办得愈好。现在回想起来，我并没有给他们足够的空间喘口气，整合一下丰富又多样的经验，单纯地与他人相处，沐浴在科罗拉多山美丽的环境中。多年来我在自己身上也施加了同样的压力。

我正在学习。我决定明年要把精力集中在自我治疗与酵素治疗上，我称之为"小老太婆年"。我要尽可能睡晚一点，少做事，放慢脚步，喝下午茶，减少出远门的时间；只接受治疗，参加闭关，探望家人。我要在寒冷的冬天燃起炉火，和肯与狗儿们一同窝在炉边取暖。我要仿效芬德霍恩的生活，有充足的时间休息、静修、思考、访友，在花园中悠游地散步，享受午后的阳光。我想起近来在阿斯彭度过的夜晚，我们围坐在布鲁斯的小木屋前的篝火旁。凯洛斯（Kairos）依偎在肯的膝盖上，我们互相取暖来驱走入夜后山区的寒冷。我们教一个英国游客烤药蜀葵（marshmallow）的技巧。我至今仍记得她说对美国人的第一印象是他们忙碌和飞快的步伐，让他们看上去很疯狂。

过去我总觉得贡献能力、做"正当的事"是最重要的，譬如当我们去露营时，大部分人都跑去玩耍了，我却责无旁贷地捡树枝、木柴生火，搭帐篷，替马儿松绑。我总是在假期结束后成为"荣誉女童军"的一员，得到一枚镶有土耳其石的银制别针。然而现在身处疾病的压力与酵素治疗造成的倦怠感中，生活变得简单清明多了，也更为宽阔。我发现自己愈来愈容易丢掉一些"东西"，例如我把摄影器材全部送人，以免有一天又不能自主地投入，此外我也将那些过去曾带给我快乐的衣服、小饰物和有流苏的长围巾，通通分送给最好的朋友的孩子们，因此柜子与衣橱腾出了许多空间。生命不再那么浓稠，也不再那么晦暗，反而变得轻快、透明与充满着喜悦。

1988年9月/10月于博尔德

我想，下一个单元的题目应该是"陌生人要帮助你的时候，不要害怕说不。"或者"学习信赖自己心灵的免疫系统！"

我不知道为什么如此担忧那些罹患了癌症，还要受到某些自以为是之人的负面暗示。过去有一些本意良善的人，给了我许多看似建议其实是批判的谏言，令我十分困惑和内疚。更深的心理因素应该追溯到我在童年时那份强烈的不安适感，我很想保护在自己和在别人心中的那个小孩，我想帮她认清自己的力量，也帮她认清自己的错误。尤其是那些罹患癌症的人，我想安慰他们内心里那个比以前更脆弱的小孩，"不要去听那些自认为很了解你的人的话。""你要相信自己，要以自己的理解来过滤他们的意见，你要拒绝那些对你有害、剥夺你的权力、让你对自己存疑的话。你要保有心灵免疫系统，让自己有能力接受有助益的帮助，拒绝那些毫无助益的'协助'。"

举例来说：我有位朋友在风中之星年会期间为我引荐了两位治疗师。其中一位替我做了一次免费的治疗，我很信任她，觉得她不会伤害我，也不会操控我。她为我做了一次短暂却相当有价值的治疗，第二天我觉得自己精力旺盛得几乎手足舞蹈（当天晚上我真的和肯去迪斯科跳舞）。我多么渴望能去滑雪，沿着山麓蜿蜒而下，感受一下风吹拂在脸上的滋味!

至于第二位女士,我在稍早之前就见过她,是一名有自己工作室的心理治疗师。第一次见到她的时候,我正和琳达谈论前一晚做的梦。

这位女士突然打断了我的话,语气强烈地说:"我感觉到你的内心有一个两三岁的小孩,而且有一股很大的暴力。"

"是愤怒吗?"我问。

"不,是暴力,很大的暴力,比愤怒更强烈。"

我们没有机会多说什么,因为下一堂课就要开始了。

一直到傍晚时分,我才意识到自己对她的话有多么生气!第二天,我将她拉至一旁,义正词严地对她解释,不管她的洞见是对是错,重点是,我觉得自己受到她的贬抑、攻击与侵犯。我并未请她担任我的心理治疗师,也从未邀请她进入我内心的世界,我们之间完全没有信任可言,充其量只是一面之缘罢了。我试着向她解释,她在一个全然不适当的情境中将这些话一股脑儿地倒到我身上,还以为自己是对的(在那种情况之下,我想很少有人会对她的话产生正面的回应)。这整个情况非常清楚,她并不是一位值得信任的心理医师。我很高兴自己的心灵免疫系统在当时奏效,我希望它能在很短的时间就把这些污染清除干净!她说的或许是对的,但是她的沟通方式却摆明了她在乎的是自己的权威与判断,而不是真心想要帮人洞悉自己内在的需要。

第一位女士,也就是我从一开始便很信任的那位,周末也主持治疗活动。我本来要参加,但是与她的助理交谈过后,马上放弃了这个念头。我想我的心灵免疫系统那一天又发挥了功效(那位与我谈过话的助理可能会称之为抗拒吧)。那位助理要我先弄清楚自己在那个周末想达到什么目标与功效,说我可能会有抗拒的反应(一个人的心灵免疫系统很容易就被冠上抗拒的标签，一旦想加强自己的免疫力，马上就会被视为抗拒）。她对我说："你得的既然是癌症，势必有东西在吞噬你的内在，你有能力面对真相吗？"一听完这句话，我的心灵免疫系统立刻产生效应。

肯当时也在分机上，他很少动怒，这回却对这位女士火了。我记不大清楚他当时所说的话，好像是"女士，真正吞噬她的，就是像你这样根本不知道自己在胡说些什么的混蛋。"讲完他就把电话挂了。我心想，上帝啊，请不要让我再听到这些过于简化的诠释，这些人到底是要帮助我，还是伤害我？我很想让她知道，她那看似无知的话语中包含了多少的暴力和攻击性，但在肯充满爱的表现后，似乎有点困难。他说他已经受够了这些人，我深表赞同，但仍然试图与他们沟通，让他们知道自己的态度有多伤人。

我发现杰里米·海沃德（Jeremy Hayward）对于佛化教育的一些注解（他在那洛巴学会所发表的演说）与这整个议题有关。

"从佛家的观点来看，人类的存在有一些本质是超越文化的，其中之一就是全人类都在受苦。所有人看似安全的家中皆有一个秘密，那就是我们有很深的恐惧……因为每一时、每一刻我们都有可能死亡。不论是快是慢，不论因病而死或老死，死亡的那一刻是突然的，我们只要想到那一刻就非常恐惧，而且这份恐惧是宇宙性的，不因文化而产生差异，伊努特（Inuit）人如此，澳洲人也如此。因此觉察与逃离这份恐惧——这个企图平衡自己的动作一直在进行。觉察恐惧的本身就是一种无惧。我们一旦觉察到它，并且安住于其中，就是让自己去感受那份战栗、体会那令人发抖的滋味，然后就无惧了。逃离恐惧或恐惧自己的恐惧都是怯懦。这是我们的心智不断演出的一场戏……演着演着，突然有一刻你发现有一种觉察是包含了恐惧与无惧，还有喜悦和信心。因此如果你能安住在那份恐惧中，就可能发现喜悦和信心，而喜悦和信心又是来自你发现自己竟然有一份无法被摧毁的觉察力。

"因此最根本的事实是，恐惧与无惧结合在一起就能带来信心和喜悦……人性本善指的是这份根本的喜悦和根本的信心。如此我们就能从内疚和罪恶感中解脱了。"他说佛化教育的基本精神就是去除恐惧和发现人性本善，我们需要"放下罪恶感，放下内疚，放下谴责，不再认为自己犯了什么错；不再寻找问题加以修正，而是去滋养自己的善与智慧……觉察别人身上的恐惧与无惧，并且帮助他们觉察自己的恐惧，发现自己的无惧，这就是慈悲。"

至于前面所提到的治疗工作坊，我完全清楚它们对许多人可能都有助益，但是现在也有报道和批评指出，这些工作坊对某些人是有害和欠缺慈悲的。我提及这些事，是因为我认为，癌症病患在寻求治疗以及其他所有的可能性的过程中，最容易受到这类工作坊承诺的影响。电话中那位女士说在工作坊中，我能发现自己的"底线"，而这将完完全全地将我治愈。幸亏当时肯没有听到这些。

但是在所有这些可能性当中，尽管那么多还没有被证明，我只坚持一件事，那就是无论这个选择是物理治疗还是心理治疗——你必须相信自己作出的决定，绝对不要受他人意见的不当影响。我想要帮助人们感到有力量，可以说出"不，那不适合我"或者"不，你不是我的治疗师"，不用再害怕有某种未经检验的抵抗情绪会掩藏在他们的选择当中。

我的讯息很简单，但这是辛苦学来的：相信你自己，也相信你的心灵免疫系统。花点时间去发现自己的重心，持续自己认为有效的治疗，不论是静修、观想、心理治疗、散步、写日记、解梦，或者在日常生活中练习内观，只要是能帮你达成功效的，就值得持续下去。

于 10 月 10 日

酵素治疗的成效如何？好极了！根据冈札勒斯"可笑的小检验"显示，酵素发挥了相当的功效，除了些许的疲倦感之外，我觉得很好，也很喜乐。

但来自另一方面的看法就没有这么乐观了。过去这六个星期中，我所有的指数不断地上升，因此我的肿瘤科大夫又为我安排了一次电脑断层扫描。某天早上他打电话告诉我检查的结果，肿瘤约成长了百分之三十左右；他要我们尽快过去商谈对策。我一点都不觉得惊恐（好吧，是有一点……），我想先和冈札勒斯医生谈一谈，我记得有位女士曾经说过有关她骨头扫描的结果。"情况比我刚开始接受治疗时恶化许多，"她说，"我的医生也不晓得是怎么回事……最初骨头有强烈的疼痛感，现在却不痛了，所以我相信电脑断层扫描所呈现的结果应该就是冈札勒斯医生说的治疗反应。"感谢上帝我们一大早便联络上他。冈札勒斯医生相当肯定，他认为我身上出现的症状就是酵素吞噬肿瘤的结果，身体的免疫系统也释出了各种东西来应战，譬如吞噬细胞。他说电脑断层扫描的结果之所以很活跃，是因为它无法分辨到底是肿瘤在成长、治疗产生了功效还是疤痕组织的反应。他说："每周都得说服我的病人这是好转的反应，最好不要考虑放疗或化疗。"他问我症状是否恶化，我说没有，至少没有什么显著的异状，如果肿瘤真的成长了百分之三十，我应该会不舒服才对："我真的希望你是对的，但我不打算对你所说的一切寄予厚望，除非你亲眼看到电脑扫描的结果，认定那确实是好转的反应。"

肯和我赶忙去看电脑断层扫描报告。报告看起来糟透了，但恶化的程度都差不多，这似乎支持了冈札勒斯的诠释，而且脑部移位的现象也没有恶化（我的右脑有一个大肿瘤，它的增大便会挤压到左脑，产生易位的现象）。我的症状还算轻微，左眼的左侧仍有波浪感，此外偶尔会轻微的头痛，打坐之后有奇怪的肿胀感（因此我改做瑜伽），有时会失去平衡感与方向感。眼睛后方不时有强烈的疼痛感，我想可能是脑瘤的肿胀造成的结果，但是枕头加高之后这些现象就消失了。

冈札勒斯医生看过电脑断层扫描之后，我们又通了一次电话，他非常确定最初的看法。他请了一位放射专家，很肯定这种看起来像是细胞增长的现象，其实是肿瘤坏死之后的发炎反应。

冈札勒斯医生要我们继续努力，我也决定这么做。我们在 12 月中会再做一次扫描。冈札勒斯医生说，他有百分之六十到七十的病人经过六个月的治疗后，扫描的结果都有明显的改善。我想那会是我在圣诞节前最期待的一个好消息！天啊，我无法想像刚刚被告知患上癌症时的思想状态——压力、恐惧、狂乱、迷惘、无知——我带着疑惑回过头来，看到当时的自己努力鼓足勇气继续前行、保持强壮，却没有花时间提高自己的心智，完全弄丢了我现在所感觉到的这份宁静与平和。

癌症支援中心有两名女士因持续接受化疗而痊愈，前后大约花了二十到二十四个月时间，她们两人的体质似乎比我强壮许多，但我很清楚，化疗并不适合我。我真庆幸在化疗之外还有能让我产生信心的治疗方法。然而我不断地提醒自己，这项疗法并没有明确的统计数据，尽管冈札勒斯非常有信心，但也可能失败（即使奚弗大夫对这项疗法也很乐观）。

看样子我还是得使用氧气筒来帮助呼吸，或许这不是一时可以摆脱掉的……

还有些琐细的小事值得记录，我的头发已经渐渐地长出来了，只不过速度非常慢，放疗与化疗阻碍了它们的生长，头顶有一大片非常稀疏，我并不太在意。如果我还能活下去，而这个问题仍然无法解决，或者会像某些男性朋友一样考虑植发。

我仍然透过电话与罹患癌症的病人交谈，那是一种苦乐参半的感觉，我很乐意和他们谈话、与他们分享自己的内省与洞见，但我的心也会因他们悲惨的故事而伤痛，那些单身母亲、离开妻子的丈夫、十年后又复发的病人的幸福快乐生活因此瓦解。最近有许多人打电话向我询问我对杨克诊所的看法，这是很难回答的问题。我很敬重奚弗大夫，只不过他的治疗是以化疗为主，毒性很强又不一定有效（到现在我对酵素的治疗也没有十足的把握）。因为我感冒了，奚弗大夫无法让我进行正规的治疗，这也许是治疗结果不如预期的原因。此外也必须考虑长时间待在德国的花费与各种可能的压力，最好有一位像肯这样的支持者随侍在侧，否则很难撑过去。如果所有的要素都不成问题，我会认可这项疗法。冈札勒斯医生也对他们的治疗深表赞同，但他只推荐给那些剩下三四个月寿命的病人。

我在阿斯彭的时候，曾经听到一些很棒的道理，尤其是珍妮特在每一次聚会开始前诵读的巴哈依教（Baha'i）祈祷文：

哦！我的上帝，祢的名是我的良药，

忆起祢是我的救赎，

亲近祢是我的希望，

祢的爱是我的伴侣。

祢的悲悯是我的治疗与拯救，

不论今世与来世。

祢就是圆满，

全知，

与全智。

"臣服于神"仍然是我用来提醒自己的咒语。拉马纳尊者说："无论它出现或消失，都要臣服于它，接受它的旨意，如果你要它照你的意思而行，就不是臣服而是要求，你不能要求它服从你，同时又认为自己臣服于它……要将一切的事交托在它的手中……"我发现愈在自己身上探索这份降服的品质（我认为自己在这方面很弱），愈发现它和佛家的平等心、静定、接纳事物的原貌、不企图掌控或改变什么是相同的道理。

我很喜欢拉马纳尊者教诲中的"永远已经"的特质。我们永远都是已经解脱的，已经与大我（Self）合一，与虚空一体。他说：

"人们总是无法明白一个简单的事实：日常生活中每一个当下的觉知就是真实的大我。有谁是无法意识到大我的？人们只对神秘的事物感兴趣，譬如天堂、地狱、轮回转世等等，简单的真相是不吸引人的。因此宗教纵容他们，最后还是要把他们带回大我。既然你最终还是回到大我，何不在当下便安住于大我。

"恩宠始终是存在的，恩宠就是大我，并不需要向外追寻。我们只需要认识它的存在……

"如果领悟的东西不是永恒的，它就不值得拥有。因此我们追寻的并不是一个有起点的东西，而是永恒的、每一个当下的觉知。"

有关努力，他说："透过各种努力，人最终变成的其实是自己早已具备的状态。所有的努力只是为了去除我们被现世的苦难所限的错误印象。

"现在要你们不努力是不可能的。但是你们深入之后就会发现，要自己努力是不可能的。"

我最近完成了第二次体内"大扫除"与"肝脏排毒"。能够将那些藏在结肠与胆囊中的坏东西清除干净，实在非常有趣！这是凯利疗法的一部分，有许多朋友表示他们对这两种排毒方法感兴趣，我在这里一并介绍相关的资讯。我的体内大扫除是一个很长的过程，几个月下来，我的肠壁仍有不少的线状黏着物。第一次的肝脏排毒没有成功，我想是因为没有喝苹果汁。第二次我把胰岛素的量提高了，可以大量地吃苹果，结果排出了三十颗大的胆结石以及三十颗以上较小的结石，颜色确实是我所听过的绿色。许多人都认为这种体内大排毒每个人至少一年要做一次，借以维持结肠的健康。我开玩笑地对肯说："我的生命已经沦落到检查自己的粪便了。"

现在我的每一件事几乎都由肯负责照顾。他片刻不离地守在我的身边，我称他为"我的冠军"，这可能令他有点不好意思。他为我做饭，看护我，照顾我的饮食，带我去看医生，注射胰岛素时他帮助我，我累得不想动时他还帮我洗澡。他每天清晨五点就得起床，这样才有时间打坐。最近他打坐时开始出现一些奇妙的现象。他告诉我他已经学会如何服务，他的行动确实证明了这一点！我告诉他，我很抱歉自己的癌症毁了他的事业，他睁着棕色的大眼睛对我说："我是全世界最幸运的男人。"多么甜的人啊！

我身体其他部位的情况又如何？

于 10 月 20 日

崔雅没有机会完成这封信，因为她的左眼失明了。就在她开始使用氧气筒时，我注意到她左眼的视觉反应不佳，而检查也证实了这一点：脑部的肿瘤影响到视觉中枢，崔雅可能永远失去左眼的视力。

这个伤害究竟是由成长中的、还是坏死的肿瘤所引起的，我们无从判断，当然正统医师一定认为是成长中的肿瘤造成的，而冈札勒斯则会说是坏死的肿瘤。这时无论哪一方说得有道理已不是问题的重点；脑部，而不是肺部，变成我们眼前的当务之急；脑部的这一团东西正在扩张。崔雅开始服用"Decadron"，一种强力的类固醇，可以抑制脑部的肿胀一两个月，但是后来也会失去效用，届时崔雅脑部的组织将开始毁坏，痛苦也愈来愈难以忍受，到时候非得用吗啡来减轻疼痛了。

现在我们只能与时间赛跑，如果酵素真的有效，就必须在一两个月内扭转整个局势，崔雅的身体也必须把脑部的废物排出，否则累积的压力是致命的。

崔雅静静地听着所有的解释，眼睛连眨都没眨一下。"如果这是一场赛跑，"她停了好一会儿终于开口说，"我们就跑吧！"

走出医生的诊所，我以为崔雅会大哭一场，但她只戴上了自己的小氧气筒，坐上车，微笑地对我说："回家吧！"

崔雅现在几乎都得戴上氧气罩来帮助呼吸，睡觉时也不例外，因此我们接了一条约十五米长的管子在大氧气筒上。她肺部的肿块已经增加到六十个，肝脏也肿了起来，而且挤压到肠子，脑压也在慢慢增加中；她每天得检查五六次血糖，为自己打胰岛素，吞一百二十颗药丸，服用六剂酵素；半夜得靠闹钟唤醒以吞下更多的药丸和酵素。她每天都没有减少运动，背着氧气筒在莫扎特的音乐中快走。

她的医生说得没错：她不自怜，一点都没有。她没有放弃的意图，既不为自己感到遗憾，也没有被击倒。她绝不怕死，也没打算向死神妥协。

她目前的态度令我联想到我们曾经谈到一则很著名的禅宗公案。一位学生问禅师："什么是绝对真理？"禅师只回答了两个字："行动！"

在这段期间，崔雅和我似乎发展出真正的心电感应，许多江湖术士自称通灵，造成许多人对意识神通层次的误解，因此我不是很愿意论及这方面。

这段期间，我的每一分精力与时间都给了崔雅，因此，我开始能预知她的需求，有时在她尚未开口之前，就能直觉她要什么，甚至在她还没想到时，我就能根据她过去的习惯预知到。"你能帮我煮个三分钟的蛋吗？""已经在做了，亲爱的。""今天我大概需要十七个单位的胰岛素。""已经放在你的右腿边了。"诸如此类的情况不断出现。我们两人都注意到这个现象，但或许这只是潜意识与逻辑推演后的结合（标准的经验主义者的回答），然而有太多的例子是非逻辑的、无先例可循的。这种心灵的结合就像是屋子里只有一颗心。

由于崔雅无法离开家门一步，所以我们请她的针灸医师到家里来。他叫华伦·包尔斯，是崔雅在芬德霍恩结识的老友，也住在博尔德。他真是上帝派来的帮手，聪明、温柔、体恤，又有高度的幽默感。崔雅每天的治疗得耗掉两小时，这是我一天当中惟一可以处理个人事务的时间。

有一天傍晚，当华伦为崔雅进行治疗时，她突然感到极为难过，不但头痛欲裂、全身颤抖，右眼的视力也发生了问题。我马上打电话给冈札勒斯医生，他已经看过最近所有的检验报告，他和他的合伙人（都是受过完整训练的内科医师）仍然坚持原始的看法，认为崔雅所有的症状都显示了肿瘤的坏死现象。他说她正出现中毒反应，应该服几剂酵素、针灸、洗盐浴——这些方法都能帮她排毒。和他谈过话后，崔雅觉得好过多了。

但我没有。我急忙打电话到急诊室，要求他们安排紧急的脑部扫描，再打电话给她的肿瘤医师，请他准备就绪。崔雅的情况持续恶化，恐怕会脑中风，我赶紧替她戴上氧气罩，火速将她送往急诊室。十五分钟后，崔雅被注射了大量的"Decadron"与吗啡，但脑部肿胀的情况仍然无法控制，而且很快便产生了痉挛。

几天后，也就是11月10日，在每个人的同意之下，崔雅被推进了手术房，进行脑部大肿瘤的切除手术。

医生们要她在医院里乖乖待五天，也许更久，然而才过了三天，她就背起氧气筒，戴上她的帽子，走出医院大门；在她的坚持下，我们走了几条街远，到兰格勒餐厅吃烤鸡。餐厅的女侍问她是不是模特儿——"你好漂亮哦！"还问她那顶可爱的小圆帽是在哪儿买的。崔雅取出了她的葡萄糖量器，检测自己的血糖，为自己打了一针胰岛素，很快就把那只鸡解决了。

　　脑部手术为崔雅带来全身的不适，但她还是坚持要以热情的静定继续每天的治疗：吞药丸、酵素、打胰岛素、食疗以及肝脏排毒等工作。每天她仍旧踏上跑步机，背着氧气筒走几英里。

　　这次手术让她的左眼视力完全失明。虽然右眼还看得见，但整个视界已经支离破碎。她试着做点艺术创作，但是线条无法统合；看起来就像是我做的。崔雅不喜欢的是她不能继续读她的书，她的精神食粮。因此我做了卡片，用很大的字体写出她最喜欢的书中的一些精华词句。例如"让自己随着空间的巨大膨胀而伸展"，或者更简单的"我是谁？"崔雅到哪里都带着这些卡片，我经常看到她在一天的不同时间，坐在那里，微笑着，慢慢地阅读她的卡片，把卡片在她的视界内移动，等待线条缓慢的形成文字。

　　在"Decadron"的功效丧失之前，我们还剩下不到一个月的时间，家人和朋友以为她快走了，全赶了来。在她死前，我非常渴望和"我们的"导师卡卢仁波切见一面。崔雅也希望我去见他，然而我离去的当天，她在日记中写道："我好悲伤，好不快乐，全身都痛。如果我告诉他我的感觉，他一定不会离开的，我是这么的爱他，他知道我有多爱他吗？"

　　我去了三天；琳达在家陪伴崔雅。所有伟大的智慧传统都主张，死亡的时刻是极为重要而宝贵的解脱机会：在死亡的时刻，人会卸下粗重的躯体，较高的次元——微细光明与自性的次元——会立刻在病者的知觉中灵光乍现。如果这个人能认出较高的与灵性的次元，就能获得立即的解脱。

　　我要再仔细地解说一下崔雅准备迎接死亡的静修练习。这个方法来自藏密的系统，它似乎是最完整的，而且与全世界的神秘传统相吻合。

　　人有三个主要的层面或次元：粗重的（肉体）、微细的（心智），以及自性的（灵性）。当人经历死亡的过程时，这个伟大的生命链中的最低层次就会分解，从肉体开始，然后是感觉与觉知。肉体一旦分解，心智与灵魂的次元就会现前。当死亡的那一刻来临时，所有的层次都将瓦解，那时纯然的大精神就会现前。如果死者能认出这大精神就是他或她最真实的本质，便能立即体验到解脱，而永远回返大精神，与大精神合一。

如果当时没有认出，死者就会进入中阴身，这段过渡期可能长达数月之久。接着微细光明体开始示现，然后粗重的肉体逐渐成形，此时这个人便以肉身重生，带着他们前世所累积的美德与智慧（但不是特别的回忆）一起进入这个新的生命，开始新的人生。

不管我们对于轮回转世、中阴身或死后的世界抱持什么想法，以下这一点似乎是可以确定的：如果你相信自己的某部分是大精神的展现，如果你相信自己拥有某种大精神可以转化不朽的肉身，那么死亡的时刻就格外重要了，因为那时肉体已经坏死，如果还有任何东西存在，一定得弄清楚是什么，对吗？

显然对濒死的报道与研究都支持上述的说法，但我要强调的是，确实有一种特别的静修练习可以预先排演这整个死亡的过程，目前崔雅正在进行这项练习，帮助她融入虚空中。

我再次和卡卢仁波切联系，为的是让自己的心更有能力分解和扩张，以帮助崔雅融入虚空。藏密主张，已经解脱的上师，他或她的心已证入空性或彻底转化，如果你的心和上师的心能产生联结，那么死亡的那一刻就能得到他极大的助益。只要能见到上师本人，就能建立这样的联结，这就是我要去见卡卢仁波切的原因。

当我回到家时，崔雅正与身体的不适奋战。脑部的肿胀令她几乎无法忍受，不仅疼痛异常，也对她的情绪造成极大的破坏。但她仍然不愿服止痛剂，也不服镇静剂，这是癌症云霄飞车中的另一个俯冲，她希望自己能有清明的意识目睹这一切过程。

维琪和凯蒂前来看望我们。有一天很晚了，崔雅把维琪叫进她的房间,根据维琪的描述,那一两个小时里,崔雅的状况只能用痛苦两个字来形容。崔雅很清楚地把感觉一一告诉了维琪:她感觉大脑的肿瘤正缓慢地破坏所有正常的机能,一点一滴地吞噬侵蚀,令人不禁毛骨悚然。维琪深感震撼;她下楼时,全身仍不停地颤抖。

"她希望我深刻地体会这一切,才能给其他受同样苦的癌症患者更好的帮助。她为我描绘了一张有关死亡过程的明确地图,让我能用在其他病人身上,也让我对他们所经历的一切更有悲悯之心。我简直不相信她能办得到。"

我们无法返家过圣诞节,家人分别利用假日前来看望我们。瑞德和苏要离去时递了一封信给我。

亲爱的崔雅和肯:

你们俩所经历的才是真正爱的故事。许多人都曾享有变化不大但十分快乐的伴侣生活,然而你们的人生从一开始就面临了最大的磨难。你们的爱情与对彼此的奉献是那么地刻骨铭心,虽然困难重重,但是你们的情感仍然与日俱增。

肯,若是没有你,崔雅一定会失去方向。你对她的关怀,你对她的需要、疼痛与苦闷的关注(还有她的狗儿),不断地带给她和我们安慰。我们无法再找到足以和你媲美的女婿了。

崔雅,我们衷心地期望你的癌症能好转,你们可以恢复正常健康的生活。如果有谁值得完全康复,那必定是你。你的态度与勇气,让所有曾经和你接触过或读过你的信的人,受到不可思议的启示与鼓舞。我们认为你很快就会重返癌症支援中心以及其他和你有联系的组织,一起努力使世界成为更好、更能相互体恤的大社区。至于你,肯,我们都希望你能有足够的时间再从事写作与学术方面的思考(虽然其中有很多是我们不懂的),把你对心智与灵魂的洞见贡献给世界。

我们希望这趟来访能对你们有所助益,你知道我们及所有的家人都支持你们,有需要时,我们会放下一切前来助你们一臂之力。我们知道这将是一个不寻常的圣诞节——我们或许无法团圆,崔雅却可能逐渐康复。

崔雅,我们爱你,你真是我们的好女儿。肯,我们再也找不到比你更好、更愿意为我们的女儿如此牺牲奉献的女婿了。

写这封信的时候,我们禁不住掉下眼泪,因为我们实在太爱你们,你们永远在我们的心中。

我们希望这是黎明前的黑暗。你们如此勇敢地对抗这场疾病,我们深深地引以为傲。崔雅,你是我们最棒的女儿,而肯也永远是这个家的一分子,没有你们的圣诞节将会与过去截然不同,但你们永远在我们的心中。

我们的爱都给你们,妈和爸

新年那天,我们在沙发上相拥而眠,崔雅突然对我说:"亲爱的,我想是该停止的时候了。我并不是想放弃,而是酵素即使有效,也不可能产生神效。"

事实上"Decadron"的药效正在逐渐减退,无论我们将剂量调得多高,都无法让它发挥应有的功效。她的不适与痛苦与日俱增;即使好转,也要先经过更严重的恶化。

"亲爱的,我会支持你的,告诉我你想怎么做,告诉我你的需要。"

"你觉得我还有任何机会吗?"

我知道崔雅的心意已定。如同往常一样,她希望我能支持她,而不是与她争辩。"情况看起来似乎不怎么好,对不对?"我们沉默了好一会儿。"我想,再等一个星期吧,以防万一。你也知道的,他们清除了百分之九十脑癌的坏死组织，酵素的确发生了显著的功效，也许还有机会。但是你必须做决定，尽量告诉我你的需要，我们一起来努力。"

她看着我说："好吧，再一个星期，我办得到的，就再一个星期吧！"

崔雅的意识非常清楚。我们以相当实事求是的态度讨论这件事，甚至有点超然，不是因为我们不在乎，而是以前经历过太多相同的时刻，这场戏在我们的脑海里已经演练数百回了。

我们起身准备上楼，崔雅没有气力。她坐在第一个阶梯上，放下氧气筒，开始落泪。我抱起她一步步地往上走。

"哦，亲爱的……我一直期望不要走到这个地步，我不希望变成这样的状况，我要自己爬楼梯。"她把头埋在我肩上哭着说。

"我觉得这是全世界最浪漫的事，换了任何一种情况，你都不会让我这么做的，现在就让我抱着我心爱的女孩上楼吧！"

"你相信他吗？"我问崔雅。

"我认为我相信。"

崔雅守着承诺撑了一个星期的剧痛。她仍然奉行每一项治疗的细节，但拒绝了吗啡，为的是保持每个当下的觉察。她仰着头，面带微笑——绝不是伪装的。她仍然按部就班地过日子，她所展现的勇气与解脱的平等心，是我一生中从未见过的，我想未来也不可能再见到了，这是毫不夸张的。

一星期过了，最后一天的傍晚，她温柔地对我说："我要走了。"

那一刻我只回答了一句："好。"便抱起她步上楼梯。

"等等，亲爱的，我要在日记上写点东西。"

我为她拿来日记与笔，看着她以清楚娟秀的字迹写下："这真的需要恩宠，当然——还有勇气！"她看着我。

"我明白。"我静默了许久。我什么也不需要说,她都知道。"来,让我抱着我的女孩上楼吧。"

歌德说过一句很凄美的话:"所有成熟的东西都想死。"崔雅已经成熟,因此她想死了。我一边看着她写下那一句话,心里一边默想,恩宠与勇气,存在与工作,静定与热情,臣服与意志,接纳与果决,这就是她一生的总结。她一生都在和自己灵魂的这两面角力,最后终于将它们结合成一个和谐的整体——这也是她临终的遗言。我看着她将这两面结合成一体;我看着这份和谐感扩散到她生命的每一个面向;我看着静定的热情为她的灵魂下了清楚的定义。她惟一的、最主要的人生目的已经完成;她完成了人生情境最残忍的考验,如果领悟得不够就会被击垮。她的智慧已然成熟,她想要死了。

这是我最后一次抱着我亲爱的崔雅上楼。

22

闪耀之星

茫然,不确定,犹豫不决,
双翅湿淋淋地尚未展开,
仍然黑暗多变与困惑,
束缚在一个空荡的茧中。

空气搅动了一下,
我颤抖着,
仍然处在一个模子里,
但形体的感觉已模糊。
空了,用尽了,
它的任务已毕。

我一步一步小心地移动——
然后静静地等待。

空气吹干了这副新的形体,
看着它金黄、漆黑与橙红的组织,
迎风开展,

准备进入惊奇，
我不知道该怎么做，
只好凭着本能飘。
交出自己，
乘着无形的气流，
俯冲、翱翔。
臣服于其中。

茧空了，
在烈日下逐渐干枯，
它曾经服侍过的生命
已经将它遗忘。

也许某一天，
一个好奇的孩子问起妈妈，
这么小的屋子，
不知道什么样的怪物曾经住在里面？

崔雅于 1974 年

接下来是我们这一生中最不可思议的四十八小时。崔雅决定要走了，但是在医理上她并不该在这时候走，医师认为她至少可以再多活几个月，但崔雅不想躺在医院里不停地吊吗啡点滴，身上插满了管子，慢慢地窒息而死。除了这些理由，崔雅更希望我们免去这场严酷的考验，看着她安静地离去。不管理由为何，我知道崔雅一旦下定决心，事情已经成形。

那天晚上，我将崔雅抱上床，挨在她身边坐下，她整个人变得恍恍惚惚。"我要走了，真不敢相信，我就要走了。我真的好快乐，好快乐，好快乐。"她嘴里不停地说着，"我很快乐，我很快乐……"

她突然回光返照，我眼睁睁地看着她的身体逐渐起变化。一个小时内，她似乎减轻了十磅，身体仿佛顺从她的意志开始缩小。她关闭了自己的维生系统，一步步迈向死亡。在短短一小时中，她完全变了一个人。她非常坚决，也非常快乐，她快乐的反应似乎具有感染力。我发现自己也开始与她分享这份喜悦，虽然仍充满困惑。

接着，她开口说："但是我不要离开你，我实在太爱你了，我不能离开你，我真的好爱你。"她开始低泣，我跟着落泪，这五年来为了在崔雅面前维持坚强而刻意压抑的泪水一涌而出。我们长谈着对彼此的爱，这份爱令我们更加强壮、更加良善，也更有智慧。十几年来的成长造就了我们对彼此的关爱，面对终结的现在，我们两人都觉得快要被湮没了。要不是眼前这独一无二的人，我不可能经验此生最温柔的时刻。

"亲爱的，如果时候真的到了，那就走吧。别担心，我会去找你的。曾经找到你，我答应一定再把你找到。你要走，别担心，就走吧。"

"你保证一定找到我？"

"我保证。"

过去这两个星期，崔雅的脑子里一直浮现五年前我在婚礼上对她说的话："你到哪里去了？我找了你好几辈子，现在终于找到了。我屠龙斩荆才把你找到，你知道吗？如果有任何事发生，我还是会再找你的。"

她很平静地看着我："你保证？"

"我保证。"

我不明白自己当时为什么会说出这一段话；我只是单纯地陈述自己对我们两人之间关系的感觉。这两个星期崔雅一直回到我们在婚礼中宣誓的那一刻，这似乎带给她相当大的安全感，只要我信守承诺，世界就没问题了。

"你保证一定找到我?"

"我保证。"我说。

"直到永远?"

"直到永远。"

"那么我就可以走了,真不敢相信,我好快乐。过去这段日子比我想像的还要艰难,亲爱的,一路走来都这么难啊!"

"我知道,亲爱的,我知道。"

"但是我现在可以走了,我好快乐,我好爱你,我真的好快乐。"

那天晚上我睡在她房里的针灸台上。我迷迷糊糊地看见一团光云旋在屋顶上方,像是千万个太阳同时映照在白雪皑皑的山峰。我之所以说迷迷糊糊地看见,因为不确定当时是否在做梦。

第二天清晨,我去看崔雅时,她刚好醒来,她的双眼明澈,显得精神奕奕,非常坚决地对我说:"我要走了,我好高兴,你会在那里吗?"

"我会在那里的,安心地走吧,我会在的。"

我打电话给家人,记不得自己到底说了些什么,好像是,请你们尽快赶过来。我打电话给华伦,也忘了自己对他说什么,大概是:时候到了。

家人当天早晨便陆续赶来,每个人都有机会和崔雅坦诚地交谈,她向家人表白自己对他们的爱,她非常幸运能有这样的亲人。她似乎要向每一个人"了业";她要把自己燃成灰烬,没有无法启齿的话,没有罪恶感,也没有责难归咎。就我所知,她完全办到了。

那天晚上我们送她上床,我仍然睡在针灸台上,以防有状况发生时,可以及时处理。屋子里似乎充满着不寻常的气氛,我们全都感觉到了。

凌晨三点半左右,崔雅突然醒来,屋里的气氛如梦似幻。我立刻醒来,询问她的状况。"吃吗啡的时间到了吗?"她微笑地说。与癌症艰苦搏斗的过程中，除了手术之外，崔雅一共只服了四颗吗啡。"亲爱的，你要什么都可以。"我给了她一粒吗啡和温和的安眠药，接着我们做了最后的交谈。

"亲爱的，我想是该走的时候了，"她说。

"我在这里，亲爱的。"

"我好高兴。"我们沉默了一段时间。"这个世界真的很诡异，好诡异啊。不过我就要走了。"她的情绪中夹杂着喜乐、幽默与坚定的决心。

我开始为她复述一些教诲中的"经句"，她非常重视这些经句，要我在她临终时提醒她。

"放松地面对自己的真如本性，"我开始念诵，"让自己在虚空中无限伸展。你的初心是不生不灭的，它既不随肉体而生，也不随肉体而死。你的心与大精神是永远合一的。"

她脸上的神情放松了，清醒地看着我。

"你会来找我吗?"

"我保证。"

"是该走的时候了。"

接下来又是一段冗长的沉默，我觉得很奇怪。原本昏暗的屋子，突然遍室光明，这是我所经验过最神圣、最直接、也最单纯的一刻。我一生从未见过这样的景象，我不知道该怎么办，只好陪在崔雅的身旁。

她把身体转向我，比了一个手势，似乎想告诉我最后的一些话："你是我这辈子见过最伟大的人，"她喃喃地说："你是我这辈子见过最伟大的人，我的冠军……"她一直重复地说："我的冠军。"我倾身对她说，她是我所认识的人中真正解脱的，因为她，解脱对我而言才有了意义，那个创造崔雅的宇宙是一个神圣的宇宙，神的存在也是因为她，这所有的话突然浮现在我的脑海，但我的喉咙锁住了，一句话也说不出来；我没有哭，只是勉强地挤出，"我会找到你的，亲爱的，我一定会……"

崔雅静静地合上了双眼,她没有再张开眼睛。

我的心碎了。解脱的约翰说过的一句话一直在我脑海里奔腾:"体会爱的创痛,体会爱的创痛。"真爱是令人心痛的,真爱能让你超越自我,真爱令你全然脆弱、开放,因此真爱也能彻底毁灭你。我不断地想着,如果爱没有击垮你,你就不知道什么是真爱,我们两人已经完成了在爱中受创,因为我被击垮了。

那一刻我注意到周围的气氛变得非常不安,好几分钟后我才明白,气氛的不安并不是因为我伤心欲绝,而是狂风正在屋外肆虐。平常如岩石般稳固的房子,那一刻在强风袭击下竟然嘎嘎作响。隔天新闻报道,有个时速一百一十五英里的超级强风,在凌晨四点左右疯狂地袭击博尔德(科州的其他地区并没有这种情况)。这阵狂风吹翻了汽车,甚至飞机,也成了各大报纸的头条消息。

我想这阵风也许是巧合,不管怎样,屋子被吹得嘎嘎作响,总是令人感觉不寻常。我想再回去睡一会儿觉,但是屋子摇晃得太厉害,我只好起床拿一些毯子围在卧室窗户的四周,怕玻璃会被吹破。我迷迷糊糊地想着,"崔雅就要死了,没有什么是永恒的,万事皆空,崔雅就要死了⋯⋯"

第二天早晨,崔雅的姿势好像是她已经准备好迎接死亡——头枕在一叠枕头上,双臂轻放在身旁,手上握着念珠。前天夜里她开始默默诵念"唵嘛呢叭咪吽",以及她最钟爱的基督教祈祷文"臣服于神"。我相信她整晚一直诵念着。

我们请了一些安宁照顾人员前来协助,克莱尔也适时赶到。我非常希望有安宁照顾人员在场,确定我们所做的每件事都能让崔雅静静地以自己的方式走。

克莱尔实在太好了,她问崔雅是否可以量血压,但不期望崔雅回答她。安宁照顾的训练中,成员都被告知濒临死亡的病人能清楚地听见旁人所说的每一句话,包括咽气的那一刻,所以克莱尔只是表达基本的礼貌。

崔雅已经有好几个小时未发一语了，然而当克莱尔询问她时，她却突然转过头（眼睛仍然闭着），非常清楚地说："当然可以。"在场的人因此知道，虽然崔雅看似"无意识"，却能完全知觉周遭发生的一切。

凯蒂也以为崔雅已经进入无意识的状态，她看着我说："肯，她真是美极了。"崔雅居然清楚地回了一句："谢谢你。"（这是她所说的最后一句话。）

狂风依旧呼啸，吹得整幢房子嘎嘎作响。所有的家人彻夜未眠地守候在崔雅的身边，苏、瑞德、凯蒂、崔西、大卫、玛丽、迈克与华伦，每个人轻轻地抚摸崔雅，凑近她的耳畔对她说最后几句话。

崔雅握着念珠，这串念珠是她在卡卢仁波切主持的静修关闭时得到的，当时崔雅许下了诺言，要以慈悲心作为解脱的途径。卡卢仁波切为崔雅取了一个法号："空行之风"（Dakini Wind，意思是"解脱之风"）。

那天下午两点左右，崔雅已经对一切的刺激失去反应，她的双眼紧闭，呼吸出现间歇性的窒息（浅浅的喘息伴随着冗长的停顿），四肢也逐渐冰冷。克莱尔把我们拉到一旁，对我们说崔雅很快就要走了，可能就在几个小时内。她说如果有需要，她会带着最诚挚的祝福回来。

整个下午的气氛就这么紧绷着；狂风继续袭击屋子。我一直握着崔雅的手，在她耳边轻声地说："崔雅，你可以走了，这里的每件事都已经完成，走吧，放心地走吧。我们都在这里，亲爱的，安心走吧。"

（接着，无法遏止地，我开始嘲笑起自己："崔雅从未依照任何人的话做过事，也许我不该说这些话；我不闭嘴的话，她永远不会走的。"）

我继续诵着她喜爱的经句："迎向光去，崔雅，去寻找那颗宇宙的五角星，那颗明亮、闪烁且灿烂的五角星，紧紧地跟随那道光，亲爱的，紧紧地跟随那道光，不要再担心我们了，跟着那道光去吧。"

崔雅过四十岁生日的那一天，解脱的约翰曾经对我们说，如果一个人看见了那颗宇宙的五角星，或宇宙的曼陀罗（mandala）就能够超脱一切限制,进入终极的解脱。崔雅当时并不明白这句话,虽然如此,她却将自己的名字由泰利改成了崔雅。我相信崔雅早在三年前就见过这个异象了,在参加卡卢仁波切所举行的灌顶法会后不久,这个奇特的异象曾出现在崔雅的梦中,虽然她从未对任何人提及此事。因此,在这个面临死亡的时刻,我认为崔雅并不是第一次看见自己最原始的面貌,而是再一次地经历自己光明之星的本质。

我想屋里的每个人都明白,他们在心中释放崔雅是非常重要的事,充满悲伤的瑞德非常温柔地抚摸着崔雅的额头说:"你是我最棒的女儿。"苏也说:"我真的非常爱你。"

我走出房间喝杯水,突然崔西出现在我面前急切地说:"肯,赶快上楼去。"于是我狂奔上楼,挨在床边,紧紧握住崔雅的手。所有家人相继走进房间。崔雅缓缓地张开眼睛,带着非常温柔的眼神看着房里的每一个人,凝视了一段时间,然后闭上双眼,停止了呼吸。

每个人都很专注地看着崔雅,不久所有人开始低泣。我紧紧地握着她的手,另一只手按在她的胸口上,我的身体剧烈地颤抖,终于发生了,我无法抑制地颤抖不已,喃喃地在她耳边念着几句《西藏度亡经》(the Book of the Dead)中的话:"认清那道明光就是你的初心,认清你此刻已经与解脱的大精神合一了。"

最美好、最坚强、最开明、最真诚、最能鼓舞士气的、最有美德、也是最值得珍惜的人已经走了,宇宙不可能再和往常一样了。

她死后五分钟,迈克尔忽然开口说:"你们听。"屋外的狂风突然停了,四周一片静谧。

我们从第二天的报纸得知,就在那一刻狂风安静了下来。有一句古老的谚语:"伟大的灵魂逝去时,风便开始呼啸。"逝去的灵魂愈伟大,就需要愈强劲的风带他离去。或许这是巧合,但我还是忍不住这么想:这是一个多么伟大的灵魂啊,连风也感应到了。

崔雅在世的最后六个月，我们变成彼此灵性上的加速器，尽己所能地服侍对方，过去的五年我为她放弃了自己的事业，最后我终于不再抱怨，虽然对支持者而言这是很正常的事。我完全不后悔放弃了一切，对她我只有心存感激，能这样服侍她是莫大的恩宠与荣耀。她也不再因为"毁了"我的生活而自怨自艾，我们两人似乎在某个深奥的层次上达成了协议，不论发生什么事，我都要陪她通过这场考验。

　　"我一直都深爱着你，"她死前三个月的某一天突然对我说，"你最近有许多深刻的改变，你注意到了吗？"

　　"嗯。"

　　"什么样的改变？"

　　我们沉默了很久。这是我从大圆满闭关刚回来的那段时间。"我不知道是什么改变，亲爱的。我爱你，所以我服侍你，这是非常简单的事，你不认为吗？"

　　"你有一种觉知帮我度过了这几个月的时间，那到底是什么？"她似乎觉得很重要，"那是什么？"我有一种感觉，这并不是问题，更像是一项测验。

　　"我想，只不过因为我一直在你耳边，亲爱的，只是在这里罢了。"

　　"你就是我活下去的原因。"她终于说出口了，这并不是对我的评断，重点是过去的这几个月我们彼此帮对方继续往下走，也成了对方最好的老师。我对她毫不间断的服侍，激发了她强烈的感恩与仁慈之心，而她回报我的爱也使我的生命达到饱和。我这一生的业已经透过服侍崔雅而燃尽，我给她的爱也填满了她心中的每个角落，没有任何阴影存在了。

　　"觉悟"到底是什么意思，我不再那么确信，开始倾向称之为"觉悟了的理解"，"觉悟了的当下"或者觉悟了的觉察。我知道后者意味着什么，我觉得自己可以把握。在崔雅身上表现得十分明显。这不是说她已经去了。那恰巧是我的所见，她在过去的几个月中正是以这种纯然的活在当下面对苦痛与死亡的,那种活在当下辉映着她的苦痛,展现着本然的她。我见证了,绝不会错。那些伴随她走完最后一程的人也都见证了。

我打算让崔雅的身体保持二十四小时不受任何打扰。因此,她死后的一个小时,我们全都离开房间,整理一下自己的情绪。一整天崔雅的嘴都是张开的,她的下颚卡住,嘴根本闭不起来。

大约四十五分钟后,我们又回到房里,发现崔雅的嘴竟然闭上了,嘴角露出微笑,一股满足、宁静而解脱的微笑。她看起来就像美极了的佛像,散发着解脱的笑容。脸上原来那些痛苦的纹路已完全消失,皮肤平滑而光亮。我看着她的身体禁不住叫了起来,"崔雅,看看你!崔雅,亲爱的,快看看你自己!"

往后的二十四小时,她脸上那份解脱与满足的笑容丝毫没有消退。虽然她的肉体还是被抬走了,但这道微笑将永远烙印在她的灵魂。

那天晚上,每个人上楼与她道别,我彻夜守在她身边,继续念那些经句,直到凌晨三点。我为她阅读那些她最喜欢的片段,包括铃木禅师、拉马纳上师、卡鲁、圣·特丽莎修女、圣·约翰、诺布、冲帕以及《课程》。我为她反复诵读基督教的篇章"臣服",我为她做萨丹纳修持,我读得最多的还是《度亡经》中的具体指导。这些篇章我为她读了四十遍。用基督教的话来说,其核心意思是说死亡的时候就是你放下身体和个体的私我,最终与上帝或大精神合一。辨认死光显现时的光明,其实也就是认识到你本来与神圣的光明是不二的。你只需不断地重复,假想那将死去的人的灵魂可以听到你的声音,我就是这样做的。

我正在期待着,但当我第三次为她诵念"你已经与神合一"时,房间突然发出咔嗒一声。我迅速地四处查看,有一种很清楚的感觉,就在深夜两点整,她直接体认了自己的本性而烧尽了业力。换句话说,她与虚空合一了,如同十三岁或日后的静修经验一样。

我不知道,也许这一切都是我的想像,但基于对崔雅的了解,这很可能不是我的想像。

几个月后,我读到一段大圆满描述死亡阶段的文字,其中列举了两种肉体的征兆,暗示死者已领悟真实的本质(True Nature),与大精神合一。这两个征兆是:

如果你已安住在自性的光明中
你的皮肤会变得非常美好
你的嘴角会露出微笑

那天晚上我一直待在崔雅的房间,入睡后我做了一个梦,其实不太像是梦,更像是单纯的意象:水一滴滴地落到海里,立刻与海水融合。起初我以为这个意象显示崔雅已经解脱,因为崔雅就是融入大海的小水滴。后来我才明白它更深的含义:我是水滴,而崔雅是那片大海。她并没有解脱,因为她早已解脱了。真正得救的人是我,我因服侍她而得救了。

这正是她不断要我保证找到她的原因。其实她并不需要我去找她,而是透过我对她许下的承诺,她可以因此而找到我、帮助我,一次又一次地毫不间断。逆向思考后,我才想通了:我原来以为自己的承诺是在帮助她,其实这是她想帮助我的方法。然而崔雅想帮助的人绝不只是我而已,还有每一位好友和家人。在所有人的面前,她都出现了解脱的风貌。

二十四小时后,我亲吻她的额头,所有的人也一一向她道别。面露微笑的崔雅被带往火葬场。

我们的好友瑞克听到她的死讯后,为她写了一首短诗,道尽了一切:

起初我们不在这里,
后来我们出现了,

> 最后我们走了。
>
> 你亲眼目睹我们的来去，
> 我们面面相觑，
> 你的存在比我们都要久远，
> 也比我们有更多的勇气与恩宠，
> 你笑了，
> 你一路笑着——

这首诗没有丝毫修饰，只是单纯的事实：就我所知，每个认识崔雅的人，都认为她是他们所认识的人中最正直而诚实的。崔雅的整合是毫无疑问的、无懈可击的、有目共睹的。任何一个认识她的人都有很深的体验。

我不认为我们当中的任何人会再见到崔雅，我不认为事情会以那种方式呈现，因为太过具体了。相反地，每一次你和我——任何认识崔雅的人展现出正直、诚实、毅力与慈悲时，我们就能与崔雅的心灵相遇。

我答应她我会找到她，其实真正的含义是找到我自己那颗解脱的心。

最后的六个月我真的做到了。我知道自己已经找到那个解脱的洞穴，我们因恩宠而结合，也因恩宠而埋葬自我。这是发生在我身上的改变。崔雅注意到了，所以她才不断地问我："是什么样的改变？"这个问题的答案，她早已了然于心，她只想知道我是否也明白。

死亡的最后时刻与接下来的那一夜，当崔雅的光照亮我的灵魂与这个有限的世界时，一切都变得分明。因为崔雅，我的灵魂不再残留任何谎言。

崔雅的骨灰回来以后，我们举行了简单而隆重的告别式。

肯·迈克李欧读了一段崔雅从卡卢仁波切那儿学会的慈悲心培养文。

罗杰·沃尔士读了一段《奇迹的课程》中有关宽恕的话。慈悲与宽恕这两个主题成就了崔雅的解脱。

山姆主持了最后的仪式，我们燃烧了一张崔雅的相片，象征最终的释放。

在场有些人叙述他们对崔雅的怀念与回忆，有些人则保持沉默。史蒂夫和琳达的女儿——十二岁的克洛依，为了这个告别式写下了：

崔雅，我的守护天使，你是世上的一颗明星，带给我们所有人温暖与光明，然而每一颗星星都必须死去才能重生，这一次是在天堂重生永恒的灵魂。我知道你现在正在云端起舞，我很幸运能感觉你的喜乐、你的微笑。仰望天际时，我知道你璀璨的灵魂正在放光。

我爱你，崔雅，我知道我会想念你，但我也为你感到高兴，因为你已经脱离了肉体与你所遭受的痛苦，从此可以尽情跳着灵魂的生命之舞。我可以在梦中和心中与你翩翩起舞。你并没有死，你的灵魂仍然活着，活在一个更高的地方，活在每一个被你深爱过的人心中。

你教了我一堂最重要的功课——爱与人生。

爱是全然而诚挚地尊重其他的生命……

爱是真我的狂喜……

爱能超越所有的层次与限制……

历经数百万次的生与死，它仍然存在……

它存在于内心与灵魂之中……

人生是属灵的，它不属于其他任何层次……

爱与欢笑同时出现于人生，痛苦与烦恼亦然……

但无论我往哪里去，

无论我看见什么，

> 在我的内心与灵魂中，
> 你永远与我同在。

我看着山姆对大家说："没有多少人记得我是在博尔德向崔雅求婚的。我们当时住在旧金山，我带崔雅来这里与山姆见面，看看他的想法如何。与崔雅见面才短短几分钟，山姆便笑着对我说，他不仅举双手赞成，还有点担心她会吃亏。当天晚上我向崔雅求婚，她只回了一句话：'如果你不问我，我也会问你的。'可以说我们的人生是在博尔德与山姆一同开始的，也是在这里与山姆一同结束的。"

我们后来在旧金山为崔雅举行一场追悼会——维琪、罗杰、弗朗西丝，还有许多朋友都分享了他们对崔雅的追忆。那一天的追悼会里，山姆以两句话总结：

"崔雅是我所认识的人当中最坚强的一位，她教我们如何生活，也教我们如何离去。"

接下来的几天，信件开始涌入。我感到惊讶的是，许多人竟然都提到相同的事，在我最痛苦的时刻，数百人也同时参与了生死的诀别。

这是一封家里寄来的信——我的姑妈寄给我的（我们觉得它是崔雅的象征，是最让人喜欢的信，总有一天，我们会合一，这是肯定的）。

我发现在这些信中不断提到"风"、"光辉"、"阳光"与"星星"等字眼。他们是怎么知道的？

"崔雅最喜欢的一首诗……也最能代表她"我的姑妈把它完整地送给了我。

> 不要在我的坟上哭泣，
> 我不在那里，也未沉睡。

我是呼啸的狂风；

我是雪上闪耀的钻石。

我是麦田上的阳光；

我是温和的秋雨。

你在晨曦的寂静中醒来，

我已化成无语的鸟儿振翅疾飞。

我是温柔的星群，在暗夜中闪烁着微光。

不要在我的坟上哭泣，

我不在那里……

某位与崔雅仅有一面之缘的女士寄来了一封信，她深深地被崔雅所感动。

"在我得知崔雅进入最后的时刻前，我做了一个梦，那天是九号星期一的深夜。

"就像大部分人，我强烈地感觉崔雅伟大的灵魂充满光辉地出现在我的面前，另一位让我感受到这种光芒的人只有卡卢仁波切。"

（卡卢仁波切听到崔雅的死讯时，特别为"空行之风"做了祈请的法式。）

也许，那就是为什么那一个夜晚通向"无所处"的梦境的路是如此开阔的原因。她深深地打动了我们每一个人。

"梦中，崔雅静静地飘浮在空中……我想仔细看她的时候，突然传来一个巨大的声音，我察觉那是风的声音，一股狂风在她的身体四周吹着，她的身体愈来愈纯净，最后变成透明的，散发着光辉。风继续在她身体的四周吹着，听起来像是一种音乐。她的身体慢慢融入山上的积雪……化成千千万万的繁星，和星空合一了。

"那天清晨我哭着醒来，心中充满了敬畏与美……"

告别仪式过后，我们聚在一起观赏崔雅在风中之星年会上的录像带，突然有个影像浮现我的脑海中，一个我永远难忘怀的影像。我们第一次观赏这卷录像带时，崔雅坐在椅子上，疲倦得不想移动身体，脸上戴着氧气面罩，相当不舒服。影像中的她很清楚地说："因为不能再忽视死亡，于是我更加用心地活下去。"这段演说令许多成年人落泪，甚至为她鼓掌喝彩。

我看着崔雅，看着这卷录像带，两个影像同时出现在我的脑海，一个是强壮的崔雅，一个是受难的崔雅。当时崔雅强打精神问我："我表现得还好吗？"

此生，我有幸亲眼目睹这颗宇宙的五角之星得到最终的解脱，对我而言这颗星星就是"崔雅"。

再见了，祝你一路平安，我最亲爱的崔雅。我会找到你的。
"你保证？"她再一次温柔地问我。
"我保证，我最爱的崔雅。"
我保证。

审校后记

心理学家是研究人的心理的，心理学家，尤其是那些著名的心理学家，他们自己的心理和生活又如何呢？对于这个问题，一般人或多或少都感到好奇。

关于这个问题，肯·威尔伯为我们贡献了一个感人肺腑的精彩的故事，这是一个关于生命和灵性的故事，从中可以看到他与自己的妻子崔雅刻骨铭心的经历。但这并不是这本书给予我们的全部，作者还引导我们了解了长青哲学以及后人本心理学。正如肯·威尔伯说："这本书说的两件事情：第一，那则故事。第二，书中介绍了世界上伟大的智慧传统，或称长青哲学（perennial philosophy）。因为在最后的总结中，两者是不可分割的。"肯·威尔伯所说的"故事"，就是指他和崔雅从相识到分别的全过程。所谓长青哲学，则是崔雅和肯·威尔伯重要的精神支柱之一。肯·威尔伯说：那故事和长青哲学"两者是不可分割的"。在崔雅和肯·威尔伯在一起的五年之中，他们与癌症的搏斗和自身生命的修炼、思想的探索是交织在一起的。

通过肯·威尔伯讲述的故事，我们感受到长青哲学以及后人本心理学不是学术，不是书籍，不是学问，而是实实在在的生活。长青哲学的深度，也就是那故事的深度。

承蒙一位台湾朋友推荐，我在2002年就读到了这本书的台湾译本，当时就非常喜欢和感动。感动之余,曾经向一些朋友介绍这本书。他们大多都会问:"崔雅的癌症最后痊愈了吗?"我说:"崔雅最后还是去世了。"

于是,他们之中,有的感到很失望:"也没有什么奇迹发生呀。"他们大概是认为,既然是写癌症患者,就应该发生最后战胜癌症的奇迹……

什么是奇迹?奇迹一定要与众不同吗?奇迹一定要体现在结果上吗?

是的,奇迹一定要与众不同,但这个"与众不同"关键是要显示创造性。是的,奇迹常常要体现在结果上,但与众不同的过程又何尝不是一种结果?

崔雅和肯·威尔伯是那么乐观、顽强地与病魔斗争,最后又是那么安详地臣服于命运,毫无恐惧地面对死亡,接纳死亡。可贵的是,该书对这一过程进行了详细而又深入的描述。

超越死亡,谈何容易?但这本书却不能不使你信服:死亡是可以超越的。在本书的尾声,当崔雅平静地离去后,肯·威尔伯的情况是这样的:

"那天晚上我一直待在崔雅的房间,入睡后我做了一个梦,其实不大像是梦,更像是单纯的意象:水一滴一滴地落到海里,立即与海水融合。起初我以为这个意象显示崔雅已经解脱,她就是融入大海的小水滴。后来我才明白它更深的含义:我是水滴,而崔雅是那片大海。她谈不上什么解脱,因为她早已经解脱了。真正得救的人是我,我因服侍她而得救了。"

崔雅有什么品质使自己能够解脱呢?

原因很多,但读完此书,我有两个突出的印象:

一个是崔雅的彻底的开放性。崔雅说:"打开我的心,一直是我最大的挑战,我应该放下自我保护的欲望,让我的心有勇气去体验痛苦,如此一来,喜乐才有可能进入。"关于崔雅的开放性,肯·威尔伯在本书的第二版导言里谈到崔雅的日记时,有一段话意味深长:"崔雅去世后,我想不读这些日记就毁掉它们,因为这些日记是崔雅非常私人的东西。她从来没有把日记给任何人看过,甚至没有给我看过。不是因为崔雅不想别人知道她'真正的'感受,因此需要把它们藏在自己的日记中。正相反,崔雅最了不起的一点——事实上,应该说她最令人惊讶的一点——就是她在公众面前表现出的自我跟私下里实际的自我几乎没有区别。崔雅没有把任何'秘密'的想法和那些她不敢或者羞于与世人分享的想法隐藏起来。如果你问崔雅,她会实在地告诉她的真实想法——关于你或者其他任何人的想法——以一种非常开放的、直接的、简单的方法,但人们通常不会因此而不高兴。这是她诚实的基础:人们从一开始就信任她,好像他们知道崔雅不会对他们撒谎。并且就我所知,她确实从来没有说过谎话。"

另一个印象是崔雅超人的接纳力量。关于接纳的意义,肯·威尔伯曾经引用他非常推崇的拉马纳尊者话:"你们时常为那些发生在自己身上的好事而感谢上帝,却不会为了降临在自己身上的坏事而感谢,这正是你们所犯的错误。"关于自己的接纳,崔雅说:"我愈是能够接受生命的本然,包括所有的哀伤、痛苦、磨难与悲剧,就愈是能够得到内心的安宁。"

人得了癌症后,整个生活会发生很大的变化。崔雅面对了疼痛、乳房切除手术、放射治疗、化疗、等等严重的考验。最重要的是,这是在他们刚刚新婚一个月后发生的。正如肯·威尔伯所形容的,他们生生世世都在寻觅对方,而终于走到一起时,却马上就要面对癌症和生死的挑战。

作为当今世界著名的心理学大师,肯·威尔伯也同样具有极大的开放性,他一点不回避谈自己的隐私。例如,一般来说,如果妻子得了乳腺癌,切除了乳房,丈夫的反应会怎样呢?据说,差不多一半的先生会在妻子切除乳房后离开。那么,崔雅在切除了一只乳房之后,肯·威尔伯的真实感觉又怎样呢?这大概是不少看这本书的读者想问的实际问题。肯·威尔伯一点都不回避,他坦率地写道:"我认为崔雅对我的吸引力大概下降了百分之十;单单从触感来说,两个当然比一个好。但其他百分之九十的吸引力实在太大了,所以对我而言没有那么重要。崔雅知道我是诚实的,所以她很容易地接受了自己的形象。那剩下的百分之九十仍然是我见过最美、最有吸引力的女人。"如果他说仍然是百分之百,那他就是神本身了。而人是不可能成为神的,肯·威尔伯只不过是一位灵性得到了开发的人而已。"崔雅知道我是诚实的,所以她很容易地接受了自己的形象。"在这里,我们也可以清晰地看到他们两人良性互动的情况。

这本书还频繁地提到"后人本心理学"。后人本心理学是什么?它离我们有多遥远?后人本心理学的重要的思想来源之一,正是所谓长青哲学。

那么,什么是长青哲学呢?

根据阿尔道斯·赫胥黎(Aldous Huxley)的概括,长青哲学是指二十五个世纪来,"时而以这种形式,时而以那种形式,源远流长,无休无止"的一种普遍的世界哲学。他认为,长青哲学有这样一些核心思想:

1. 物质和个体化意识的现象世界,即事物的世界(the world of thing)、动物、人甚至诸神(gods)的世界,都是"神域"(Divine Ground)的显现。在神域里所有部分的实在都有其存在状态,离开神域,它们是不存在的。

2. 人类不仅能够通过推理来认识神域,而且能够超越推理,由直觉来认识其存在。这种当下的理解让知者和被知者融合在一起。

3. 人都具有双重的天性,一个是现象的小我(phenomenal ego),一个是永恒的大我(eternal Self)。后者是内在的人,是灵性,是灵魂中大精神的火花。如果一个人真正渴求的话,他就可以使自己与大我融合在一起,从而与神域联系起来,就像自然与灵性相联系一样。

4. 人在地球上的生命只有一个终极目的,让自己与永恒的大我联系在一起,得到对神域的一体知识*。

---

* 罗杰·沃尔士、弗朗西斯·沃恩合编《超越私我之路》,美国,1993年英文版,第213页。

在这里，比较关键的一个概念是"神域"，它不能够按照世俗的观念机械地来理解。它不是指有形的东西存在的地方，它指的是我们人类所不能够了解的决定宇宙运行的力量，其含义相当于"客观规律"或者肯·威尔伯的"大精神"的概念。

长青哲学认为人有"双重的天性"，既是"小我"，又是"大我"，而"小我"能够和"与永恒的大我联系在一起"。可以说，崔雅最后所达到的也正是这样的境界，让自己的小我"与永恒的大我联系在一起"。这种境界对于中国读者来说其实并不陌生，这实际上就是中国传统文化关于"天人合一"的思想。

由于在介绍后人本心理学和长青哲学这样的思想时，本书不是抽象地介绍，而是结合了作者自己的实际生活，那些看起来似乎高深莫测的问题就显得触手可及了。

在审校本书时，我补译了台湾译本没有、2001年英文版经调整和补充的文字与段落。我还对书中的一些名词的译法做了改动，在此就集中几个最重要的做一些必要的说明。

1. 胡因梦和刘清彦把"Transpersonal Psychology"译为"超个人心理学"。这是直译的译法。在当前大陆中文的语境中，这一译法容易引起这样一种误解，觉得它是研究什么虚玄的、不切实际的东西。人们也许会感到困惑，在个人之外还谈什么心理呢？

我认为，把"Transpersonal Psychology"译为"后人本心理学"可以避免这些问题，从字面上也可以讲得通。"Trans"有"超越"、"贯穿"等意思，也可以引申出"后"的意思。"personal"的意思就是"个人"、"人"。关键在于，这种译法更加接近"Transpersonal Psychology"存在的实际。后人本心理学的产生并非空穴来风，从起源上讲，它是人本心理学继续发展的结果。人本心理学被称为弗洛伊德心理学和行为主义之外的"第三思潮"。后人本心理学则被称为心理学的"第四思潮"。后人本心理学的主要贡献是拓宽、丰富和深化了对于人性的理解,对人类和平共处,维持生态平衡,潜能的深度开发,走向可持续发展等方面提出了不少前沿的看法。

最早使用"Transpersonal"这个词的人是马斯洛。他既是人本心理学的奠基人之一,又是后人本心理学的奠基人之一。1968 年,马斯洛在他的著作《存在心理学探索》第二版前言中写道:"我认为人本主义的、第三种力量的心理学是过渡性的,为'更高的'第四种心理学,即 Transpersonal Psychology 或 Transhumanistic Psychology 做准备,这种心理学以宇宙为中心而不是以人的需要和兴趣为中心,它超越了人性、同一性和自我实现等概念。"

其实,马斯洛在产生了关于第四心理学的思想之后,曾经考虑使用"Transhumanistic"(直译:超人本的)这一术语,后来才确定用"Transpersonal"。把"Transpersonal Psychology"译为"后人本心理学",其好处是传达出了"Transpersonal Psychology"与人本心理学"Humanistic Psychology"之间的密切关系,即第三心理学和第四心理学之间的密切关系。

2. 关于"Spirit"("S"为大写)这个词,胡因梦和刘清彦在不同的地方有"神性"、"心灵"、"神"等译法。我把"Spirit"翻译为"大精神"主要是考虑到下面的背景。我在 2000 年开始翻译肯·威尔伯的《万物简史》,发现"Spirit"这个词是他的心理学中一个非常重要的概念。它是指不同的文化中的"上帝"、"佛性"、"基督"、"理"、"道"、"天"、"太极"梵(Brahman)、法身(Dharmakaya)、凯瑟(Kether)、道(Tao)、阿拉(Allah)、湿婆(Shiva)、阿顿(Aton)等。肯·威尔伯用"Spirit"(第一个字母是大写)这个词来概括所有这些说法,而不偏爱其中一种文化,或者用其中任何一个词语,这也体现了他研究后人本心理学以及整合学的立场。

3. 在本书中,"mysticism"、"mystic"也是非常重要的概念。胡因梦和刘清彦按照一般的译法把"mysticism"译为"神秘主义",把"mystic"译为"神秘主义者"。我把"mysticism"改译为"神秘体验论",把"mystic"改译为"重视神秘体验者"。这是受了北京大学张祥龙先生的启发。

北京大学张祥龙先生认为:"将'mysticism'译为'神秘主义',沿袭已久。它的不妥之处在于,几乎所有的'mystic'或主张'mysticism'的人都强烈反对让任何'主义'(观念化的理论、作风和体制)来主宰和说明自己的精神追求。他们所寻求的是超出任何现成观念的原发体验;在基督教(主要是宗教改革前的基督教和改革后的天主教)可说是与神或大精神(Godhead)相通的体验,在非基督教的,特别是东方文化传统中,则是对本源实在(梵—我,道,佛性)的体验。这样,称之为'主义'就有悖其义。此外,在当今汉语中,'神秘体验论'似乎带有浓重的反理性色调,在许多语境中已不是个中性的词,而是个否定性的词。将'mysticism'译为'神秘体验论'就避免了这一层不必要的成见。"*

那么,什么是"神秘体验论"呢?张祥龙先生也有一个很好的解释:"所谓'神秘体验',是指这样一种经验,人在其中感到自己与一个更高、更深或更神异的力量相接触,甚至合而为一,体验到巨大的幸福、解脱、连贯和至真。至于这个更高深的力量是什么,则依体验者所处的文化、有过的经历而得到不同的指称和解释,比如'梵'、'佛性'、'基督'、'上帝'、'酒神'、'缪斯'、'自然'、'道'、'天'、'元气'、'太极'等等。这种不寻常的体验往往给体验者以极大的激发、启示、信心和灵感,由此而创造出精神上的新东西,成为艺术的、宗教的、哲学的、社会的,乃至科学的新起点。"**

还在更早的时候,我在阅读马斯洛著作时发现,他所使用的"mysti-

---

* 张祥龙:《感受大海的潮汐》,《西方神秘体验论哲学经典》总序。
** 同上。

cism"是指一种重视神秘体验的倾向，它区别于那些保守的、因循守旧的、讲究实用的倾向。

我还发现，肯·威尔伯和马斯洛所谈论的"mysticism"的意义基本上是一致的。其含义，与张祥龙先生所解释的大同小异。

马斯洛更多地使用"高峰体验"这一更容易被大众接受的术语。他把神秘体验也看成是一种"高峰体验"。他还提出"约拿情结"、"超越性病态"等概念来论述这方面的问题。他生动地用"在一个不到一米五高的房间里量身高，所有人都不超过一米五"这样的警句来表达开放心态的重要性。我认为，神秘体验论的本质特性就是开放性。

其实，关于"mysticism"，似乎更接近"重视神秘体验的倾向"的含义。但如果这样译，就显得太长了，姑且还是译为"神秘体验论"吧。不过，我还是把"mystic"稍微啰嗦地改译为"重视神秘体验者"。

4. 与"mysticism"相应，我把"esotericism"翻译为"深奥体验论"，把"esotericreligions"翻译为"深奥宗教"。原译者把"esotericreligions"翻译为"秘密宗教"，把"esotericism"翻译为"秘密主义"，但正如肯·威尔伯所说："神秘体验论或者深奥体验论并不意味着它是秘而不宣的，而是直接的体验和觉察。深奥宗教要求不迷信或者盲从任何教条；相反，它要求以自己的知觉做实验。如同所有杰出的科学，它是以直接的经验做基础，绝不是迷信或者希望。此外，它必须被公开检验或者被一群亲自做过实验的人认可；这项实验就是静修。"所以"esoteric"的主要含义是与世俗相对，强调需要通过艰难的静修，强调的是深奥，而不是保密。另外，如果把"esoteric religions"翻译为"秘密宗教"，容易与"Tantra"（密宗）混淆。

我喜欢肯·威尔伯的书有特殊的原因，我也曾经大病一场，时间长达五年之久，动真格地面对过死亡，感受过面对死亡恐惧以及死亡对人的启迪。恐惧死亡会降低生命的活力，接纳死亡是为了更好的生活。在写这篇后记的过程中，我随便打开我的音乐，这是门德尔松的 E 小调小提琴协奏曲。当充满激情的旋律充盈在我的心里的时候，我想活着有多好啊！我现在正在欣赏音乐，当然崔雅已经不能够享受这一切了。——但其实也可以这样说：崔雅，以及所有美好的灵魂，正是所有这些美好的音乐，以及所有美好的一切的本身。

活着，就要珍惜生命，好好地活，有勇气开放、接纳、成长。面对死亡，也毫不畏惧，该走的时候就坦然地走。

许金声

2005 年 8 月 26 日

于北京市社会科学院

(xujinsheng2003@yahoo.com.cn)